IDÊNTICOS

Obras do autor publicadas pela Editora Record

Acima de qualquer suspeita
Declarando-se culpado
Erros irreversíveis
Heróis comuns
O inocente
O primeiro ano
Os limites da lei
Ofensas pessoais
O ônus da prova

SCOTT TUROW

IDÊNTICOS

Tradução de
MARIANA KOHNERT

1ª edição

EDITORA RECORD
RIO DE JANEIRO • SÃO PAULO
2014

CIP-BRASIL. CATALOGAÇÃO NA FONTE
SINDICATO NACIONAL DOS EDITORES DE LIVROS, RJ

T858i Turow, Scott, 1949
Idênticos / Scott Turow; tradução de Mariana Kohnert – 1ª ed. –
Rio de Janeiro: Record, 2014.

Tradução de: Identical
ISBN 978-85-01-40303-2

1. Ficção inglesa. I. Khonert, Mariana. II. Título.

13-07888
CDD: 813
CDU: 821.111(73)-3

Título original em inglês:
Identical

IDENTICAL by Scott Turow. Copyright © 2013 by Scott Turow.
Publicado mediante acordo com o autor.

Texto revisado segundo o novo Acordo Ortográfico da Língua Portuguesa.

Todos os direitos reservados. Proibida a reprodução, no todo ou em parte, através de quaisquer meios. Os direitos morais do autor foram assegurados.

Direitos exclusivos de publicação em língua portuguesa somente para o Brasil adquiridos pela
EDITORA RECORD LTDA.
Rua Argentina, 171 – Rio de Janeiro, RJ – 20921-380 – Tel.: 2585-2000, que se reserva a propriedade literária desta tradução.

Impresso no Brasil

ISBN 978-85-01-40303-2

EDITORA AFILIADA

Seja um leitor preferencial Record.
Cadastre-se e receba informações sobre nossos lançamentos e nossas promoções.

Atendimento e venda direta ao leitor:
mdireto@record.com.br ou (21) 2585-2002.

Para Dan e Deb

Eu, para o mundo, sou como uma gota d'água
Que outra gota busca no oceano tão grande,
Que, ao cair nele para encontrar a companheira distante,
Despercebida, curiosa, se atordoa.

William Shakespeare,
A comédia dos erros

Personagens

FAMÍLIA GIANIS

Paul Gianis — advogado
Cass Gianis — irmão gêmeo de Paul
Lidia Gianis — mãe de Paul e Cass

FAMÍLIA KRONON

Hal Kronon — presidente do ZP, uma empresa do ramo imobiliário
Zeus Kronon — pai de Hal e fundador do ZP
Dita Kronon — irmã de Hal; vítima de assassinato
Teri Kronon — tia de Hal e Dita, irmã de Zeus e melhor amiga de Lidia Gianis

INVESTIGADORES

Evon Miller — vice-presidente sênior de segurança do ZP
Tim Brodie — ex-detetive da Divisão de Homicídios responsável pela investigação da morte de Dita na época

I.

1.

Paul — 5 de setembro de 1982

Muitos anos à frente, sempre que se lembrar do assassinato de Dita Kronon, as memórias de Paul Gianis voltarão ao início daquele dia. É 5 de setembro de 1982, o domingo do fim de semana do Dia do Trabalho, uma tarde exuberante com nuvens altas e reluzentes como pérolas. Zeus Kronon, pai de Dita, abriu a sinuosa propriedade de sua mansão no subúrbio para centenas de colegas paroquianos da Igreja Ortodoxa Grega de São Demétrio, na cidade, para a comemoração anual do novo ano eclesiástico. Colina abaixo, no campo gramado que funciona como estacionamento, ao leito do rio, Paul chega com a mãe e o irmão gêmeo idêntico, Cass. As próximas horas junto dos dois, Paul sabe, serão atribuladas.

Do banco do motorista, Cass sai do velho cupê Datsun imediatamente.

— Preciso encontrar Dita — anuncia ele, referindo-se à namorada, filha de Zeus.

A mãe deles sai do banco do carona com a ajuda de Paul e observa o outro filho jogar o paletó sobre o ombro e seguir colina acima.

— Theae mou — murmura a mulher em grego e rapidamente faz o sinal da cruz por ter invocado o nome de Deus em vão.

— Mãe — diz Paul, agora que o irmão se foi —, o que realmente estamos fazendo aqui?

Lidia, a mãe, franze as grossas sobrancelhas como se não entendesse.

— Você se recusa a vir a esse piquenique todos os anos — declara ele — pelo tanto que papai odeia Zeus.

— Não mais que eu — responde Lidia em voz baixa; *a mulher raramente cede o primeiro lugar em alguma coisa. Juntos, ela apoiada no braço do filho para se equilibrar, Paul e a mãe começam a subir a trilha de cascalho em direção à enorme casa branca de Zeus, com frontões e colunas coríntias.* — Este piquenique é para a igreja, não para Zeus. Sinto falta de muitos dos nossos antigos vizinhos e não me encontro com nouna Teri há meses.

— Você fala com Teri todo dia.

— Paulie mou — *literalmente, "meu Paul"* —, não obriguei você a vir.

— Eu precisava, mãe. Você está tramando alguma coisa. Cass e eu sabemos.

— Estou? — pergunta Lidia. — Não sabia que ao receber o diploma de advogado você também se tornou telepata.

— Você vai causar algum problema por causa de Dita.

— Problema? — *Lidia ri com escárnio. Aos 63 anos, a mãe dos gêmeos se tornou mais corpulenta, porém ainda mantém os modos suntuosos, uma mulher alta com olhos pretos determinados e uma larga mecha de cabelos grisalhos presa para trás, a partir da testa.* — Dita causa bastante problema sozinha. Até mesmo Teri admite, e a garota é sobrinha dela. Se Cass se casar com Dita, seu pai jamais vai falar com ele novamente.

— Mãe, isso é besteira do Velho Mundo, como acreditar em mau-olhado. Cass e eu não vamos perpetuar sua rixa doida com Zeus. E temos 25 anos. Você precisa deixar Cass tomar as próprias decisões.

— Quem disse? — *responde Lidia, acrescentando uma risada repentina e apertando o bíceps de Paul para apaziguar o clima. É assim que a mãe deles se julga espirituosa, rindo ao dizer algo sincero.*

No topo da colina, o piquenique bloqueia os sentidos. Os óleos e os temperos, ainda fumegantes nos difusores após uma breve ceri-

mônia religiosa, se misturam aos aromas de quatro cordeiros inteiros que assam sobre lenha de carvalho, enquanto a música frenética e aguda de uma banda de bouzouki atravessa o ar e dá as boas-vindas às centenas de convidados que se aglomeram no gramado.

Teri, irmã de Zeus, melhor amiga da mãe de Paul e Cass desde que ambas tinham 7 anos, os aguarda com a cabeleira tingida de amarelo, como um espantalho. Ela abraça Paul e a mãe dele. O filho de Zeus, Hal, ao lado de Teri, cumprimenta os convidados. Aos 40 anos, Hal é gordo, esquisito e obsequioso, o tipo de pessoa que sempre se aproxima das outras da mesma maneira patética e indefesa de um cão de rua. Ainda assim, Paul sente afeição por Hal, a quem ele e Cass costumavam seguir por todo canto como dois cachorrinhos há vinte anos, antes de a discussão sobre o aluguel da mercearia do pai de Paul dividir as famílias. Assim como Paul, Hal parece disposto a ignorar tudo isso. Ele abraça sua mãe, a quem ainda chama de "titia Lidia", e conversa distraído com Paul, antes de Teri levar Lidia embora. Uma reunião com as amigas delas as aguarda na sombra longínqua de uma das muitas tendas listradas de azul e branco armadas pelo gramado. Relutante, Paul segue para a multidão de pessoas de sua infância de cujos modos do Velho Mundo e expectativas ponderadas ele sempre quis escapar.

Alguns passos adiante, a namorada de Paul, Georgia Lazopoulos, o vê e segue na direção do rapaz com um sorriso adorável. Com o vestido de verão xadrez azul, Georgia é baixinha e curvilínea e tem covinhas lindas — as pessoas sempre acham que ela lembra Sally Field. Embora namorem desde o último ano do ensino médio, os lábios de Paul e Georgia mal se tocam quando se aproximam. Georgia é filha do padre Nik, o sacerdote da São Demétrio, e sabe que está sob vigilância constante em ocasiões como aquela.

Georgia já preparou um prato de cordeiro com pastitsio para Paul, os dois preferidos dele, que aceita com um agradecimento, mas se afasta dela por um segundo para procurar Cass. Paul finalmente enxerga o irmão gêmeo entre um aglomerado de pessoas da escola. Mesmo a 30 metros, ele sabe que consegue atrair o olhar de Cass, e, quando isso acontece, inclina o queixo levemente para que o irmão saiba onde a mãe deles está. Os dois decidiram observar e interferir caso Lidia se aproxime de Dita. Dificilmente ela se aproximaria dos pais da moça, com os quais não fala há anos.

Intimamente, Paul compartilha a maior parte das opiniões da mãe sobre Dita, mas compreende a necessidade determinada de Cass por autonomia e sempre confiou nos desejos do irmão como se fossem sinônimos dos seus próprios. Apesar da oposição feroz dos pais, Dita, com a língua afiada e os modos desafiadores, parece agradar a Cass muito mais que qualquer mulher que ele já teve.

Outras pessoas — pessoas normais — não compreendem realmente como é crescer sem saber ao certo onde você começa e seu irmão termina. Para Paul, os seres humanos se dividem em duas classes: Cass e o restante. Até mesmo a mãe deles, uma fúria implacável que sempre se impôs sobre os filhos com a força e a determinação irredutível de uma coluna de mármore, não está no mesmo universo de intimidade emocional.

Por isso, foi um dos desafios mais surpreendentes da vida de Paul Gianis quando ele e o irmão começaram a se diferenciar tanto na faculdade. Cass se divertia demais e se opunha abertamente aos pais. Depois da formatura, Paul foi para a faculdade de direito, enquanto o irmão ficou à toa até se candidatar, com sucesso, para a Academia de Polícia do Condado de Kindle, que vai começar a frequentar na semana seguinte.

Enquanto Paul se volta para o local em que deixou Georgia, suas pernas esbarram em uma pessoa atrás de si, e ele subitamente cai, agitando os braços enquanto grita e joga o prato para o alto. Por fim, acaba estirado de costas no chão, enquanto a jovem em quem tropeçou se inclina sobre ele e prende seus braços contra a grama.

— Não se mexa — diz ela. — Dê um segundo a si mesmo para se certificar de que está bem.

É Sofia Michalis.

— Por onde andou? — São as primeiras palavras que saem da boca de Paul. Ele não sabe se simplesmente quer dizer que não a vê há muitos anos ou que o tempo a transformou. As duas afirmativas são verdadeiras. Sofia sempre foi dona de si, espertinha, mas não era o tipo de garota que alguém imaginaria que fosse se tornar tão atraente. No ensino médio, era uma das várias jovens às quais os rapazes, com a crueldade típica, se referiam como "tragédia grega", o que significava que o nariz dela era grande demais em relação ao restante do rosto. Porém, Sofia sempre teve aquele ar. E um corpo sensacional. Agora ela sabe que chama atenção.

Gargalhando, Paul se senta para ver como está. Tem uma mancha de grama na manga do terno marrom da Brooks Brothers, mas não sente dor alguma. Ele aceita a mão de Sofia para ajudá-lo a se levantar enquanto diversas pessoas que se aproximaram para oferecer auxílio agora se afastam.

Em resposta à pergunta de Paul, Sofia responde que durante os últimos sete anos esteve em um programa da faculdade de medicina em Boston. Obteve o diploma de médica em junho e começou a residência ali, no Hospital Universitário.

— Em...? — pergunta Paul.

— Cirurgia — responde ela.

— Nossa! — exclama ele. Paul jamais teria imaginado. — Isso significa que posso receber pontos de graça se precisar?

— Minha mãe sempre me diz que eu deveria tê-la deixado me ensinar a costurar.

Sofia pergunta sobre ele. Paul fará o juramento da ordem em dois meses e se tornará promotor-assistente no escritório de Raymond Horgan, no Condado de Kindle.

— E quanto ao resto? — indaga Sofia. — Ainda está com Georgia?

— Ainda com Georgia — responde ele. Os dois pequenos dentes da frente de Sofia surgem sobre o fino lábio inferior da jovem, e aquele lindo par de seios parece se enrijecer de certa forma. Paul entende o que ela está pensando: quando você vai se dar conta? — Ela está por aqui em algum lugar — diz e gesticula aleatoriamente, como se não soubesse que Georgia devia estar por perto, quase como se ele pudesse fugir se a namorada não se aproximasse.

— Preciso encontrá-la — fala Sofia. — E dar um oi.

— Deveria — diz ele, e percebe que Georgia, de algum modo, fez a conversa se esvair.

Sofia sai com um leve aceno, e Paul resiste à tentação de permitir que os olhos a sigam. Mas o impacto da presença dela permanece. Sofia, Paul percebe, se tornou uma daquelas pessoas que ele sempre desejou ser, capaz de se fazer sentir no mundo. É uma visão irritante quando ele finalmente olha para trás um segundo depois e a vê com Georgia, que não tem as mesmas ambições. Sob as exigências do pai, Georgia não fez faculdade e já é atendente sênior em um banco local. Paul a ama. Sempre amará. Mas não tem certeza de se quer se casar com ela, algo que a jovem e sua família esperam há muitos anos. Esse é o problema de Paul. A vida com Georgia seria boa, mas não necessariamente interessante.

Imerso nesses pensamentos, Paul se dá conta de que perdeu a mãe de vista, e, quando finalmente vê Lidia, fica alarmado ao perceber que ela está discutindo com o anfitrião. Mas Lidia observa Zeus com uma expressão irredutível. De pele morena e ainda inacreditavelmente bonito aos 66 anos, Zeus, com os cabelos quase totalmente grisalhos, veste um terno branco e faz o melhor para parecer alegre diante da frieza da mãe de Paul. Ele acreditava que Zeus era egoísta demais para se dar bem na política, mas o homem se tornou o candidato a governador do Partido Republicano e está páreo a páreo na corrida eleitoral, faltando apenas dois meses para o dia da votação. Se Zeus vencer, presumivelmente deixará a enorme empresa, que é dona de shoppings pelo país inteiro, nas mãos de Hal, que quase certamente a levará à falência.

Enquanto isso, Paul repara que a linda filha de Zeus se encaminha até ele. Dita se estica e dá um beijo úmido e intenso na boca de Paul, que sente cheiro de álcool. Sempre que a vê, ela parece estar bêbada. Ele precisa de um segundo para entender que a jovem finge não conseguir diferenciar os gêmeos — a maioria das pessoas ainda não consegue — e a afasta com gentileza.

— É você, Paul? Que sorte não ter sucumbido à minha empolgação. Será que Cass teria ciúmes ou vocês dois compartilham tudo? —

De cabelos pretos e porte escultural, com as feições bem-delineadas e os olhos castanhos fascinantes, Dita gargalha e roça os seios no braço de Paul, obrigando-o a dar mais um passo atrás.

Por causa de brincadeiras como aquela, Paul tenta evitá-la, ainda que saiba, por intuição, que é exatamente isso o que ela quer: separá-lo de Cass.

— Dita, sei que se acha engraçada, mas se eu fosse você não esperaria ao lado do telefone por um convite para participar de um programa de humor.

— Ah, Paul — diz a jovem —, você é muito esquentado. Se alguém enfiasse um punhado de carvão na sua bunda, ele se transformaria em diamante. — Após triunfar por completo naquele bate-boca improvisado, Dita para e o encara. — Por que todos na sua casa estão contra mim?

— Não estamos contra você, Dita. Estamos a favor de Cass.

— Isso mesmo. Cass precisa de uma garota como Georgia. Cha-ta.

A dor de ouvir alguém falar tão cruelmente de Georgia é surpreendentemente aguda, e Paul precisa resistir ao impulso que Dita costuma incitar de lhe dar um tapa no rosto. Dita é esperta. Mais uma coisa que a torna tão perigosa. Paul se vira, mas ela não consegue resistir a dar um último golpe.

— Sinceramente — começa ela —, acho que teria dado um fora em Cass há muito tempo se não soubesse que isso agradaria tanto vocês.

Com o passar dos anos, sempre que Paul revive esse dia que mudará a vida de sua família para sempre, a infelicidade depreciativa de Dita se torna mais evidente. Porém, naquele momento, Paul apenas consegue sentir o perigo que ela representa ao irmão gêmeo e sua dolorosa incapacidade de salvar Cass disso. Paul vai embora enquanto o pensamento lhe vem à mente com a força e a clareza do soar de um trompete: ele odeia aquela mulher.

2.

Perdão e liberdade condicional — 8 de janeiro de 2008

Evon Miller, 50 anos, vice-presidente sênior de segurança do Fundo de Investimentos Imobiliários ZP, corria com a velocidade incomum de uma antiga atleta através do porão do anexo do Edifício do Estado, sem saber aonde ia ou por que estava ali. Baixinha e robusta, Evon inesperadamente descobriu o número da sala de reuniões que procurava e parou de súbito. Em uma placa de plástico ao lado da porta, um aviso com erro de digitação dizia AUDIÊNCIA DO COMITÊ DE PERDÃO E LIBERDADE CONDICIONAL. No interior da sala de reuniões, encontrou o chefe, Hal Kronon, presidente do ZP, cujo e-mail urgente a havia convocado. Ele conversava com seu advogado, Mel Tooley, e outro homem de terno que Evon não reconheceu.

Ela havia sido, durante vinte anos, agente especial do FBI antes de aceitar aquele emprego, e aprendera que o poder do Estado, ao qual frequentemente se referem como uma doença terrível, costumava se destacar pela completa falta de majestade com a qual era exercido. As deliberações mensais da Comissão de Perdão e Liberdade Condicional a respeito da liberdade de dezenas de seres humanos seriam conduzidas naquela sala de teto baixo e sem janelas, em cadeiras de metal dobráveis arrumadas junto a duas mesas dobráveis. Atrás das cadeiras, a grande insígnia do Estado, de 80 centímetros de largura e toda de plástico, pendia levemente torta na parede manchada. Um púlpito com um microfone estava centralizado entre os membros do comitê, e duas outras mesas dobráveis estavam reservadas para os participantes, o Estado e quem quer que falasse pelo prisioneiro. A audiência, que a placa na porta dizia que começaria às duas horas, estava, aparentemente, atrasada.

O chefe de Evon, corpulento e de pele morena, a camisa franzida acima do cós da calça do terno feito sob medida e com a gravata torta, enfim a viu e puxou a funcionária para um canto da sala. Enquanto andavam, ela perguntou por que estava ali. A mensagem de Hal não dera nenhuma explicação.

— Estou tentando manter Cass Gianis na prisão — explicou ele. Evon não sabia quase nada sobre o assassinato da irmã de Hal, Dita, em setembro de 1982. O caso havia muito tempo já não era novidade quando Evon se mudou para o Condado de Kindle, 15 anos antes, e Hal preferia não discutir o assunto. O conhecimento dela se limitava àquilo que tinha aparecido nos jornais recentemente: Cass Gianis, o gêmeo idêntico de Paul Gianis, um senador estadual que agora estava concorrendo à prefeitura, havia se declarado culpado de matar Dita, sua namorada à época. — Não é disso que preciso imediatamente.

— E o que é?

— É a SuaCasa — sussurrou Hal. Ele estava negociando havia três meses para comprar a SuaCasa, uma das maiores construtoras nacionais de comunidades planejadas, por muitas centenas de milhões de dólares. Com a queda dos preços das casas populares, Hal acreditava que poderia pechinchar bastante e diversificar o ZP, como fora aconselhado a fazer durante anos. — Deixamos algo passar durante a inspeção. Em Indianápolis. Parece que pode haver um terreno contaminado em parte da propriedade. Precisamos de investigadores ambientais. O mais rápido possível.

Evon sequer tinha certeza de se tal coisa existia. Pior, conhecendo Hal, desconfiava de que poderia acabar perseguindo fantasmas.

— De onde veio isto? — perguntou Evon, referindo-se à informação.

Hal manteve a voz baixa, os lábios mal se movendo.

— Tim seguiu Dykstra e o restante da equipe da SuaCasa depois que chegaram de avião ontem.

— Cruzes, Hal.

O ZP mantinha Tim Brodie, um velho detetive aposentado da Divisão de Homicídios, na folha de pagamentos anual havia décadas pelo trabalho esporádico que ele realizava como investigador particular para Hal. Evon não via utilidade em investigadores particulares, pois a maioria queria ser ou havia sido da polícia e não conhecia limites, podendo causar problemas para a empresa. Fazer com que Brodie espionasse os adversários de negócios era típico das ações impulsivas e arriscadas de Hal.

— Coloque alguém para verificar isso — ordenou Hal a Evon —, mas não vá muito longe. Talvez precise da sua ajuda aqui.

Como chefe, Hal Kronon, que comandava o ZP sozinho desde a morte do pai, Zeus, vinte anos antes, parecia existir em um estado de agitação constante. Podia ser imperioso às vezes, ou mesmo indignado e suplicante, e sempre falava alto e possuía opiniões definidas. Em qualquer dos humores, Hal exigia gratificação imediata dos funcionários. Levando isso em consideração, Evon costumava se espantar com o quanto havia se afeiçoado a ele ao longo dos três anos que estava no ZP. Principalmente por Hal ter sido surpreendentemente generoso, tornando Evon muito mais rica que uma jovem de Kaskia, no Colorado, jamais teria sonhado ser possível. Porém, mais que isso, Evon gostava de Hal porque ele era bastante desprezível quando precisava da ajuda dela e imensamente grato depois. Era um daqueles homens que requeriam muitas mulheres para cuidar dele, principalmente agora que a mãe, Hermione, tinha morrido. Havia sua esposa, Mina, engraçada, mandona e gorducha como o marido, e a idosa tia Teri, irmã do pai de Hal, que assustava um pouco a todos. No trabalho, Evon se tornara uma das principais confidentes de Hal, e costumava ouvir o chefe durante horas, assentindo e tentando, gentilmente, salvá-lo de si mesmo.

Ela foi para o corredor telefonar para o assistente da vice-presidência, que cuidava da região do vale do Ohio, e lhe disse para ir até Indianápolis encontrar alguém que pudesse investigar a contaminação ambiental. No interior da sala, Mel Tooley, o advogado de Hal, contou a Evon que a audiência tinha sido atrasada mais uma vez porque o advogado de Cass ainda estava a caminho. O chefe dela havia saído para retornar algumas ligações. Mel estava verificando o smartphone sentado em um assento de uma das três fileiras de cadeiras dobráveis montadas para os espectadores, e Evon se sentou ao lado dele. Quando era agente do FBI, ela conhecera Mel apenas por sua reputação, a de ser mais um advogado de defesa mau-caráter e inteligente, porém, de maneira geral, ardiloso. Por intermédio de Hal, vira o melhor lado de Mel, mas ainda desconfiava dele. Para começar, o advogado parecia ridículo, com ternos apertados demais para o físico amplo e um topete desarrumado que devia ter começado a usar quando Tom Jones era a sensação do momento. O emaranhado de cachos castanhos caía sobre a cabeça dele por todos os lados, parecendo algo que ele devia catar do chão toda vez que levava o poodle para a tosa.

Evon pediu a Mel para explicar melhor o que deveria acontecer naquela tarde. Ele esfregou os olhos, angustiado.

— É apenas Hal sendo Hal — respondeu.

O advogado explicou que era garantido aos familiares de vítimas de homicídio o direito de exigir uma audiência antes de um assassino condenado ser solto. No entanto, não havia embasamento para manter Cass Gianis preso por mais tempo. Ele cumprira quase toda a pena de 25 anos a que fora condenado quando se declarou culpado, faltando só seis meses, e a única forma de mantê-lo preso seria por alguma infração disciplinar séria. Em vez disso, Gianis tinha sido um prisioneiro exemplar.

— Aqui — falou Mel —, veja este arquivo. Veja se deixei passar alguma coisa. — Ele entregou a Evon uma pesada pasta vermelha e saiu para retornar uma ligação particular, enquanto a mulher permaneceu sentada, virando as páginas. Um elemento essencial do acordo original de Cass tinha sido, aparentemente, a prisão em uma instituição de segurança mínima, tratamento raramente concedido a um assassino, pelo qual Evon presumiu ter havido muita negociação. Como resultado, Cass estava na Instituição Prisional Masculina de Hillcrest, a cerca de 120 quilômetros da área metropolitana de Tri-Cities, havia mais de duas décadas, recusando até mesmo transferências para prisões mais novas onde poderia ter a própria cela. Os formulários que preenchera relatavam que Hillcrest, apesar da estrutura militar, ficava em um lugar mais acessível para a família, principalmente para o irmão gêmeo, que o visitava quase todo domingo.

Tooley examinara cada pedaço de papel que Hillcrest possuía a respeito de Cass, desde a fotografia da ficha criminal e as impressões digitais que havia fornecido ao entrar na prisão, em julho de 1983, até o relatório mais recente de seu advogado. Conforme dissera Mel, a impressão geral do pesado arquivo era de alguém que tinha conseguido fazer o raro truque de se tornar popular com a administração, com os agentes penitenciários e com os colegas presidiários, para os quais Cass dava, todos os dias, aulas de legislação e para a obtenção do diploma de equivalência do ensino médio. Mais recentemente, Gianis tinha terminado aulas à distância para se qualificar como professor. Em um meio no qual queixas disciplinares eram corriqueiras — brigas por causa do canal de TV, frutas roubadas em meio à confusão que podiam ser fermentadas com um pouco de pão mergulhado em um licor de má qualidade, baseados no fato de que familiares levavam secretamente para dentro —, a ficha de Cass mostrava apenas algumas "multas", anotações por transgressões pouco maiores que ler após as luzes terem sido apagadas.

Houve um farfalhar de agitação à porta. Paul Gianis, com a aparência tão boa quanto na TV, entrava, acompanhado por dois funcionários de terno, uma mulher negra e um homem branco. Eram da equipe de campanha, Evon presumiu. Candidato a prefeito ou não, Paul aparentemente retomaria o papel que tinha exercido desde o início como um dos advogados do irmão. Ele pendurou o sobretudo de lã cinza em uma das cadeiras de metal e apoiou uma pasta surrada sobre a mesa destinada aos representantes do prisioneiro.

Tempos atrás, 15 anos antes, Evon poderia dizer que conhecia Paul Gianis relativamente bem, embora se desse conta de que ele talvez não a reconhecesse mais. Naquela época, fora transferida para a cidade a fim de trabalhar no Projeto Petros, uma investigação secreta do FBI sobre corrupção nas cortes do Estado em que ocorriam audiências de casos de danos pessoais. Paul foi aquele raro procurador do Condado de Kindle que mostrou antes de todos a coragem de recusar a tentativa de extorsão de um juiz proeminente. Depois disso, exibiu uma coragem ainda maior, necessária para dizer sim a Evon quando ela pediu que testemunhasse a respeito do incidente, após o juiz ser indiciado. Em seguida, a admiração generalizada por Paul, principalmente por parte da imprensa, o impulsionou à carreira política que o levou a se tornar líder da maioria no Senado estadual. Agora que concorria à prefeitura, estava muito à frente nas pesquisas iniciais graças ao reconhecimento de seu nome e ao apoio generoso oferecido pela associação de advogados que cuidam de casos de danos morais e materiais e por diversos sindicatos.

Evon acenou com a cabeça quando Paul finalmente lançou um olhar distraído em sua direção. Ele pareceu não perceber nada a princípio, então virou o rosto e sorriu.

— Meu Deus, é Evon.

Paul atravessou a sala imediatamente para estender a mão e conversar, de pé ao lado dela, balançando as chaves e as moedas no bolso, respondendo às perguntas de Evon sobre a família dele. A esposa de Paul, Sofia Michalis, era famosa pelos próprios méritos, uma cirurgiã plástica reparadora que havia aparecido no noticiário nacional duas vezes ao liderar equipes de médicos enviados ao Iraque para tratar as vítimas de bombas caseiras. Os dois filhos do casal, disse Paul, estudavam em Easton College.

— E quanto a você? — perguntou ele. — Soube que foi trabalhar para Hal. Como tem sido? — Os cantos da boca de Paul se contraíram. Ele estava obviamente familiarizado com a reputação irascível de Hal.

— Ele não é um cara mau. Ladra, mas não morde.

— Ei — disse Paul. — Conheço Hal desde sempre.

Evon ergueu a cabeça. Jamais tinha ouvido falar daquilo.

— Nossas famílias sempre foram assim. — Paul cruzou os longos dedos. — A tia dele, Teri, era a melhor amiga da minha mãe e foi a *koumbara* dela, a madrinha do casamento dos meus pais. Na nossa igreja, isso também significa que foi madrinha da minha irmã mais velha, a *nouna*, algo muito importante para um grego. Teri esteve em todas as comemorações familiares: Páscoa, Natal e o Dia de Todos os Santos; e Hal era o favorito dela, então ela sempre o levava. Que nem em *Casamento grego*. — Paul sorriu com a menção ao filme. — Por fim, o meu pai e o pai de Hal tiveram uma discussão louca sobre o aluguel da mercearia do meu pai, mas, antes disso, Hal foi até babá de Cass e eu. — Paul exibiu o mesmo sorriso enorme e branco; era atraente, pois o fazia parecer levemente descuidado. — Não preciso dizer que Hal me odeia agora.

Mesmo deixando de lado o assassinato de Dita — que era muito para se deixar de lado —, Hal odiava políticos liberais, os quais, como ele diria, quase sempre queriam pagar por serviços governamentais inúteis através do aumento de impostos sobre propriedades, o que afastava empresas e negócios da cidade e, mais importante, afugentava os inquilinos que alugavam os três maiores shoppings do ZP no Condado de Kindle. Evon normalmente concordava com o argumento. Tinha votado no Partido Republicano a vida inteira, até 2004, quando sentiu que fecharam uma porta para ela ao tentar igualar o casamento gay à lepra.

— Como está a sua campanha? — perguntou Evon.

— Todos dizem que vai bem — respondeu Paul, oferecendo de novo aquele sorriso largo. Era um homem bonito, em forma, com pouco mais de 1,80 metro e cabelos pretos que reluziam como um corvo, exceto por uns poucos fios prateados. O rosto ovalado de Paul fora alterado pelo tempo para aquela forma que, por algum motivo, fica bem apenas em homens, que acabam parecendo mais inteligentes, mais nobres e, portanto, mais adequados ao poder. Em mulheres, é apenas sinal da idade. — Posso contar com o seu voto?

Evon provavelmente teria dito que sim, mesmo que não fosse brincadeira, mas Paul foi interrompido pela chegada do advogado principal de Cass, Sandy Stern, que, de acordo com o arquivo da prisão, o representara quando ele alegou culpa. Gordo e careca, com modos enigmaticamente elegantes, Stern demonstrava existir uma vantagem em parecer estar na meia-idade quando se é jovem. Ele mal parecia ter mudado nos 15 anos que se passaram desde que havia feito o primeiro interrogatório com Evon em um dos casos do Projeto Petros. Stern cumprimentou Paul e apertou a mão de Evon dando um leve aceno de cabeça, embora ela não tivesse certeza de se ele de fato se lembrava dela.

Uma auxiliar magricela surgiu da sala dos fundos para anunciar que os membros da comissão estavam prontos, de modo que Evon chamou Tooley e Hal no corredor. Quando os dois voltaram para a sala de reuniões, um auxiliar de xerife guiava Cass Gianis de uma porta lateral. Ele se movia a passos curtos, pois estava com as pernas e as mãos algemadas, as algemas unidas por uma corrente de metal que circundava a cintura do macacão azul. Paul pediu permissão ao auxiliar antes de abraçar o irmão.

Embora os Gianis fossem, obviamente, gêmeos idênticos, Evon percebeu ao vê-los lado a lado que, assim como suas amigas de Kaskia, as irmãs Sherrells, eles não amadureceram como cópias exatas um do outro. Cass era um pouquinho mais alto e encorpado. A diferença mais notável era que o nariz de Paul tinha sido quebrado anos antes. Havia uma história engraçada a respeito disso, recontada em todas as entrevistas de perfil de Paul, porque, durante a lua de mel, em 1983, a esposa dele, Sofia, acidentalmente o acertara com uma raquete de tênis quando ele tentava ensiná-la a jogar. O pai de Sofia, ao ver o curativo quando os dois retornaram, teria dito:

— Achei que tivesse avisado para não desafiá-la.

Paul havia ficado com um caroço arroxeado no nariz que parecia um pouco com a articulação dos dedos. Os dois irmãos usavam óculos. A armação dos de Cass, feita a pedido da penitenciária, era de plástico transparente simples; os óculos de Paul tinham a armação preta e eram quadrados e estilosos. Alguns diziam que Paul desistira de usar lentes de contato para esconder o nariz quebrado, mas, para Evon, aquilo tornava o contraste entre os irmãos mais aparente. A semelhança entre os gêmeos, nos demais aspectos, era grande, à exceção de Cass usar os cabelos espessos, grandes graças ao privilégio da segurança mínima, repartidos para a esquerda, enquanto Paul os penteava para o outro lado.

Os cinco integrantes da comissão entraram em fila de uma porta nos fundos, quatro homens e uma mulher de diversidade racial semelhante à de um pôster da ONU. Evon não fazia ideia de quem era qualquer um deles. Sem dúvida eram todos amigos do governador, um republicano, e, portanto, provavelmente inclinado a favorecer Hal, que, basicamente por conta própria, financiava as operações do Partido Republicano no Condado de Kindle.

O presidente da comissão, um sujeito de aparência triste chamado Perfectus Elder, iniciou a discussão de diversos casos que receberam apenas comentários superficiais do assistente do promotor-geral, um homem esguio de nome Logan com o qual Hal e Tooley estavam conversando quando Evon chegou. Enquanto isso acontecia, uma senhora idosa em cadeira de rodas foi empurrada para o interior da sala de audiência por sua minúscula cuidadora filipina. A mulher estava absorta em murmúrios ininteligíveis, e a cuidadora a repreendia baixinho, como se falasse com uma criança pequena. Os cabelos brancos da idosa estavam embaraçados e ralos, como os restos de um fruto de algodão, mas ela estava muito bem-vestida e, mesmo abatida pela idade e pela doença, sustentava um semblante de determinação. Paul virou de costas para o irmão para cumprimentar a senhora, que se jogou sobre ele com tanto desespero que Evon descobriu ser a mãe dos gêmeos.

— Encenação típica — murmurou Hal imediatamente, alto o bastante para que a comissão ouvisse a observação.

Sob a mesa, Tooley segurou a mão de Hal. Evon estivera em tantas salas de audiência que compartilhava das suspeitas dele. Stern e Paul, um advogado com um histórico de julgamentos bem-sucedidos que fizera fortuna no litígio nacional do tabaco após deixar o escritório da promotoria, usavam a mãe dos gêmeos como prova, demonstrando que não havia tempo a perder na libertação de Cass. Enquanto isso, Paul mais uma vez esperou o consentimento do auxiliar de xerife para acenar para Cass, que se voltou e abraçou a mãe. Ela se transformou em um caos de lágrimas, o choro preenchendo rapidamente a sala de audiência. Evon se deu conta de que talvez fizesse anos desde que a senhora vira os filhos juntos. O presidente da mesa, Elder, fez uma rápida careta, então anunciou o caso pelo qual todos ali estavam obviamente esperando.

— Caso de Cassian Gianis, número 54669, objeção de Herakles Kronon. — Elder fez uma grande confusão com os nomes de Hal, não apenas o primeiro, que costumava ser pronunciado erroneamente, mas o último também, que foi dito como se Hal fosse um irlandês chamado Cronin.

Mel de um lado e Stern e Paul do outro se aproximaram do púlpito e informaram seus nomes para o registro, que consistia na gravação de uma fita, feita pela jovem esguia que operava a máquina na extremidade da mesa. Diversos repórteres entraram nos últimos minutos e ocupavam os assentos ao lado de Evon, na primeira fileira de cadeiras, assim como os dois funcionários de Paul. A notícia de que Paul Gianis estava no prédio parecia ter atraído vários outros curiosos, que preencheram a segunda e a terceira fileiras.

— O Sr. Gianis será libertado no dia 30 de janeiro — falou Elder — e o Sr. Kronon fez uma objeção. Sr. Tooley, como devemos proceder?

— Meu cliente gostaria de se dirigir à comissão — anunciou Mel, e se colocou de lado para permitir que Hal tomasse seu lugar. Tooley dava liberdade ao cliente, mas fazia o máximo possível para não afundar com ele. Todos na sala, à exceção de Hal, aceitavam a inevitabilidade da eleição de Paul Gianis.

Hal ficou de pé, parecendo desconfortável, como Evon tinha previsto. Ele havia se esquecido de abotoar o colarinho da camisa e estava com a gravata para o lado; além disso, não sabia o que fazer com as mãos, as quais, por fim, uniu à frente do corpo. O chefe de Evon, mesmo em seus melhores dias, não era uma presença física agradável. Tinha uma enorme barriga flácida e um rosto esquisito, como um lagarto, com olhos esbugalhados, maxilar protuberante, óculos espessos com armação de tartaruga e nariz achatado. Seus cabelos tinham sido reduzidos a alguns fios escassos.

Ele expressou gratidão aos membros da comissão e iniciou um solilóquio improvisado sobre a morte de Dita. Embora Hal, em geral, evitasse as emoções indesejadas que emergiam quando falava do assassinato da irmã, Dita jamais saía de sua mente. No escritório dele havia um pequeno santuário dedicado a ela, incluindo uma fotografia do seu último ano de faculdade com a fraternidade Kappa Kappa Gamma, na universidade estadual. Dita era deslumbrante, de pele morena, olhos enormes e um sorriso largo e irônico.

Depois de alguns minutos falando, Hal chorava mas também soava muito incoerente. Apenas uma coisa estava clara naquela apresentação. Uma vez que a dor de Hal permanecia, parecia errado permitir que Cass Gianis saísse em liberdade.

Enquanto Hal falava, murmúrios insanos ocasionais eram emitidos pela mãe dos gêmeos, do outro lado da sala, apesar dos esforços persistentes da cuidadora para calar a mulher. Na outra mesa, Paul e Cass permaneciam respeitosamente impassíveis durante a apresentação de Hal.

Quando Hal finalmente se sentou de novo, Stern se levantou, com o cuidado de fechar primeiro o botão do meio do paletó. Ele ainda tinha o leve sotaque de sua terra natal, a Argentina.

— Ninguém deseja mais do que Cass, assim como sua mãe e seu irmão ao seu lado, que os eventos daquela noite, há 25 anos, pudessem ser desfeitos. Foi uma fonte de luto terrível para a família, e eles entendem que a própria perda foi pequena comparada àquela dos Kronons. Mas Cass pagou o preço determinado pela lei, uma sentença que foi estabelecida com o consentimento dos Kronons à época. O registro...

Hal não conseguiu se conter.

— Estava tudo bem para meu pai e minha mãe. Jamais concordei com isso.

O presidente Elder pareceu ainda mais triste diante daquela explosão. Ele procurou um martelo e, ao não o encontrar, bateu com a palma da mão na mesa dobrável no momento em que Tooley brigava com Hal, pedindo para que retornasse ao assento. Diversos espectadores murmuraram. Se Hal esperava agitar a opinião pública, não estava funcionando. Ele estava fazendo papel de tolo.

Elder acenou para Stern, que continuou por apenas mais um instante. Ao terminar, inclinou-se para a esquerda e para a direita, para se consultar com os colegas. Era incomum que alguém de posição tão elevada aparecesse naquelas audiências, exceto quando promotores midiáticos, em geral aqueles que concorriam à reeleição, surgiam para censurar a libertação de um prisioneiro particularmente famoso. Mas aquilo era parte da agenda programada. Ter estranhos influentes como Paul e Hal em disputa diante da comissão era desconfortável, principalmente quando havia repórteres no local. Elder claramente queria acabar com aquilo.

— A data de libertação permanece — declarou o presidente da comissão. Os membros então saíram em disparada pela porta, como líquido passando por um funil.

Evon observou enquanto Paul Gianis abraçava o irmão. Os auxiliares de xerife seguraram a manga do macacão azul de Cass, mas permitiram que o prisioneiro abraçasse a mãe rapidamente antes de o levarem embora da sala. Os repórteres cercaram Paul.

Stern apertou a mão de Tooley e saiu na frente. Hal saiu com Evon e Mel em uma procissão insatisfeita atrás de si.

— Um desperdício de palavras — observou Hal no corredor.

A porta da sala de reuniões se abriu um segundo depois, e a cuidadora surgiu, com dificuldades para passar com a cadeira de rodas da Sra. Gianis pelo portal. Hal, que, à sua maneira, era um cavalheiro, correu para ajudar. E, só para comprovar que nunca se sabia o que esperar dele, ajoelhou-se ao lado da senhora assim que ela estava do lado de fora, aproximando o corpo do dela como se não tivesse acabado de descrever seu filho como a cria de Satã.

— Titia Lidia — chamou Hal. Ele apoiou a mão no antebraço da tia, cuja pele marrom estava salpicada por manchas senis e tinha uma linha fina e branca, reluzente como uma antiga queimadura. Evon se lembrou da deterioração da pele da própria mãe quando ela estava morrendo. Parecia fina como papel, como se fosse possível rasgá-la com os dedos. — Titia Lidia, é Hal Kronon. O filho de Zeus e de Hermione. É tão bom ver você.

— Hal sorriu para a tia enquanto a senhora olhava em volta tentando entender. Os olhos dela estavam cheios d'água por causa da idade avançada e quase sem cílios. Para ajudá-la, Hal repetiu em grego. A única coisa que Evon entendeu foi quando Hal repetiu seu nome de batismo. Mas a Sra. Gianis também compreendeu isso.

— Herakles! — exclamou a senhora. Ela balançou a cabeça diversas vezes. — Herakles — repetiu a mulher, e levou a mão à bochecha de Hal com incrível carinho. A porta se abriu de novo e dessa vez Paul emergiu, seguido por um trio de repórteres e pelos dois funcionários mais jovens. Hal se levantou, os olhos cheios d'água de novo, o lenço gasto amassado no centro do rosto. Paul avaliou a cena por um segundo, então falou com a cuidadora:

— Nelda, acho que deveria levar mamãe para cima. Estão esperando por ela no asilo. — A Sra. Gianis ainda estava dizendo "Herakles" enquanto a cuidadora a levava embora. Paul se voltou para Hal com uma expressão amarga, algo entre desgosto e espanto. Os lábios estavam contraídos.

— Não me olhe com maldade, Paul — avisou Hal. — Sua mãe sempre foi carinhosa comigo. *Ela* não matou ninguém. O que não posso dizer a seu respeito.

Com essa última observação, a boca de Paul se escancarou e ele deu um passo para trás.

— Santo Deus, Hal.

— Não diga "santo Deus" para mim. Você se safou dessa, mas sei que teve alguma participação na morte de Dita. Sempre soube.

Os três repórteres escreviam furiosamente nos bloquinhos em espiral. Paul franziu a testa diante deles. Sua imagem pública era de uma pessoa eternamente ponderada e não abriria mão disso, não importava qual fosse a provocação. Paul encarou Hal com rigidez por mais um instante.

— Isto é loucura, Hal. Você só está chateado. — Ele gesticulou para os dois jovens que o acompanhavam e vestiu o sobretudo enquanto disparava pelo corredor.

Os repórteres imediatamente cercaram Hal. Maria Sonreia, do Channel 4, que usava a maquiagem pesada para as câmeras, as sobrancelhas tão perfeitamente delineadas que poderiam ter sido coladas no rosto, perguntou diversas vezes a Hal:

— Qual você acha que foi, exatamente, o papel do senador Gianis no assassinato de sua irmã?

Tooley, que, como Evon, tinha ficado sem palavras, finalmente interveio; segurou o braço de Hal e o puxou para longe.

— Não temos mais nada a dizer no momento — falou Mel. — Talvez façamos uma declaração amanhã.

Evon ligou para pedir o carro de Hal a caminho do elevador, e a limusine, uma Bentley cujo couro cor de caramelo sempre a fazia se sentir dentro de um porta-joias, estava ao meio-fio quando os três chegaram. Delman, o motorista, segurou a porta para eles, sorrindo de modo acolhedor enquanto uma guarda de trânsito com colete reflexivo agitava o bastão luminoso e o mandava sair. Sob instruções de Hal, Evon entrou no carro. Delman deixaria Hal no escritório, então levaria Evon de volta para que buscasse o próprio carro.

— Hal, que *droga* foi aquela? — questionou Tooley assim que partiram.

Mel era amigo de infância dele. Entre os muitos mitos de Hal a respeito de si mesmo, havia aquele que dizia que ele era um "garoto da cidade" que fora criado em um bangalô em Kewahnee, não na mansão do Condado de Greenwood para a qual seu pai mudara com a família após Hal terminar o ensino fundamental. Hal não sentia apreço pelos suburbanos de boa família com os quais havia frequentado o ensino médio e a faculdade, e entre os quais agora criava os próprios filhos; tinha dado preferência a alguns dos amigos da escola primária, como Mel, que, verdade seja dita, provavelmente o rejeitara naquela época, como todo mundo. Bajulador por natureza, Tooley, mesmo assim, era correto quando precisava ser com Hal, que, sob o humor certo, conseguia tolerar uma conversa sincera.

— Sabe que vai estar na primeira página amanhã — prosseguiu Mel.

— Obviamente — concordou Hal. Era impossível se esquecer de que Hal, apesar do magma emocional que frequentemente forçava o caminho até a superfície, às vezes era ardiloso.

— Não há chance alguma, ou há, de eu conseguir convencer você a emitir uma declaração pública esta tarde se retratando pelo que acabou de dizer? Se agirmos rapidamente, talvez Paul não o processe por difamação.

— Difamação?

— Hal, o homem está concorrendo à prefeitura. Você acaba de chamá-lo de assassino. Ele vai processar você por calúnia. Paul não pode ignorar isso.

Hal estava engolido pelo sobretudo, os braços cruzados sobre o peito, parecendo um pouco com um pássaro durante a muda.

— Não vou me retratar quanto a nada. — Possuir 1 bilhão de dólares exerce um efeito estranho sobre as pessoas, conforme Evon aprendera. No caso de Hal, costumava transformá-lo em um bebezão. — Deixe que ele me processe. Não tenho o direito de expressar a minha opinião sobre alguém que está concorrendo à prefeitura?

— Mesmo com uma figura pública, Hal, a lei diz que não se pode fazer acusações que carreguem um descompromisso malicioso com a verdade.

— *É* verdade. Guarde minhas palavras. Os gêmeos estavam juntos nessa. Conheço aqueles dois desde que nasceram. De modo algum um deles poderia ter feito algo assim sem envolver o outro.

Tooley fez que não com a cabeça.

— Hal, cara, acompanhei este caso para você durante décadas. Jamais vi uma palavra que implicasse Paul. E é um momento ridículo para fazer essa acusação. Depois de 25 anos, você, de repente, abre a boca, culpando Paul pelo crime do irmão, justamente quando ele está com uma boa chance de se tornar prefeito e você é o principal doador do partido de oposição?

Hal refletiu sobre tudo isso com uma expressão azeda, os olhos se movendo por trás das lentes espessas dos óculos como ratos encurralados.

— O cara me irrita.

Evon ainda não estava em posição de entender em sua totalidade a teia de ressentimentos familiares em jogo ali. Mas pelo menos parte da fúria de Hal era compreensível. O assassinato de Dita havia acabado com a carreira política do pai deles. Zeus abandonara a campanha para governador dias depois da morte da filha. E ali estava Paul, escalando o monte Olimpo, com os jornais já cantando sua vitória. Provavelmente o gabinete do governador seria o próximo passo.

— Sempre achei que ele tivesse algo a ver com isso — comentou Hal. — Meus pais jamais quiseram ouvir, nenhum dos dois. Meu pai vivia nos dizendo "essa é uma grande tragédia para os Gianis, assim como para nós", e minha mãe, principalmente depois que papai morreu, apenas odiava falar sobre tudo isto. E fiquei em silêncio pelo bem deles. Mas, agora que se foram, falo o que penso. Acho que vou até mandar fazer uns comerciais. — Hal balançou a cabeça determinado. Evon começava a perceber que nenhuma das observações dele, no carro ou no corredor, era totalmente espontânea. Ele tinha considerado fazer um escândalo, assim como considerara o potencial resultado, quando chegou ao local naquele dia.

— Isso apenas vai impulsioná-lo aos tribunais — disse Tooley. — Se pegar essa estrada, amigo, é melhor que tenha provas.

— Evon vai encontrar as provas.

— Eu? — Evon não conseguiu se conter. Ela, contudo, havia passado três anos retirando Hal dos buracos nos quais ele se metia.

— Ligue para Tim — pediu Hal.

— Tim? — indagou Evon. Hal estava falando do investigador particular que contratara para seguir Corus Dykstra, da SuaCasa, no dia anterior.

— Tim conhece o caso — anunciou Hal. — Ele jamais achou que a história estivesse completa. Aposto que já tem muita coisa a respeito de Paul.

Os três chegaram ao prédio do ZP, e Hal, que tinha uma teleconferência sobre a aquisição da SuaCasa, saiu para poder subir até o escritório, no quadragésimo andar. Mas colocou a cabeça de volta no interior do carro por um segundo para entregar um pedaço de papel.

— É o celular de Tim. Encontre-o. Ele vai ajudar.

3.

Horgan — 10 de janeiro de 2008

A generosidade de Raymond Horgan tinha sido um vento favorável para Paul Gianis ao longo da carreira. Stan Sennett, o antigo promotor-chefe de Ray, era primo em segundo grau de Paul e havia conseguido a primeira entrevista dele com Ray em 1982; os dois se deram bem de imediato. Após o assassinato de Dita, Ray mantivera a proposta de emprego a Paul em aberto enquanto ele trabalhava com Sandy Stern na defesa do irmão, e isso não mudou mesmo depois de Cass se declarar culpado. Ray dizia que sempre ensinava aos assistentes que perguntassem a si mesmos a respeito de qualquer sentença: "Você estaria sendo justo se o réu fosse seu irmão?" Ele duvidava que Paul precisasse ser lembrado disso.

Em 1986, Ray perdeu as eleições primárias para seu ex-assistente, Nico Della Guardia, e Paul saiu logo depois para se tornar advogado especializado em causas relacionadas a danos morais e materiais. Mesmo fora do escritório, no entanto, Ray permaneceu uma figura proeminente no Partido Democrático de Fazendeiros e Sindicatos. Horgan tinha ajudado Paul a buscar direcionamento quando ele decidira se voltar para a política uma década antes, após dois grandiosos julgamentos de responsabilidade civil, principalmente o litígio do tabaco, transformarem trabalho em lazer para ele. Foi Ray quem primeiro apresentou Paul aos líderes trabalhistas locais, e quem, há quatro anos, conseguiu que duas pessoas cedessem e assegurassem os votos de que Paul precisava como candidato do Partido Reformista para se tornar líder da maioria no Senado. Agora Ray era o conselheiro-geral da campanha de Paul à prefeitura.

— Não mera falsidade. Mas um descompromisso negligente com a verdade — disse Ray, recitando o nível comprobatório que uma figura pública como Paul precisava oferecer para vencer um processo por difamação.

Aos 70 e poucos anos, Horgan estava com o rosto tão vermelho sob a fina camada de cabelos brancos que era difícil não lembrar um pirulito. Ficara manco depois de duas cirurgias nos joelhos e sequer fingia conseguir recordar nomes. Alguns menosprezavam-no como um político pré-histórico. Mas ele ainda tinha a esperteza e um ar de puro deleite diante da mecânica ardilosa do poder.

— E podemos provar isso? — perguntou Paul a ele.

— Deve ser moleza — respondeu Ray. — Que prova eles têm de que você teve alguma participação naquele assassinato?

Do outro lado da reluzente mesa de reuniões, Mark Crully, o gerente de campanha de Paul, baixou o lápis.

— Precisamos processar — disse Crully. Mark era um sujeito silencioso e motivado, um general do exército que atua nos bastidores e que jamais aparece na televisão. Ele havia gerenciado campanhas durante uma década por todo o país, tendo ganhado recentemente uma eleição especial para uma cadeira no Congresso para a Califórnia que pertencera aos republicanos por cinquenta anos. Ele era bom. Mas só queria saber de uma coisa: vencer. E estava irritadiço agora. Não tinha paciência para advogados. Ou qualquer outra pessoa. — Precisamos processar — repetiu ele.

Paul decidiu ignorar Crully, que costumava ter uma visão particular de quem trabalhava para quem. Em vez disso, falou com Horgan:

— Mas é nossa responsabilidade demonstrar que não tive nada a ver com aquele assassinato, não é? É sempre um saco comprovar uma negativa. E não é como se pudéssemos testar o DNA do sangue da cena do crime. Somos gêmeos idênticos.

— Verdade — concordou Ray. — Mas descobriremos algo. E a descoberta mostrará que Hal não tem nada. Certo?

Os três estavam sentados na sala de reuniões que lembrava um aquário, no centro do escritório de campanha de Paul, com paredes de vidro erguidas de dois lados. O projeto era de Crully. Ele acreditava que um visual de transparência enviava a mensagem certa, tanto para os funcionários da campanha quanto para a imprensa, nas poucas ocasiões em que era admitida. No entanto, Paul, que estava acostumado a guardar os próprios segredos, não conseguia se acostumar com aquilo.

Ao olhar pelo vidro para o escritório entulhado do lado de fora, alguém poderia pensar que aquela era uma campanha sem atribulações. Havia provavelmente cem pessoas no trabalho às dez horas, todas, à exceção de umas vinte, voluntárias, movendo-se apressadamente e com determinação. O espaço pertencia a um cara que Paul conhecia desde a faculdade de direito, Max Florence, que doara dois andares. Eles compraram divisórias modulares brancas com grandes janelas e já estavam com o escritório montado e funcionando no dia em que Paul anunciou que concorreria. Isso demonstrava magnificência à sua meia dúzia de opositores.

Metade do escritório foi designada à angariação de fundos. A maioria dos voluntários ali estava ao telefone, discando para conseguir dólares a partir das listas que Paul montara em quatro campanhas diferentes. O Campo, a segunda das três grandes operações de campanha, situava-se bem diante de onde eles estavam sentados. Jean Orange ria de algo com seus dois assistentes; as paredes de metal da seção estavam cobertas com mapas do condado, etiquetas verdes mostrando onde abriram escritórios locais, etiquetas vermelhas indicando as áreas em que o membro do comitê ou do conselho havia prometido ajudar. Agora que as festas de fim de ano tinham passado, Jean esperava ter mil pessoas batendo nas portas naquele fim de semana, identificando seus eleitores. A Comunicação, no canto, era onde, nesse dia, as pessoas estavam fazendo valer o salário que recebiam. Tom Mileie, de 32 anos, especialista em internet, e seus três funcionários, sem falar dos dois gerentes-assistentes da campanha e do diretor de política, estavam atendendo ligações de repórteres que queriam saber o que Paul tinha a declarar agora que Hal Kronon havia declarado mais uma vez que ele ajudara a assassinar Dita.

Crully interrompeu de novo.

— Precisa processar esse lunático. Você deu a ele um dia para se acalmar. Enviamos uma carta dizendo para parar, e não somente ele não parou como repetiu a acusação para os repórteres esta manhã. Então agora precisamos processá-lo.

Paul estava na vida pública havia tempo o bastante para não se assustar com crises. Elas eram, para dizer a verdade, parte da emoção. As pessoas estavam contando com você. Era preciso se virar. E ele se viraria. Sempre se virava.

— Hal está muito emotivo — disse Paul. — As pessoas entendem isso. Se eu o processar, darei a ele uma ferramenta para manter o assunto no noticiário. Nossa última pesquisa revelou que subimos vinte pontos. Com esse tipo de liderança, você joga com as probabilidades da casa e não aposta.

— Esse cara não precisa de uma ferramenta — rebateu Crully. — Ele tem 1 bilhão de dólares. — Crully vestia uma camisa branca que parecia clara como um farol, os punhos ainda abotoados e uma gravata de seda brilhosa atada ao colarinho. Todos, exceto o pessoal da Comunicação, que em geral precisava usar gravatas para as câmeras, trabalhavam de calça jeans. Porém, Crully preferia demonstrar que ainda era um fuzileiro. Falava com a voz baixa e tentava não demonstrar emoção enquanto passava aquela porra de lápis entre os dedos. Pela experiência de Paul, os Crullys do mundo andavam em duas velocidades. Quando o sujeito voltava para casa, na Pensilvânia, provavelmente passava dois dias chorando no túmulo da mãe, vociferando sobre como o pai tinha sido um bêbado violento e odiando os irmãos. Então retornava ao trabalho com o ar frio de um assassino de aluguel. — E há outro problema. — Mark apontou o lápis para Ray, como se fosse uma deixa.

— Bem, recebi uma ligação — começou Ray. — Um velho amigo. Mais um *alter kocker* como eu. Correm boatos de que Hal contratou Coral Glotten para fazer uma campanha publicitária.

— Com que tema?

— Provavelmente dizendo que você assassinou a irmã dele. E você tem concorrentes. Murchison e Dixon vão descobrir como se aproveitar disso. Todos vão.

— Vamos ver as peças — sugeriu Paul.
Crully largou o lápis de novo.
— Ótimo — disse ele. — Quanto tempo e dinheiro quer gastar tentando desatar esses nós? Você não tem escolha. Isso é uma eleição. Eleições precisam de mitos, de fazer com que pensem que você é um deus, não um mortal. Sabe disso tanto quanto eu.
— Hal pode simplesmente fazer isso? — perguntou Paul. — Gastar zilhões de dólares em anúncios?
— Provavelmente — respondeu Raymond. — Não é um gasto coordenado. Pelo menos até onde sabemos. Ele é um indivíduo exercendo os direitos garantidos pela Primeira Emenda. Pelo menos enquanto houver cinco palhaços na Suprema Corte que acham que gastar dinheiro é uma forma de liberdade de expressão irrestrita.
— Mais que isso — acrescentou Crully. — Suponha que isso seja ilegal. Quer ir ao tribunal? Ou à Comissão Eleitoral? Então Hal não vai precisar pagar pelos anúncios. Simplesmente aparecerá todos os dias nos noticiários dizendo como você está tentando silenciá-lo. Repórteres não gostam de silenciadores. Sempre acham que vão ser os próximos. Mas essa é a questão: você vai ao tribunal. A única dúvida é quando. Agora, quando se espera que uma pessoa inocente expresse indignação? Ou daqui a três semanas, quando estiver reclamando de quanto dinheiro Hal está gastando para xingar você? Não é uma decisão difícil — falou Crully. Ele abaixou o queixo para que Paul pudesse ver o olhar inexpressivo em seus olhos claros.

Mario Cuomo afirmou que a campanha é feita com poesia e o governo com prosa, mas, até onde Paul sabia, ambos eram idas ao abatedouro, apenas com entradas diferentes. Governar e concorrer eram ambos brutais, com muito derramamento de sangue, veias que ele mesmo abria e lanças no corpo atiradas pelos oponentes. A política seria sempre uma guerra de todos contra todos — e isso incluía as pessoas que deveriam estar ao seu lado. Crully, por exemplo, queria que Paul ganhasse. Mas apenas para que ele próprio pudesse gerenciar campanhas ainda maiores. Ele não se importava realmente com a família de Paul ou com os ajustes complexos que tiveram que fazer durante décadas para conviver com o terrível fato da morte de Dita. A verdade era que Crully aceitara o emprego para que pudesse ficar fora da disputa entre Obama e Hillary. Em maio, quando o segundo turno da eleição para prefeito estava programado para acontecer, haveria um vencedor definido na disputa presidencial, e Mark poderia saltar para essa campanha, provavelmente para coordenar um estado de eleitores ainda sem posição definida.

— Está bem, Mark — disse Paul. — Entendo, mas Hal vai usar isso para arrastar qualquer vira-lata para o tribunal. Quero dizer, vou ter que depor duas semanas antes da eleição?

— Você não vai fazer nada — explicou Crully. — Processe Kronon e os advogados vão atrasar tudo. Ele entrará com uma petição para anular a medida porque você está violando o direito dele à livre expressão e levaremos semanas para responder, então a eleição vai acontecer. — Crully gesticulou com o dorso da mão para Ray, desprezando a lei, todos os seus floreios rotineiros e sua previsível ineficiência.

Ray costumava achar Crully divertido, talvez porque estivesse na equipe que o encontrou. Mas agora ele parecia irritado. Levantou-se para pendurar o paletó no encosto da cadeira. Como Paul, preferia simplesmente ignorar Mark às vezes.

— Existem riscos se processarmos Hal? Claro — declarou Ray, enquanto enrolava os punhos da camisa. — Mas ele deixou você muito encurralado aqui. Vai continuar dizendo que assassinou a irmã dele para qualquer um que ouça. Mas também há uma chance de se calar. Talvez o juiz o *obrigue* a se calar. No fim das contas, acho que você precisa fazer isso, Paulie. Ou vai fazer campanha sob a sombra do assassinato de Dita. É muito peso para quem está tentando alcançar a linha de chegada. Você precisa dizer: "Eu não fiz isso."

— E se eu disser que não fiz isso?

— Você vai precisar embasar a afirmação. Processe e terá muito a perder.

Paul fechou os olhos para pensar. Mesmo em momentos como esse, amava aquela vida. Ou grande parte dela. A parte do dinheiro era horrível e piorava. Beirava o insuportável. Não era possível arrecadar fundos junto a alguém que não tivesse objetivos e um anel para ser beijado. Mas do resto ainda gostava. Conhecia a si mesmo o bastante para admitir que apreciava o calor dos holofotes — Lidia ensinara a todos os filhos que mereciam atenção. Porém, ainda encontrava emoção na magnitude dos problemas e em descobrir como solucioná-los. O condado fazia um jogo de trapaças há uma década — não existia dinheiro para gerenciar as escolas ou pagar as aposentadorias, bastava saber matemática básica para notar. Mas ele, Paulie Gianis, ele seria aquele que resolveria a questão. Não havia outro emprego com esse tipo de impacto, no qual o efeito do breve tempo na Terra fosse tão ampliado, para além do próprio círculo. Alguém podia inventar alguma coisa, como o semicondutor, ou fazer um filme e mudar vidas também, se por acaso as pessoas esbarrassem nessas coisas. Mas na política o efeito era universal. Toda pessoa com quem se cruzasse na rua tinha algo a ver com o que se fazia ou uma opinião a respeito disso. O mundo era o que era, cheio de amor, crueldade e indiferença. Mas poderia melhorar, com menos carência, menos violência, mais oportunidades. Nesta vida, os negros passaram dos fundos dos ônibus para, talvez, considerando os resultados da prévia de Iowa na semana anterior, a Casa Branca. E, caso se engolisse todas as coisas difíceis, seria possível descansar sabendo que ajudara a realizar esse tipo de mudança.

— Para ser sincero — falou Raymond —, a única coisa que me faz pensar duas vezes é que ele está basicamente desafiando você a processá-lo.

— Hal é assim — comentou Paul. — O cara é como um brinquedo de corda que gira a própria engrenagem. Se eu ganhar 20 milhões de dólares nesse processo, ele apelará durante cinco anos e nem mesmo reparará ao assinar os cheques. Além do mais, ele acha que todos os democratas são socialistas que querem destruir o sistema de livre iniciativa responsável pelo engrandecimento dos Estados Unidos. Ele sempre foi um fanático de direita. Eu me lembro de quando eu estava com 6 anos e Hal tinha um monte de banners da campanha de Barry Goldwater no quarto. Era 1964. Não havia republicanos em Kewahnee naquela época. Até mesmo Zeus, o pai de Hal, só se tornou republicano quando a família se mudou para o subúrbio e ele se apaixonou por Reagan. A extrema direita era a defesa de Hal contra ser um nerd. Era o modo dele de dizer que era o único cara que sabia a verdade

— Está bem — falou Ray. — Mas ele não pode acreditar de verdade que algum republicano vai vencer neste condado. Se derrubar você, se os democratas se fragmentarem e se Flanagan chegar ao segundo turno, ele vai ser esmagado. Então, se Hal for racional...

— Ele não é.

— Tudo bem — concordou Ray —, mas vamos fingir que é. O senso comum diz que, para ir a público com esse tipo de acusação, é preciso ter provas. Então, nos diga, Paulie. Ele tem?

— Não que eu saiba — respondeu Paul. Horgan, que trabalhara como defensor criminal durante décadas, havia feito a pergunta tão casualmente que Paul respondera com a mesma indiferença. Mas Ray ainda era astuto. Somente agora que seus olhos azul-metálicos se fixaram em Paul ele percebeu que Ray estava fazendo a mesma pergunta há dez minutos, esperando uma resposta inequívoca.

No entanto, Crully não o deixaria responder. Ele se levantou, com todo o seu 1,60m, mas ainda parecendo, pela determinação no rosto, alguém de que não se gostaria de provocar. Estava cansado de perder tempo.

— Precisa processar. Ponto. Pessoalmente, Ray, não vou quebrar a cabeça me perguntando o que Hal sabe. Porque, se souber de alguma coisa real, Paul não vai ser eleito prefeito de qualquer modo. — Crully se voltou para o candidato. — Então, Paul, ou desiste agora ou processa.

Crully jogou o lápis no ar e o deixou quicar na mesa, então saiu da sala.

4.

Casa de Tim — 11 de janeiro de 2008

Tim Brodie morava no mesmo bairro de Kewahnee em que Paul e Cass Gianis cresceram e onde Hal havia começado. As casas de telhado inclinado, todas construídas antes da Segunda Guerra Mundial, repousavam, baixinhas como sapos, em lotes de 12 metros, com enormes árvores antigas se erguendo nas ruas nevadas. Quando Tim a comprou, em 1959, pouco depois de ter se tornado detetive, sentiu que havia feito aquilo a que as pessoas se referiam quando o mandavam crescer e se tornar alguém.

Agora, Tim acordou sobressaltado. Estava no sofá xadrez da sala de estar, sentia um peso sobre o peito. Sentou-se com um resmungo ruidoso e esperou até o corpo e a cabeça recobrarem os sentidos. A perna doía insuportavelmente por um breve momento sempre que acordava. Tim não sabia se a dor persistia ou se ele apenas se acostumava com ela. Esperara a vida inteira que o tempo lhe alcançasse, e agora isso estava acontecendo.

Tim reconheceu o som da campainha. Ao conseguir se mover, seguiu para a porta. Normalmente, esperaria que fosse sua neta, Stefanie, porém estivera com ela e seu divertido marido na noite anterior. Em vez disso, viu uma mulher à porta, exalando névoa no frio. Era alguém que ele conhecia, Tim percebeu, mas não conseguia se lembrar de onde

Ele abriu a porta interna, mas não a externa, de vidro.

— Evon Miller — anunciou a mulher e estendeu a mão. — Do ZP.

— Ah, droga — respondeu Tim.

Ele recuou de imediato para receber a mulher. Tim encontrara Evon algumas vezes, a primeira quando ela aceitou o cargo antes ocupado pelo colega de Tim da força policial, Collins Mullaney. Collins gostava do emprego, mas precisou se demitir porque um gerente imobiliário do ZP de Illinois estava pagando propina para reduzir os impostos de propriedades da empresa. Collins caiu fora com uma bolada generosa e não tinha ressentimentos com relação a Evon. Ela era boa, uma moça impressionante, ex-agente do FBI que, anos antes, tinha prendido diversos juízes da corte estadual. Evon estivera nas olimpíadas também. Hóquei sobre grama, pelo que Tim se lembrava. E também não escondia o fato de ser homossexual, algo que ele havia superado logo no início da vida, quando tentou fazer sucesso tocando trombone. Por que diabos se importaria com quem a pessoa dormia se ela tivesse boa afinação e acompanhasse o ritmo?

— A que devo a honra? — perguntou Tim depois de deixá-la entrar. Ele pediu que Evon tirasse o casaco. Ela era bonitinha, de estrutura corpulenta, mas com um jeito um pouco estiloso e cabelos curtos e louros. O rosto dela era amplo, e na luz forte da manhã Tim conseguia ver que sua pele era um pouco marcada.

— Preciso conversar com você sobre uma coisa — começou Evon. — Estou ligando para seu celular há três dias.

— Sério? — Tim viu o aparelho sobre a mesa do saguão onde o havia deixado quando terminou de seguir Corus Dykstra, da SuaCasa. Sem bateria. Gargalhou ao colocar o celular no bolso. — Eu estava mesmo me perguntando por que minha filha ligou para o número fixo ontem. Não envelheça — recomendou Tim a Evon. Aquela era a parte oscilante da idade: o modo como a mente dele parecia não ter um lar na terra, algo que costumava surpreendê-lo.

Tim ofereceu café a Evon, mas ela recusou.

— Cresci em uma cidade mórmon — disse ela. — Meu pai não era praticante, mas nunca desenvolvi o hábito. Aceito um copo d'água, se não tiver problema.

Tim vestia uma camisa de flanela xadrez e calça de sarja, e Evon percebeu que o homem estivera dormindo. O rosto dele estava vermelho, e os cabelos brancos, com alguns fios que começavam a ficar amarelados, estavam bastante arrepiados nos locais em que deveriam cobrir a cabeça careca. Tim possuía um rosto rechonchudo e irregular como uma batata velha, e havia se tornado um daqueles caras idosos com expressão permanentemente cautelosa, como se tivesse medo de que a qualquer segundo alguém se aproveitasse dele. Tim entregou o copo a Evon e então a levou de volta para a sala de estar, onde disse que gostava de se sentar. Evon se lembrava vagamente de ele ser viúvo, e a casa provavelmente estava igual desde que a mulher tinha morrido, alguns anos antes: abarrotada com relíquias de uma vida. Era o tipo de lugar em que era preciso olhar para os dois lados para desviar da mobília. As paredes estavam lotadas de fotografias — tanto da família quanto de paisagens —, assim como de desenhos infantis. Havia objetos empilhados em todos os tampos de mesa: miniaturas de porcelana de Limoges. Pequenas caixas laqueadas. Pesos de papel de vidro. Livros e mais porta-retratos. Poderiam ter filmado *Antiques Roadshow* ali durante meses.

No cômodo dos fundos, um anexo ensolarado com janelas altas, havia música baixa, uma versão em suingue de "It's All Right With Me". A voz do cantor deu lugar a um solo de trombone, e Tim se levantou por um segundo, ouvindo com os olhos fechados e um dedo erguido. Então silenciou a velha vitrola e tirou um LP com cuidado, guardando-o em uma capa acinzentada. Tim andara lendo também, e colocou um marcador dentro de um livro espesso.

— Mitos gregos — respondeu ele quando Evon perguntou sobre o livro. — Depois que Maria morreu, achei que era melhor prosseguir com o que tinha sobrado em meus livros. Eu havia lido Shakespeare e terminado *A comédia dos erros*, mas é meio que uma peça pastelão, sabe, com gêmeos separados ao nascer. As comédias eu aguento, mas *Rei Lear*, nossa, esse é difícil. Esses velhos contos — Tim sopesou o livro com as duas mãos — não conseguem me colocar para dormir tão rápido. — À luz, Evon conseguia ver os fios brancos que ele não tinha barbeado naquela manhã despontando das bochechas de Tim. — Então, está aqui para falar de Dykstra e SuaCasa? — perguntou ele.

— Na verdade, não. Mas Hal diz que você achou muita coisa interessante seguindo-o por aí. Sinceramente, se eu soubesse o que o chefe mandou você fazer, teria tentado impedir. Todo o esquema poderia ter caído por terra.

Tim fez que não com a cabeça.

— Ninguém repara em um cara de 81 anos. Olham direto através de você.

A franqueza melancólica da observação silenciou Evon por um segundo, mas Tim não parecia buscar empatia. Ela mudou de assunto e perguntou a ele se havia lido os jornais naquela semana. Gargalhando, Tim apontou para uma pilha na cozinha, todos embrulhados em plástico azul, mais uma coisa que parecia lhe escapar. Evon entregou a Tim a página principal de quarta-feira, e ele resmungou ao ler a manchete: "*Kronon: Gianis participou do assassinato da irmã.*"

— Ah, minha nossa! — exclamou o homem ao verificar o artigo.

— Paul enviou uma carta exigindo retratação, mas Hal não vai ceder. Na verdade, ele repetiu essas coisas para mais uns dois repórteres. E está planejando colocar anúncios na TV reafirmando isso. Gianis entrou com um processo por difamação ontem, no fim do dia.

— Ah, nossa — falou Tim.

Ele sabia tudo o que as pessoas podiam fazer quando alguém que amavam era assassinado. Um tijolo poderia cair de um prédio e matar alguém querido, e ainda assim não seria tão difícil quanto aceitar um homicídio. Quando um estranho lunático fazia a escolha consciente de acabar com a vida de uma pessoa estimada, isso distorcia tudo aquilo que se pensa a respeito da convivência. Tim havia passado mais de 25 anos dizendo às pessoas que seria melhor superarem com o tempo. Mas algumas simplesmente não conseguiam. E Hal era uma delas.

— Até começar a ler umas notícias antigas, eu não sabia que você estava à frente da investigação do assassinato de Dita.

Tim deu uma risada de escárnio.

— Não havia ninguém à frente daquela investigação.

— Bem, Hal disse que você fazia algumas ideias a respeito de Paul e do assassinato naquela época. É verdade?

— Não pelo que me lembro — respondeu Tim. — Jamais fiquei satisfeito por termos conseguido respostas para todas as perguntas. Então Hal está certo nesse ponto. Mas sobre quantos casos se pode dizer isso? A maioria daqueles em que trabalhei. Há sempre alguma parte do caso que você não aceita bem.

Enquanto esperava um retorno de Tim, Evon pedira que seu assistente imprimisse da internet tudo que dizia respeito à morte de Dita. O assassinato, na ocasião, foi uma sensação. Parecia ter criado uma mistura fervilhante de compaixão, sede por sangue e satisfação sombria no público ao ver esse tipo de tragédia recair sobre pessoas tão privilegiadas, no palácio para o qual tinham fugido para evitar os problemas da cidade. Em vez disso, alguém se esgueirara até o quarto de Dita, enquanto os outros membros da família dormiam, e a matara, deixando uma trilha de sangue e vidro. O caso ganhou as manchetes durante semanas, principalmente quando Zeus desistiu da candidatura para governador. De acordo com os jornais, não havia pistas concretas. Então, do nada, alguns meses depois, Cass Gianis concordou em se declarar culpado de homicídio não premeditado. Porém, jamais houve uma palavra a respeito de Paul, a não ser que se considerasse a menção ao fato de Cass ser um gêmeo idêntico. Quando Paul começou a carreira política, o assunto do assassinato foi reavivado. Todas as matérias com o perfil de Paul diziam que ele visitava Cass diversas vezes todo mês e, supostamente, escrevia para ele todas as noites antes de dormir. Paul jamais falara a respeito do crime, apenas repetia que amava o irmão.

— Como você acabou se envolvendo na investigação? — perguntou Evon a Tim. — Foi designado pelo Condado de Kindle?

— Não, eu nem estava mais em serviço. Tinha chegado aos 55 no ano anterior, então entrei no negócio de aquecedores do meu cunhado. Não, Zeus, o pai de Hal, pediu que eu me envolvesse.

— Como ele o encontrou?

— Ah, eu conhecia Zeus e a família havia anos. Os Kronons moravam a dois quarteirões quando Maria e eu nos mudamos para cá. — Tim se esticou por um segundo para apontar pela janela dos fundos do cômodo ensolarado. — Minha mulher era grega. Batizei todos os meus filhos na

São Demétrio. Eu mesmo falava um pouco da língua. Fui presidente do clube dos homens durante quatro anos. Mas ela perdeu a fé, Maria. Não os valores, veja bem. Porém não conseguia mais apoiar o joelho no chão e louvar o Senhor depois que nossa filha morreu. — O rosto envelhecido de Tim ficou pesaroso quando ele pensou nisso, então pigarreou de novo. — Os gregos, e não estou dizendo nada que as pessoas já não saibam, realmente não têm tempo para mais ninguém a não ser os próprios gregos. Mas Zeus deve ter achado que eu era íntimo o suficiente. Muito fechados, os gregos. Muito orgulhosos, sabe. Fazem piadas de si mesmos para que ninguém mais faça. *Nós inventamos a democracia e estamos à toa desde então*. Mas são um povo dominado. Tiveram o pé dos otomanos no pescoço durante quinhentos anos. Isso tira a alegria de qualquer um, principalmente dos homens. Mas não gostam de admitir. Isso daria crédito demais aos turcos. — Os olhos cinzentos de Tim se voltaram para Evon nesse momento e se detiveram. Ela percebeu que ele havia esquecido a pergunta.

— Você e Zeus eram amigos?

Tim gargalhou.

— Zeus, ele era grandioso demais para mim. Ele nos cumprimentava com alegria, mas tinha abandonado o pessoal do bairro havia muito tempo. O que mais esperar de alguém que chama a si próprio de Zeus?

— Esse não era o nome dele?

— Ah, não mesmo. — Tim segurou o topo da cabeça com as enormes mãos retorcidas para forçar a memória. — Zisis — respondeu por fim. — Ele foi batizado assim. Mas é claro que não demorou muito tempo para as crianças americanas na escola começarem a chamá-lo de "Sissy", um mariquinha. Então, já no ensino médio, ele dizia "Zeus". Não se pode culpá-lo, acho.

Evon perguntou mais uma vez como Zeus tinha envolvido Tim naquela história e ele riu de novo, um ruído encatarrado e chiado.

— Veja bem — falou Tim —, aquela investigação não foi mais organizada que uma briga de bar. Ninguém tinha assumido o controle na cena do crime. Zeus, Hal e a mãe entraram lá umas vinte vezes antes do primeiro policial chegar. Os Kronons tinham inclusive limpado um pouquinho, a mãe até havia arrumado o corpo antes que alguém tivesse pensado em ligar para a polícia. Não que fizesse alguma diferença chamar aquele pessoal, de qualquer forma. Lá no Condado de Greenwood, ninguém via um assassinato há 18 anos, e eles provavelmente não souberam o que fazer naquela época. O que não os impediu de agir sem propósito por um ou dois dias. Então chamaram a polícia estadual, mas havia política demais com Zeus concorrendo ao governo. Todo policial estava lá para observar outra pessoa. Enquanto isso, Zeus estava em frangalhos e começava a gritar que queria o FBI. E os chamou também, pelo conhecimento deles sobre assassinatos. Então havia três grupos de panacas. — Os olhos de Tim se arregalaram quando percebeu com quem estava conversando. — Sem querer ofender — acrescentou ele.

— Não ofendeu — respondeu Evon. Os federais e os locais tinham uma espécie de guerra civil, uma batalha travada de modos diferentes a cada geração.

— Havia três equipes diferentes de papiloscopistas para verificar o lugar — disse Tim —, cada uma com amostras diferentes. Alguns testes foram feitos três vezes, alguns nem foram feitos. Cada equipe achava que a outra estava cuidando das pistas. Foi uma confusão total. Então, com cerca de uma semana, Dickie Zapulski me ligou. Zeus tinha pedido à polícia estadual que me contratasse como agente especial para liderar a investigação. Ele pegou o telefone e praticamente implorou. Para dizer a verdade, eu não estava amando o negócio com os aquecedores nem trabalhar com meu cunhado, mas não sentia muita falta das ruas. Porém, senti pena de Zeus. Eu havia perdido uma filha. Então disse que tudo bem, ele podia me colocar no comando. Não que alguém estivesse disposto a me ouvir.

Quando Evon descobriu, pouco depois de aceitar o emprego, que Hal tinha um investigador particular na folha de pagamento, foi se encontrar com Collins Mullaney, que permaneceu um mês na empresa durante a transição. Ele a assegurou a respeito de Tim, a quem Collins chamou de talvez o melhor investigador desgraçado de homicídios no Condado de Kindle em sua época.

— O bom de Timmy é que ele não se distraía — dissera Collins a ela. — Não se importava com quem estava comendo quem naquela semana no McGrath Hall. — Ele se referira ao quartel-general da Força Policial

Unificada do Condado de Kindle. — E não perdia tempo odiando os meliantes também. Batia em um garoto que cuspisse nele, assim como faria com qualquer outro, mas sempre dizia o mesmo, não importava o quão merda fosse o cara: "Não tiveram uma alma que se importasse o bastante para ensinar a eles como se comportar." As coisas com ele funcionavam um pouco no estilo "se não fosse pela graça de Deus". Acho que o próprio Tim cresceu em um orfanato.

A cena do crime, comentou Tim, não apontava para qualquer direção específica. O primeiro policial a chegar encontrou aberta a porta francesa que dava para a varanda. Tinha chovido forte naquela noite, bem no final do piquenique da São Demétrio, e havia um par de pegadas fundas no canteiro abaixo da janela de Dita, o que fazia parecer que alguém tinha caído do andar superior. Havia algumas marcas de pneus também, abaixo da colina, onde seria possível esconder um veículo, mas havia duzentos carros mais cedo naquele dia, então não se podia concluir muito com isso. No andar de cima, um dos painéis da porta francesa estava quebrado entre as ripas, com o vidro espalhado na pequena varanda no exterior, e bastante sangue pintado no vidro pontiagudo, assim como do lado de dentro da porta e no tapete abaixo. A trilha de sangue corria até o banheiro de Dita, onde, em uma simples contagem, parecia haver uma toalha faltando, sugerindo que o assassino a usara para cobrir um ferimento. A tipagem sanguínea, que era de tecnologia de ponta em 1982, classificou o sangue no quarto como B. Dita e o restante dos Kronons eram O, então não havia dúvida de que houve um intruso. Da maçaneta de latão do lado de fora da porta francesa, os primeiros peritos também conseguiram um bom conjunto de impressões digitais que sobreviveram à tempestade cruel que inundara aquele lado da casa. Não havia como determinar a data das impressões, mas o melhor palpite era de que pertenciam ao intruso.

— Dita estava morta na cama — declarou Tim —, ainda feita. Aparentemente, estava exausta e assistiu à televisão por um tempo antes de sair para se encontrar com as amigas em um bar. Estava de roupão e roupa íntima. Nenhum trauma vaginal, nenhuma laceração, mas os testes de estupro apontaram positivo para sêmen; por outro lado, poderia ter sido de qualquer momento dentro das últimas 48 horas. Mas do tipo B. Alguém a golpeou primeiro, muito forte, então a segurou pelo rosto. Dava para ver os hematomas nas duas bochechas. O golpe do lado esquerdo deixou marcas de dedos, o que significava que provavelmente estávamos procurando por alguém destro. E, quem quer que fosse, usava um anel, pois havia um enorme hematoma circular. O patologista da polícia concluiu que o criminoso havia acertado Dita, então coberto a boca de Dita com a mão e golpeado a cabeça da moça contra a cabeceira da cama. Ela morreu por causa de um hematoma epidural. A lividez e o sangramento do ferimento no crânio mostraram que a moça ainda permaneceu viva por vários minutos depois de ter sido espancada. Mas os patologistas não souberam dizer se perdeu a consciência. Provavelmente, pois não gritou por ajuda. — Tim recitava tudo isso como se fossem orações de um breviário. O assassinato tinha ocorrido 25 anos antes, mas, para muitos que ela conhecia na força policial, os detalhes de um caso importante ficavam gravados no cérebro. Havia poucos empregos mais intensos que ter que salvar toda a população de uma cidade de um bandido.

— Qual foi o horário da morte?

— Bem, você sabe, era um piquenique grego, comeram o dia inteiro, então é difícil dizer com certeza pelo conteúdo do estômago, mas o patologista estimou em torno de dez e meia da noite. Por volta das dez horas, de acordo com os registros, Dita ligou para o namorado, Cass. Então morreu depois disso.

— Quem a encontrou?

— Zeus. Ele não foi uma boa testemunha, não que eu fosse me sair muito melhor em seu lugar. Ele se lembrava claramente de ouvir a janela quebrar e então correr pelo corredor. Ficou muito abalado depois disso. A melhor lembrança parecia ser a de ter visto Dita na cama. A televisão estava ligada e ele perguntou o que ela estava fazendo, mas viu o painel da porta estilhaçado e o sangue, então correu até lá. Ao olhar para fora, achou ter visto uma silhueta, um homem, desaparecendo no bosque. Quando se voltou para falar com Dita, ela não respondeu. Então Zeus se aproximou, tocou a filha e a sacudiu. Na verdade, ele levou um minuto para entender que ela estava morta. Então chamou o médico da família. Depois, sentou-se ao lado da filha. Nem conseguia imaginar ter que atravessar o corredor e contar para a mãe dela. — Tim parou nesse ponto, imerso nas próprias lembranças. Quando Katy morreu, todos sabiam que era inevitável, mas Maria tinha ido para casa dormir e ele precisou ligar para ela. Ainda se lembrava da sensação. Ele estava lá, mas não de verdade; o restante de Tim ainda estava no passado, quando a filha de 6 anos estava viva.

Evon perguntou sobre o andamento da investigação no momento em que Tim se envolveu.

— Estavam perseguindo o próprio rabo. Trabalhavam com a teoria de que o criminoso subiu achando que ela não estava lá, surpreendeu a moça desprevenida e a agarrou daquele jeito para evitar que gritasse; então fugiu, com medo de que alguém tivesse ouvido a comoção. Mas cada departamento possuía a própria versão. Os moradores achavam que havia sido um assalto que tinha dado errado. A polícia estadual conversou com todos no piquenique, esperando que alguém tivesse reparado no Sr. Estranho Perigoso. Zeus ainda estava confuso e culpava a si mesmo. Por que não ouvira a filha sendo espancada? E estava convencido de que ela havia sido morta por seus inimigos, que queriam se vingar dele.

— Inimigos? — perguntou Evon.

— Pelo visto, Zeus tinha um bando deles. Era muito agressivo quando se tratava de negócios. Havia a máfia grega também, sem falar dos maridos e dos namorados das garotas que ele sempre perseguia. No fim das contas, descobriu-se que alguns dos rapazes de North End o tinham alertado para não concorrer contra Rafe Demuzzio nas eleições primárias. O FBI estava investigando isso.

— E quando Cass entrou na investigação?

Tim disse que a polícia falara com Cass como parte do cenário inicial, mas ele alegava não saber de nada. No princípio, Zeus estava convencido de que Cass não tinha qualquer envolvimento com o caso, e, como policiais são policiais, eles se mostraram relutantes em suspeitar de um cadete. Após cerca de três semanas, a empresa telefônica entregou os registros de ligações do telefone de Dita e Cass foi interrogado de novo brevemente, mas disse que ele e Paul não estavam em casa e que Dita tinha apenas deixado uma mensagem curta na secretária eletrônica, que Cass havia apagado naquela noite.

— Cass, ele teria sido a última pessoa em quem eu teria pensado, para dizer a verdade. Ele e Paul estudaram com a minha filha do meio, Demetra, e eu os conhecia da igreja. Garotos certinhos, na minha opinião, os dois. Mas sabe como é — comentou ele —, são aqueles que a gente pensa que conhece que nos enganam.

Tim pensou nisso e apertou os lábios com a mão.

— Depois de mais ou menos um mês, tivemos uma reunião importante, todos os investigadores, apenas para ver o que havíamos deixado de lado, e era bastante coisa. Nessa época, duas ou três amigas de Dita afirmaram que ela estava decidida a abandonar Cass, que estava de saco cheio dos problemas com a família dele. Então fui investigar a ficha profissional de Cass no McGrath Hall — falou Tim. — Tipo sanguíneo B. As impressões dele estavam no arquivo também. Pedi à promotoria que emitisse um mandado, e, de fato, as digitais bateram com as da maçaneta e as de muitos outros objetos pelo quarto. Então ficamos pensando que talvez com a ligação das dez horas Dita tivesse arrastado Cass até lá para dizer *adiós*.

"Enfim, o promotor de Greenwood queria interrogar Cass diante do tribunal do júri, mas Cass contratou Sandy Stern, que não o deixava falar. Durante um mês, seguiu-se um jogo de gato e rato. Stern dizia coisas como: 'Aquelas digitais não significam nada. Cass escalava o cano de escoamento toda noite para se divertir com a menina.' E as mesmas amigas que disseram que Dita ia dar um pé na bunda de Cass abandonaram essa versão também, quando as pressionamos."

— Cass se agarrava com Dita no fim do corredor em que dormiam os pais dela? Não é a minha ideia de diversão — observou Evon.

Tim fechou os olhos e deixou a mente correr solta, como uma folha à brisa. Quem sabe o que as pessoas consideravam divertido, principalmente nesse assunto?

— Zeus, é claro, se irritou com essa parte quando contei a ele. Nenhum moleque estava se divertindo com a florzinha dele bem debaixo do seu teto. Mas suspeito de que deva ser verdade.

— Mesmo?

— Claro, porque, se Cass escalava por lá para ficar de agarração, isso significava que sabia como entrar no quarto na noite em que a moça foi morta. Então consegui que o promotor solicitasse a quebra de sigilo dos registros do cartão de crédito dele e montamos uma pequena força-tarefa para verificar cada par de sapatos que Cass tinha comprado no último ano, e, de fato, depois de cerca de uma semana, descobrimos que ele comprou um par de Nikes com impressões da sola que batiam com as do canteiro. As marcas de pneu no pé da colina podiam ter vindo dos pneus Bridgestone do velho Datsun de Cass também, mas havia 10 mil carros na região das Tri-Cities com os mesmos pneus.

"De qualquer forma, emitimos um mandado de busca para as roupas, os sapatos e o carro de Cass, e outro mandado para um exame físico, para ver se conseguíamos encontrar a cicatriz no lugar onde ele se cortou. Conseguimos os sapatos que estávamos procurando. Nenhum resultado com as roupas, mas um exame com luminol no carro mostrou rastros de sangue, mais uma vez do tipo B. A essa altura, Stern não queria apresentar Cass para o exame físico. Em vez disso, entrou com um monte de moções. Então, quando estava prestes a esgotar esse recurso, Sandy apareceu e propôs um acordo para Cass. Ele ofereceu homicídio culposo e dez anos de segurança mínima. Zeus e Lidia, a mãe dos gêmeos, tinham voltado a trocar uns beijinhos na sala do coral da igreja, então ele ficou de coração partido por ela e concordaria com qualquer resultado, mas Hermione, a mãe de Dita, e Hal não concordaram com dez anos. Por fim, pouco antes de o promotor voltar com uma indiciação, todos concordaram com homicídio não premeditado e 25 anos, mas ainda em segurança mínima. O juiz deu a Cass um mês antes de ele se entregar, para o rapaz poder participar do casamento de Paul."

— E você concordava com esse resultado?

— Depende do que quer dizer com isso. Jamais achei que a sentença fosse da minha conta. A segurança mínima irritou alguns dos outros policiais, mas falei: "É prisão, não tortura, qualquer universitário arrumadinho seria despedaçado em Rudyard, principalmente um ex-cadete." O que me incomodou foi Cass não responder as perguntas. Nunca respondeu. Ele confessou, disse que tinha feito e acabou.

— Bem, que perguntas havia para responder?

— O painel de vidro, por exemplo. Os cacos estavam todos do lado de fora, na pequena varanda de concreto sob a porta francesa. Isto significa que a janela foi quebrada por dentro. Então como ele entrou?

— Você já me contou. Ele tinha subido antes. Qual foi a expressão que você usou? "Para ficar de agarração"?

— Tudo bem. Vamos supor que ele chegue querendo romance, ou sabendo o que se passava na cabeça de Dita. De qualquer forma, ela diz "Não, para mim chega", então Cass perde a cabeça e bate na garota. Quando ela desmaia, ele entra em pânico e foge. Mas se você já está do lado de dentro por que simplesmente não abrir a tranca e sair?

— Talvez estivesse tentando fazer parecer um arrombamento. Mas Cass não sabe muita coisa sobre cenas de crimes. Então quebra o vidro pelo lado errado.

— Boa. — Tim deu uma risadinha e apontou um dedo grosso para Evon com verdadeira admiração. A articulação estava retorcida e inchada pela artrite. — Mas Cass Gianis é um cadete policial. E outra coisa: quebrar vidro faz barulho. Se você quer escapar, por que fazer esse tipo de alarde? Qual é o sentido?

— Então você não achou que ele tivesse cometido o crime?

— Não, não estou dizendo isso. Estou dizendo que tinha algumas perguntas. Não havia nenhum divã no meu escritório para o réu se deitar e explicar o que estava se passando em sua cabeça ou em seu coração, presumindo que alguém no mundo possa dizer isso. Mas tínhamos as digitais dele no quarto e na porta da moça. O sangue era do tipo dele. Os sapatos batiam. E havia um motivo: Dita ia largar Cass. E ele ofereceu um álibi de merda quando foi interrogado logo depois do crime, dizendo que estava com o irmão gêmeo...

— Paul?

— Certo. Disse que estavam de bobeira naquela noite, tomando cerveja perto do rio. É claro que ninguém os viu. Cass nem mesmo conseguia se lembrar do nome da loja de bebidas onde haviam comprado a embalagem de seis latinhas, e falou que Paul a havia comprado.

— E Paul confirmou isso?

Tim coçou o queixo enquanto olhava para o teto iluminado do que um dia fora uma varanda.

— Acho que deve ter confirmado, agora que você mencionou. Sabe, era apenas parte do cenário inicial. Os policiais falaram com todos que estiveram com Dita no piquenique. O relatório não deve ser maior do que um parágrafo. Ainda devo ter.

— Sério?

— No porão. Eu não tinha funcionários e estava em um escritório diferente dia sim, dia não, então achei melhor guardar todos os relatórios em casa. Posso mostrar se você quiser.

Tim usou o braço de uma poltrona para se levantar e cambaleou um pouco ao dar o primeiro passo. Evon observou o homem. Ele era meio curvado atrás dos ombros, porém ainda era grande, com bem mais de 1,80m e as proporções de um atacante de futebol americano. Quando jovem, devia chamar muita atenção na rua. Tim gesticulou para que Evon o seguisse, então abriu uma porta na cozinha e desceu, desequilibrado, até a adega. Os velhos degraus de madeira eram inclinados, de forma que Tim precisou se segurar ao corrimão e manter a outra mão na parede de tijolos para se equilibrar. A calça de sarja estava caída no meio da bunda.

O porão, quando chegaram, estava ainda mais lotado que o andar superior. Havia um fedor distinto de adega, uma combinação de mofo, poeira e todo tipo de coisa entulhada — bicicletas enferrujadas com pneus vazios, mangueiras de jardim, prateleiras de roupas, tacos de golfe de madeira de nogueira, televisões velhas, mobília quebrada. O feixe de luz de uma janela irradiava sobre parte da bagunça.

— Já ouviu falar em bazar? — perguntou Evon a ele.

— Minhas filhas são ainda piores que eu. Não querem se desfazer de nada que Maria tocou. Deixe que pensem nisso depois que eu morrer — brincou Tim e gargalhou, excessivamente alegre diante da própria mortalidade. Ele se virou de lado para passar por um velho armário de roupas e chegou a um arquivo de metal, uma caixa bege com a tinta descascada pela ferrugem em manchas irregulares. Tim pareceu saber de cor onde tudo estava. Ele se curvou sobre a última gaveta e tirou uma pasta do interior dela, então estendeu o braço para puxar uma corrente que prendia uma lâmpada. Tim folheou a pasta com dificuldade, os dedos rígidos, lambendo a ponta do dedão de vez em quando.

— Aqui está — anunciou ele por fim. Tim leu o relatório por um segundo, então o entregou a Evon.

Era exatamente como ele se lembrava. Um interrogatório curto, dois dias depois da morte de Dita. Paul disse que Cass esteve com ele a noite inteira após o piquenique, no Overlook Park, perto do rio. Tudo mentira. Cass não poderia estar com ele, pois, conforme Cass reconheceu mais tarde, estava com Dita, socando e matando a jovem.

— Isso é precioso, sabe — disse Evon a Tim.

— É?

— Esse homem quer ser prefeito. Chefe de polícia. Mas mentiu descaradamente para os policiais para evitar que o irmão se metesse em problemas. Mesmo depois de ter sido contratado como promotor-assistente.

— Quem não mentiria? Não sei se eu gostaria de votar em um homem que não salvaria o irmão. Além disso, é tudo política. Hal pode ficar com sua política maluca. Não é problema meu. — Tim gesticulou acima do enorme nariz.

— Mas isso prova o que Hal vem dizendo. Que Paul estava envolvido desde o início. Ele encobriu a verdade para ajudar o irmão. E talvez haja mais a respeito disso. Os sapatos? Eles são gêmeos idênticos. Então os Nikes poderiam caber em Paul. Aposto que sempre compartilhavam roupas. Ainda estavam morando juntos?

— Você está brincando? Família grega? Hal ainda estava com os pais e tinha 40 anos. Sim, os gêmeos Gianis ainda moravam na casa de Lidia e Mickey. Paul, acho, estava prestes a se mudar.

— E quanto a impressões digitais? Gêmeos idênticos têm as mesmas digitais?

Evon estava sentindo alguma empolgação. Ela sempre terminava um trabalho, e seu trabalho atual era fazer com que Hal estivesse certo. Ficou surpresa com a velocidade com que estava disposta a suspeitar de Paul, de quem sempre gostou e até mesmo admirou. Mas existia um aspecto arredio a respeito dele que jamais caíra bem para Evon. Podia-se passar muito tempo ao lado de Paul Gianis, como Evon tinha feito, e ainda sair com a sensação de que ele estava escondendo algo essencial a respeito de si mesmo.

Mas Tim balançou a cabeça.

— Pelo que me lembro, as impressões de gêmeos se parecem, mas quando eles estão no ventre e estendem a mão para tocar naquela coisa... — Tim parou para encontrar a palavra.

— Placenta?

— Isso. Não, eles têm digitais diferentes.

Evon absorveu essa informação, então releu o relatório.

— Posso levar isto?

Tim deu de ombros.

— É registro público agora. Depois de Cass ser indiciado, o promotor de Greenwood fez o que todos sempre fazem: colocou todos os relatórios policiais no arquivo do tribunal para provar que o réu tinha obtido toda a informação do processo antes de se declarar culpado.

Evon levou uma das mãos ao arquivo de metal.

— O que mais tem aqui, Tim? Alguma chance de eu conseguir pagar a você para revisar todos os arquivos e ver se há algo mais sobre Paul?

Tim gargalhou.

— Não é preciso me pagar. Estou bem servido pelos Kronons. Recebo um cheque todo dia 1º de janeiro há 25 anos.

— Eu sei — comentou Evon. — Sai do meu orçamento. — Mas ela sorriu. — Ninguém jamais me explicou.

— Foi o modo que Zeus encontrou de me agradecer por abandonar tudo e assumir a investigação. Quando havia terminado, eu não estava muito ansioso para voltar ao negócio dos aquecedores. Zeus queria me contratar para o ZP, mas como policial tive chefes o suficiente nessa vida. Então decidi me tornar investigador particular, e Zeus disse: "Está bem, nós pagaremos a você um adiantamento todo ano." Também não vou mentir. Ajudou muito, principalmente quando eu estava começando. — Mullaney contara a Evon que ultimamente Tim trabalhava para advogados criminais, descobrindo coisas que os policiais deixavam passar, e também para um monte de advogados de defesa de seguradoras. Tim era o cara que desbaratava o pedido de compensação de um trabalhador ao exibir fotografias do homem que se dizia inválido levantando peso. Brodie também escrevia bons relatórios e ficava tranquilo no banco das testemunhas. Ele sempre tinha tanto trabalho quanto queria, embora isso devesse estar se tornando escasso na idade dele. — Zeus e Hal não me ligaram nem dez vezes. Essa coisa que fiz na semana passada com Corus deve ter sido a primeira em cinco anos. Então, sim, se quiser que eu veja os arquivos, eu vejo. Vou contabilizar as horas, mas vai demorar muito até você precisar me pagar por elas.

No andar de cima, Evon pegou a parca, que tinha acabado no sofá, ao lado do pesado livro de Tim. Na cozinha havia um leve odor do jantar da noite anterior no qual Evon não reparara ao entrar.

— Continue com esses mitos — disse ela.

— Ah, vou continuar. Estava lendo agora mesmo a respeito do mito do amor quando você tocou a campainha.

— Mito? — indagou Evon. — Quer dizer que o amor não é real? Queria que alguém tivesse me contado isso antes de eu ir morar com a minha namorada.

Ela raramente dizia algo tão pessoal, mas não podia perder a piada. Não que fosse uma piada, no caso de Heather. Mas Tim se divertiu um pouco. Ele deu uma risada rouca por um bom tempo.

— Não — disse Tim. — Aristófanes disse que éramos todos criaturas de quatro pernas no início, algumas com um único sexo, mas a maioria era metade homem, metade mulher. Zeus temia que nós, humanos, ficássemos poderosos demais, então nos cortou bem no meio, e todos passam a vida procurando o pedaço que encaixa. O que acha disso? — Ele gargalhou de novo, divertindo-se com a ideia.

— Acho que faz tanto sentido quanto qualquer outra explicação.

Tim achou a resposta de Evon divertida também, então seguiu adiante, mancando, para abrir a porta para ela. Quando chegaram ao hall de entrada, Tim se deteve e encarou a mulher.

— Não acha mesmo que Paul Gianis teve algo a ver com o assassinato de Dita, acha?

— Por que ele teria mentido? — questionou Evon. — Ele sabia o que dizer e, mais importante, reconheceu que precisou mentir pelo bem de

Cass. O que significa que tinha muita informação naquele momento, Tim. Talvez os dois *estivessem* mesmo juntos naquela noite. Talvez fosse por isso que Cass jamais respondeu as perguntas.

Tim ponderou, mas um pensamento infeliz pareceu contrair a expressão de seu rosto.

— Não gosto de pensar que deixei passar uma coisa dessas — declarou Tim. Ele considerou a perspectiva por um segundo, então abriu a pesada porta.

5.

Heather — 12 de janeiro de 2008

O nome de batismo dela não era Evon Miller. Havia nascido DeDe Kurzweil, em Kaskia Valley, Colorado, e cresceu em uma fazenda da família, onde o pai plantava alfafa, feijões e milho. Era um homem silencioso, de pernas arqueadas, um mórmon não praticante, que havia abandonado a igreja — e os pais e os irmãos com ela — para agradar a esposa, que disse, depois de já terem se casado, que a conversão para a Igreja de Jesus Cristo dos Santos dos Últimos Dias simplesmente não se enraizara em seu coração. DeDe era a quinta de sete crianças, o momento em que se espera que crianças se percam, e ela de fato estava perdida, ciente, muito antes de entender o porquê, de que não parecia se encaixar. Ela jamais sabia quando sorrir, ou como fazer com que as pessoas gostassem dela, principalmente sua mãe.

Mas no campo, com um taco de hóquei na mão, ela se tornava real. O pai de DeDe tinha sido um astro do beisebol que fechara contrato com os Twins após cumprir sua missão e jogou em uma divisão pequena até que a família precisou dele na fazenda. Toda a habilidade atlética do pai se acendera em DeDe — pelo menos era no que tanto ela quanto o pai acreditavam. DeDe caiu no sono centenas de vezes com o taco na mão, pensando nas jogadas. Ela foi finalista do concurso Atleta Feminina do Ano no Colorado, foi para a faculdade de Iowa com bolsa integral e, em

1984, foi selecionada para a equipe olímpica de hóquei sobre grama dos Estados Unidos. DeDe voltou para casa com uma medalha de bronze e nenhuma ideia do que aconteceria a seguir. Era como sair para a luz do dia depois de uma década em um túnel de ambição e competição. Em uma feira de empregos da faculdade, ela se inscreveu para obter mais informações sobre o FBI. Três meses depois, estava em Quantico. DeDe amou o FBI todos os dias, durante vinte anos. A burocracia, a papelada e as regras podiam irritar uma pessoa, mas todos com quem DeDe trabalhava estavam inflamados pelo orgulho da missão e tomados por um zelo por fazer o certo. Era o mesmo tipo de motivação que havia sido tão central na vida dela com os esportes.

Em 1992, DeDe aceitou a missão de deixar a agência de Des Moines e se infiltrar ali, fingindo ser Evon Miller, assistente legal, servindo de fato como observadora de um advogado corrupto que havia mudado de lado e registrava secretamente os pagamentos que fazia para diversos juízes. Ela mesma escolheu o nome Evon, emprestando-o de uma prima de segundo grau cujos pais queriam que soasse, com o sotaque do interior, como Yvonne. Mas ninguém, nem mesmo a prima, pronunciava o nome dessa forma.

Petros, o projeto fachada, foi um imenso sucesso — seis juízes, nove advogados e uma dezena de secretários judiciais e auxiliares de xerife foram condenados —, e depois do último tribunal Evon foi chamada a D.C. para receber a medalha do FBI, a maior honra concedida a agentes. Até a mãe dela assistiu com o peito estufado, aceitando os parabéns de todos.

Mas, naquela época, havia uma recompensa maior. A chance de ser outra pessoa tinha tornado DeDe outra pessoa. Inicialmente, ela revelou sua homossexualidade. Contudo, mais importante que isso, começou a entender a sensação de gostar de ser quem era. A ideia de voltar a ser DeDe era tão inaceitável quanto voltar à prisão. Ela transformou o Condado de Kindle em seu novo EP, escritório de preferência, e recebeu permissão de D.C. para continuar a ser conhecida como Evon Miller, o único nome pelo qual as pessoas do lugar a haviam chamado. Nessa época, até mesmo Merrel, a irmã da qual Evon sempre fora mais próxima, tinha passado a se referir a ela dessa forma.

Evon estava muito mais feliz do que havia sido no início da vida, quando se sentia como uma bola quicando em alta velocidade pelas paredes que ela não percebia que estavam no meio do caminho. Naquela época, a única preocupação de Evon, nos raros momentos descontraídos em que deixava a mente fluir, era pensar em quão feliz tinha o direito de ser. Ninguém podia esperar a perfeição.

Ela costumava se repreender em momentos como aquele, quando cultivava a familiar combinação de ódio e humilhação que a consumia diante da perspectiva de que Heather Truveen, sua namorada, a desapontasse de novo. Era sábado à noite, e Evon estava sentada no salão do Condado de Kindle Atlético Clube, um belo salão antigo com pilares de carvalho de três andares que tinha sido lindamente transformado para o casamento de Francine e Nella, as amigas que apresentaram Evon a Heather. As fileiras de cadeiras dobráveis haviam sido todas cobertas com cetim branco e uma ânfora cheia de rosas brancas marcava o lugar no palanque em que a cerimônia ocorreria. Ao lado, Evon tinha reservado um assento no corredor, sabendo que Heather aproveitaria cada detalhe do vestido das noivas. A qualquer segundo elas atravessariam a passarela de cetim, uma de cada lado, nos braços do pai de Nella. Evon discretamente retirara o BlackBerry da bolsa de mão para ver se Heather havia mandado alguma mensagem quando ela finalmente chegou.

— Consegui — sussurrou Heather, e apoiou a cabeça loura no ombro de Evon para se aninhar nela por um segundo. Heather exalava um cheiro surpreendentemente fresco no momento em que seu perfume, Fracas, cercou Evon rapidamente.

As duas estavam juntas havia um ano e meio. Heather tinha 38 anos, era executiva de criação na Coral Glotten — engraçada, um pouco selvagem, inteligente e muito bonita. Fora modelo no início da carreira, uma loura alta e elegante cuja graciosidade fazia Evon se lembrar de Merrel, a mulher mais linda que ela conhecera e com quem cresceu desejando se parecer. Quando Evon tinha 11 anos, Merrel deu a ela o vestido de Páscoa que havia feito quatro anos antes. A irmã mais velha enrolou o cabelo de Evon e encurtou ligeiramente a bainha pouco antes de irem à igreja.

— Ela não está bonita? — Evon ouviu a irmã perguntar à mãe no andar de cima.

— Tão bonita quanto pode — respondeu a mãe —, porém jamais vai chamar muita atenção.

Uma das melhores coisas que aconteceram quando Evon foi enviada ao Condado de Kindle em 1992 foi ter que fingir ser a acompanhante do ardiloso advogado-informante do governador, sendo obrigada a se vestir para o papel. Seu cabelo foi tingido para um tom mais claro de louro e desfiado para se adequar ao estilo porco-espinho da época, como se alguém tivesse usado um cortador de grama na lateral de sua cabeça. Ela usava saltos de 10 centímetros e muita maquiagem todo dia, assim como roupas estilosas, e descobriu que gostava de tudo isso muito mais do que admitia para si mesma.

No entanto, por mais que fosse lésbica e enaltecesse sua feminilidade, Evon jamais imaginou que seria atraente para alguém tão glamurosa quanto Heather. A beleza era parte de Heather da mesma forma espontânea com que Evon fora bem-sucedida nos esportes. Heather tinha o corpo naturalmente em forma, apesar de quase nunca se exercitar e jamais fazer dieta. Tinha os cabelos naturalmente louro-acinzentados — ela se exibiu para Evon no primeiro jantar das duas ao dizer que o "tapete" combinava com as "cortinas" — e era, de verdade, mais linda com a aparência inchada e sonolenta de quem acaba de acordar.

E Heather era divertida, descontraída e absurdamente engraçada. Durante os primeiros meses, Evon a achou muito interessante, ainda que sua impulsividade raramente levasse em conta o que ela queria. Acordada no meio da noite, Heather ficava hipnotizada por um comercial sobre o Brasil e, enquanto Evon estava dormindo, remarcava férias que estavam planejadas havia meses. Uma noite, Heather entrou no apartamento e agitou as mãos para a mobília que passara meses escolhendo.

— Está tudo errado — anunciou ela. — O sofá precisa ir embora.

O sofá era de lã de cabra carmesim e tinha sido encomendado por milhares de dólares. Evon quase perdeu a cabeça com o gasto, mas ao mesmo tempo ficou feliz por ter ultrapassado as barreiras que a confinaram durante a vida inteira. Quando Heather voltou à loja, encomendou uma segunda sala de estar inteira e pediu que a armazenassem, à espera do dia que mudaria de ideia de novo. Evon vociferou ao saber disso.

Mas, naturalmente, o humor se dissolveu. Ao ver a namorada jogar fora uma blusa cara que havia usado apenas uma vez, Evon a recuperou do lixo.

— Pelo menos doe — disse ela a Heather, que desdenhou do incômodo com um aceno de mão.

Com o tempo, Evon começou a ver por trás da linda máscara. Heather trabalhava muito em seu exterior porque o interior, em geral, estava além de seu controle. Marés sombrias tomavam conta dela com frequência e a tornavam impossível e irritadiça. Heather bebia demais, e se tornava destruidora nesse estado. E era frustrantemente volúvel. O plano das duas tinha sido tirar o dia para se preparar para o casamento, fazer tratamentos em um spa e depois manicure e pedicure. Em vez disso, Heather saiu da cama às oito e anunciou que precisava trabalhar. Seu principal cliente, Tom Craigmore, sempre exigente, queria passar o dia com a equipe de criação da linha de roupas esportivas que lançaria no outono.

— Onde trocou de roupa? — perguntava Evon a Heather agora.

— No escritório.

Heather saíra do apartamento sem uma bolsa, o que significava que o vestido estava em um cabide no trabalho e que ela sabia há algum tempo que os planos das duas para o dia tinham ido por água abaixo. Por que não dizer algo antes, por que adiar o fato de que seria a fonte do desapontamento? Heather era infantil nesse sentido. Nascera em um lar doido e bagunçado, um pai mulherengo que, por fim, se suicidou, e a mãe que nunca teve os pés no chão por tempo suficiente para saber que os filhos precisavam de ajuda. Heather, como consequência, tinha medo de encarar uma reprovação.

A cerimônia começou. Era um casamento simbólico. Francine e Nella tinham ido para Boston no fim de semana anterior para se casar legalmente. O que acontecia ali, na presença de amigos e família, era tudo o que a legislação local permitia, uma cerimônia de compromisso religioso.

O oficiante, um padre episcopal amigo de longa data das duas, abençoou lindamente a união.

— A vida — declarou ele em certo momento — é cruel demais para ser vivida sozinha. — A observação atingiu Evon como uma flecha. Sim. Era verdade. Ela tomou a mão de Heather e a apertou com força.

E, sob o poder dessa observação, a noite se tornou ótima. Alguns anos antes, com seus 40 e poucos anos, Evon descobrira que amava dançar. A música, principalmente as canções dos anos 1970, de quando era adolescente — "Stairway to Heaven", Springsteen —, a liberavam como álcool ou drogas faziam com outras pessoas. Heather e Evon dançaram até ficar ensopadas, tendo pedido quatro rodadas diferentes de "Born to Run". A equipe do clube expulsou todos à uma da tarde.

Quando chegaram em casa, Heather estava envolta na fantasia inebriada do casamento que faria. Tinha milhares de ideias: caminharia pelo corredor iluminada por velas flutuantes em globos de cristal que também conteriam orquídeas, e a cerimônia seria conduzida em um tapete de lavandas frescas.

— E quero Cartier — declarou Heather. — Meus beijos não começam com Kay, e se você chegar em casa com um Zales nem mesmo quero saber seu nome. — Heather estava gargalhando ao dizer isso, mas seu olhar era afiado.

Quando Heather foi tomar banho, Evon, que bebera muito mais que o normal, sentiu um humor lancinante deprimir seu coração. As palavras de Heather sobre casamento, as exigências extravagantes, tudo isso fez com que ela sentisse como as chances eram remotas. As dúvidas dela tinham pouco a ver com o ceticismo a respeito de se o casamento entre pessoas do mesmo sexo seria, algum dia, legal naquele estado, ou mesmo se havia afastado o bastante a ansiedade de quem ainda não havia saído do armário para se referir a uma mulher como sua "esposa" em voz alta. Outra coisa a preocupava, mesmo que todo o champanhe tornasse impossível a Evon ser mais precisa. Foi um choque descobrir que estava dividida, porque desde o começo do relacionamento fora ela quem perseguira Heather, aturara a mulher, a perdoara. E era verdade que Evon ainda desejava Heather, amava o lado doidinho e o sarcasmo incrível, e que se unir a ela havia tocado algo forte e bom dentro de si. Durante os últimos meses, Evon percebeu que era basicamente a mãe de Heather, o que não era tão ruim quanto parecia quando colocado dessa forma, pois ela gostava de — não, se deliciava em — ser uma pessoa mais gentil, mais paciente e mais compreensiva com Heather do que sua própria mãe tinha sido com ela. Ainda não estava preparada para desistir de nada disso.

Mas começava a perder a fé no mito, na lenda, no conto de fadas, ou qualquer que fosse o termo, no qual atuava, na crença de que Heather se "acalmaria", como Evon dizia a si mesma, e a amaria como ela queria ser amada. A vida era cruel demais para ser vivida sozinha. Então, ali estava ela. E, no dia seguinte, quando acordasse, acreditaria em tudo de novo. Porém, por enquanto, a última taça de champanhe a tinha feito sentir-se como uma vidente ou um oráculo que olhava através da fumaça chamada futuro, incapaz de discernir formas reconfortantes.

6.

Georgia — 17 de janeiro de 2008

Tim viu o primeiro dos anúncios de Hal sobre Paul e o assassinato na tarde de segunda-feira, quando fechou o livro de mitos e ligou o primeiro noticiário, às cinco da tarde. Ele havia desistido do jornalismo local anos antes — só falava de chihuahuas perseguindo lagostas ou da imagem de Jesus aparecendo em um queijo-quente —, mas ficou animado ao descobrir que tinha um papel nos eventos atuais. Na sua idade, Tim estava acostumado a se sentir irrelevante.

O processo de Paul estampara as manchetes por uns dois dias, e agora Hal estava revidando. Tim assistiu assombrado ao comercial. Um pedaço de papel que poderia muito bem ter se perdido com o vazamento no porão agora parecia ter se tornado a escritura sagrada. A câmera se aproximou pela lateral do relatório policial, então saltou primeiro para o título, que dizia "Polícia do Xerife do Condado de Greenwood", então a data e, por fim, "Paul Gianis" no espaço para "Testemunha". As palavras atribuídas a Paul foram colocadas em negrito e então se ergueram da página, enquanto uma mulher invisível com uma voz de reprovação perguntava se queríamos um mentiroso como prefeito. Naquela noite, o comercial foi exibido novamente, um minuto depois, como parte do noticiário. Tim afastou o rosto da tela com um pequeno embrulho no estômago. Nada do que fora dito no anúncio era inverdade. Mas ele ainda não se sentia bem em relação àquilo.

Tim estava reconsiderando tudo isso enquanto olhava para os pequenos aros de chumbo do vitral das janelas projetadas para fora, na parte da frente da casa, já enroscado no sobretudo de lã e usando um chapéu de feltro. A BMW estacionou no meio-fio, então Tim trancou a casa e foi para a rua.

— Quatro quarteirões — indicou ele a Evon, colocando o cinto de segurança —, mas os recém-chegados não limpam a neve da calçada das casas. Estou velho demais para ficar escalando.

Tinha havido uma nevasca séria na semana anterior, a primeira em dois anos. Quando Tim era criança e vivia ali, a temperatura chegava a vinte graus negativos durante os dias de inverno e nevava absurdamente sempre que esquentava. Não mais. Logo após os flocos pararem de cair, a jovem Dorie Sherman, do outro lado da rua, saiu com o filhinho para mostrar a ele os montes de neve, que o garoto nunca tinha visto.

Evon pediu mais detalhes sobre a mulher que os dois estavam prestes a ver.

— Não há muito a dizer — respondeu Tim. — Georgia Lazopoulos. Georgia Cleon agora. Namorada de Paul na época. O pai dela era o padre da São Demétrio.

— Padres gregos se casam?

— Ortodoxos, sim. Mas apenas antes da ordenação. Às vezes isso causa uma passagem lenta pelo seminário.

— Onde nasci, os filhos do pastor eram, na maioria, doidos.

— Ela era uma garota boazinha, pelo que me lembro. Sincera. Leu o relatório que mandei?

— Tentei. Mas foi difícil entender muita coisa no fax.

— Ela falou pelos cotovelos no interrogatório inicial. Disse que Dita e Paul pareciam ter discutido no dia em que ela foi morta. É o tipo de coisa que você queria que eu pesquisasse, não?

— Exatamente. Ela contou isso ao policial porque houve algo de estranho?

— Não exatamente. O policial pediu que ela contasse tudo de que se lembrasse, e Georgia contou até mesmo quantos doces comeu. Mas achei que seria bom conversar com ela. Ainda mais considerando que estou cobrando por hora e tentando fazer valer aquele contrato.

Evon deu um tapa na mão dele e Tim gargalhou.

— Vire aqui — pediu ele.

Georgia morava no mesmo bangalô que havia comprado com o ex-marido, Jimmy Cleon. Jimmy foi o cara com quem Georgia tentou superar Paul depois que os dois terminaram. Era despreocupado e bonitão, mas usava drogas havia muito tempo, e Georgia só soube quando a prataria do casamento desapareceu, pouco após a lua de mel. Pelo menos era essa a história. Como Georgia era a filha do padre, todos falavam dela.

Quando o pai de Georgia foi afastado da São Demétrio, ele perdeu a residência paroquial e foi morar com a filha. A situação de padre Nik tinha ficado esquisita. Tumor cerebral, conforme Tim lembrava. A cirurgia o salvou, mas ele nunca mais foi o mesmo, e também sofrera um derrame. A mãe de Georgia morreu quando a menina estava no ensino médio, então eram apenas ela e o pai lunático, o mesmo destino do qual Tim ainda esperava poder salvar as próprias filhas, que sempre insistiam em que ele se mudasse para Seattle, onde moravam.

— Georgia sabe que eu vou também? — perguntou Evon quando estacionaram.

Tim indicou a ela um espaço no fim da rua onde poderiam manobrar sobre as marcas pretas de pneus que adentravam a neve. Naquele bairro, estacionar no inverno podia ser perigoso. As escavadeiras da cidade nunca chegavam àquelas ruas pequenas, e os proprietários passavam horas abrindo as entradas com pás, protegendo-as com cadeiras de jardim ou aqueles cones laranja surrupiados de obras nas estradas. A última briga em que Tim havia se metido, mais de quarenta anos antes, se deveu a um palhaço que estacionou na vaga dele assim que Tim saiu para guardar a pá. Mas eram três e meia da tarde e ainda havia muitas vagas na rua, pois a maioria das pessoas estava no trabalho.

— Sabe. Disse que estávamos trabalhando para Hal. Ela não pareceu feliz, mas, por outro lado, não disse que não. Parecia se lembrar de mim.

— Quem poderia esquecer você? — perguntou Evon. — Alto, moreno e bonito.

Tim gargalhou. Estava começando a gostar bastante daquela Evon.

Tim mal reconheceu a mulher que os recebeu à porta. A idade havia sido cruel com ela, enrugara sua pele e roubara sua vida, e, como muitas das garotas no bairro, ela engordara bastante. Tinha sido bonita, Tim se lembrava, muito bonita, e, caso se olhasse de perto, era possível ver reminiscências daquele rosto alegre e atraente dentro de um pudim de pele. Maria também havia ficado bem rechonchuda, para dizer a verdade. Não que ele tivesse pensado muito a respeito disso. Em um casamento longo, o presente não importava tanto, pelo menos para Tim. Todos os dias que passaram juntos estavam estampados nos dois, e tiveram, em sua maioria, bons dias. Mas Tim só conseguia ver Georgia como ela era, e a aparência da mulher parecia dizer que ela havia perdido toda a conexão com a garota que tinha sido. Restara apenas aquela pessoa que parecia muito mais baixa agora, em uma camisa bastante larga e que fazia alguém imaginar que ilusões a haviam feito vestir calças justas.

Tim se reapresentou, mencionando vizinhos dos quais achou que Georgia poderia se lembrar, então perguntou como estava o pai dela. A mulher fez uma careta.

— Você vai ver — comentou ela. — Ele fica caminhando por aqui como se estivesse caçando um tesouro. Minha maior preocupação é evitar que atenda ao telefone. Ele papeia com representantes de lugares como o Fundo Beneficente da Polícia e conversa durante horas, prometendo milhares de dólares a eles. Por fim, tive que dar a papai um talão de cheques de uma conta fechada. Ele ama assinar cheques. Uma figura.

Georgia gesticulou para os dois entrarem na sala de estar escura. Havia diversos ícones lindos nas paredes, com formas alongadas e chatas, e muitas fotos da Grécia — a água azul-marinho e as montanhas áridas —, aparentemente tiradas em uma viagem em família. Maria quisera ir quando as meninas eram novas, porém foi mais uma coisa levada embora pela maré que se seguiu à morte de Katy.

Após a morte da esposa, o padre Nik ficou assoberbado com o trabalho na paróquia e precisou que Georgia permanecesse por perto. Ele não achava mesmo muito bom que uma jovem fizesse faculdade. A garota estudou contabilidade durante um ano e ainda trabalhava na sede do grande banco no qual começara aos 19 anos, e agora o banco pertencia a outra instituição financeira, ainda maior. Georgia era a bancária-chefe e contava o dinheiro das pessoas de sete da manhã às três da tarde todos os dias.

Georgia serviu um copo de água da torneira para cada um, então se acomodou no sofá estampado. Evon se sentou ao lado dela enquanto Tim ocupou uma poltrona. A TV estava ligada, e Georgia, por um segundo, não conseguiu tirar os olhos de um relato sobre as últimas novidades de Britney Spears, que havia sido hospitalizada depois de se trancar em um quarto com o filho.

— Ela está se tornando um desastre — falou Georgia —, e com tudo o que tem!

A mulher continuou olhando, hipnotizada. A atitude dela parecia exatamente como a dos gregos com seus deuses, percebeu Tim: observava uma vida que era maior que a vida, aquelas figuras grandiosas cujos triunfos pertenciam aos sonhos e cujo orgulho levava a uma destruição tão completa que você ficava feliz pela existência insignificante que possuía. Quando o comercial interrompeu o programa, Georgia desligou. Mas apontou para a TV, um antigo aparelho revestido de madeira, com o controle remoto.

— Andei assistindo aos comerciais de Hal — disse ela, e suas palavras se afiaram. — Tenho certeza de que ele os mandou aqui pensando que sou uma velha amarga que vai simplesmente cagar no cara que a abandonou, mas isso não vai acontecer. Digo sem rodeios: não acredito que Paul teve algo a ver com o assassinato de Dita. — A figura ampla no sofá se enrijeceu com essas declarações, agarrando os braços próximos ao corpo.

— Não posso dizer que isso me surpreende — respondeu Tim. — Não teria passado tanto tempo com alguém que achava que fosse um assassino, certo? Mas de vez em quando as pessoas têm outro lado que ninguém vê. Hal tem suas opiniões, e Paul decidiu processá-lo por falar o que veio à cabeça, então aqui estamos. Nenhum de nós estava lá quando Dita foi assassinada. Só queremos saber do que você se lembra. Não desejamos que invente nada.

As sobrancelhas de Georgia estavam franzidas, e ela semicerrou um pouco os olhos para Tim, tentando decidir se acreditava nele. Tim conseguia ver o que havia acontecido com ela. Georgia era como um cachorrinho que fora muito maltratado. Ainda não sabia o que tinha feito para trazer tantos problemas para si mesma, então aprendera a não confiar em ninguém.

— Bem, não me lembro muito bem depois de tanto tempo — disse Georgia. — Sabe como é. O incidente se destaca. Com que frequência você passa um tempo com uma garota e ela aparece morta algumas horas depois, e assassinada, ainda por cima? Mas quem sabe o resto? Quanto tempo faz? Vinte e cinco anos, pelo menos.

— É claro — falou Tim. — Mas a memória pode ser engraçada. Por exemplo, às vezes, é possível perguntar a uma garota, anos depois, se ela se lembra do vestido que usava naquele dia. E ela se lembra.

— Eu me lembro — falou Georgia de imediato. A mulher sorriu pela primeira vez desde que os dois passaram pela porta. — Era um vestidinho de verão azul xadrez. E eu ficava bem nele. — A risada breve de Georgia a fez afundar de volta no sofá. Ela ficou, muito rapidamente, satisfeita consigo mesma.

— Tenho certeza de que sim — respondeu Tim.

Ao lado de Georgia no sofá, Evon assumiu o papel de fazer anotações. A maioria dos babacas que conhecia na Divisão de Homicídios da cidade não tinha muita técnica de interrogatório. Eles entravam e faziam algumas perguntas com os rostos virados para um lado, esperando pelo momento em que poderiam dizer "Não me sacaneie, se não contar a verdade, vai para a cadeia". Mas Tim era sincero e gentil. Era como conversar com um vovozinho que estava na cadeira de balanço da varanda da entrada.

— Tem mais uma coisa de que me lembro — falou Georgia. — Você pode não se importar em ouvir, mas quando vi o comercial dizendo que Paul mentiu para a polícia a memória praticamente retornou. Foi exatamente o que ele me contou naquela noite. Que se encontraria com Cass em Overlook. Não posso dizer se os dois se encontraram ou não, mas lembro dos planos dele.

Evon se sentiu agitada.

— Algum motivo para essa memória se destacar? — perguntou ela.

Georgia se voltou para a mulher, sentindo-se totalmente desafiada.

— Sim, porque fiquei muito surpresa. Era domingo à noite, e meu pai sempre saía com um grupo de amigos, o que significava termos a casa só para nós. Garotos são garotos, e Paul sempre gostava de tirar vantagem disso. — Georgia balançou a cabeça determinada, como se tivesse colocado Evon em seu lugar, o que tinha feito.

Atrás de Georgia, inclinando-se para a frente na poltrona, Tim permitiu que seus olhos claros se erguessem até Evon. Não queria que ela quebrasse o ritmo, então voltou à conversa tranquilamente.

— Paul disse por que queria ir até lá?

— Posso imaginar. Ele precisava falar com Cass sobre Dita, eu acho. Os dois discutiam sobre ela toda semana. Paul tinha medo de Cass querer se casar com Dita e com isso destruir a família.

Evon reviu os detalhes. Não era tão ruim quanto temia a princípio. Talvez Paul tivesse se encontrado com Cass em Overlook e armado algum plano. Mas um dos dois, talvez ambos, havia saído cedo e assassinado Dita.

— Não quero que pensem que estou tomando o lado de Paul — declarou Georgia. — Não estou. Ele foi um parasita para mim. Sabem quando as mulheres dizem "ele roubou os melhores anos de minha vida"? Paul roubou mesmo. Eu era a menina da vizinhança para quem ele se tornou bom demais assim que se formou em direito. E eu poderia ter tido um monte de rapazes naquela época. Com a minha aparência? Isso ainda me irrita. Mas digo a verdade. Eu voto nele. Provavelmente votarei agora também. — Georgia olhou para as mãos gorduchas por um segundo, tentando discernir o significado do que acabara de revelar.

As pessoas podiam ficar presas a um amor, percebeu Evon, e jamais se recuperar. O melhor amor de sua vida havia surgido quase uma década atrás, com Doreen. As duas tiveram seis bons meses antes de Doreen receber o diagnóstico, e mais um ano e meio em que Evon a ajudou a morrer. Evon ficou arrasada depois, em parte porque o período de normalidade não durara tempo o bastante para descobrir em que daria o relacionamento. Ela pensava agora se, como Georgia, jamais encontraria o caminho de volta do luto causada pela possibilidade perdida. As pessoas não costumavam pensar que o amor podia arruinar uma vida. Mas talvez pudesse. Evon sentiu um peso sobre o corpo inteiro pela mera magnitude infeliz da ideia.

— Então, vamos voltar ao dia do piquenique — falou Tim a Georgia.
— Alguma coisa sobre Paul naquele dia se destaca na sua memória?

Ela riu com escárnio.

— Bem, lembro que ele esbarrou em Sofia Michalis. Percebi pelo jeito como ele falava com ela que algo estava acontecendo. Quando Paul terminou comigo, ele culpou toda aquela história de Cass ser um suspeito. Disse que estava confuso demais com tudo que estava acontecendo. Mas se casou com Sofia seis meses depois. Ele não estava tão confuso assim.

— Lembra de algo a respeito dele e de Dita? — perguntou Tim.

Georgia fez que não com o rosto rechonchudo. Mas não ficou claro se isso era falta de memória ou se estava distraída pensando em Paul e Sofia.

— Um dos policiais que falou com você — disse Tim a ela — contou que você se lembrou de uma suposta discussão entre Paul e Dita.

— Lembrei?

Tim colocou a mão dentro do casaco de tweed e puxou o relatório casualmente, como se fosse apenas mais um pedaço de papel que um sujeito velho teria nos bolsos, como uma lista de compras ou um bilhete para ligar para a filha. Georgia apoiou a mão com os dedos abertos na testa enquanto lia a parte destacada. Por fim, começou a fazer que sim.

— Eu apenas vi os dois conversando. Dita saiu batendo os pés, e lembro do olhar no rosto dele. Mas isso não era novidade. Paul odiava Dita.

— Foi o que ele disse naquele dia? Que a odiava?

— Não lembro o que ele disse. Eu contei isso para o policial? — Georgia pegou o relatório de volta das mãos de Tim sem pedir licença e inclinou a cabeça para o lado conforme lia. — Na verdade, não lembro sequer de ter falado sobre ela com Paul naquele dia. Exceto, talvez, quando ele disse que ia a Overlook, e não tenho certeza disso.

— Mas você diria que ele a odiava?

— Havia muita coisa para não gostar. Não quero falar mal dos mortos — Georgia fez o sinal da cruz sobre o peito com uma velocidade impressionante —, mas preciso dizer a verdade. Dita era uma menina muito mimada e com a língua bem afiada. Era do tipo "Meu pai é um daqueles caras que mandam no universo, então posso falar a droga que eu quiser". Ela era linda, então sempre havia uns caras atrás dela, a cavalaria toda, mas, tirando Cass, Dita conseguia afastar cada um deles depois de um tempo.

— Era isso que Paul não gostava nela? A atitude?

— Você sabe. Paul dizia que ela era selvagem e levava seu irmão para o mau caminho, que a mãe deles a odiava também, algo que Dita sabia, mas simplesmente gostava de provocar todos eles. Não sei. Quer saber?

— É para isso que estamos aqui — anunciou Tim.

— Acho que ele tinha ciúme. É difícil conviver com isso. Sendo gêmeos? Gêmeos idênticos? Paul amava o irmão. Nem sequer existe uma palavra para definir isso, na verdade. Lidia sempre contava as mesmas histórias de quando eram pequenos, de como não suportavam ser diferentes. Ela costurava os nomes dos dois nas roupas e eles arrancavam as etiquetas. Um comia do prato do outro. À noite, acabavam na mesma cama, dormindo nos braços um do outro. O collie dos vizinhos mordeu Cass e todos juraram que Paul chorou primeiro, antes de qualquer um dos dois saber que o cachorro tinha tirado sangue. Era como se estivessem unidos pelo coração. E isso nunca terminou de verdade. Quero dizer, Paul não aceitava de forma alguma que Cass fosse culpado.

— Como assim?

— Bem, mesmo depois de Cass se declarar culpado, Paul dizia que ele era inocente.

— Dizia? — indagou Tim, que não se permitiu exibir surpresa. Evon sentiu uma palpitação no peito ao tentar entender a expressão dele. Tim manteve o tom de uma conversa simples. — Quando foi isso?

— Naquele dia. O dia em que Cass estava no tribunal se declarando culpado. Eu estava lá também, na verdade. Paul e eu tínhamos terminado há meses nessa época, mas não sei, eu queria apoiar a família ou algo assim. Não sei — repetiu Georgia —, provavelmente estava buscando uma desculpa para ver Paul. — Ela se encolheu, magoada pela lembrança e pela futilidade do desejo. Georgia estava de olhos fechados, e Tim reparou que o rosto dela estava ficando inchado pela idade. — De qualquer forma, Paul me agradeceu por ter ido. Ele foi ao Bishop's para tomar uma cerveja e estava simplesmente arrasado. Quero dizer, dá para imaginar: alguém que foi como uma parte de você a vida inteira estava prestes a ser trancafiado por 25 anos. Ele estava muito deprimido e simplesmente me falou: "Ele é inocente, sabe."

Evon interrompeu.

— E você perguntou como ele sabia disso? — Ela tentou imitar o tom tranquilo de Tim, mas, de novo, a resposta de Georgia foi ríspida.

— Bem, era o irmão gêmeo dele, pelo amor de Deus — respondeu a mulher.

Evon decifrou Georgia nesse momento. Ela era uma daquelas mulheres que não gostavam muito de outras mulheres, embora os homens que amara — Paul, que lhe dera um pé na bunda, Jimmy Cleon, com as drogas, e o pai, que a impedira de ir para a faculdade — a tivessem decepcionado. A vida havia atado as mãos de Georgia.

— Acho que deduzi que Cass tivesse contado isso a ele. Mas estava tentando consolar Paul, não bancar a detetive. Ele estava arrasado, e eu ouvia. Achei que poderíamos ser amigos. Isso alguma vez deu certo? — A mulher tocava a parte da frente do penteado curto e rígido para mantê-lo no lugar após cada sacudida de cabeça. — E, é claro, pouco antes de eu me levantar para ir embora, ele me contou que se casaria com Sofia em duas semanas, para Cass poder ser seu padrinho antes de ir preso.

Tim ficou em silêncio por um segundo enquanto Georgia se detinha nessa memória, a qual, como grande parte do que ela havia dito sobre Paul, a magoou profundamente.

Ele fez mais algumas perguntas sobre o que havia acontecido no dia do assassinato, se mais alguém tivera algum conflito visível com Dita. Por fim, Tim olhou para Evon para verificar se a colega tinha algo mais a acrescentar, e Evon tinha. Ela folheou de novo algumas anotações que fizera naquela manhã.

— Voltando um pouco, você se lembra se Paul tinha algum corte sério naquela época?

Georgia considerou a pergunta por apenas um segundo antes de dizer que não.

— Você teria tomado conhecimento de algum corte sério? — perguntou Tim. Ele foi tão tranquilo quanto se perguntasse as horas, mas Georgia fixou o olhar nele com os sábios olhos castanhos.

— Eu saberia. Namoramos por nove anos, e eu estava certa de que me casaria com o cara. Quero dizer, a verdade é que o vi cada vez menos depois que Dita foi assassinada. Ele finalmente se mudaria da casa dos pais após começar a trabalhar, então estava procurando um apartamento, e depois, quando Cass se tornou suspeito, Paul ficou totalmente concentrado nisso, até que terminamos.

— Então, está dizendo que talvez não soubesse? — perguntou Evon.

Georgia se virou, ainda irritada com ela.

— Estou dizendo que o via menos. Mas eu o via. E teria reparado. Todos sabiam que havia sangue por todo o quarto. Foi como falei. Ele odiava Dita. Não acho que eu teria sido tão tapada.

Evon absorveu a resposta sem revidar, mas essas lembranças repletas de incerteza eram balela. Se o homem que ela amava tivesse lhe contado que se cortara consertando a cerca do jardim dos pais, ela não teria questionado. Mas Georgia estava sensível o bastante para que Evon contra-argumentasse. Ela abaixou o rosto para o bloquinho.

— Paul é destro? — perguntou Evon.

— Na maior parte do tempo.

— "Na maior parte do tempo"?

— Cass é canhoto. Escreve com a esquerda, come com a esquerda. Paul é o oposto. Sempre fiquei pensando, quando reparei nisso anos antes, se queria dizer que não eram, de fato, idênticos, mas parece que isso acontece muito com gêmeos idênticos. Porém, quando Paul e Cass eram pequenos, como falei, odiavam fazer qualquer coisa diferente um do outro. Então, às vezes, os dois comiam com a esquerda ou, em outras, com a direita. Os dois acabaram, qualquer que seja a palavra, usando as duas mãos.

— Ambidestros? — sugeriu Evon.

— Isso. Então, por exemplo, quando começaram a jogar tênis no ensino médio, costumavam trocar a raquete de mão, revidando *forehands* dos dois lados, mas o técnico deu um basta nisso. Paul jogava do lado direito e Cass, do esquerdo. Os dois eram fortes sozinhos, mas, como dupla, ninguém os vencia, porque sabiam exatamente o que o outro estava pensando na quadra. Foram campeões estaduais por dois anos seguidos. Isso era algo importante por aqui. Caras de uma escola local vencendo todos aqueles jovens filhos de ricaços que frequentavam country clubes? Havia artigos sobre os dois na *Tribuna*. E teve aquela história ótima.

Georgia se recostou, sorrindo ao se lembrar.

— Eles estavam num desses torneios em que se alterna o mando de quadra, sexta e sábado, contra uma escola de ensino médio do Condado de Greenwood, e quando Cass terminou as partidas, sozinho, no segundo dia, o garoto saiu atrás dele com a raquete. Estava gritando: "Eu não me importei de perder para você ontem, mas voltar e me derrotar com a mão esquerda hoje, isso já é babaquice."

Os três gargalharam. Mas, mesmo em meio à leveza da conversa, Evon conseguiu ver que Tim tinha retomado parte de seu aspecto ansioso.

— Mas Cass usava um anel grande na mão direita, não usava? — perguntou Tim.

— Ah, sim — respondeu ela. — Era um daqueles anéis de formatura de Easton College que Paul e ele compraram quando se formaram.

Tim fez que sim, mas seus lábios ainda estavam contraídos. Evon percebeu que ele imaginava como conseguiram culpar um canhoto por um assassinato cometido por um destro.

Evon bebeu parte da água, preparando-se para partir. Os dois agradeceram carinhosamente a Georgia pelo tempo.

— Os advogados podem querer falar com você — declarou Evon. Como tinha acontecido antes, o humor de Georgia se alterou rispidamente.

— O diabo que vão falar — rebateu ela. — Essa não vai se tornar a minha nova profissão. Tim ligou. Concordei em falar com ele por respeito, então ele disse que você era sua chefe e precisava vir, e então concordei com isso também. Mas não vou repetir quarenta vezes para um bando de advogados para destrincharem tudo. E certamente não vou falar com repórter algum. Eles só escrevem o que desejavam que você tivesse falado. Este assunto acaba hoje para mim.

Tim assumiu de novo, apaziguando Georgia.

— Bem, ninguém sabe nada com certeza agora — comentou ele. — Tudo isso pode se esgotar em algumas semanas. Mas se forem ao tribunal, é difícil imaginar que não seja arrastada junto. Você foi namorada de Paul. Não havia ninguém que saberia mais sobre ele na época do que você. Precisa entender que você é importante.

Tim era bom, pensou Evon. Ela jamais perdera o desconforto com estranhos. Mas Tim sabia intuitivamente o que acalmaria Georgia. "Você é importante."

A mulher não estava totalmente convencida.

— Mesmo assim — respondeu ela.

Todos ficaram em silêncio por um segundo.

— Posso dar uma sugestão? — pediu Tim. — Por que não usamos a minha câmera? Está no meu sobretudo. Ela filma também. Vou gravar você respondendo algumas perguntas, e isso vai ser tudo. Pelo menos para você. Se outra pessoa mandar uma intimação, então vai precisar lidar com isso, mas não será necessário responder as mesmas perguntas por enquanto. Apenas diga aos advogados ou aos repórteres, quem quer que seja, que não vai falar mais nada.

Georgia considerou a proposta por um momento.

— Posso responder como eu quiser?

— É claro — respondeu Tim.

— E vou acabar em mais um dos comerciais de Hal, em todos os canais de TV?

Evon não fazia ideia de como Tim poderia contornar isso. Quando contou a Hal que Tim poderia ter desenterrado uma testemunha contra Paul, ele dançou pelo escritório e imediatamente ligou para a agência de publicidade. No entanto, Tim nem tentou.

— Provavelmente — disse ele. — Eu apostaria nisso.

Georgia olhou em torno da sala de estar mal-iluminada por um segundo, como se estivesse considerando a própria vida. Então concordou. Tim havia decifrado Georgia. Paul a abandonara e fizera sucesso mundo afora. Mas Georgia era a mulher que estava com ele na época. Não era errado se os holofotes recaíssem sobre ela por um segundo.

Ela fez duas tomadas, a segunda foi menos hesitante.

Meu nome é Yiorgia Lazopoulos Cleon. Faço este depoimento de livre vontade e entendo que ele talvez apareça na TV. Eu era namorada de Paul Gianis em setembro de 1982 e por muito tempo antes disso. Estava com ele no piquenique anual de nossa igreja no dia em que Dita Kronon foi assassinada e me lembro de Paul discutir com ela naquela tarde. Paul odiava Dita porque sentia que ela estava tentando destruir a família dele. Também lembro que, mesmo depois de Cass se declarar culpado, Paul me garantiu que o irmão era inocente. Ainda falo com Paul de vez em quando e votei nele. Seria difícil acreditar que ele fez algo tão horrível, mas acho que nunca se pode ter certeza com as pessoas.

Georgia havia acrescentado a última linha na segunda tomada. Evon, que estava longe de ser uma pessoa artística, aprendera o suficiente com Heather para visualizar o modo como o diretor apresentaria aquilo, uma tomada próxima, granulada, enquanto Georgia falava, toda a preocupação e a relutância surgindo no rosto dela conforme a verdade emergia com dificuldade. Seria forte.

Tim e Evon haviam acabado de se dirigir à porta quando o pai de Georgia entrou na sala batendo os pés. Ele pareceu concentrado na TV, para a qual apontou com a bengala, passando uma instrução clara. Georgia disse a ele que a ligaria em um minuto. O velho padre parecia em ruínas. Vestia calça de moletom e uma camiseta do Chicago Bears na qual era visível uma grande mancha de sopa. Os cabelos do homem estavam arrepiados, e sua barba cinza e cheia parecia igualmente indomável. A armação dos óculos pesados estilo Harry Caray devia ter uns trinta anos. Por trás dela, os olhos escuros do homem pareciam ágeis e confusos. Mesmo assim, Tim cumprimentou o padre Nik com uma reverência sutil.

— Padre, a bênção — declarou ele, e o velho respondeu instintivamente ao erguer a mão direita com o polegar, o indicador e o dedo médio esticados, fazendo o sinal da cruz, indo primeiro do rosto ao umbigo, então do ombro direito ao esquerdo. Tim se apresentou novamente.

— Talvez se lembre de que o senhor enterrou a nossa pequena Kate, padre. — De pé atrás do pai, Georgia ficou tensa e balançou a cabeça determinada, indicando que aquele tipo de pergunta não era aconselhável. Mas o velho ainda possuía bom senso o suficiente para dizer algo apropriado.

— Ah, sim — disse ele com o sotaque pesado. — Tregédia. Uma tregédia horrível.

— Foi sim — concordou Tim. — Maria nunca mais foi a mesma. Nenhum de nós foi.

O velho se voltou para a filha, fazendo uma pergunta em grego.

— Não, pai, eles sabem que você está aposentado.

Georgia olhou para Evon e Tim com um sorriso tímido.

— Ele acha que vocês querem que ele realize seu casamento. Pai, eles só tinham algumas perguntas sobre Paul Gianis e Cass.

O velho respondeu de novo em grego.

— Não, pai. Foi Paul quem você viu na TV. Cass ainda está na cadeia.

O tom de voz dela era paciente mas também exausto. Georgia reconhecia a inutilidade de tentar explicar. Acrescentou mais uma ou duas palavras em grego, talvez apenas se repetindo, porém, algo na resposta dela irritou o homem, que ficou instantaneamente furioso. Seu rosto tornou-se vermelho como um gerânio, e ele cuspia enquanto gritava. O ódio do padre preencheu a casa. Ele, de alguma forma, tinha mais equilíbrio nesse estado, e gesticulava freneticamente com uma das mãos. De vez em quando, Evon ouvia a palavra "Paulos" enquanto Georgia tentava acalmar o pai.

Ela e Tim vestiram os casacos e cruzaram a porta rapidamente.

7.

Lacunas — 17 de janeiro de 2008

O dia estava cinzento, com um céu fechado de nuvens baixas e pouca luz. Evon e Tim ficaram parados na entrada por um segundo, tentando se recuperar após o rompante de fúria do padre Nik.

— Aquilo não foi bonito — comentou Evon.

— Não. Ele tem algum parafuso solto, dá para ver.

Os dois chegaram ao carro. Tim abriu a porta e se virou para entrar de costas no veículo. Antes de vê-lo se movendo de modo tão rígido, Evon não havia se lembrado do quanto Tim era velho.

— Você entendeu alguma coisa do que o padre gritou? — perguntou ela, depois de fechar a porta.

— Ele não gostou de ser corrigido — respondeu Tim. — Ela disse ao pai que ele não tinha visto Cass na televisão, e sim Paul, e isso o deixou irritado. Não entendi todas as palavras, mas ele estava basicamente gritando que tinha batizado aqueles meninos e que eles serviram no altar dele. Talvez não houvesse dez pessoas na paróquia que discernissem os dois de vista, nem mesmo as tias e os tios deles, mas ele conseguia, e perguntou por que a filha sempre dizia que estava errado com relação às coisas. Ela estava tentando convencê-lo de que ele era louco para poder ficar com todo o seu dinheiro.

Evon resmungou.

— Pobre Georgia. — Ela dirigiu o Beemer aos solavancos pelas marcas de pneu na neve e seguiu devagar pelos canais limpos escavados na rua.

— Situação difícil. Aquele marido dela... Ela precisou se divorciar enquanto ele estava na cadeia. Então o homem saiu e implorou a Georgia que o aceitasse de volta, e menos de dois meses depois Jimmy vendeu duzentos frascos de crack para um policial disfarçado. Ele ainda está preso, se me lembro bem. Mas dá para perceber que ela também causa os próprios problemas.

— Como assim?

— Aposto que, se você parar para pesquisar, Cass *esteve* na TV. Não acha que com toda essa disputa um dos canais não colocou alguma filmagem antiga de Cass sendo levado para a prisão?

— Provavelmente — admitiu Evon. — Ela com certeza não gostava de mim.

— Você é uma forasteira. Os antigos daqui são assim mesmo. Você não é ninguém até dizerem que é. Desculpe assumir as perguntas.

— Você foi ótimo, Tim. — Evon foi sincera. — O que achou daquilo de Cass ser canhoto?

— Isso me confundiu. Claro que você percebeu. Acabei de vasculhar aquele arquivo inteiro e ninguém disse uma palavra sobre isso. Ele usava um anel naquela noite, o anel de formatura.

— E Paul também, aparentemente.

— Pois é — concordou Tim. — Era de se pensar que Sandy Stern teria mencionado que mão Cass usava, não? Não era segredo algum que estávamos procurando um invasor destro.

— Talvez o cliente não quisesse que o advogado dissesse algo que pudesse apontar para o irmão. Paul deve ter o mesmo tipo sanguíneo, certo?

Tim fez um ruído ao confirmar.

— E por que Paul diz que Cass é inocente? — perguntou Evon. — Depois de ele ter se declarado culpado? O que Paul sabe que o deixa tão seguro?

Um cara do outro lado da rua voltava do trabalho com uma lancheira antiquada, mas foi Tim quem atraiu a atenção de Evon, olhando para a rua obviamente inquieto. Os sapatos, o anel, o sangue, a discussão com Dita, ser destro e declarar a inocência do irmão... Havia muitas coisas apontando para Paul.

— Ela não viu nenhum corte nele, certo? — indagou Tim.

— Ela diz isso agora. Mas ninguém viu o corte de Cass também. A única coisa de que desconfiei foi Georgia ter se lembrado de que Paul encontraria Cass em Overlook. Você acha que é verdade ou ela está sendo contraditória?

— Ela pareceu bem segura.

— Sabe, os dois poderiam ter saído juntos de lá para ver Dita.

— Só as impressões de Cass estão no quarto.

— Mas devia ter muitas pegadas não identificadas, não?

— É claro.

— E você jamais fez uma comparação com as de Paul, fez?

— Humm — murmurou Tim como resposta. Sua boca se contraía conforme ele pensava. Evon parou diante da casa de Tim. — É claro que ele poderia dar alguma desculpa de que esteve lá em uma visita. O que faria diferença hoje seria testar o DNA no sangue do quarto de Dita. Mas isso não ajudaria, pois eles são gêmeos idênticos.

— Bem, você disse que as digitais deles não são iguais. Talvez o DNA também não seja.

Tim duvidava disso. Houvera um caso de estupro em Indiana há menos de cinco anos em que o estado não conseguiu condenar o réu porque ele tinha um irmão gêmeo idêntico. Havia DNA coletado do corpo da vítima, mas nenhum modo de dizer a qual homem pertencia. Evon se lembrou do caso quando Tim mencionou.

— Essa ciência se move como raio — declarou ela. — Lidei um pouco com DNA no FBI, e agora, quando leio sobre um caso nos jornais, nem mesmo consigo entender do que estão falando. Então talvez haja um modo de diferenciar gêmeos hoje.

Os dois conversaram por um segundo sobre o que aconteceria a seguir. Evon encontraria um especialista em DNA e então precisaria se consultar com os advogados de Hal. Tooley havia contratado uma grande firma depois de Paul entrar com o processo, embora basicamente ainda estivesse no comando. Todos os advogados fariam um alarde por não poder falar com Georgia, porém Hal tomaria partido de Evon quando visse a gravação do dia.

— Ligo para você — avisou ela.

Tim fez que sim, mas estava parecendo um pouco abatido. Obviamente não gostava de pensar que tinha deixado passar uma coisa dessas, como dissera em sua casa. E aquela menção à sua filha provavelmente não havia ajudado também. Evon jamais pensara em filhos até uns dois anos, quando percebeu como o mundo estava mudando rapidamente. Agora que tinha 50 anos, o momento provavelmente passara. Mas, considerando o quanto, às vezes, sentia falta do bebê que nunca havia tido, não conseguia imaginar a dor de perder uma criança que se acalentou nos braços.

— Sei que foi há muito tempo — disse ela —, mas sinto muito por Kate, Tim. Tenho certeza de que ainda é difícil para você.

Ele fez que sim novamente do mesmo modo vagaroso.

— Algo por aí — concordou Tim. — Simplesmente não passa. Faz mais de 35 anos. Katy poderia ter morrido de sabe Deus o que hoje, ou ter enterrado um filho dela mesma. Você aceita que aconteceu. Mas sabe que a vida abriu essa lacuna no seu coração e que não vai se curar. — Evon sentia a compostura de Tim começando a se esmaecer conforme ele saía com dificuldade do carro, puxando a perna ruim ao lado do corpo à medida que andava.

Quando entrou na casa, o peso da vida recaiu sobre Tim. Ele se sentou na sala, ainda de sobretudo, encurvado para a frente, com as enormes mãos entre os joelhos, sem vontade de se mover. Tim não sucumbia àquilo com muita frequência. Todos têm coisas pelas quais se sentem tristes, principalmente quando se chega a essa idade levando consigo o pensamento recorrente de que o fim não está distante. Mas houve épocas ao longo da vida de Tim em que uma tristeza espessa como cola o imobilizou. Quando jovem, ele bebia nesses momentos. Mais velho, conseguira aprender a afastar essa ideia.

Quando Tim nasceu, a família dele, todos os cinco integrantes, vivia em um apartamento de um quarto, em um prédio de três andares, a cerca de 1,5 quilômetro dali. Ele era o bebê, o filho inesperado que chegou oito anos depois do irmão e dez anos depois da irmã. A mãe de Tim era uma mulher frágil, cujo nariz estava sempre escorrendo e que parecia castigada pela vida. Foi o pai dele que manteve tudo unido. Era um homem grande, maior até do que Tim se tornou, que gritava em vez de falar e que sempre celebrava a vida como um todo, os filhos e a mulher. Todas as vezes em que o pai chegava em casa, Tim ficava extasiado.

Quando Tim tinha 6 anos, o pai dele, ferroviário na via Chicago e North Western, caiu entre dois vagões e foi morto, partido ao meio, de acordo com relatos que Tim ouviu anos depois. A mãe dele ficou simplesmente desolada, arrasada com a morte do marido. A irmã de Tim, então com 16 anos, saiu de casa, e o irmão dele foi enviado para a casa da tia materna. No entanto, aos 6 anos, um pouco incontrolável e deprimido pela morte do pai, Tim era um fardo para qualquer parente, e a mãe o mandou, com uma lustrosa valise marrom, para o Lar Santa Maria, dizendo ao filho que voltaria para buscá-lo em breve. Ela nunca apareceu. Durante um ano, Tim chorou até cair no sono.

A maioria dos amigos de Tim da polícia que teve uma criação católica costumava falar mal das freiras; eles contavam histórias de como as irmãs batiam nos nós dos dedos com réguas, descreviam a maior parte delas como megeras enrugadas privadas de sexo que achavam o casamento com Deus tão infeliz quanto qualquer outro. Mas as irmãs e os frades que cuidaram de Tim no Santa Maria — e Tim nem mesmo nascera católico — salvaram a vida dele. Eram gentis e cheios de fé na bondade e no potencial de toda criança. Mesmo quando pequeno, com saudades da mãe e do pai, havia uma parte de Tim que sabia estar melhor ali. Ele aprendeu a tocar trombone. A irmã Aloysius lhe deu o instrumento, e Tim ficou bom.

— Esta corneta, filho, vai tirar você daqui. — O instrumento rendeu a Tim um lugar na Banda da Marinha, o que, por sua vez, lhe rendeu uma vaga na City College.

Tim estava com 24 anos e tocava à noite em bares de jazz quando sua mãe passou por ele na rua, os braços cheios de sacolas de compras. Tim não disse nada, mas seguiu a mãe até um prédio. Ela passou pela porta antes que ele conseguisse entrar, mas Tim ficou na rua e observou as luzes se acenderem em uma janela do quarto andar. Quando outro inquilino saiu, ele entrou.

A mãe de Tim ficou de pé à porta, encarando-o. Então o nariz dela ficou vermelho, ela levou o avental aos olhos e chorou.

— Ah, Tim — disse ela. — Tim, eu não sabia o que fazer.

Ele ouviu uma criança chorar dentro do apartamento e uma menina de uns 10 anos foi para o lado da mãe, encarando Tim sombriamente. A mãe o convidou a entrar. Tim recusou por pura confusão, mas se voltou para perguntar sobre o irmão e a irmã. De Alice, sua irmã, ela nada sabia — Tim já estava com 40 anos quando a encontrou —, e o irmão, como ele, ingressara no serviço militar. Quando Eddie voltou para a cidade, procurou por Tim.

— Tentei dizer a ela que precisávamos ver você — comentou Eddie —, e ela não queria saber. — Eddie, um homem da estatura do pai, começou a choramingar. — Tive medo de criar confusão e ela também não querer me ver.

Era uma verdade terrível, mas Tim compreendia. Abraçou o irmão nesse momento, e os dois nunca mais perderam o contato. Eddie ligava pelo menos uma vez por semana, não importava onde estivesse no mundo, e os dois pescavam em Boundary Waters todo verão, um lugar ao qual foram pela primeira vez com o pai. Com o tempo, os filhos e as filhas deles também passaram a ir. Eddie falecera seis anos antes, morrera de câncer em Laguna Beach.

Maria convidava a mãe de Tim e os três meios-irmãos dele todo ano para o Natal, e todos iam, mas Tim não sentia afeição por eles. Em vez disso, se considerava abençoado por ter a esposa, as filhas e Eddie. Ele tinha pessoas a quem amar e que, melhor de tudo, o amavam também. Tim achava que não fazia sentido desperdiçar sua energia em relacionamentos que o jogariam em uma montanha-russa emocional na qual jamais recuperaria o fôlego.

Tim possuía uma boa vida no fim das contas. Eles perderam Katy, mas havia outras duas meninas, meninas boas, meninas maravilhosas, agora em Seattle, que se revezavam para ligar para o pai todo dia. Maria amava música também — era ótima pianista e dava aulas para metade das crianças em São Demétrio. Os dois criaram um lar de música e gargalhadas, onde todos se amavam um pouco mais porque a morte de Katy lhes ensinara como suas vidas eram preciosas.

Quando era jovem, é claro, nos dormitórios de Santa Maria, Tim imaginava se alguém poderia amá-lo e se ele poderia amar outra pessoa. Queria ser próximo a alguém e imaginava como seria isso. Mesmo ao perceber que estava apaixonado por Maria, não tinha certeza se entendia completamente. Quando ela adoeceu, há três anos, quando Tim começou a perceber que teria que viver sem a mulher, como vivera antes de se conhecerem, finalmente teve certeza de que havia conseguido o que queria quando menino em Santa Maria.

Agora, sozinho e com saudades terríveis, ficava imaginando se tinha sido igualmente bom para ela. Não fora um marido perfeito, principalmente no início, quando a tristeza da infância às vezes o transformava em um tolo arrogante. Maria nunca fora de reclamar, mas, quando o fazia, falava de como ele era fechado. Tim jamais falava da infância, dizia ela, ainda que Maria sentisse a cicatriz que essa época havia deixado nele. Tim lhe dera o bastante, a atenção que Maria merecia e desejava, ou simplesmente havia se ocupado de curar as próprias feridas? Enroscado em uma pilha derrotada na sala de estar, Tim foi tomado por um medo que tinha se tornado familiar. Maria chegara ao fim ainda desejando mais do que Tim poderia ter lhe dado e não deu?

8.

DNA — 28 de janeiro de 2008

— A resposta curta — disse o Dr. Hassam Yavem com o leve sotaque anglo-paquistanês — à pergunta que me fez ao telefone é sim, em tese, sem restrições de tempo e dinheiro, pode ser possível distinguir de maneira confiável o DNA de gêmeos idênticos. Mas seria basicamente como tentar enfiar uma linha por dentro de um buraco de agulha muito pequeno do outro lado de um campo de futebol.

Evon e o Dr. Yavem, vestido com o longo jaleco branco, estavam sentados no escritório dele, adjacente ao laboratório de DNA. Sujeito bem-arrumado e esguio, Yavem tinha um bigode preto alinhado e uma careca pontuda, um pouco como uma avelã. As respostas dele às perguntas de Evon eram precedidas, em geral, por uma risada breve e gentil, que expunha uma obturação de ouro em um de seus dentes da frente.

Do outro lado da mesa, Evon sentia como se estivesse apertando os parafusos do cérebro, tentando acompanhar o que Yavem dizia. Hal ficou agitado assim que Evon levantou a ideia de fazer testes de DNA no sangue encontrado no quarto de Dita. Ela sabia que o chefe ficaria frustrado caso não pudesse responder todas as perguntas dele.

— Você pode me interromper quando for demais — disse Yavem. — Um dos meus colegas no Alabama vai publicar uma pesquisa este mês mostrando que muitos gêmeos idênticos não são completamente idênticos em termos genéticos. As variações entre eles são muito leves, mas, nas dezenas de milhares de genes, pode haver diferenças isoladas.

Yavem era um sujeito famoso cujo trabalho se concentrava em comparações de genomas de parentes, pesquisa que o levara a estabelecer a base genética de várias doenças. Era frequentemente mencionado como potencial candidato ao Prêmio Nobel de Medicina. No início da carreira, testemunhara em diversos julgamentos criminais notórios. Ultimamente, encaminhava a maioria das identificações de DNA para uma entidade comercial que havia fundado e vendido uma década atrás, dedicando, assim, grande parte de seu tempo à pesquisa. Eram poucos os casos forenses que assumia pessoalmente, e era de certa forma uma honra Yavem ter concordado em se encontrar com Evon, embora o nome de Hal tenha, indubitavelmente, pesado bastante. Ao longo dos anos, os Kronons fizeram duas doações de sete dígitos ao Hospital Universitário, onde Hal se formou.

— Sabemos há algum tempo que o ambiente externo do útero causa algumas variações na expressão genética, algo que chamamos de metilação. É por isso que alguns gêmeos idênticos não permanecem completamente idênticos na aparência conforme crescem. Mas a metilação não representa qualquer diferença genética básica.

Evon repetiu o que Yavem dizia para si mesma, nos próprios termos. A metilação explicava por que Cass parecera levemente maior e mais corpulento que Paul quando os dois ficaram lado a lado na audiência de perdão e liberdade condicional. Mas essa era uma diferença apenas no modo como os mesmos genes responderam ao mundo.

— Porém — continuou Yavem —, há outras diferenças discretas nos genomas de gêmeos que são mais pertinentes à pergunta que você fez. São o que chamamos de CNV, ou variações do número de cópias. Elas aparecem como segmentos de DNA que estão faltando, que ocorrem em múltiplas cópias ou que trocaram de orientação no genoma.

"Um gene humano consiste em centenas de milhares de combinações das bases constitutivas químicas: adenina, ou A para abreviar; citosina, C; guanina, G; timina, T. Um segmento do gene da hemoglobina, para tomar como exemplo o sangue, é CCTGAGG. Uma variação do número de cópia é como um erro de digitação. Então, CCTG*A*GG poderia ser trocado para CCTG*T*GG, com a adenina sendo substituída pela timina na sequência genética. As CNVs provavelmente explicam por que apenas um dos gêmeos contrai o que consideramos doenças geneticamente influenciadas. O exemplo que acabo de dar, em que o A é trocado por T no gene da hemoglobina, ocasiona a anemia falciforme.

"A maioria das CNVs é provavelmente benigna e algumas podem se revelar positivamente benéficas. Elas ocorrem em todos os indivíduos, não somente em gêmeos idênticos, talvez como parte do grande experimento realizado pela natureza. Minha pesquisa sugere que cerca de dois terços das CNVs ocorrem após a concepção, como parte da divisão celular fetal."

— Então é isso que pode ser diferente entre Cass e Paul? — perguntou Evon. — Essas CVNs?

— CNVs — corrigiu Yavem, sorrindo pacientemente.

O laboratório de DNA, visível ao lado da mesa de Yavem através de uma ampla janela, era muito menos dramático do que Evon teria imaginado, nada diferente em aparência do lugar em que tivera aulas de química no ensino médio: a mesma coleção de béqueres, frascos, microscópios, computadores e balcões pretos. Havia fileiras de tubos de ensaio em suportes azuis de plástico, fechados por tampões brancos. Era um espaço pequeno, sem dúvida para que os riscos de contaminação fossem controlados, e os três funcionários paramentados no interior trabalhavam ombro a ombro. Um homem usando máscara cirúrgica precisava retirar as luvas de tempos em tempos para poder digitar no laptop, antes de retornar ao microscópio. Uma mulher verificava um slide com um equipamento vermelho que parecia, para o resto do mundo, um alarme de incêndio.

— Agora a teoria encontra a prática. Meus colegas no Alabama conseguiram isolar CNVs identificáveis em apenas cerca de dez por cento dos gêmeos. Então, considerando o ponto em que nos encontramos hoje, as chances de não diferenciar gêmeos idênticos geneticamente são de nove em dez. E, mesmo que encontrasse uma CNV, ela não ocorre em todas as células desse tipo. Com as células sanguíneas, apenas setenta a oitenta por cento conteriam aquela CNV específica, então você precisaria confirmar o resultado com diversos espécimes.

— Entendi — falou Evon. Havia apenas dez por cento de chance de sucesso, sem considerar outros problemas. — Mas é possível? Pode encontrar resultados válidos?

— Em tese, é claro. Mas você precisa entender que, mesmo se descobrirmos uma ou mais CNVs entre seus gêmeos e mesmo se essa CNV estiver no sangue da cena do crime, isso não significa necessariamente que o gêmeo em questão é culpado.

— Como assim?

Yavem manteve o ar gentil e sorriu de novo.

— Imagine que a CNV detectada fosse a que mencionei no gene da hemoglobina. Infelizmente, *muitas* pessoas têm anemia falciforme. Nós saberíamos que apenas um dos gêmeos poderia ter deixado o sangue na cena, mas *não* que o sangue veio daquele gêmeo. Para chegar a essa conclusão, você ainda precisará de mais testes de DNA padrão, o que leva a uma variedade de novos problemas. O quanto, Sra. Miller, você entende de comparações de DNA?

— Comecei no FBI e costumava entender um pouco — expôs Evon. — Porém é mais ou menos como matemática do ensino médio. Sempre que as minhas sobrinhas ou os meus sobrinhos me mostram os deveres de casa, eles parecem não ter nada a ver com o que vi nos trabalhos mais antigos, de uns anos antes.

Yavem adorou a analogia. Ele gargalhou por um tempo. Era fácil para Evon ver por que o homem era tão requisitado como testemunha. Ele era charmoso, sem traços de arrogância. E, não importava quem o contratasse, ele subiria ao banco sem interesse próprio. Tudo relacionado ao homem dizia que ele estava acima de proveitos pessoais.

— Certo — começou Yavem. — Voltarei ao princípio. Aproximadamente 99 por cento do genoma é o mesmo em cada humano. Mas os genes de cada pessoa contêm certas regiões de sequências de DNA que diferem de indivíduo para indivíduo, basicamente em termos da frequência com que se repetem. Ao desenvolver uma técnica para examinar essas sequências de repetição de DNA, ou, melhor dizendo, ao encontrar uma enzima que poderia separá-las, Sir Alec Jeffreys, um inglês, criou os testes de identidade humana em 1984. Esses testes se concentram em um pequeno número de pontos no genoma em que diferenças de repetição foram estudadas e catalogadas de modo que podemos saber com que frequência ocorrem. Com combinações em alguns ou em todos esses locais, podemos dizer, estatisticamente, que apenas uma pessoa em 1 milhão, ou mesmo 1 bilhão, tem as mesmas repetições de DNA.

Enquanto tentava absorver essa informação, Evon olhou para os azulejos acústicos no teto. Aquilo era basicamente o que aprendera em serviço em Quantico, quando voltou para o treinamento contínuo no início dos anos 1990.

— Mas isso não é difícil hoje, é?

Yavem sorriu.

— Isso depende. Sabe como esses espécimes que quer testar foram armazenados?

— Ainda não.

A verdade, que Evon não estava pronta para confessar, era que nem mesmo sabia se as provas ainda existiam. Tim desenterrara os inventários registrados pelo Estado e pelos técnicos locais de evidências, assim ela sabia o que havia sido coletado originalmente. Até onde conseguia dizer, depois de fazer alguns telefonemas, o laboratório criminal do Estado costumava preservar evidências em casos de assassinato por questão de protocolo. Mas isso era uma regra com muitas exceções. Evidências em geral jamais eram recuperadas do arquivo do tribunal, ou depois de o caso terminar. Em vez de repassar a evidência para a seção de registros, policiais e promotores-assistentes costumavam largá-la em uma gaveta, onde os espécimes mofavam até serem jogados fora. Mas a proeminência do caso Kronon, com a filha de um candidato a governador vítima de assassinato, aumentava as chances de as coisas terem sido feitas dentro das regras. Se fosse o caso, o sangue na janela, que tinha que pertencer ao assassino, seria de interesse especial.

— Não há como ter certeza — falou Yavem — de que evidências recuperadas em 1982 foram armazenadas de modo a preservar o DNA. Não é culpa dos técnicos não terem cuidado com uma tecnologia que não existia. Mas DNA se parte com o tempo, como qualquer outro material celular. Espécimes de sangue podem ter sido refrigerados. Mas também podemos extrair DNA de impressões digitais, pois são, na verdade, resíduos de suor, porém ninguém realmente efetua um controle preciso de temperatura ao armazenar digitais. E há o problema da contaminação. Ninguém sabia que devia ter cuidado para não transmitir o próprio DNA, como, por exemplo, células epiteliais, para os espécimes que coletavam.

"Considerando os riscos de degradação e contaminação, nossa melhor opção é a forma mais difundida de testagem hoje: o teste STR, ou teste de repetições curtas consecutivas; em especial, o teste Y-STR, que se concentra nos cromossomos Y. Esse teste discrimina espécimes muito pequenos e o cromossomo Y, que, graças à sua estrutura, não se degrada tão rápido. E, é claro, não precisa se preocupar com contaminação de células transmitidas por mulheres, pois apenas homens têm o cromossomo Y."

— E qual é a chance de o Y-STR funcionar?

— Bastante alta — respondeu Yavem. — Mas os problemas de degradação e contaminação não existiriam apenas na execução do exame Y-STR. Eles também seriam uma questão significativa na aplicação dos dois testes usados para localizar as CNVs, processos que utilizam tecnologias chamadas 32K BAC e Illumina BeadChip.

Yavem então descreveu para Evon um protocolo completo de testagem, em grande parte para que ela entendesse tudo pelo que Hal precisaria pagar. Primeiro, examinariam o DNA para determinar que Paul e Cass realmente eram gêmeos idênticos, nascidos, de fato, do mesmo óvulo. Havia milhares de pares de gêmeos ao redor do mundo que descobriram recentemente que eram fraternos, não idênticos. Segundo, Yavem faria a testagem Y-STR para estabelecer que o sangue na cena era proveniente, com um significativo grau de probabilidade, de Cass ou Paul. Terceiro, fariam aqueles dois outros testes na esperança de encontrar uma variação no número de cópia entre os gêmeos. Então, quarto e último ponto, tentariam encontrar a CNV no mesmo local genético em diversos espécimes de sangue coletados na cena.

— É por isso que eu diria — falou Yavem —, no fim das contas, que as chances de conseguir um resultado cientificamente confiável não são melhores que uma em cem. Um chute alto para qualquer um. Mas ficaríamos muito felizes em tentar. Seria um projeto muito interessante, com implicações óbvias de pesquisa.

Evon revisou os últimos detalhes com Yavem sobre custo e tempo — os testes de CNV eram de propriedade privada e precisariam ser realizados nas instalações que possuíam o tal software, o que significava que o processo todo levaria, pelo menos, três semanas. Ela agradeceu profusamente ao pesquisador e pediu que ele enviasse a conta pelo tempo gasto naquela reunião, então voltou ao escritório para tentar explicar tudo isso a Hal.

9.

Conhecimento — 28 de janeiro de 2008

Hal estava basicamente como Evon o havia deixado naquela manhã, recostado meio torto na cadeira do enorme escritório, imerso no que via em uma grande tela de plasma na parede. Ele poderia muito bem ter um pote de pipoca ao lado.

Quando Evon entrou para contar que estava indo visitar Yavem, Kronon lia os e-mails dos funcionários. Toda empresa atualmente informava aos funcionários que eles não poderiam esperar que os e-mails profissionais ficassem livres de inspeção interna. Mas Hal entendia isso como uma licença para fazer vigilâncias ocasionais. Originalmente, o mecanismo havia sido estruturado para a equipe de Evon poder surpreender algum babaca no departamento de *leasing* que estivesse passando os nomes de potenciais locatários a um concorrente. Porém Hal nunca desabilitou o fluxo de e-mails. Gostava de ver quem estava encaminhando links para sites pornográficos ou fazendo críticas a ele, ou simplesmente de se informar das fofocas do escritório. Até onde Evon sabia, Hal não fazia nada com a informação, a qual ele digeria como um deus desinteressado, divertindo-se com as frivolidades dos mortais abaixo.

Agora, Hal estava virado para a tela e roía a unha do polegar enquanto revisava a versão final do comercial estrelado por Georgia. Evon não vira o anúncio completo e começou a assisti-lo atentamente com Hal. Era muito forte.

— Vai ao ar hoje à noite. Veremos como ele fica nas pesquisas depois disso — falou Hal.

O amplo escritório de Hal era revestido com uma madeira pálida bastante granulada — figueira, acreditava Evon — e armários embutidos combinando. Na estante de livros mais afastada ele mantinha o pequeno santuário à irmã — preenchido com a foto do anuário da faculdade dela, um pedaço de cerâmica feita na infância e fotos de Dita ao lado dos pais ou da tia preferida, Teri. Uma prateleira mais próxima tinha fotos da mãe e do pai de Hal. De fato, uma pintura a óleo de Zeus, uma de muitas nos escritórios do ZP, pendia do lado externo da porta. O aparador sob a TV, em contraste, era dedicado a três fotos da família de Hal em florestas densas. Qualquer coisa podia ser dita sobre ele, menos que não era um pai e um marido dedicado. Gabava-se demais dos filhos, mas isso se devia a um amor radiante. Mina e Hal tinham quatro filhos, e os dois meninos mais velhos terminaram a faculdade. Hal esperava que eles se fascinassem pelo negócio da família, porém os dois estavam comprometidos com projetos humanitários. O mais velho, Dean, trabalhava combatendo a Aids na África. Todos os filhos de Hal, inclusive as duas meninas, ainda no ensino médio, viam as opiniões políticas do pai como pré-históricas, e Hal tolerava as opiniões deles como uma falha divertida da juventude, embora normalmente pulasse no pescoço de qualquer um que dissesse tais coisas. Quanto a Mina, ele a adorava. Ligava para a esposa três ou quatro vezes por dia e sempre era gentil com ela, ficando feliz em fazer o que ela pedisse, algo que Hal aceitava como um sinal de amor. Mina separava as roupas dele toda manhã. Hal era, na verdade, uma das pessoas mais felizes no casamento que Evon conhecia.

— Uma em cem, há? — perguntou Hal, acompanhando o resumo de Evon.

— E pelo menos 250 milhões de dólares.

Hal ponderou.

— Mas ele disse que faria, não disse?

— Podemos fazer o requerimento ao juiz Lands. Yavem vai nos dar uma declaração juramentada alegando que acredita ser possível obter resultados válidos. Mas é uma técnica nova, Hal. Só a audiência de instrução para estabelecer a confiabilidade do teste pode durar um mês.

Hal estava pensando, mas seu rosto pesado balançava em concordância conforme considerava as perspectivas. Evon queria que ele avaliasse os potenciais resultados antes de se decidir, o que, então, o tornaria permanentemente determinado, como um bloco de concreto.

— Olha, Hal, andei pensando nisso e precisamos considerar o que vai acontecer se o resultado seguir o outro caminho. Podemos colocar a linha na agulha, usando a analogia de Yavem, e descobrir que o sangue é de Cass. Na verdade, se obtivermos um resultado positivo, esse será o mais plausível. Lembre-se de que o cara alegou culpa. É um risco enorme. Sua reputação jamais será a mesma. E Paul vai se tornar um grande mártir que poderá começar a se mudar para a prefeitura imediatamente.

Hal ouviu Evon atentamente, como costumava fazer, seus olhos claramente concentrados por trás das lentes espessas dos óculos.

— Vá em frente — decidiu ele por fim. — Sei que isso pode se voltar contra mim. Mas eles mataram a minha irmã, e tão certo quanto estou sentado aqui, eu sei que Cass e Paul estão escondendo alguma coisa esses anos todos. Eu *sei*. E quero a verdade. Devo isso a Dita.

De volta à própria mesa, Evon ligou para o laboratório de Yavem, então se acomodou com todo o trabalho acumulado, a maior parte relacionado ao negócio com a SuaCasa. Os investigadores do ZP tinham descoberto que décadas antes houvera uma pequena fábrica de tintas em parte do terreno em Indianápolis, o que explicava o que Tim ouvira quando estava seguindo Dykstra. Mas as amostras do solo, até então, não tinham indicado nada da contaminação esperada. Ele fingira revolta e exigia que Hal assinasse a carta de promessa de compra naquela semana ou que cancelasse o negócio. Hal ainda não podia exigir uma correção monetária do preço de compra — o ZP deveria pagar 550 milhões de dólares, 400 dos quais em espécie, que seriam levantados pela colateralização cruzada dos lucros dos shoppings — e, como resultado disso, ele chamava Evon ao seu escritório cinco vezes por dia, exigindo um relatório sobre literalmente cada novo buraco cavado.

Ela só deixou o escritório bem depois das oito da noite. Conforme sua BMW Série 5 subia pela garagem subterrânea do prédio do ZP, Evon ligou para Heather e recebeu uma mensagem de texto como resposta. "Trabalhando até tarde. Crise-Mor." "Crise-Mor" era o código de Heather para Craigmore, o cliente exigente.

O prédio em que morava era uma construção nova, trinta andares de vidro. As duas escolheram o apartamento juntas, embora Evon tivesse pagado por tudo — Heather basicamente vestia cada dólar que ganhava. Heather já o havia mobiliado duas vezes, com a mesma elegância minimalista com que se vestia. Havia uma parede de janelas com vista para o rio e muitos móveis minimalistas que exigiam que o lugar estivesse limpíssimo para atingir o efeito desejado. Era lindo do mesmo modo perfeito que Heather era linda, mas Evon jamais se sentiu completamente em casa. Por sua conta, teria preferido poltronas bem-estofadas e algumas meias sujas no chão em meio a revistas espalhadas. O desconforto de Evon era maior quando estava lá sozinha.

Ela desceu as escadas e malhou por uma hora, então, ainda com roupa de ginástica, ligou a TV no SportsCenter e comeu uma refeição pronta Lean Cuisine. Como sempre, o trabalho estava em sua mente. Ainda estava impressionada com o comercial estrelado por Georgia e continuava suspeitando de que Hal, com aquele seu jeito intuitivo atrapalhado que sempre ajudava nos negócios, poderia estar perto da verdade.

No entanto, por fim, algo maior começou a abrir caminho na mente dela. Não era possível ser um investigador treinado e se fazer de bobo para sempre. E um reconhecimento fatal tinha começado a se formar algumas semanas antes, quando voltaram do casamento de Francine e Nella. Heather saía muito frequentemente com Tom Craigmore em viagens de última hora, ficava muitas noites até tarde com ele e parecia voltar delas com o aroma fresco de um banho. Evon sabia que deveria ter suspeitado havia muito tempo de que Heather estava dormindo com ele.

Quando as duas se conheceram, Heather confessou que às vezes, quando não estava em um relacionamento com uma mulher, transava com homens. Ela era insegura o bastante para achar que precisava fazer isso para consolidar seu lugar junto ao cliente. No entanto, Evon não podia mais fingir que não estava acontecendo.

Amor era a maior coisa no mundo. Mas parecia quase inevitavelmente acabar em distorção e tristeza. Era essa a verdade? Que essa sensação que todos desejavam e na qual acreditavam, sobre a qual músicas eram escritas, não levava a nenhum lugar bom, mas descia por um ralo até a parte mais sombria de si mesmo, encontrando batalhas e corações histéricos que teriam saído mais ilesos se tivessem sido partidos com um machado? Era essa a verdade do amor? Que era o modo mais garantido de acabar odiando alguém?

Às dez da noite, Evon estava na cama e caiu no sono com um livro sobre Sandy Koufax no peito. Acordou de novo perto da meia-noite e apagou a luz, então acordou mais uma vez duas horas depois, quando Heather chegou. A namorada de Evon estava claramente bêbada e cambaleou pelo banheiro, derrubando coisas, o copo de aço na pia e, pelo ruído, alguns cosméticos. No escuro, Evon falou:

— Oi. — Ela estendeu o braço para a luminária.

Heather ficou imóvel com uma das mãos sobre o peito, os olhos espantados e arregalados. Estava nua, linda com sua longa e esguia silhueta.

— Você me deu um baita susto — falou Heather. — Achei que estivesse dormindo.

— Na verdade, não. Estava meio inquieta. Como foi a noite?

— Não consigo decidir se Tom é um palhaço ou um completo babaca.

E como ele é na cama?, quase perguntou Evon. Houve um tempo, anos antes, em que teria feito isso. Mas o ódio não se acumulava mais nela até se tornar potente como uma bomba. Em vez disso, Evon estava disposta a vivenciar a força devastadora da própria mágoa.

— Não consigo mais aguentar isto.

Evon achou que tinha falado consigo mesma, até ver o modo como Heather, de novo, parou o que estava fazendo, de pé diante de uma gaveta aberta no armário Eames, uma blusa de dormir na mão.

— O que você não consegue aguentar?

— Ver você cambaleando aqui depois de ter deixado algum cara apalpar seu corpo ou trepar com você, ou sabe Deus o que mais.

— Ah, por favor.

— Acho que esta fala é minha.

— Quero dizer — disse Heather, que começou a chorar imediatamente — que você não sabe do que está falando. Quero dizer que você está me acusando.

Ela não se incomodou em responder.

— Você basicamente admitiu para mim meia dúzia de vezes quando estava chapada. Deitou naquela cama quando perguntei onde estava e respondeu "Não importa". Quantas vezes foram? Eu estava disposta a fingir que não sabia do que você estava falando.

— *Não* importa — gritou Heather.

Evon sabia como Heather se explicaria, porque se lembrava do que ela dissera gostar nos encontros ocasionais com homens no passado. Ela gostava de rir deles, alegava Heather, e provavelmente estava sendo sincera. Queria que vissem que não poderiam tê-la, que não a atingiam. Mas isso não significava que não importavam para ela. Só importavam de um modo diferente de quando estava nos braços de Evon. Era algo doentio, mas Heather era assim. Quando o assunto era sexo, todos eram doentios, ou ao menos um pouco diferentes, com seus pequenos baús de desejos. Mas seja lá o que esse comportamento significasse para Heather, importava para Evon. Esse era o único problema. Evon disse isso a Heather de novo.

— Você quer que eu pare de me encontrar com os homens com quem trabalho? — perguntou Heather. Ela estava sendo dramática agora, caminhando pelo quarto ao falar e gesticulando com os braços. — É isso o que você quer? Vou parar. Quero dizer, isso é só uma maldita maluquice lésbica, mas não vou sair com pessoas que não me atraem.

— Não acho que você vai parar. Acho que isso é importante para você. Acho que não sabe o porquê, mas não vai parar. E isso está partindo meu coração, então *nós* precisamos parar.

— Eu te amo — declarou Heather. — E você me ama.

Agora que Evon estava totalmente acordada, percebeu como aquilo tudo estivera perto de emergir, como havia considerado as alternativas e feito planos cuidadosamente.

— Vou dormir na casa de Janet esta noite. E amanhã. Algumas noites. Você precisa sair daqui até o final da semana.

Heather desabou. Chorou com desespero total. Seu nariz escorria. Ela deixou sua beleza de lado. Estava bêbada demais para se lembrar de tirar a maquiagem, e filetes sujos escorriam de seus olhos até o queixo.

— Não posso sair daqui. Eu vivo aqui. É a minha casa. Eu te amo. Por favor. Eu vou mudar. Rebecca conhece um psiquiatra. Vou ver um psiquiatra. Eu vou, vou mudar. Juro, eu vou mudar. Por favor. — Ela começou a se arrastar na direção de Evon, de joelhos, os braços esticados. Era devastador assistir àquilo, em parte porque um lado oculto de Evon se deliciava diante da descompostura de Heather. Ela havia sido magoada, fora quase destruída. Heather chegou à cama e agarrou uma das panturrilhas de Evon. — Eu te amo — dizia ela. — Por favor. — Evon agora chorava também.

As duas passaram por aquilo antes, três ou quatro vezes, mas por motivos diferentes. Cada uma tinha um papel agora: Evon, com ódio, Heather, desprezível. Evon a havia assustado, Heather prometera penitência. Elas podiam voltar, com a esperança de que tudo seria melhor.

Havia uma beleza naquilo, na esperança. Evon sempre sentira esperança quando se tratava das pessoas que amava. Mas àquela altura percebia que seu otimismo seria destruído. O drama que envolvia as duas — eu te amo, eu te odeio, eu te quero, eu não te quero — começaria mais uma vez, apenas para levá-las de volta àquele ponto. Evon se conhecia o suficiente agora, aprendera o bastante com bons terapeutas e percebia que aquilo era parte dela também: querer alguém, como a mãe, que jamais a aceitaria completamente, para quem jamais seria boa o bastante. Aquela era a mitologia na qual a antiga Evon acreditava, sua predisposição intrínseca. E, para se afastar daquilo, precisaria brigar consigo mesma. Era como se precisasse segurar a antiga Evon — a parte que era DeDe — na cama e se erguer para fora do corpo como os espíritos translúcidos que levitavam acima dos cadáveres em filmes antigos. Era preciso uma força que parecia quase física. Mas ela sabia que estava certa. Sabia do que precisava. Queria ser feliz, e a primeira responsabilidade por aquilo recaía sobre ela mesma.

Em dez minutos, Evon fez as malas, se vestiu e saiu do apartamento, afastando-se dos clamores esganiçados de Heather. Sentou-se no carro na garagem subterrânea. Esperou até se sentir pronta para dirigir. Havia sido um caminho tão longo para ela simplesmente encarar o que queria que ele parecera muito assustador e vergonhoso e, pior de tudo, estranho. Evon odiara ser diferente, sentir-se diferente e precisar conviver com isso durante a vida. Mas tinha convivido. E agora, aos 50 anos, havia algo mais para encarar, algo pior: talvez nunca fosse amada, nunca, não do modo despreocupado e duradouro pelo qual esperava. Evon ficou sentada no carro, na garagem escura, às três da manhã, os braços envoltos no corpo.

10.

Encalço — 30 de janeiro de 2008

Eram sete e meia, e ele estava de pé na estação ferroviária iluminada no centro da cidade, uma luva em uma das mãos, a direita despida conforme a estendia a quem passava. Estava posicionado no nível mais baixo, próximo às portas, para poder acompanhar a correria de pessoas entrando e saindo, mas não havia aquecimento ali, e a temperatura não devia estar acima de dez graus. Os jovens estagiários que o acompanharam batiam os pés e caminhavam em círculos, porém a adrenalina de cumprimentar tanta gente o distraía do latejar nos ouvidos. Desde que John F. Kennedy abandonara a tradicional cartola no dia de sua posse, o estilo político preferencial nos Estados Unidos para cumprimentar os eleitores era com a cabeça desnuda.

— Paul Gianis, espero seu voto para prefeito no dia 3 de abril. — Ele deve ter falado isso em média cinco vezes por minuto, sem alterar mais que uma ou duas palavras.

Paul adorava os cumprimentos, mas não pelo motivo que a maioria suspeitava. Eles lhe ensinavam humildade, um traço que sua mãe sempre recomendara, mesmo que raramente praticasse. No mundo atual, apenas atletas e artistas eram estrelas de verdade. Paul era líder da maioria do Senado Estadual havia quatro anos, mas as pessoas ainda o viam como nada além de um rosto familiar, imaginavam que o tinham conhecido em algum lugar de que não se lembravam, como o casamento de um primo. Quando ouviam seu nome, a reação dos transeuntes variava. A maioria dava um vago sorriso e acenava quando passava. Alguns paravam para dizer a ele que faziam compras na mercearia de seu pai, ou que votaram nele no passado. Havia sempre aqueles que queriam uma foto, principalmente se estavam com os filhos. Muitos cruzavam a sua frente com frieza, jovens abaixo da idade mínima para votar ou, com maior frequência, pessoas que viam políticos como uma praga, principalmente os que dificultavam sua ida ao trabalho. É claro que as pessoas que Paul conhecia havia anos — advogados a caminho do escritório, na maioria — paravam para dizer oi. E havia também um enorme latino no qual, por pura coincidência, Paul esbarrara em quatro ou cinco daquelas paradas pela área de Tri-Cities, e que abriu os braços e abraçou o candidato naquela manhã, gritando:

— Pablo, *amigo*!

De vez em quando, os transeuntes queriam conversas mais longas. Mães costumavam perguntar diretamente sobre as escolas e o Departamento de Recreação, ambos perigosamente sem verbas, e os mais jovens que seguiam o que se costumava chamar de fluxo reverso, indo dos apartamentos no centro para empregos próximos ao aeroporto, às vezes se detinham para descobrir quais eram seus planos para tornar o país mais eficiente na área de energia ou para incentivar novas empresas no setor tecnológico. Fazer aquilo todos os dias — e Paul estava em um ponto de ônibus diferente ou naquele mesmo lugar todo dia útil, e em mercados por todo o país nos fins de semana — podia levá-lo a se sensibilizar com aquelas questões. Ainda havia muitos negros que reclamavam dos abusos da força policial, principalmente em North End. E, inevitavelmente, ele ouvia histórias que partiam seu coração — naquele dia, era o pai de um menino com uma deficiência grave que não podia receber auxílio adequado das escolas ou das associações locais, mas que se recusava a internar um garoto cuja mãe o abandonara fazia tanto tempo. Também havia situações engraçadas — transeuntes da manhã que esperavam que ele fizesse algo ali mesmo a respeito dos latidos do cão do vizinho, ou dos raios zeta de Marte, ou, em geral, do juiz que ouvira um caso do divórcio e cujo julgamento era um óbvio sinal de corrupção inerente. Mas Paul adorava tudo isso, os cumprimentos, a bajulação, ouvir, dizer à equipe para anotar ideias e planos e nomes. Aquele era o coração da cidade, repleto de necessidades.

— Então, tipo, qual é a dessa coisa de assassinato? — perguntou um jovem de gorro e sobretudo.

Era a terceira vez naquela manhã que alguém se referia à campanha publicitária de Hal. Gianis ensaiara um olhar de dor e um gesto de cabeça, como se estivesse além de sua compreensão.

— Esse cara é um babaca, certo? — comentou o rapaz. A pele dele tinha espinhas, e o menino provavelmente havia passado por uma adolescência miserável, mas agora, claramente, não lhe faltava confiança.

— São palavras suas — rebateu Paul.

— É, mas parece ruim, cara. — Com isso, o jovem se foi.

Às oito e quarenta e cinco, ele saiu da estação com dois assistentes. Paul tomaria café no Metro Club, um evento beneficente com advogados de tribunais. Perdera algum apoio lá porque estava disposto a discutir um teto por danos como parte de um esforço fracassado para uma reforma da saúde no ano anterior, mas a maioria dos advogados que participaria era de amigos de longa data, e Gianis ainda era o preferido deles, principalmente por estar controlando o Departamento de Justiça do Condado a partir do gabinete do prefeito.

Quando abriu a porta de trás do carro de campanha, um Taurus vermelho de dois anos, Crully estava no assento. Ele inclinou o corpo para fora e perguntou se Kim e Marty, os estagiários, se importariam de pegar um táxi. Aquilo não podia ser bom. Mark saía no frio apenas quando tinha que informar um candidato em particular sobre algo que precisava saber antes de esbarrar com algum repórter. E, de fato, Crully entregou um punhado de papéis. Requerimentos para apresentação de evidências dos advogados de Hal.

— Nenhum pedido de arquivamento?

— Hã? — respondeu Crully.

— Você disse que eles entrariam com um requerimento para arquivar a nossa queixa com base na Primeira Emenda e nós enrolaríamos até a eleição. Mas essa parte foi pulada e eles foram direto para a apresentação de provas. Certo?

Mark deu de ombros, indiferente ao fato de que estivera totalmente errado. Hal e os advogados passaram por cima de Paul e queriam que o juiz Lands ordenasse a produção de todas as provas que o Estado e a polícia local ainda pudessem ter em mãos, e que instruísse Paul a entregar saliva e impressões digitais. Eles tentariam fazer testes de DNA. Ele leu duas vezes a declaração juramentada de Hassam Yavem. Era estarrecedora, na verdade. Mantivera uma leve preocupação com testes de DNA ao longo dos anos, mas lhe asseguraram repetidas vezes que não havia como discernir seu DNA do de seu irmão. Porém, Yavem era um cientista de verdade.

Crully sabia o que estava na mente dele.

— Ray já falou com Yavem. É uma chance em duzentas de que o teste vai funcionar.

— E essas provas todas ainda existem? — perguntou ele.

— Aparentemente, o sangue sim. Eles o encontraram na geladeira da polícia estadual. Na verdade, eles mantêm uma política de retenção de dez anos, então *adiós*, mas não nesse caso.

— E por que fui tão sortudo?

— Aids — respondeu Crully.

— Aids?

— A amostra é de 1982. Eles não faziam teste de Aids no sangue em 1982. Então, quando 1992 chegou, ninguém queria tocar nele. Ficou lá.

— Ótimo.

Crully não gostava do que estava vendo em Paul, algo que via toda vez que o assunto surgia. Ele comandara campanhas vencedoras há tempo suficiente para saber escolher suas batalhas. E ele as escolhia com base em dois critérios. Primeiro, queria vencer. De vez em quando, apenas pelo dinheiro, trabalhava com um perdedor durante uma eleição fora de época para algum zilionário democrata que apostava que seria o novo rosto da democracia. Mas Mark já estava cansado de perder, e, se quisesse dinheiro, poderia voltar para a capital e fazer lobby. Então, queria vencedores, para começar. E segundo, queria um candidato esforçado. As pessoas jamais acreditariam em quantos daqueles homens e, mais raramente, mulheres não gostavam de se esforçar. Eles preferiam ficar diante das câmeras ou de uma multidão de adoradores, mesmo que metade fosse de parentes da equipe de campanha. Mas não se importavam com dias de 18 horas. E queriam fingir que o dinheiro crescia em árvores, que George Soros ou outra pessoa gostaria deles e derramaria milhões de dentro de uma fronha. Achavam que era degradante ou vergonhoso pedir às pessoas que materializassem seu apoio. Gianis era profissional. E incansável. Dois dias antes, dissera a Mark que ele poderia começar a aumentar as aparições públicas de campanha em fevereiro, mais três todos os dias. E Paul ainda possuía um escritório de advocacia, sem falar que o Senado Estadual voltaria do recesso na semana seguinte. Gianis não teria mais de quatro horas de sono por noite até maio.

Crully conhecera Paul três anos antes, quando ele considerava concorrer ao Congresso. Crully tinha se comprometido com uma eleição na Califórnia e acabou precisando recusar. Mas havia estudado em Easton, assim como Paul, e, quando aluno, trabalhara nas eleições locais lá, então conhecia as pessoas certas para se contratar na ocasião. Ele aceitou o desafio de uma eleição para prefeito de cidade grande. E gostava de Gianis. Era direto. Progressista. Aceitava conselhos. E acreditava em mais do que na própria eleição, embora todos acreditassem nisso no começo e acima de tudo. Paul entendia as dimensões — quantos voluntários, quantos dólares. O cara que cuidava das finanças, Clooney, dava a ele dez nomes para ligar antes de ir dormir e Paul pegava o celular e a lista assim que a porta do carro fechava ao saírem de um evento. Em geral, ele acabava ao meio-dia e pedia mais dez. Paul não reclamava de querer ver a mulher e os filhos — todos na campanha precisavam de tempo com os filhos ou com as namoradas — e não saía de uma igreja sussurrando sobre como o padre era um babaca narcisista. Paul sabia que não havia tímidos no púlpito. Aquela situação com Kronon era a primeira na qual Gianis parecia ter perdido a disciplina de sempre. Estava agindo de forma assustada, e era isso que incomodava Crully. Não se podia ganhar com medo. Todos — a imprensa, os oponentes, a equipe — sentiam isso. Um líder sempre agia como líder. Paul parecia angustiado com o problema com o irmão.

— Isso está fora do controle — declarou Gianis. Crully observou Paul olhar pela janela para os enormes prédios e as ruas lotadas da cidade que esperava governar em breve. — E o que quer que eu faça a respeito?

— O que quer dizer com o que eu quero? Faça o óbvio. Coopere. Levante o queixo e diga: "Não tenho nada a temer. Ele pode levar as minhas digitais. Ele pode levar o meu cuspe." O importante não é o que acontece no tribunal. Você está travando uma guerra de impressões. Já falei isso.

— Não queremos esse teste. Não conseguiremos bons resultados — falou Gianis.

Crully achou que seu coração havia parado.

— O que diabos isso quer dizer? Suas digitais estão lá? Ou seu DNA?

Gianis se virou para Crully, a boca contraída pelo mau humor.

— O que você acha, Mark?

— Então o que quer dizer com "resultados ruins"? Isso é um bom resultado, não é, se você não tem porra nenhuma lá? Eu enrolaria a manga e carimbaria um cartão de digitais diante de uma dúzia de câmeras. E faria isso hoje.

— Não posso fazer isso hoje.

— Por quê?

— Preciso falar com o meu irmão. Preciso falar com Sofia. Isso é difícil para os meus filhos. Preciso preparar todos eles. — Gianis continuou revirando a língua dentro da boca quando se voltou para a janela. Ele retirou os óculos, como sempre fazia, para esfregar o protuberante osso do nariz. — E o resultado ruim, caso não tenha chegado a essa conclusão, Mark, é que Yavem não vai poder dizer de quem é o DNA, e Hal e sua equipe de publicidade vão distorcer isso como prova de que eu poderia ser o assassino. E a única defesa que tenho é a mesma que tinha desde o início: dizer que não fui eu. Isso é uma armadilha.

Crully esperou. Gianis tinha razão.

— Esse processo todo está virando um desastre — comentou Gianis.

— Você me disse que eu tinha que processá-lo, apenas para tomar uma posição, e que os advogados fechariam tudo até a eleição.

— É, e você *me* disse que não havia nada com que se preocupar. Agora Kronon revelou sua mentira para a polícia. E sua ex-namoradinha triste, que tem o fato de que você acabou com a vida dela praticamente tatuado na testa, está dizendo que você contou a ela que seu irmão é inocente. Não coloque a culpa dessa porra em mim. Uma ex é a fúria do inferno, OK. Mas a polícia?

— Eu me esqueci disso.

— Bem, isso foi uma infelicidade — disse Crully.

— E não menti para a polícia. Não que isso faça diferença.

Crully não falara com Paul sobre nada daquilo em detalhes, e não tinha certeza se se importava agora. Mesmo quando a merda jorrava da terra como uma fossa séptica entupida, Mark jamais perguntava ao candidato a respeito de qualquer coisinha escusa ou de algum negócio fechado sem licitação com um grande doador. Queria poder dizer aos repórteres, com a expressão honesta, que não havia verdade nas acusações, até onde sabia.

— Você não mentiu para a polícia? — perguntou Crully. — Como pode? Você disse à polícia que estava com o seu irmão bebendo cerveja no rio quando tudo aconteceu. E seu irmão alegou culpa no assassinato, então, a não ser que Cass tenha tido uma conversa com Einstein e vencido as leis do espaço e do tempo, ele não estava com você quando a mulher foi morta. Certo?

Gianis estampou aquele olhar de agonia que Crully tanto odiava e encarou a janela novamente, balançando a cabeça inconscientemente diante da magnitude das complicações.

— Eu nunca disse à polícia que ficamos juntos durante a noite inteira. Eles devem ter entendido errado. Eu disse que depois do piquenique fomos até Overlook e tomamos algumas cervejas.

— Queremos usar isso? Um mal-entendido? Cass vai corroborar?

Eles não tinham respondido aos comerciais de Kronon citando o litígio corrente. Ray entrara com um bom requerimento junto ao juiz Lands, pedindo que ele estabelecesse as regras: as partes poderiam ou não se falar? Era um assunto complicado, aparentemente, porque Paul era advogado, e a ética jurídica proibia os advogados de fazer declarações fora de um tribunal a respeito de um caso enquanto um processo estivesse em andamento. O juiz Lands tinha marcado uma audiência para a semana seguinte.

— É claro que Cass corroboraria.

— E seu irmão ainda não havia contado a você que matou a garota Kronon na ocasião em que você falou com a polícia, certo? Então não percebeu o significado da temporalidade.

— Ele nunca me contou isso, na verdade.
— Ele não contou que alegaria culpa?
— É claro que sim.
Crully sentiu que semicerrava os olhos.
— Você está sendo evasivo?
— Pode-se dizer que sim, acho.
Gianis estava escondendo algo. Aquele era o verdadeiro problema. Podia-se falar mal da imprensa e das leis de financiamento de campanha, dizer que a política era enganação e estar certo noventa por cento das vezes, mas verdades difíceis, grandes verdades sobre candidatos, costumavam emergir durante as campanhas. Era como fazer uma cirurgia cerebral com uma britadeira. Porém estava ficando cada dia mais claro que havia algo que Gianis não contava.
— Olha — falou Crully. — Há mais alguma coisa?
— Como o quê?
— Por favor, Paul. Quem você acha que eu sou, porra, Carnac? Não quero precisar descobrir a pergunta certa. Você sabe o que poderia afundar este navio. Este navio está afundando?
— Não. — Gianis se voltou devagar para Mark. Paul tinha aqueles olhos castanhos gregos místicos, tão escuros que não se podia ver direito dentro deles. — Quer me ouvir dizendo?
Crully hesitou por um segundo.
— Sim — respondeu ele por fim.
— Eu não matei Dita Kronon. Eu não tive nada a ver com isso.
Um bom político era sempre bom ator, então Crully aprendera a aceitar tudo com desconfiança. Conhecia um cara que Clinton havia puxado até um canto na Casa Branca para assegurar, estritamente entre eles, que jamais sequer desejara Monica Lewinsky. Mas Crully não conseguiu evitar: acreditou em Paul e sentiu o alívio percorrer seu corpo.
— Meu irmão acha que deveríamos abandonar o processo — comentou Gianis.
— Merda! — exclamou Crully. — Você não pode abandonar o processo. Vai ser um desastre. Você parecerá culpado.

— Não disse que concordo com ele, Mark. Mas entendo o argumento de Cass. Essa coisa é uma areia movediça. A não ser que concordemos com esse teste e tiremos a sorte grande. Mas as chances são de 199 em duzentas de não tirarmos. Tudo vai ficar mais distorcido. Me desculpe, mas jamais deveria ter dado ouvidos a vocês.

— Tudo bem. Me culpe. Se quiser, vá em frente. Mas não pode abandonar tudo agora. Se abandonar, terei que pedir demissão.

Gianis abaixou o queixo e encarou Mark com rispidez.

— Isto é uma ameaça? — perguntou ele.

— Chame como quiser. Temos que levar isso ao tribunal e esperar o melhor. Talvez Lands imponha uma ordem de sigilo e obrigue Hal a tirar os anúncios do ar.

— Ele não vai impor. Eu não faria isso se fosse o juiz. Não se pode permitir que um político entre com um processo para calar seus críticos. E Du Bois Lands é um bom profissional. Já trabalhei com ele.

— Não sabia disso — falou Crully. O coração dele se animou. — Por que ninguém me disse isso?

— Porque é uma longa história — disse Paul. Eles chegaram ao Metro Club e Paul abriu a porta, mas antes de deslizar pelo assento deu um tapinha no ombro de Crully e sorriu pela primeira vez na viagem. Um sorriso sincero. — Prepare-se, Mark. Na verdade é um grande dia.

— É?

— Meu irmão vai sair da cadeia. — Ele olhou para o relógio. — Na verdade, já saiu.

Às oito e meia, os agentes penitenciários tirariam as digitais de Cass no centro administrativo para se certificar de que estavam soltando o cara certo, então o deixariam vestir o velho jeans azul e o moletom com os quais havia se rendido. Hillcrest parecia um rancho de um filme de faroeste, rodeada por uma cerca branca baixa. Não havia nem mesmo arame farpado. Chamavam a prisão de Campo da Honra, o que significava que não havia ninguém lá que não tivesse percebido que teria dificuldades na cadeia se fosse pego fugindo. Naquela manhã, os guardas abririam as trancas do portão B, o que acontecia somente para libertar prisioneiros e receber entregas de caminhões, e puxariam cada porta para um lado. E o irmão de Paul sairia para a estrada de terra congelada sozinho. Sofia saíra de casa antes das seis para buscá-lo.

Kim e Marty, os estagiários, já estavam sob o toldo verde do Metro Club. A correria constante dos pedestres transformara o gelo e a neve de algumas semanas em um pântano de lama que se acumulava em pequenos montes teimosos, ainda presos ao cimento com a determinação de um ser vivo. Quanto sal as calçadas aguentariam, pensou Paul, antes de racharem e precisarem ser substituídas? Jamais se perguntara aquilo na vida, mas isso seria uma preocupação, caso se tornasse prefeito. Cada parafuso e porca na estrutura de Tri-Cities seria sua preocupação.

Seu celular vibrou assim que ele chegou aos dois assistentes. Era o celular pessoal, não o da campanha. Ele achou que poderia ser Beata, que já havia ligado uma vez, mas ele não encontrara a privacidade que até mesmo uma conversa sussurrada com Beata requeria. O número estava bloqueado.

— Paul Gianis — atendeu ele.

— Quem disse? — respondeu o irmão.

Os dois gargalharam como crianças, distraídos pela piada boba. O irmão de Paul usava o celular de Sofia, cujo número era sempre oculto para que ela pudesse falar com pacientes em seu próprio tempo. Os gêmeos não conversavam por telefone desde sabia Deus quando, provavelmente quase vinte anos, quando o pai deles morrera. As linhas telefônicas dentro da prisão eram todas grampeadas, e os dois preferiam, por isso, falar cara a cara.

— Tudo bem?

— Tudo bem.

— Então — disse Paul —, estamos livres.

— Estamos livres — respondeu o irmão.

— Ainda queria que estivéssemos juntos.

A data de libertação de Cass, um evento de que todo prisioneiro se lembrava instantaneamente, mesmo oitenta anos depois, sempre fora 31 de janeiro de 2008. Mas, de alguma forma, o Departamento de Correções havia recalculado para aquele dia durante a audiência de perdão e liberdade condicional.

— Já conversamos sobre isso. Não podia faltar a esse café da manhã, não quando o grupo marcou a data há quatro meses. Mas vejo você no jantar?

— Ainda é o plano.

Eles desligaram. Paul estava chorando, é claro, e tateou o sobretudo em busca do lenço no bolso traseiro. A ideia de se sentar para uma refeição com o irmão, dormir sob o mesmo teto que ele pela primeira vez em 25 anos, ainda parecia além da imaginação. Os dois não fizeram maiores planos para o futuro por pura superstição. A ideia, como tinha sido havia um quarto de século, era superar aquilo, até o fim, um dia de cada vez.

Vinte e cinco anos. A imensidão do tempo tomou conta dele. Conseguia se lembrar da alegação de culpa, e do dia, um mês depois, que a sentença de Cass começou, logo após o casamento de Paul. Os dois eventos estavam tão claros em sua mente como aqueles da semana anterior, e isso, é claro, fez a passagem de tempo parecer menos linear, principalmente agora que sobreviveram àquilo. Mas 25 anos eram uma vida, literalmente, para cada um deles quando a sentença começou. Dizer adeus naquele portão, ele não fazia ideia de como tinha suportado. Um ano depois do começo da pena de Cass na cadeia, Paul ainda se sentia em choque, todo dia, pela realidade de que não podia simplesmente ligar para o irmão, e seu coração se acendia quando acordava, aos domingos pela manhã, antecipando a visita. Era preciso ser um gêmeo, um gêmeo idêntico, para entender como a separação forçada dos dois parecera cruel a eles.

E agora havia acabado. Paul fechou os olhos e respirou profundamente, ainda sem saber se tinha se recomposto. O frio intenso penetrava em seu nariz. Então colocou um pé na frente do outro e entrou no clube. Sua vida, percebeu, do modo mais básico que conhecera desde o princípio, começava novamente.

II.

11.

Cass — 5 de setembro de 1982

— Cassian — diz Zeus, exibindo-se, como sempre, ao utilizar o nome de batismo de Cass. — Estou muito feliz que você esteja conosco. Por acaso eu vi a sua mãe? Preciso dizer oi.

Zeus dá um aperto de mão apertado, conjurando rapidamente todo o seu poder e charme ao abaixar os olhos pretos. Atrás dele, Hermione, mãe de Dita, magra e simples como um pedaço de papel em branco, passa por ele sem dar sequer um sorriso. Ela não vê importância em Lidia — e Mickey — e, portanto, em Cass.

Zeus é mais caloroso, embora não suporte ver a adorada filha com um policial, não importa o que ele precise dizer em público ultimamente. Mas Zeus é uma farsa. Seus modos cordiais podem se desabrochar em elogios, porém o homem que Cass costuma ver segurando um copo de uísque no escritório é fechado, calculista e sombrio.

Dita fala sem medo sobre qualquer pessoa da família. A mãe é uma "tola", consumida pelas aparências, e ela chama a libidinosa tia Teri, a qual a maioria das pessoas acredita ser responsável pelos modos ultrajantes de Dita, de "divertida". Quanto ao irmão mais velho, Hal, Dita o vê basicamente como alguém sem noção, mas o ama mesmo assim.

No entanto, a respeito de Zeus ela diz muito pouco. Amor e desprezo. Pode quase ser ouvido como o zumbido de linhas de trans-

missão de energia elétrica sempre que Dita está perto do pai. Ela diz que ele lhe falou milhares de vezes, em particular, que Hal é como sua mãe e ela é como ele, uma observação de que Dita, obviamente, gosta. Contudo, o olhar que a jovem lança às costas do pai escorre desprezo pela arrogância, pela grandiosidade e pelas ambições sem limites de Zeus.

Em seu terno branco, Zeus, nessa tarde, lembra mais um chefão do crime de Las Vegas do que um candidato político, à exceção da gravata com estrelas e listras. Parando para cumprimentar outros convidados, ele segue, determinado, na direção de Lidia, que está ao lado de nouna Teri, os cabelos tingidos de louro platinado, o porte rígido como palha e pilhas de joias no corpo. Como seu irmão, Cass está inconscientemente atento às nuances de humor da mãe, e mesmo a 15 metros vê a expressão ameaçadora com que Lidia registra a aproximação de Zeus.

Nem Paul nem Cass entendem completamente a rixa dos pais com os Kronons. Agora que o pai de Dita está na TV tão frequentemente, o pai de Cass, Mickey, não liga o aparelho nem mesmo para assistir a Trappers. É intrigante, pois a irmã mais velha dos dois, Helen, insiste que antes de eles nascerem Zeus era visto como o salvador da família. Em meados dos anos 1950, Mickey estava tão debilitado por um prolapso na válvula mitral que não podia trabalhar, e Teri pediu ao irmão que contratasse Lidia em seu escritório. Ela permaneceu lá por duas ou três semanas, até ficar grávida dos meninos e a invenção da máquina coração-pulmão permitir que Mickey fizesse uma cirurgia para a substituição da válvula. Com Mickey novo em folha, papou Gianis o ajudou a abrir uma mercearia. Paulie e Cass trabalharam nela desde os 5 anos, quando começaram a encher prateleiras, e Cass ainda se lembrava do dia em que o pai, que sempre conteve o temperamento perto dos fregueses, atirou o avental de comerciante do balcão do caixa até a seção de laticínios e gritou que a mercearia mudaria de lugar. Estava furioso com o aluguel, agora cobrado por Zeus, que comprara a maioria das propriedades comerciais no antigo bairro.

— AH, DEUS!

Do outro lado do gramado, apesar da música e das conversas altas, Cass subitamente discerne um grito de espanto que sabe automaticamente vir do irmão, então dispara na direção do som. Ao chegar, vê o gêmeo deitado no gramado com Sofia Michalis sobre o corpo, os dois rindo como crianças. Um pedaço de cordeiro assado e um pouco de macarrão estão no chão, ao lado do ouvido de Paul, junto de um prato de papel oval. Várias pessoas, a maioria antigos vizinhos, formaram um círculo ao redor do irmão caído. Após ficar claro que Paul está bem, diversos convidados se voltam e cumprimentam Cass, perguntando, inevitavelmente, "Qual dos dois é você?". Essa pergunta sempre causa em Cass a sensação de que um fio entrou em curto-circuito dentro de seu peito.

O maior segredo da vida de Cass Gianis é o quanto ele tem raiva de não ser exatamente igual ao irmão. Quando estava grávida, Lidia ficou muito apreensiva com a história de Esaú e Jacó, e, como resultado, instruiu o Dr. Worut, antes de ser anestesiada para o parto, que não contasse a ninguém, nem mesmo a ela, qual bebê ia nascer primeiro. Apresentada aos meninos depois disso, ela os nomeou simplesmente da esquerda para a direita, Cassian e Paul, em homenagem ao seu pai e ao de Mickey. Ninguém jamais soube quem era o mais velho.

Mas a intenção de Lidia de ser rigorosamente igualitária foi interpretada pelos gêmeos como uma instrução para permanecerem iguais. Eles compartilhavam o quarto, os amigos, os livros; não podiam ligar a TV sem decidir de antemão o que assistiriam. Todo ano, lutavam contra a boa intenção do diretor de colocá-los em turmas diferentes, mesmo quando debochavam dos professores que achavam que os dois haviam colado porque seus trabalhos eram muito semelhantes. A vida deles era como uma maçã, cortada em metades precisas, até Cass, no ensino médio, começar a suspeitar de que Paul preferisse as coisas daquele jeito porque funcionavam a seu favor. As diferenças entre os dois, não importava quanto parecessem triviais para todos, sutilmente marcavam Paul como o melhor dos dois — mais atraente, mais inteligente, mais competente.

Paul sempre fora o mais competitivo. Quando corria com a equipe de tênis para desenvolver resistência, continuava depois do treino. Cass se lembra da própria fúria. Porque não tinha escolha. Paul sabia que, quando disparava, estava basicamente arrastando Cass consigo. Em torneios, Cass sempre tinha o melhor recorde individual com os adversários em comum, mas se recusava a enfrentar Paul, mesmo no treino, pois sabia que perderia.

Na faculdade, ficava levemente furioso toda vez que o irmão entrava no quarto. Era muito confuso, porque o amava muito intensamente e sentia saudades dele de vez em quando ao longo do dia, após Paul seguir o próprio caminho.

Agora, Cass está em uma longa conversa sobre a academia de polícia com Dean Demos, um sargento da polícia na Divisão de Crimes Contra o Patrimônio, quando vê Dita andando em disparada em sua direção.

— Seu irmão é mesmo um completo babaca! — exclama ela, alto o bastante para Dean ouvir, e acrescenta, como se não bastasse: — Não aguento a porra da sua família inteira. — Ela está bêbada, é claro, embora o verdadeiro problema, Cass suspeita, seja que a garota tomou um tranquilizante antes do piquenique, para que pudesse aguentá-lo.

— É, bem — diz ele, e, em vez de entrar na conversa, simplesmente passa o braço pela cintura de Dita e a leva devagar pelo gramado, para longe da multidão e na direção do rio. Ele sabe que a raiva dela some rapidamente, e depois de um minuto Dita recosta o corpo contra o de Cass conforme andam.

A família de Cass acha que ele ama Dita por ela ser a pior mulher do mundo para ele, como se aquela paixão fosse pura revolta. Mas Dita não é como qualquer mulher que Cass já conheceu: tem boca suja, é brilhante, destemida, histericamente engraçada — e, embora isso seja um segredo, profundamente carinhosa. Não há cinquenta pessoas naquele piquenique que saibam que Dita rala todos os dias como assistente social na Divisão de Agressão e Negligência do Tribunal Superior do Condado de Kindle. Cass a viu com aquelas crianças às quais ela entrega o coração.

Ela é, sem dúvida, a pessoa mais complicada que Cass conhece, com vícios que todos veem e forças que mantém escondidas. E certamente é a melhor na cama. Dita transa — "trepa" é a única palavra correta para aquilo — como se tivesse inventado a atividade. Ela goza mais rápido e com mais frequência que qualquer outra mulher de quem Cass já ouviu falar, um turbilhão de estremecimentos, arquejos, suor e gemidos, então diz, assim que recupera o fôlego: "Mais."

Os dois fazem com mais frequência ali, na cama de Dita. É um afrodisíaco esquisito para ela estar no fim do corredor em que dormem os pais, arquejando em alto volume, apesar da porta trancada. Dita levou Cass de fininho para o andar de cima algumas vezes, mas na maioria das noites ele apenas sobe até a varanda do segundo andar, do lado externo da janela da namorada, pelos ganchos colocados no muro de tijolos para os fios de telefone.

A mãe de Cass odeia Dita, provavelmente porque ela é tão determinada quanto Lidia. Mas isso faz da jovem uma aliada perfeita para Cass. Ela jamais sucumbirá às convenções. Jamais dirá "Tudo bem, é o que Paul faria". Ela exigirá que ele — que os dois juntos — seja diferente, e isso é uma garantia de que Cass precisa, porque a força de maré que seu irmão exerce vai durar para sempre.

Cass quer se casar com Dita. Isso é outro segredo, porque a resposta dela, principalmente no início, será difícil. "Eu, casar com um policial?" Ou, mais provavelmente, "Eu, trepar com o mesmo cara pelo resto da vida?". Cass não consegue imaginar como seria horrível Dita, de fato, rir dele. Paulie guarda rancor, mas Cass absorveu todo o temperamento estourado de Lidia. É a única parte de Dita que ele ainda não sabe como contornar, aquela que odeia a si mesma e tenta afastar a todos. O risco de amá-la é que ela o odiará por causa disso.

Por volta das seis da tarde, quando está quase na hora de o piquenique acabar, o céu escurece e se abre, afogando todos em chuva. Dita, previsivelmente, permanece de pé no temporal até a blusa ficar ensopada. Cass finalmente pega uma toalha de mesa e joga sobre ela, então a leva para dentro. Dita tenta puxar Cass para o andar de cima, porém há muitas pessoas na casa, então ele sussurra que voltará mais tarde

Perto das sete, Paulie, que ficou para trás com Cass e os membros do comitê do piquenique para ajudar a limpar tudo, ficou cheio daquilo.

— Vamos pegar umas geladas e sentar perto do rio.

— Nada de agarração enquanto o padre Nik está jogando besigue com seu grupo de amigos?

Nik perderia o salário todo se os homens não se revezassem para jogar com ele. Os membros da paróquia se sentem obrigados a cuidar de Nik agora que a mãe de Georgia se foi e os votos sagrados do pai dela o obrigam a permanecer sozinho.

— Não esta noite, Josephine — responde Paul. Ele parece incomodado.

— Onde está Lidia? — Pelas costas da mãe, os irmãos a chamam pelo primeiro nome desde o ensino fundamental.

— Já foi. Disse que Teri a levaria para casa para uma visita. — Os rapazes caminharam pelo gramado.

— O que há com Sofia Michalis? — pergunta Cass. — Vocês estavam lutando um com o outro?

Paul explica por alto, mas conclui:

— Acredita em como ela está bonita?

— Oh-oh. Paulie está caidinho.

Faz anos, na verdade, desde que o irmão indicou interesse em qualquer mulher além de Georgia. Na faculdade, Paul e ela concordaram em namorar outras pessoas, mas não foi nada sério. Ele ainda ficava no orelhão do saguão do dormitório, chorando aos baldes e falando com Georgia, pelo menos três vezes por semana. Os dois se agarraram um ao outro como se fossem botes salva-vidas na maré do amadurecimento. Mas aquela época tinha acabado havia um tempo. Georgia não é burra. Ela vai ser boa em todas as coisas que as mulheres, um dia, deveriam fazer — ter bebês e cuidar da casa —, mas, nossa, é 1982, e estar com ela seria como reprises infinitas de um seriado antigo. A mera possibilidade de Paul conseguir escapar de Georgia anima o coração de Cass. Enquanto isso, o irmão dele ergue o queixo e se vira para olhar ao redor.

— Cruzes, Cass. Deixe de bobeira. Georgia choraria por um mês.

Por sua vez, Cass sussurra a mesma frase, agora musicada, diversas vezes, até que o irmão o acerta no ombro.

Em resposta, Paul pergunta:

— Cerveja ou não? Ou vai se esconder nos arbustos até poder escalar o cano de escoamento?

A tentativa de revidar é tão simplória e inevitável que Cass irrompe em uma gargalhada alta. A noite começou. Depois da chuva, o ar se tornou frio e limpo. Há uma lua minguante sobre o rio, e a água corre abaixo. Cass tem completa noção das possibilidades da vida e da alegria de amar certas pessoas. Paul. E Dita. Ele ama Dita. Cass percebe que se decidiu.

Vai pedi-la em casamento naquela noite.

12.

Tia Teri — 1º de fevereiro de 2008

Em retrospectiva, Evon vira a aposentadoria do FBI como algo próximo da morte. Tinha completado os vinte anos de serviço havia mais de três, porém deveria esperar até os 50 anos para obter os benefícios de aposentadoria — cerca de metade do salário pelo resto da vida, um dos grandes pontos positivos do FBI. Dentro da agência, o conselho usual era sair assim que possível, quando se era jovem o bastante para fazer outra carreira, mas Evon achou que teria tempo para decidir sobre o futuro — até um *headhunter* local ligar. Com as manchetes, na época, estampando os funcionários do ZP em Illinois subornando fiscais de impostos, Hal e o conselho decidiram substituir Collins Mullaney como chefe da segurança por alguém dotado de heroísmo e da reputação de acabar com o crime. O fato de Evon também ter feito um MBA no programa de fim de semana de Easton — um modo de se manter ocupada após a morte de Doreen — e possuir experiência em gerenciamento como agente especial assistente à frente da agência residente do Condado de Kindle a tornava a candidata perfeita, e Hal fez a conhecida oferta irrecusável.

Então, ali estava Evon, vice-presidente sênior de segurança em uma empresa de capital aberto. No entanto, o aspecto mais inesperado do emprego era o quanto ela o amava. Heather, que podia ser astuta em relação a outras pessoas, avaliara Evon com precisão quando disse:

— Você é só uma daquelas pessoas que amam trabalhar.

Verdade, mas os desafios eram complexos na projeção de segurança para uma empresa que possuía 246 shoppings em 35 estados, com mais de 3 mil empregados. Ela basicamente confrontava os mesmos problemas que um chefe de polícia do subúrbio, com muito menos autoridade. Havia um crime dos grandes em alguma das propriedades todo dia — tráfico de drogas sério, roubo de caminhões de carga, tiroteios. O terrorismo a preocupava, pois os terroristas poderiam deixar sua opinião bem clara ao, por exemplo, explodir um shopping durante a temporada de Natal. Mais de 2 mil seguranças perambulavam pelas propriedades, a maioria terceirizada de um contratante externo, mas se tornavam problema do ZP quando roubavam de inquilinos ou, como um desgraçado certa vez, estupravam alguém na cabine de uma loja de roupas. Todo dia Evon precisava lidar com relatos de discussão de motoristas nos estacionamentos, vandalismo em algum lugar, jovens surpreendidos fumando maconha diante das câmeras de segurança, escorregões de clientes e crianças de 6 anos cujas roupas ficavam presas na escada rolante. Quem teria acreditado que tantos grupos de protesto desejariam mostrar sua opinião no shopping local? E nada disso dizia respeito às operações internas, nas quais Evon era responsável pela segurança eletrônica e por investigar a quantidade impressionante de mau comportamento dos próprios empregados, desde assédio sexual até um cara em Denver que embolsava os ganhos do aluguel que oferecia da seção mais afastada do estacionamento da empresa durante jogos de futebol americano no Mile High Stadium. Sem falar de problemas com favorecimento, o que levava a interrogatórios intermináveis dos advogados. Em geral, ela ainda estava em sua mesa às dez da noite e retornava às sete da manhã, com pouco tempo para seu cérebro descansar nesse intervalo.

Os dias dela, é claro, eram frequentemente prolongados por horas ouvindo Hal. Aparentemente, uma sessão estava prestes a começar. A esguia assistente dele, Sharize, apareceu à porta de Evon para lhe dizer que ela havia sido requisitada imediatamente. No amplo escritório de Hal, Evon encontrou o chefe sentado no sofá bege de camurça macia, próximo às janelas, ao lado da idosa tia Teri. Um olhar desesperado emanava dos círculos escuros que costumavam fazer os olhos castanhos de Hal se parecerem com cavernas.

— Tia Teri está me enchendo o saco por causa dos ataques contra Paul Gianis.

Evon conhecia a idosa desde que começara a trabalhar no ZP. Sem filhos, Teri sempre fora próxima do único sobrinho, e, agora que os pais de Hal haviam falecido, ele falava com a tia pelo menos uma vez por dia, em geral conversas longas que o atrasavam para reuniões e teleconferências. Evon admirava a senhora, de certo modo, embora frequentemente tivesse a sensação de que Teri havia se tornado uma prisioneira das próprias afrontas, uma solteirona de boca suja e língua afiada que abrira caminho à força no mundo, e agora era uma imitação consciente da velha corajosa e atrevida que todos esperavam. Hal sentia muito prazer em recontar suas aventuras juntos. Teri, por exemplo, fora fazer *bungee-jump* com Hal sem os pais dele saberem quando ele tinha 16 anos — Hal admitiu que a senhora praticamente o tinha empurrado da ponte — e o havia levado de avião para que visse os monumentos do monte Rushmore, ela mesma pilotando a aeronave, pouco depois de tirar o brevê. Hal amava enaltecer a lenda da tia, falava sobre homens que ela vencera na bebedeira — a começar por ele — ou sobre o modo como Teri costumava anunciar nos jantares em família que faria uma viagem na semana seguinte, em geral para Manhattan ou Miami, para transar com alguém. Aparentemente, houve poucos namorados sérios, e nenhum deles conseguiu acompanhá-la.

— Isso não tem propósito — declarou Teri ao sobrinho, ignorando Evon por completo. Estava com a mão sobre a bengala retorcida, que parecia o cajado de um velho pastor, parecendo sem dúvida muito grega, metade de seu rosto coberto por enormes óculos escuros de armação turquesa. Uma degeneração macular a deixara praticamente cega. — Jamais gostei de pessoas vingativas, Herakles. Jamais. Paul não teve nada a ver com aquele assassinato. E você sabe disso.

Evon conhecera poucas pessoas perto dos 90 anos que mantinham considerável graciosidade física, e Teri poderia ter sido uma delas se a tivessem persuadido a abandonar o álcool e o cigarro. Às vezes, Hal a deixava fumar no escritório, mas a senhora não tinha acendido nenhum cigarro, um sinal claro de que Hal queria que ela fosse embora. A aparência de Teri era, sinceramente, quase tão deprimente quanto uma octogenária semicega poderia exibir, com enormes bolotas rosadas de blush inflamando as bochechas, os cabelos louros tingidos na altura dos ombros semelhantes a uma pilha de feno e unhas carmesim enormes como garras. Sob o blush e o pó — e uma dose de batismo diário de perfume — ela parecia ter encolhido dentro da própria pele, que pendia em dobras dos antebraços. Teri usava batom da cor de um hidrante, e joias douradas aos quilos, enormes peças tilintando em seu pescoço e ao redor dos punhos. Estava seriamente curvada, e um lado de seu quadril estava horrível. Porém, Teri ainda era determinada e teimosa, e, com exceção de uma dificuldade ocasional em se lembrar de nomes, seu intelecto estava basicamente preservado. A reverência que Teri exigia automaticamente como uma pessoa de idade avançada a tornava uma visita difícil, e ela sabia disso.

Hal continuava resistindo.

— O diabo que sei. Andou vendo TV?

— Georgia Cleon é uma vadia ciumenta do caralho — falou Teri. — É amarga. Ninguém disse a ela para se casar com Jimmy. Sinto muito que tenha sido tão ruim para ela, mas não foi culpa de Paul. Ela só está irritada porque... — a senhora ficou brevemente sem palavras — ... porque Paul deu um pé na bunda dela. Ou deu um chute nela. Qualquer que seja a forma de se dizer que ele partiu seu coração. Não é como dizem agora? — Teri finalmente se voltou para Evon, mas apenas para um esclarecimento rápido.

— Um pé na bunda dela — respondeu Evon em voz baixa.

Foi o termo que Heather usou nas mensagens de voz para o celular de Evon. Ela falou até o tempo disponível acabar, alternando entre extremos, descarregando sua raiva e então suplicando por mais uma chance. "Não acredito que você me deu um pé na bunda. Eu merecia muito mais de você", foi como começou o ataque da noite anterior. Evon não conseguia explicar por que ouvira cada palavra até a mensagem ser interrompida. Porque você a ama. Porque espera, a cada sílaba, ouvir alguma semelhança com a linda mulher por quem se apaixonou. Linda, graciosa e sã.

— Evon falou com Georgia, tia Teri. Evon, conte para minha tia. Você achou que Georgia estava inventando tudo isso?

Evon contou a Teri que Georgia, na verdade, pareceu relutante em compartilhar aquela informação, mas Teri não deu ouvidos.

— Me desculpe, garotinha, mas conheço aquela mulher e a vida dela inteira. Tenho certeza de que Georgia se convenceu de parte disso. Mas Paul dizer a ela que Cass era inocente? Ela só quer que todos saibam o quanto era próxima dele.

— Ela era — protestou Hal. Ele tinha tirado o paletó do terno e a gravata e agora estava sentado, um braço no encosto do sofá, próximo da tia, a enorme barriga parecendo um pouco como se estivesse amarrada a um saco de farinha.

— Georgia se tornou passado no dia em que Paul viu Sofia naquele piquenique. Todos sabiam disso, menos Georgia. Dora Michalis me contou que Paul começou a aparecer no hospital para tomar café com Sofia na semana seguinte.

Evon ficou impressionada com as lembranças que a senhora tinha dos eventos de 25 anos antes, embora o assassinato de Dita provavelmente houvesse mantido muitos detalhes daquela época ainda frescos na memória. Até mesmo Hal pareceu perceber que havia sido tapeado.

— Essas famílias estavam sempre juntas, então foram separadas — comentou Teri —, e garanto que isso começou antes do assassinato de Dita. Mas não é motivo de satisfação. Lidia é minha melhor amiga há oitenta anos. Seu pai teria odiado isso, Hal. — Ela disse algo em grego, e Hal, embora obviamente contrariado, traduziu para Evon.

— Aquele que respeita os pais jamais morre.

— Não faça careta — falou Teri. — Desde que Cass foi preso, Zeus dizia a mesma coisa...

Hal a interrompeu, os lábios de fato em um bico de insatisfação.

— "Uma tragédia para as duas famílias." Eu sei.

— Sua mãe, garanto, queria Cass morto a princípio, mas depois que seu pai morreu ela entendeu o ponto de vista dele. Quando Paul concorreu pela primeira vez a um cargo público, ouvi sua mãe calar você centenas de vezes quando se comportava como tem feito agora. Você jamais gostou daqueles gêmeos.

— Isso não é verdade. Eu cuidava deles quando eram pequenos, tia Teri.

— E reclamou depois. Só Deus sabe o que o incomodava realmente.
Hal pensou na questão por um segundo, mas se recusou a ceder.

— Eu respeitei os meus pais enquanto eram vivos, tia Teri. E reverencio a memória deles. — Hal apontou para as prateleiras em que estavam posicionadas as fotografias. — Mas não vou deixar que gerenciem a minha vida do túmulo.

A senhora ainda balançava a cabeça de modo a chacoalhar o colar de ouro de várias camadas.

— Estou dizendo, é desrespeitoso usar o dinheiro do seu pai para punir Paul. Zeus não teria apoiado isso.

Hal se encolheu. Teri acertara o ponto mais dolorido, e ele, por ser quem era, experimentou um instante em que os olhos pareceram marejar. Até onde Evon sabia, o maior problema na vida de Hal era seu pai, ainda que Zeus tivesse falecido em 1987, morto em um acidente durante uma viagem à Grécia. Mas, conforme alguém havia explicado a ela quando pensava em entrar no ZP, "Hal está tentando seguir o caminho do pai com pernas que têm a metade do tamanho das de Zeus". O pai fora uma força da natureza, inteligente, magnetizante, bonito, e provavelmente teria sido governador, caso o luto não o tivesse tirado das eleições. Hal não era nenhuma dessas coisas e sabia com que frequência os outros faziam a comparação desfavorável. Como resultado, sua vida, consideravelmente, era dedicada a uma competição perdida com o fantasma do pai. Hal jamais falou mal de Zeus. Na verdade, muito frequentemente descrevia o pai como "um deus", por quem genuinamente parecia ter afeição e respeito sem limites. Mas estava determinado a provar que o próprio sucesso não se devia ao que havia herdado. A principal evidência era a expansão interminável do império de shoppings do pai. No início dos anos 1990, Hal abrira o capital do ZP como um fundo de investimentos imobiliários e, desde então, havia feito diversas aquisições estratégicas, como o negócio com a SuaCasa, que estava perto de ser anunciado. O próprio Hal agora valia mais de 1 bilhão de dólares. Mas ele ainda roía as unhas até virarem frangalhos e costumava falar com as mãos em punho, para evitar exibir a evidência óbvia de tudo que o corroía por dentro.

Após a última observação de Teri, ficava claro que Hal estava perdendo o senso de humor em relação a ela.

— Pare com isso, tia Teri. Não é o dinheiro do papai, é o meu. Ganhei o dobro do que ele ganhou.

Até mesmo Teri sabia que havia ido longe demais. Ela ergueu o punho coberto de pulseiras para o sobrinho, porém não disse mais nada. Em vez disso, bateu a bengala no chão e tentou ficar de pé. Hal, sempre leal, se levantou às pressas para segurar a tia pelo cotovelo. A mão de Teri apalpou o ar até que ela segurou a bochecha de Hal e o beijou, deixando uma marca de batom vívida.

— Você é um bom rapaz, Hal. O meu sobrinho favorito. — Uma piada velha, é claro. Teri não tinha outros sobrinhos. Ela esticou o braço na direção de Evon. — Ei. Me leve para fora. Ele é importante demais. — Evon colocou seu braço no lugar do de Hal, apesar dos protestos do chefe.

Não estavam a mais de 9 metros da porta de Hal quando a senhora parou. Ela virou o rosto, tentando encontrar o pequeno fragmento de visão que ainda possuía para poder olhar Evon.

— Você precisa fazê-lo parar com isso. Vai ser motivo de luto para todos.

— Sra. Kronon, sou uma funcionária. Ninguém fala ao seu sobrinho o que fazer.

— É o que você diz, mas Hal gosta de você. Ele valoriza o seu julgamento.

— Bem, até agora, suas suspeitas revelaram mais do que eu teria imaginado. Não tenho embasamento para dizer a ele para parar a essa altura.

Autoritária como sempre, Teri falou:

— Paul não teve nada a ver com a morte de Dita. Afrodite não era apenas a irmã de Hal. Era a minha sobrinha, e eu a amava. Não acha que eu seria a primeira a querer Paul punido se ele tivesse participado de alguma forma do assassinato dela?

Evon levou Teri até a recepção do ZP, onde German, que servia tanto como cuidador quanto como mordomo da senhora, esperava. Quando o elevador chegou, ele entrou e segurou a porta para Teri, mas ela não se moveu. Em vez disso, inclinou a cabeça para ver Evon.

— Você é a lésbica, não é?

Evon ainda não gostava de ser conhecida dessa forma. Dizia muito e quase nada ao mesmo tempo. Mas Teri era uma senhora idosa. Evon conseguiu dar um aceno de cabeça educado. Teri a encarou por um segundo e deu um passo adiante, de forma que permitiu a Evon reparar como o pó dentro das rugas do rosto da anciã era espesso.

— Queria ter nascido na sua época — declarou ela baixinho, então tateou com a bengala para se encaminhar ao elevador.

13.

Du Bois Lands — 5 de fevereiro de 2008

Du Bois Lands havia sido contratado pelo escritório da promotoria cerca de três anos depois de Paul e acabara como promotor júnior no tribunal em que Paul fez sua estreia como promotor. D.B. era um bom advogado — preciso no pensamento, escrevia melhor que a maioria dos promotores-assistentes e era um advogado apaixonado e charmoso no tribunal. Paul e ele gostavam de trabalhar juntos e se encontravam fora do escritório. Sofia era particularmente próxima da esposa de Du Bois, Margo, uma pediatra, e mesmo após Paul deixar a promotoria os casais se viam uma ou duas vezes por ano.

Então, em 1993, o tio de D.B., Sherman Crowthers, foi indiciado por aceitar suborno como juiz da seção de *Common Pleas* do Tribunal Superior, onde corriam os processos por danos morais e materiais. O juiz Crowthers era uma tragédia americana. Um sujeito reacionário formado na Middle Tennessee State University que crescera colhendo nozes em uma plantação na Geórgia, Crowthers se tornou um dos principais advogados de defesa criminal na região de Tri-Cities e uma figura proeminente no movimento dos direitos civis. Seu primeiro triunfo foi representar o Dr. King com sucesso, depois de ele ter sido preso por liderar as marchas pela liberdade de 1965.

Ninguém jamais entendeu por que Sherman foi envenenado pela corrupção do juiz das *Common Pleas*, Brendan Tuohey. Sherm tinha uma boa vida — um negro *nouveau riche*, não muito diferente do *nouveau riche* descendente de gregos que Paul via quando criança —, mas fizera sua fortuna antes de vestir a toga. Um amigo disse que a explicação de Sherm era distorcida mas simples:

— Mamãe não criou nenhum otário.

Ele se recusava a ser um homem negro que ganhava menos enquanto muitos dos juízes brancos ao seu redor transformavam os assentos no tribunal em caixas eletrônicos.

Como advogado de danos morais e materiais que havia feito a vida naqueles tribunais, Paul ouvira as mesmas histórias que todo mundo. Quando se apresentava diante de um juiz que diziam fazer parte do círculo de Tuohey, Paul temia que os advogados de defesa pudessem deixar uma lembrancinha na gaveta do magistrado, mas acreditava que ficaria bem se conseguisse um julgamento por júri. E ele ficava mais do que bem. Paul conseguiu bons casos — em geral por meio dos colegas de turma da Faculdade de Direito de Easton, membros de grandes firmas que não se importunavam com problemas de contingência —, trabalhou com cuidado nos arquivos e acertou em cheio diversas vezes.

Em 1991, Paul ganhou o primeiro grande veredito, 18 milhões de dólares em um julgamento diante de Sherm Crowthers. Paul representava um violinista que havia perdido um braço em um veículo leve sobre trilhos, quando as portas se fecharam sobre seu Stradivarius e arrastaram o músico por centenas de metros. Dias depois de o júri retornar, Paul estava no tribunal e esbarrou em Sherm, que meio que guiou Paul, o braço como um galho de árvore, para o corredor reservado no exterior de sua sala. Requerimentos pós-julgamento ainda estavam pendentes, nos quais a defesa tentava reverter o veredito, mas Paul presumiu que o juiz quisesse apenas oferecer os parabéns pelo trabalho bem-feito, até que ele empurrou Paul para dentro do pequeno nicho da secretária no interior da sala e fechou a porta. Sherm era enorme, quase 2 metros de altura e muito mais de 130 quilos àquela época, com uma profusão de sobrancelhas grisalhas longas demais e olhos amarelados intensos.

— Filho da puta — disse ele a Paul —, parece que você não entende o que está acontecendo aqui.

Paul, que não achava que se assustava mais com facilidade, ficou aterrorizado demais com o que acontecia para responder. O juiz então disse a Paul que ele precisava experimentar a comida do restaurante de sua irmã, em North End.

Ao perguntar baixinho pelos corredores depois disso, Paul descobriu que Judith Crowthers costumava guardar o suborno do irmão enquanto cuidava do caixa em seu bem-sucedido restaurante de *soul food*, com a sombra roxa em abundância aplicada sobre os olhos e os brincos pendendo das orelhas, aceitando, sem comentários, os envelopes que alguns advogados lhe entregavam ao pagar as contas do almoço. Paul jamais considerou lidar com algo desse tipo sem antes falar com Cass. Os dois se encontraram dois dias depois, em uma das minúsculas salas reservadas aos advogados na Penitenciária Hillcrest. Àquela altura, Paul entendia o sombrio *modus operandi* do sistema corrupto das *Common Pleas*. Seus honorários no caso se aproximavam dos 4 milhões de dólares — os 10 ou 20 mil que esperavam que entregasse eram quase nada. Se Paul recusasse, não tinha dúvidas de que Crowthers anularia o veredito, reverteria as principais decisões relativas às evidências e pediria um novo julgamento, o qual Paul, muito provavelmente, perderia. Se denunciasse Sherm às autoridades, seria a palavra de Paul contra a do juiz, que alegaria não ter feito mais do que recomendar o restaurante da irmã. Pior, Paul seria um homem marcado, a quem o xerife Tuohey e seus comparsas tentariam ao máximo afastar dos tribunais.

— Foda-se ele — concluiu Cass. Após anos em Hillcrest, os dois conheciam os perigos de se curvar aos valentões. Jamais terminava. Você resistia. Mas não denunciava.

Paul entrou com uma petição no dia seguinte, para que o juiz Crowthers se retirasse da presidência do julgamento por causa do "contato *ex parte* inapropriado", o qual não foi explicado. Havia meia dúzia de pessoas que viram o juiz com o braço em torno de Paul, puxando-o na direção de sua sala. Se aquilo se tornasse uma investigação, Paul teria testemunhas. Em vez de passar por isso, Crowthers se retirou do caso, mas, durante os dois anos seguintes, sempre que a firma de Paul entrava com um novo processo na seção de *Common Pleas*, acabava diante de um dos juízes de Tuohey, os quais, sem exceção, garantiam ao réu o pedido de arquivamento da queixa. Por fim, passaram a encaminhar todos os novos casos no Condado de Kindle para outras firmas e começaram a expandir a empresa nos condados vizinhos.

Então apareceu a agente especial Evon Miller, do FBI, na firma de Paul. A investigação secreta do governo sobre os juízes da seção de *Common Pleas*, o Projeto Petros, foi parar em todos os noticiários. Evon tinha uma cópia da petição de Paul nas mãos e queria saber exatamente o que "contato *ex parte* inapropriado" significava. Paul enrolou até poder visitar Hillcrest no domingo seguinte. Cass e ele, como sempre, viram aquilo da mesma forma: estava na hora de aquela merda acabar. Paul contou a história a Evon na segunda-feira e concordou em testemunhar. Crowthers, ao que parecia, fora pego em uma gravação, mas o informante do governo que a havia feito morrera, o que dava a Sherm uma chance no tribunal. Mas, com o relato inabalável do suborno, Paul parecia ser o símbolo de tudo que havia de bom no direito, um forte contraste com os canalhas extremamente corruptos que eram as outras testemunhas do governo. O julgamento terminou, na verdade, assim que Paul deixou o banco de testemunhas.

Du Bois Lands era sobrinho de Sherman Crowthers, filho da cunhada dele. A mãe de D.B. era uma professora que acabou com um problema com drogas e, por fim, uma sentença de prisão — para os negros ainda era verdade que, quando tropeçavam, a queda era maior. D.B. tinha vivido por um tempo com Sherm na enorme mansão colonial em Assembly Point e via o tio como um ídolo. Quando Paul entrou no tribunal federal para testemunhar contra Crowthers, Du Bois estava na primeira fileira de espectadores. Tinha olhos cinzentos intensos, e esses olhos perfuraram Paul. Du Bois jamais diria uma palavra, no entanto Paul sabia o que ele estava pensando: "Você não precisava fazer isso. Poderia ter dito que estava tudo vago demais a essa altura, que simplesmente não conseguia se lembrar." Os dois jamais trocaram uma palavra.

Atualmente, Du Bois vestia a toga havia cinco anos. Fora promovido para a seção de *Common Pleas* havia um ano e tinha sido designado para o mesmo tribunal que o tio ocupara 15 anos antes, onde Paul e Ray Horgan agora esperavam pelo início dos procedimentos. O tribunal tinha decoração estilo Bauhaus e era funcional, com toda a mobília, inclusive o revestimento de madeira e um banco baixo e quadrado para réus e testemunhas, feita de bétula amarela. Kronon e Tooley sentaram-se do outro lado do tribunal, à outra mesa para advogados, e havia dezenas de repórteres e caricaturistas nas fileiras da frente dos bancos de madeira com encosto rígido. Os bancos atrás deles pareciam lotados de espectadores civis.

Quando Du Bois foi designado para o processo contra Kronon, Paul achou que certamente fariam uma petição para desqualificar D.B., mas Ray foi terminantemente contra. Ele não queria arriscar a oposição de eleitores negros, que ainda representavam boa parte do apoio de Paul, apesar da presença na disputa de Willie Dixon, o conselheiro do Condado de North End. Além disso, D.B. tinha uma reputação impecável. E, quando concorrera ao cargo, Ray fora um de seus três conselheiros de campanha.

Agora, o secretário idoso anunciara o caso:

— Gianis *versus* Kronon, número C-315.

Tooley, com o topete tolo e desarrumado, foi primeiro à tribuna e se apresentou para os registros, enquanto Ray se dirigiu para a frente, o andar travado por causa dos joelhos ruins. Com entusiasmo, Tooley começou a explicar os novos requerimentos relacionados aos testes de impressões digitais e de DNA, mas Du Bois o interrompeu.

— Eu li os jornais, cavalheiros. Sempre leio. — Por reputação, o clima na corte de D.B era sério, até mesmo ríspido. Mas seu tom de voz jamais mudava. Ele tratava todos que apareciam diante de si com civilidade, tingida por um ceticismo subjacente. Também era conhecido por ser ótimo no trabalho fundamental de um juiz: decidir. D.B. decidia após uma reflexão apropriada, mas sem hesitação, diferentemente de outros, que se mostravam indecisos ou tentavam obrigar as partes a um acordo mesmo em disputas triviais. — Vamos considerar os requerimentos na ordem em que foram registrados — declarou o juiz. — Primeiro, o Sr. Horgan quer um direcionamento a respeito de que comentários públicos as partes podem fazer no que diz respeito à matéria deste processo.

D.B. tratava o requerimento com seriedade, mas, como Paul esperava, se recusou a impor sigilo a qualquer parte, mesmo que os advogados envolvidos no litígio tivessem que aderir às regras de comentários fora do tribunal. Como Paul não estava agindo como advogado de si próprio, seria injusto, disse o juiz, restringi-lo, principalmente à luz da campanha. Paul imaginou se D.B. o mataria com gentileza.

Lands, então, se voltou para os requerimentos de Tooley relacionados às evidências da cena do crime e à insistência para que Paul entregasse as digitais e uma amostra de DNA.

— Sr. Horgan, o que diz?

Para elaborar a resposta daquele dia, Paul convocara uma grande reunião dois dias antes, na sala de vidro, com Crully, Ray, meia dúzia de funcionários da campanha e até mesmo Sofia, que ficava cada vez mais preocupada com o modo como aquele atrito com Hal estava se desenrolando.

Na tribuna, Ray ainda irradiava o charme e a autoridade de alguém que fora uma figura importante naqueles tribunais durante cinquenta anos.

— Excelência, deixe-me começar dizendo que o senador Gianis tomará qualquer providência racional para provar que as alegações do Sr. Kronon são mentiras mal-intencionadas.

O juiz interrompeu a declaração pomposa.

— A petição, Sr. Horgan.

— Juiz Lands, eu disse ao Sr. Tooley na semana passada que, presumindo que tenhamos acesso igualitário às evidências, não faríamos objeção a que ele entregasse as intimações às autoridades do Condado de Greenwood em relação a documentos públicos nos arquivos do tribunal ou a evidências de impressões digitais coletadas na cena do crime. Eles contrataram o Dr. Maurice Dickerman como especialista em digitais, e vejo o Dr. Dickerman no tribunal hoje. — Ray se virou da tribuna e ergueu a mão, como um anfitrião. Aproveitando a deixa, Mo Dickerman, conhecido como Deus das Digitais, se levantou por apenas um segundo nos fundos do tribunal, usando um terno escuro. Magricela e desengonçado, Mo usou um dedo para empurrar as pesadas armações dos óculos para cima do nariz. Ele era o chefe do laboratório da Força Policial Unificada do Condado de Kindle havia muito tempo. Como todos os funcionários da polícia, podia trabalhar depois do horário oficial como autônomo. — O senador Gianis vai apresentar suas digitais para o Dr. Dickerman assim que a corte ordenar, ainda hoje, se for o caso.

Ray parou aí.

Du Bois balançou a cabeça, como se dissesse: "É razoável." Com quase 50 anos, o juiz Lands continuava bonito, com cabelos rentes, pele morena e aqueles olhos cinzentos admiráveis.

— Excelência — disse Tooley —, ainda não tivemos nenhuma resposta em relação ao pedido de DNA.

Du Bois ergueu a mão na direção de Ray, que respondeu:

— Senhor juiz, ficamos felizes em apresentar qualquer evidência comprobatória, mas esse pedido de DNA claramente ultrapassa os limites. Para ter direito à apresentação de evidência, a parte deve comprovar que existe probabilidade de que qualquer prova desejada seja potencialmente relevante. O Dr. Yavem admite que não há probabilidade melhor que a de uma em cem de um exame de DNA levar a uma evidência admissível em um caso como este, envolvendo gêmeos idênticos. Então essa parte do requerimento é pouco mais que um esforço para constranger o senador Gianis.

— Excelência — replicou Tooley —, não é um caso de percentuais. E, mesmo se fosse, por que o senador Gianis não iria querer fazer um teste que tem 99 por cento de chance de não o incriminar? — Era uma divergência, uma resposta destinada apenas aos repórteres. Du Bois, que não era bobo, entendia a posição e ouvira o bastante. No banco, apoiou a caneta com a qual tomava notas e afastou a papelada.

— Eis o que faremos — declarou o juiz. — Parte do que está sendo requerido não parece estar em discussão, então, Sr. Tooley, vou conceder o requerimento em parte e aprovar essas intimações que entregou ao Condado de Greenwood, à polícia e à corte ligada aos relatórios policiais e às evidências de digitais, com a condição de que o resultado completo das intimações seja compartilhado imediatamente com o Sr. Horgan. Segundo, porque as digitais não parecem motivo de discórdia. Permitirei que o senhor, Sr. Tooley, emita novas intimações diretamente relacionadas ao assunto, a corte aceitará a oferta do senador Gianis de fornecer as digitais, e eu instruirei para que ele o faça.

— Faremos aqui mesmo, agora, em sessão, senhor juiz — falou Ray. A intenção era jogar com a imprensa, e funcionou. Os jornalistas na primeira fileira estavam digitando e rabiscando o mais rápido possível.

— Obrigado, Sr. Horgan, mas acho que não precisamos transformar minha corte em um laboratório criminal. — Houve um rompante de risadas.

— Então vamos diretamente ao saguão para fornecê-las ao Dr. Dickerman.

Du Bois gesticulou com o dorso da mão como se dissesse "Tanto faz".

— Tenho algo a acrescentar em relação ao Sr. Dickerman — falou o juiz.

Mo se levantou de novo nos fundos da corte e caminhou até o assento do juiz. Ninguém jamais o acusara de relutar em conceder atenção. O juiz propôs que ele fosse designado o especialista do tribunal, com as partes dividindo os honorários. Mo era renomado mundialmente, provavelmente o especialista em digitais mais respeitado dos Estados Unidos fora do FBI. Ninguém o contradiria. Ray concordou imediatamente, aclamando a ideia do juiz. D.B. agiu como se não tivesse ouvido.

— Portanto, instruirei que qualquer evidência de impressão digital encontrada seja entregue ao Dr. Dickerman — anunciou Lands. — Se ainda estiver em condição de ser comparada para fins comprobatórios, então ele deve prosseguir utilizando as digitais que obtiver com o senador Gianis hoje.

— E o DNA? — perguntou Tooley de novo. Obviamente, Hal estava doido para fazer esse teste.

— Bem, de fato, Sr. Tooley, o Sr. Hogan pode estar certo. Não tenho certeza de se posso permitir um teste que seu próprio especialista diz ter grande probabilidade de ser improdutivo. Mas não tomarei a decisão ainda. Darei ao Sr. Horgan uma semana para registrar uma resposta por escrito com relação ao assunto; o senhor, Sr. Tooley, terá uma semana para a réplica. Até lá, o Dr. Dickerman já poderá ter em mãos os resultados das digitais, os quais embasarão minha decisão quanto ao DNA. Então nos reuniremos de novo futuramente. Senhor secretário, por favor, nos dê uma data.

— Dia 20 de fevereiro, às dez da manhã.

— Essa será a ordem — concluiu Du Bois. Observando-o da mesa do querelante, Paul achou que não teria tomado uma decisão diferente. Du Bois fora justo, sábio e comedido.

O juiz pediu recesso e se levantou, o que fez com que todos no tribunal o imitassem. Daquele ponto de vantagem, D.B. olhou, pela primeira vez, diretamente para Paul. O olhar foi breve, mas pareceu acompanhado de um misto entre uma careta e um sorriso. "Viu, só?", era o que parecia dizer.

14.

Dickerman — 5 de fevereiro de 2008

Fazia anos desde que Tim entrara no Templo, como era conhecida a Divisão de Lei e Equidade do Tribunal Superior do Condado de Kindle. Construído de tijolos bege nos anos 1950, o prédio tinha as proporções com um arsenal, com um domo no alto deixando entrar uma luz fraca pela rotunda central, pela qual, às nove da manhã, passou uma multidão determinada. O terreno natural de Tim fora o Tribunal Central, alguns quarteirões dali, onde casos criminais eram ouvidos. Lá, ainda se sentia como um turista, e, depois de passar pelos detectores de metal, encontrou um segurança uniformizado que o direcionou à corte de Du Bois Lands, no quarto andar.

Tim havia conhecido o tio de Du Bois muito bem, mas apenas enquanto Crowthers era advogado. Mesmo assim, a impressão que Sherm deixara permanecia nítida, pois não havia um advogado de defesa de cujo interrogatório Tim gostasse menos. Sherm costumava aterrorizar a testemunha, gritava com sua voz retumbante, debochava e assediava, ficava de pé acima do banco das testemunhas para que seu imponente tamanho fosse mais um instrumento de intimidação. Em um caso de assassinato, Sherm pegou a arma encontrada na cena e apontou para Tim durante uns bons dez minutos enquanto o interrogava, antes de o promotor-assistente finalmente responder ao seu olhar de súplica e fazer uma objeção. Como todos no tribunal, o promotor estava hipnotizado por Sherm.

Ele havia ido ao tribunal naquele dia a pedido de Mel Tooley, a fim de entregar de uma só vez as novas intimações para que o juiz aprovasse. Com a concordância de Ray Horgan, Tim já deixara outras intimações na semana anterior no Condado de Greenwood, e no dia anterior levara as marcas de digitais coletadas e os relatórios feitos até o escritório de Mo Dickerman.

Tim estava sentado nos fundos do tribunal quando Dickerman entrou e o viu. Ele abriu espaço ao seu lado no banco. Tim enfrentara sabe Deus quantos casos com Mo, que estava começando a carreira quando Tim já era tenente-detetive. Ele provavelmente foi o primeiro policial a reconhecer como Dickerman era excepcional — uma ótima testemunha e incomumente informado em seu campo profissional. Por fim, recomendou Mo para uma promoção na frente de vários caras mais antigos que ele. Como resultado, Mo sempre se sentira, de alguma forma, em dívida com Tim, e Tim se entendia com ele tão bem quanto qualquer um. Como pessoa, Mo jamais seria considerado sociável, e andava tão arrogante ultimamente que tinha menos amigos que nunca em McGrath Hall.

Mo passava dos 70 anos agora — uns 72, pensou Tim, o que o tornava o funcionário mais velho da força policial. No entanto, era famoso demais para ser forçado a se aposentar, e o Conselho do Condado fazia uma concessão anual para que ele continuasse trabalhando. Era um desses caras magros que não envelhecem muito, mas era possível ver algum desgaste nele, mais cansaço no rosto comprido e uma profusão de cinza nos cabelos ralos. Em volta dos olhos, havia um monte triste de pele inchada e túrgida. Como Tim, Mo era viúvo agora. A mulher dele, Sally, morrera apenas alguns meses antes, e dava para ver as evidências disso também em um desvio de atenção oscilante que havia substituído sua antiga intensidade. Tim tocou o joelho de Dickerman quando ele se sentou.

— Como você está, companheiro? — perguntou Tim. — Tudo bem?
— Dickerman havia saído quando Tim entregou a evidência intimada no dia anterior.

Mo fez uma careta. Sabia que Tim estava falando da morte de Sally. Para Tim, a morte de Maria caía na ampla categoria de coisas contra as quais nada podia ser feito, e costumava falar com muita relutância a respeito daqueles anos — levando-a para tratamentos, comprando perucas com ela, sentando-se na sala de espera com o estômago embrulhado de preocupação durante aquelas três longas cirurgias, as filhas chorando assim que viam a mãe sempre que iam até a cidade visitá-la. Mas Mo claramente pensava diferente, pois falava sobre Sally com frequência para que ele próprio pudesse acreditar naquilo. Ao contar a história para Tim agora, ele inclinou o corpo no banco amarelado do tribunal, principalmente para manter a conversa reservada, mas parecia que a memória o havia feito se dobrar de dor.

— Quando encontraram o caroço, pensei "Ah, Jesus Cristo, ela vai perder os peitos", então, depois que vimos o especialista bambambá no Hospital Universitário, eu teria ficado de joelhos para que ele me dissesse que aquilo era tudo que aconteceria. Não havia o que fazer. Eles tentaram, mas apenas a deixaram pior. No fim, Sally me implorava para não pedir que ela fizesse mais alguma coisa. Ela não aguentou oito meses, desde o diagnóstico até o funeral.

Tim, muito rapidamente, colocou a mão sobre a de Mo. Vive-se com alguém em paz, sonhando um ao lado do outro, compartilhando refeições, criando uma família, mas não parece haver nada de especial em relação a isso, embora se saiba, como Tim sabia, que está vivendo com uma pessoa de ternura excepcional. E então ela se vai, e a ternura e a profundidade da perda quase ultrapassam a compreensão, mesmo quando se percebe que também se está de luto pela própria solidão e por sua inevitabilidade.

O juiz Lands subiu a tribuna naquele momento, e os dois se levantaram. A secretária anunciou o caso de Kronon primeiro.

Tooley e Horgan caminharam diante de suas respectivas mesas, dois sujeitos troncudos parecendo um pouco com um casal de noivos se encontrando no centro do tribunal antes de Tooley passar a frente de Ray até a tribuna.

Du Bois era um daqueles juízes que conheciam seu trabalho e não perdiam tempo. Como policial, Tim jamais fora muito fã de juízes. Muitos pareciam apenas atrapalhar, e um grande número deles achava que o caso se resumia a eles. Quem ia a um jogo de beisebol para ver o árbitro?

À frente do tribunal, os advogados se estranhavam enquanto Lands mantinha o controle. Umas duas vezes, Mo foi mencionado e se ergueu ao lado de Tim. Por fim, o juiz pediu que ele se aproximasse. Ele se moveu na direção do banco com seriedade. Fora jogador de basquete anos antes, conforme Tim se lembrava, e estava obviamente tendo problemas com os joelhos.

Quando a sessão foi encerrada, Tim abriu caminho até a mesa da defesa, onde Tooley, como sempre, estava ocupado com Hal. Kronon percebera que Paul e sua equipe conseguiram exatamente o que queriam. Câmeras de TV estavam proibidas de entrar em qualquer outra parte do tribunal, exceto a rotunda. Ao ir até lá entregar as digitais, Gianis seria capaz de preparar um show para os noticiários noturnos.

— Merda de golpe publicitário — disse Kronon.

— Hal — falou Tooley —, ele conseguiria fazer isso diante das câmeras, não importa o que acontecesse. É um procedimento público.

O assistente de Horgan chegou e perguntou se queriam testemunhar a coleta das digitais, então os três desceram as escadas. Dickerman montara o equipamento no parapeito de pedra que decorava o corredor central do Templo. Seguindo instruções de Mo, Paul fora lavar as mãos e retornava agora, caminhando pelo saguão, diversos passos adiante de Ray Horgan, conforme os flashes de xenônio das câmeras piscavam simultaneamente, inundando o corredor com o brilho. Gianis tirou o paletó, entregou-o a um dos jovens ajudantes de campanha, então tirou as abotoaduras e enrolou as mangas.

Na época de Tim, Mo teria coletado as digitais depois de passar os dedos e as palmas das mãos de Paul na tinta e então em um pedaço de papel duro, tipo cartão. Aquele ainda era o procedimento na maioria das delegacias, mas ele preferia uma impressão digitalizada, chamada *live scan*. Como tinha um negócio de consultoria particular, Mo era dono do próprio equipamento, e pediu que o assistente, provavelmente um estudante de pós-graduação da universidade em que ele dava aula, levasse consigo para o tribunal a maleta de metal, da qual Dickerman retirou o escâner, do tamanho de uma antiga calculadora. Mo conectou o escâner ao laptop e tirou diversas versões diferentes das impressões digitais de Paul. A primeira foi a de quatro dedos unidos, então Dickerman pressionou cada um dos dedos de Paul, rolando-os sobre uma faixa branca sob a bandeja do escâner. As imagens apareceram imediatamente na tela do computador no momento em que as câmeras lutavam umas contra as outras para obter closes. Por segurança, Mo também tirou impressões no papel, usando uma das novas almofadas sem tinta.

Hal vira o suficiente e puxou Tim e Tooley para o lado.

— Ele não vai ser compatível com nada — declarou Kronon, referindo-se a Paul. — As impressões dele não estarão em lugar nenhum daquele quarto. É por isso que está se exibindo tanto. Parece um mágico itinerante enrolando as mangas para fazer um truque.

— Isso sempre foi um risco, Hal — comentou Tooley.

— Deveríamos retirar o requerimento.

— Acabou de ser concedido. Não podemos retirá-lo.

— O resultado não vai bater. E como não vai bater, e uma vez que o DNA não tem chances melhores que uma em cem, o amiguinho babaca dele, Du Bois, vai negar o requerimento do DNA também. Quero o material genético dele, porra.

Acostumado com os rompantes de Hal e a irracionalidade que habitualmente parte deles, Tooley permaneceu em silêncio por um segundo antes de arriscar dizer o óbvio.

— Se as impressões dele não estiverem lá, isso significa alguma coisa. Não podemos fingir que não.

— Não significa droga nenhuma.

Tooley revirou os olhos para Tim e anunciou que voltaria para o escritório. O Bentley de Hal encostou no meio-fio. Sozinho, Tim voltou para testemunhar o restante da coleta das digitais, mas Gianis já recolocava as abotoaduras. Lutando para guardar o escâner na almofada de espuma no interior da caixa de metal, Mo viu Tim e gesticulou para que ele esperasse. Isso demorou mais dez minutos, pois diversos repórteres queriam conversar com Mo também. Quando Dickerman se aproximou, Tim e ele estavam sozinhos no corredor de mármore.

— Eu queria dizer antes — falou Mo —, mas me distraí com Sally. Você vai precisar voltar para o Condado de Greenwood.

— Por quê?

— Vou precisar das impressões digitais de Cass também, e elas não estavam naquela bagunça que você trouxe ontem.

— Cass? — perguntou Tim. — Achei que ele tivesse digitais diferentes das de Paul.

— Isso é verdade. Mas diferenciá-las em uma situação como esta... não é fácil.

Como sempre fazia, Mo começou a dar uma aula, explicando que a maioria do que aparecia nas impressões digitais de gêmeos, os padrões básicos de curvas, redemoinhos e fissuras da pele, era idêntica, resultado dos genes compartilhados. Variações sutis apareciam durante o desenvolvimento, quando o feto tocava a parede do útero ou a si mesmo, causando diferenças naquilo que os examinadores de digitais chamavam de "minúcias", as áreas em que as fissuras da pele acabavam ou se ramificavam ou se uniam.

— Não me entenda mal — declarou Mo. — Se eu desse a qualquer perito decente cartões com as digitais de Paul e de Cass Gianis, ele veria o bastante para discernir. Mas você sabe melhor que eu que evidências recuperadas de uma cena de crime não vêm em conjuntos de dez dedos. É possível conseguir amostras parciais, uns dois dedos, qualquer coisa. Você entende tudo isso. E com, digamos, uma impressão parcial, talvez não seja possível dizer de que gêmeo veio.

"Então, você sabe, a melhor forma de fazer essa comparação é começar com o cartão de cada homem e isolar os pontos diferentes. Quando não consegui as impressões de Cass de Greenwood, liguei para Tooley para ele entrar em contato com a promotoria. Enquanto isso, ele mandou as impressões de Cass de Hillcrest, o que acho que conseguiu ao requerer o arquivo de Cass na audiência de perdão e liberdade condicional. É uma cópia a laser. Alta resolução, mas uma cópia. Ninguém pode testemunhar a partir daquilo. É por isso que preciso que volte a Greenwood e faça com que encontrem o cartão com as digitais de Cass."

— Entendi, chefe — respondeu Tim. Ele achou que chamar Mo de "chefe" poderia provocar um sorriso, mas Dickerman ficou de pé ali, parecendo mal-humorado. Algo o incomodava.

— Tem outra coisa — disse Mo — que você talvez possa me ajudar a entender.

Tim deu de ombros, sentindo-se, de certa forma, lisonjeado. Em geral, Mo não achava que precisava de ajuda para entender qualquer coisa.

— Quando recebi aquela cópia das digitais de Cass — continuou Mo —, decidi que poderia usá-las pelo menos para alguma preparação. Preciso ir à Itália por uma semana para dar uma palestra...

— Pobre homem — disse Tim.

— É, é difícil. Mas queria me adiantar. Tinha o relatório de Logan Boerkle de 1983, no qual ele identificou as impressões de Cass. Pensei em verificar em que parte de cada digital Logan havia se fiado, então, quando recebesse o cartão de Paul hoje, teria algum lugar por onde começar a comparação.

Tim concordou. Fazia sentido.

— Logan quase nunca estava sóbrio naqueles dias. — Logan fora o chefe do laboratório de impressões digitais que Mo retirara do cargo. Havia sido contratado no Condado de Greenwood, mas era como sair das ligas nacionais para uma divisão pequena.

— Logan foi o que morreu por exposição ao frio no próprio chalé, não foi? — perguntou Tim.

— Isso. Ele tinha um lugar em Skageon com uma casinha anexa, então ficou bêbado e saiu para mijar, mas acabou apagando na neve e morreu lá. Em 1983, quando tirou as digitais de Cass, já estava um caco. Na maior parte do tempo que aparecia para trabalhar, não sabia distinguir entre as duas pontas do microscópio. E, droga, quando comecei a comparar o relatório dele das impressões coletadas na cena com aquelas que consegui de Hillcrest, elas não bateram. Eram parecidas. Muito, muito parecidas. Mas, em diversos casos, mostram apenas as diferenças minúsculas que seriam esperadas em um gêmeo.

— Algo que Logan deixou de ver?

Mo deu de ombros.

— Possivelmente.

— Então, está me dizendo que o irmão errado está no xadrez?

— Estou dizendo o que estou dizendo.

Tim considerou isso em certa medida, então fez que não com a cabeça.

— Paul Gianis é esperto demais para pensar que se safaria dessa duas vezes. É um ex-promotor. Do modo como saiu andando pelo saguão, ele sabe que suas impressões não estavam na cena.

— Ou acha que nenhum perito se incomodaria em olhar duas vezes para as impressões identificadas como pertencendo a Cass em 1983 — retrucou Mo. — Talvez Paul ache que vou concentrar minha perícia nos dados desconhecidos. Há muitos que agiriam assim. Porém, de qualquer forma, preciso das impressões originais de Cass. Talvez, quando as comparar com as de Paul, isso faça mais sentido. Talvez veja do que Logan estava falando. Mas estou estarrecido agora.

Ele olhou para Tim de novo.

— Isto fica entre nós — falou Mo. — Não quero que ninguém saiba e depois, em duas semanas, pense que sou um completo idiota.

Tim concordou. Não conseguia entender aquilo mais do que Mo. Os dois se despediram, unidos por um pacto esquisito, dois velhos com medo de estar perdendo o jeito.

15.

A cena — 9 de fevereiro de 2008

Heather não tinha se mudado quando Evon retornou ao apartamento, no domingo anterior. Ela abrira a mala sobre a cama, mas não fora além disso. De camisola, Heather estava sentada sobre as cobertas com as pernas em posição borboleta, as solas dos pés unidas, os cabelos louros caídos suavemente sobre os ombros. Começou a choramingar assim que Evon surgiu à porta do quarto. Evon não tinha dúvida de que ela estava encenando aquilo, pois abrira a mala e se vestira de modo casualmente provocador.

— Você precisa ir embora — disse Evon.

Heather implorou, repetiu as juras de amor, mas acabou enraivecida. Evon não podia expulsá-la da própria casa, falou Heather. Ela ignorava muitos fatos — que Evon tinha pagado por cada centavo do lugar, que a escritura estava unicamente no nome de Evon e que Heather não contribuía com sua parte das prestações havia meses. Evon reafirmou que ela tinha até o sábado seguinte para sair.

Agora, no sábado de manhã, Evon chegou ao apartamento determinada. Bateu à porta, mas é claro que Heather não atendeu. Quando tentou usar a chave, descobriu que ela havia trocado a fechadura. Evon esmurrou a porta por um segundo, então chamou um chaveiro e a chefe da associação dos moradores do prédio. Enquanto isso, foi ao banco recuperar a escritura do imóvel em seu cofre particular, para comprovar a propriedade. Evon pediu ao chaveiro que usasse uma parafusadeira para remover o tambor da fechadura, enquanto Rhona, a presidente da associação, que morava no apartamento ao lado, foi ao corredor com o marido, Harry, para observar. Evon conseguia ouvir Heather do outro lado da porta, ameaçando chamar a polícia. Quando a parafusadeira continuou, Heather abriu a porta, no exato momento em que o chaveiro tinha terminado. Ela estava de camisola novamente e ofereceu as duas chaves a Evon.

— Eu as teria entregado a você. Era só pedir.

Evon não se incomodou em responder. Heather diria qualquer coisa àquela altura, não importando que fosse obviamente uma mentira. Evon deixou o chaveiro trabalhando em uma nova fechadura e foi de carro até a Morton para comprar a maior sacola de viagem que tivessem na loja. De volta ao apartamento, começou a fazer as malas de Heather diante da ex-namorada. Evon jogava os vestidos, ainda nos cabides, na sacola, sabendo que a ex, que tratava cada vestido como se fosse feito de vidro, não suportaria a visão. Ao terminar, levou a sacola até o carro de Heather e a jogou sobre o capô. Heather a seguiu, chorando e gritando, o que deu a Evon a oportunidade de que precisava. Subiu às pressas as escadas — ainda conseguia correr mais rápido que a maioria das pessoas que conhecia — e bateu a nova porta, que não abria por fora. Heather estava agora do lado de fora. Ela ligou para Evon mais de quarenta vezes seguidas. Evon atendeu uma vez:

— Se você não for embora, não vou ter escolha a não ser ligar para a polícia.

Meia hora depois, enquanto Heather ainda telefonava a intervalos de poucos minutos, Evon abriu a porta para atirar a bolsa dela para fora. Depois que as mensagens de texto e os telefonemas terminaram, depois que a mulher finalmente foi embora, Evon se sentou no chão da sala no espaço que pertencera a elas, na época em que eram felizes, e caiu no choro.

Quando Evon abriu a porta para pegar o jornal de domingo, Heather estava dormindo no corredor, ainda de camisola, usando a bolsa como travesseiro. Evon ligou para duas amigas em comum e observou da janela enquanto elas levavam Heather para o carro, do outro lado da rua. Uma a segurava pela cintura, a outra, pelos ombros. Heather estava histérica, as duas balançavam a cabeça a cada palavra. Evon não conseguiu fazer nada o dia inteiro além de falar com Merrel e assistir às chamadas do campeonato de futebol americano profissional. Estava certa, sabia, fizera o que tinha que fazer. Agora, só precisava que alguém explicasse tudo isso ao seu coração.

Evon não estava muito melhor quando foi trabalhar na segunda-feira de manhã. A perda, o drama e a insônia a exauriram, fazendo com que se sentisse como se a única parte de si intacta fosse a pele. A imensa entrada do quartel-general do ZP tinha cinco andares, vidro nos três lados e enormes placas de granito bege com o rejunte invisível cobrindo a única parede, a qual continha o corredor de serviço central do prédio. Lá, trabalhadores usando macacões cinza estavam em uma plataforma levadiça erguendo um enorme coração carmesim de rosas entrelaçadas, como decoração para o Dia dos Namorados. Era demais para Evon. Mal conseguiu chegar ao escritório, fechar a porta e chorar sozinha à mesa. Ainda estava soluçando quando Mitra, sua assistente, soou a campainha para avisar que Tim Brodie estava lá. Evon havia se esquecido completamente do compromisso.

Tooley tinha copiado todos os antigos relatórios policiais de Ray Horgan, então entregou o arquivo de volta a Tim, pedindo que ele e Evon, treinados no cumprimento da lei, revisassem o material e determinassem se existiam outras pistas que deveriam seguir.

Agora, Evon assoava o nariz e pegava a bolsa em busca de maquiagem. Seu reflexo no espelho do pó compacto estava horrível. Chorar com as lentes de contato deixara seus olhos vermelhos, e as rugas inchadas no nariz a faziam parecer Rudolph, uma das renas do Papai Noel. Tim lançou-lhe um olhar ao passar pela porta e perguntou:

— O que aconteceu?

Evon tentou enrijecer o corpo, mas não funcionou. Ela apoiou o rosto nas mãos.

— Estou com problemas com a minha namorada — respondeu Evon.

— Meio que percebi, pelo que falou quando esteve na minha casa. Alguma coisa que peça os conselhos de um velho?

Era impossível resistir a Tim. Havia uma compreensão silenciosa que parecia parte da expressão dele. O pai de Evon era esse tipo de homem. Não tão inteligente. Mas centrado. E atencioso. E sempre carinhoso. Ela precisava falar com alguém. A maioria das amigas de Evon também conhecia Heather, de modo que ficavam no meio da confusão. Ela estava praticamente guardando tudo para si mesma.

Evon contou a história a Tim aos soluços.

— A pior parte — disse ela — sou eu. O que eu estava pensando? O que estava fazendo com alguém como Heather? Uma modelo. Uma ex-modelo de *passarela*. Só queria acreditar que alguém tão linda poderia gostar de mim. Isso meio que me tornava bonita por associação, eu acho.

— Não há nada errado com a beleza — declarou Tim. — Não por si mesma. — Maria fora uma das jovens mais lindas que Tim conheceu, com feições bem-delineadas e uma boca perfeita. Ele a amou quase imediatamente, porque Maria parecia saber o quanto era bonita. — É meio como dinheiro. A parte ruim é o que ela faz com as pessoas que a têm ou a desejam.

— Como pude ser tão burra? Eu tenho 50 anos.

— As pessoas veem o que querem. Você quis faltar à aula de psicologia, então apenas se lembre disso. Sempre que alguém se apaixona, cria uma mitologia própria para acompanhar. Não é? Uma mitologia sobre ela. E você. Torna as coisas maiores que a vida. Precisa ser, não é verdade? Ser especial dessa forma. Então, essa menina costumava ser uma deusa e você também, e agora ela é uma mortal.

— Mortal? Ela é louca. Seriamente perturbada. As pessoas me avisaram. E eu não ouvi.

— Você acha que é a primeira? — Tim estava de pé diante da mesa de Evon, ainda de sobretudo, com o gorro de lã na mão. Pequenos tufos de cabelo estavam arrepiados na cabeça dele, por ter removido o gorro. Tim afastou o sobretudo e vasculhou os bolsos do casaco de tweed marrom da Harris que sempre vestia, então retirou um pedaço de papel. — Copiei isto há alguns meses. É um trecho de *Sonho de uma noite de verão*. — Tim leu em voz alta.

O amor não vê com os olhos, mas com a mente;
Por isso retrata-se cego o cupido incoerente.

Ele entregou o papel rasgado a Evon, no qual tinha imprimido a citação em caixa-alta. Era impossível não amar Tim. Com 81 anos, estudava Shakespeare e o entendia também.

— Você estava com isto no bolso por acaso? — perguntou Evon.

— Não — respondeu ele. — Copiei algumas das passagens das peças que li e leio sempre que penso muito em Maria. Em algum momento em um espaço de cinquenta anos, o cupido perde a venda. É sobre essa parte que penso. Penso em quanto a desapontei.

— Não acredito que não tenha sido bom com ela.

— Eu tentei ser. Mas nunca fui do tipo que fala sobre sentimentos. Então ela jamais teve certeza plena de que eu estava com ela de todo coração. Quando relembro, acho que estava. Mas, por outro lado, fico imaginando se não é algo que invento para me sentir melhor.

Era mais fácil, de certa forma, adorar os mortos. Tim sabia, com mais que um pouco de remorso, que a Maria por quem chorava não era bem a mulher com quem tinha vivido por mais de cinquenta anos. Ele ignorava a língua afiada dela, por exemplo, e, portanto, não conseguia recordar as palavras de ódio que escapavam com alguma frequência, palavras que faziam seu coração deprimido e sem esperanças vacilar no peito. Mas Tim se lembrava de algo que não estava tão claro quando Maria estava viva — quem ela era para ele, a fusão entre os dois que podia ser criada pelas necessidades que Maria atendia, as zonas de carência e de prazer. Relembrando, Tim não lidara com a complexidade total da mulher. Mas sentia o que o amor dos dois significava para ele.

— Mesmo assim, valeu cada segundo — disse Tim a Evon. — Pelo menos para mim. Só posso dizer aquilo que costumava dizer às minhas filhas quando algum rapaz partia o coração delas. Não é possível que algo a faça se sentir tão bem sem que também a faça se sentir mal de vez em quando. A vida é assim.

Evon pensou nisso por um segundo e deu a volta na mesa. Pensou em dar um tapinha no ombro de Tim ou em tocar a mão dele, mas Tim abriu os braços para ela e a abraçou. Evon percebeu que estava desesperada por aquele abraço.

— Acho que temos trabalho a fazer — declarou ela por fim.

— Cada vez mais — acrescentou Tim.

Ele tirou o sobretudo, se sentou no sofá da sala de Evon e entregou a ela um arquivo espesso. Ao que parecia, já havia um problema. Tim explicou por que Dickerman estava ansioso para conseguir as digitais de Cass Gianis, porém o Condado de Greenwood insistia que não tinha mais o cartão com as digitais dele. Como a amostra de sangue de Cass, o cartão fora obtido junto à Academia de Polícia do Condado de Kindle, à qual Greenwood o devolveu após Cass ter alegado culpa. Aquelas impressões, por sua vez, foram para o lixo quando o condado automatizou o sistema de impressões digitais uma década antes.

— Greenwood não tirou as digitais de novo quando ele foi preso, depois de ser indiciado? — perguntou Evon.

Ela estava mais uma vez atrás da mesa, uma chapa de vidro de 3 centímetros com uma borda verde translúcida. Pilhas de papel se erguiam, além de fotos dos filhos de Merrel em porta-retratos bonitos, de couro, enfileirados no canto mais afastado. Fotos de sobrinhas e sobrinhos ocupavam uma prateleira na estante de livros, enquanto os prêmios do FBI e uma caricatura colorida que exibia Evon em um tribunal no banco das testemunhas durante um dos julgamentos do Petros pendiam nas paredes.

— Era de se imaginar — disse Tim a ela. — Acredito que não tenham tirado as digitais quando ele se rendeu ao ser indiciado porque já tinham o outro cartão do Condado de Kindle. Prometeram ao advogado de Cass, Sandy Stern, que seria rápido, não mais que uma tarde, e Cass sairia por admissão de culpa. Prometeram continuar procurando, mas duvido que alguém de lá faça hora extra por causa disso.

"De qualquer forma, estive com Tooley esta manhã. Ele me deu uma intimação para que Cass entregue as digitais e tudo mais. Porém, terei que sair em busca dele. Ray Horgan já disse a Mel que não vai aceitar a intimação. Falou que Paul praticamente surtou quando soube. Quer que o irmão seja deixado em paz, depois de tudo que Cass passou. Sandy Stern não vai cooperar também. Compreendo, mas precisamos fazer o nosso trabalho."

— Cass está morando com Paul, certo?

— Foi o que disseram os jornais. Parece que quer trabalhar na abertura de uma escola alternativa para ex-condenados. Mas tem permanecido escondido. Falei com Stew Dubinsky e ele disse que não soube de nenhum repórter que tenha visto qualquer relance de Cass desde que ele foi para casa.

— Talvez tenha saído de férias — comentou Evon. — É o que eu faria depois de 25 anos presa.

— Espero que não. Dickerman já está mal-humorado.

O Condado de Greenwood também tinha entregado as fotografias coloridas tiradas pelos peritos no quarto de Dita na noite do crime. Evon se levantou da mesa para verificá-las ao lado de Tim. Jamais desenvolvera gosto por fotos de cena de um crime. Não eram o sangue e as entranhas que a incomodavam. Como jogadora de hóquei sobre grama de nível mundial, Evon vira muitos ferimentos na cabeça e dentes voando igual a milho de pipoca como resultado de um taco desgovernado. Mas as fotos sempre pareciam indignas e voyeurísticas. Ali estava uma pessoa, como Dita, que tivera um fim trágico, e você olhava para ela como uma peça em exposição, uma coleção de traumas visíveis, sem nenhuma compreensão da vida que a animara.

Tim, por outro lado, parecia confrontar as fotografias com uma determinação triste. Não havia nada a respeito delas de que gostasse também, Evon suspeitava, exceto sua importância para o trabalho. Enquanto observava Tim e a intensidade que ainda tomava conta dele, lembrou-se de uma história que Collins Mullaney lhe havia contado.

— Timmy me ensinou muito — dissera Collins. — Eu me lembro de quando tiramos um corpo do rio perto do píer industrial. Trabalho de gangue, e nossa, o que tinham feito com aquele rapaz. Eu não ficava nauseado com facilidade, mas aquilo me deixou. "O que estamos fazendo aqui, Timmy?", perguntei. Ele não levou um segundo para responder. "Ajudando o resto deles a se comportar. Provando a eles que isso não vai ser tolerado. Assim vão saber que há motivo para não fazer besteiras e para não fazer com os outros o que não gostariam que fizessem com eles. Porque você e eu estamos aqui recolhendo aqueles que se comportam assim. É isso que estamos fazendo." Foi um discurso e tanto. Nunca saiu da minha cabeça — revelara Mullaney a ela.

As fotos do rosto e do pescoço de Dita eram reveladoras. Sangue havia coagulado em um aglomerado espesso na linha do cabelo, manchando a massa de fios pretos muitos centímetros abaixo. O ferimento no crânio, atrás da cabeça, ampliado em um close, se assemelhava a um sorriso com cerca de 3 centímetros de comprimento, a laceração inchada por causa do hematoma do tamanho de uma noz abaixo dela. Parecia que Cass — ou Paul — mantivera uma das mãos sobre a boca de Dita, apertando bem forte, enquanto sacudia a cabeça dela para a frente e para trás contra a cabeceira. Do lado direito da mandíbula da jovem, na articulação com o crânio — "côndilo da mandíbula" era o termo, acreditava Evon —, havia um leve hematoma oblongo. E Cass ou Paul tinha lhe dado uma pancada forte no lado esquerdo do rosto. Cheias de sangue, as bochechas rosadas de Dita ficaram roxas facilmente, e a marca de mão aberta era clara, com três faixas deixadas pelos dedos. A mais baixa delas desaparecia em uma espiral de cor, e, em um close, era possível ver uma minúscula laceração na pele, da qual um fio de sangue escorrera.

— Foi assim que você soube do anel, certo? — falou Evon, indicando o hematoma na bochecha de Dita.

— Aqueles palhaços em Greenwood me olharam como se eu fosse o Mágico de Oz quando falei isso. Estavam achando que ela havia sido socada. Não deveria ter sido tão indelicado. Eram caras inteligentes e tal, o problema é que apenas recebiam um pagamento gordo e levavam uma vida pacata. Estavam totalmente despreparados.

— Tooley e os outros advogados me disseram que precisamos provar que Paul era dono desse anel, aliás. Eles preferem não se fiar em Georgia, principalmente porque prometemos que não a interrogaríamos de novo.

Tim fez que sim, mas estava preocupado com outra coisa. Ele verificou as fotos.

— Sabe — disse Tim —, ao vê-las, lembro que tive um probleminha com a patologista da polícia de Greenwood. Ela era igual à polícia do xerife do condado, não estava acostumada com homicídios e se irritava com isso. Não ficou muito feliz por receber conselhos de um investigador. Quando vi tudo isso, eu queria dizer que o tapa na bochecha de Dita aconteceu muitos minutos antes de ela sofrer os ferimentos atrás da cabeça. Olhe aqui. Veja a diferença na cor dos hematomas. Hematomas não escurecem muito bem depois da morte. — Ele avaliou a marca na mandíbula, comparando com o círculo vermelho-arroxeado na bochecha. — Olhe esta também.

Tim apontou para a foto da mão esquerda de Dita. A jovem tinha dedos longos e elegantes, admiráveis mesmo após o acúmulo roxo de sangue nas laterais, que ocorreu *post-mortem*. Mas não foi isso que chamou a atenção de Tim. Havia um borrão vermelho-ferrugem na articulação esquerda.

— O perito passou um cotonete aí. Era sangue dela. E havia traços do lado esquerdo do rosto. Então imagino que Dita tenha limpado a bochecha quando aquele pequeno corte começou a sangrar. Mas esse é o único vestígio de sangue nas mãos dela. Dita jamais levou a mão ao ferimento na cabeça. Deve ter desmaiado antes de perceber que estava sangrando.

— Então qual foi o problema com a patologista?

— Para mim, parecia que Dita esteve com Cass, ou quem quer que tenha sido, durante algum tempo. Ele a golpeou na bochecha, os dois conversaram, ela limpou aquela pequena gota de sangue que caía, então ele a atira contra a cabeceira, talvez dez minutos depois. A Dra. Goren concordou que o tapa veio primeiro. Mas não estava de acordo com relação à cor dos hematomas, e disse que poderia estar relacionada à proximidade dos vasos da pele. E que qualquer corte pequeno teria sido estancado quando o agressor a agarrasse.

— O sangue na articulação?

— Goren disse que Dita talvez tivesse levado a mão atrás da cabeça antes de perder a consciência, roçando no lugar. Acho que teria sido a mão direita nesse caso. É verdade, claro, que qualquer uma dessas coisas poderia ter acontecido. Então jamais concordamos em relação à cronologia. A patologista achava que Dita tinha levado um tapa e ficado atordoada com ele, então o agressor a segurou de novo e golpeou a cabeça dela para trás.

— Por que atordoada?

— Bem, não há sinal de luta. Ela nem mesmo virou a cabeça enquanto ele a golpeava contra a mobília, pois os golpes estão mais ou menos em um mesmo ponto. E olhe para a mão direita dela. Era de se imaginar que Dita teria resistido e ele a teria agarrado. Nenhum hematoma no pulso. O mesmo na mão esquerda. E não havia células epiteliais estranhas sob as unhas dela. O DNA hoje pode mostrar algo diferente. Mas todos imaginamos que ele a pegou bem rápido. Um cara forte. Tente agarrar a minha cabeça e empurrar para trás. — Evon tentou. — Não é tão fácil. Há uma resistência natural — falou Tim —, mesmo que ela não tivesse tempo de erguer uma das mãos.

— E qual é a importância da cronologia? O que significa esse lapso de tempo entre os golpes?

— Bem, se ela leva um tapa e fica sentada lá com o agressor por dez minutos em vez de gritar por ajuda, tem que ser alguém que Dita conhece.

— Talvez um intruso tivesse apontado uma faca ou uma arma para ela.

— E então a espancou até a morte, em vez de usar a arma?

— Uma arma de fogo faz barulho.

— Assim como quebrar uma janela. Mais provável ser alguém que ela conhecia.

— Isso tudo se encaixa em Cass, certo?

— Ou Paul. Sem dúvida. Como falei, Zeus estava tão histérico e pressionava tanto por resultados que era difícil para alguém pensar direito.

A observação fez Evon se lembrar de algo.

— Você disse no mês passado que Zeus achava que Dita tinha sido morta por seus inimigos.

— A máfia grega.

— Certo, mas não entendi isso.

Tim gargalhou e afundou de volta nas almofadas do sofá. Aquela seria mais uma de suas histórias.

— Nos arredores de Atenas, há um grupo chamado Vasilikoses. Começou com uma rede de proteção bem grande nos anos 1920. Caras espertos. O lema deles é "Não muito de poucos, mas pouco de muitos". Vinte e cinco dracmas por semana. Quem pode depender da polícia? Nikos, o pai de Zeus, estava aqui, mas era de certa forma um aspirante, com conexões com muitos desses gângsteres figurões de Atenas. Durante a Segunda Guerra Mundial, Zeus foi enviado como tradutor para se juntar às forças aliadas na Grécia quando elas chegaram, em outubro de 1944, depois de os alemães levarem fogo. Aparentemente, Nikos pede ao filho que dê um oi aos amigos. Zeus ficou lá até maio de 1946 e voltou para casa com uma esposa bonitinha, Hermione, cujo nome de solteira era Vasilikos, o bebê Hal, que tinha 1 ano na época, e uma sacola de viagem cheia de dinheiro e pilhagens que a máfia grega queria fora do país, antes que a guerra civil começasse e os comunistas vencessem e tomassem tudo dela.

— Zeus contou isso a você?

— Um pouco. Ele não precisou dizer muito. Isso era basicamente de conhecimento público na São Demétrio.

— E qual era o problema da sacola de viagem?

Tim gargalhou do mesmo modo alegre, como a maioria dos policiais, diante das eternas esquisitices do comportamento humano.

— Zeus construiu o primeiro shopping em 1947. Sabe, ele era um gênio. Descobriu que os norte-americanos queriam fazer compras. Mas de onde veio a grana para começar, se ele era apenas um jovem soldado convocado de Kewahnee?

— Da sacola?

— É o que dizem. Então Zeus ficou rico, mas sabe como é. Em Atenas, houve uma espécie de discussão, pois ninguém lá achou que o dinheiro serviria de banco para Zeus. Ele falou: "Aqui é a América, não se esconde dinheiro debaixo do colchão, e no fim das contas funcionou." De acordo com o pensamento de Zeus, ele conseguiu um empréstimo e o pagou com grandes juros, enquanto em Atenas eles estavam pensando: "Não, acho que fizemos um investimento e queremos uma parte para sempre." E Zeus disse algo como "Vão para o inferno." E eles responderam "Vamos ver." O pai de Hermione, protetor de Zeus, bateu as botas um ano antes da morte de Dita. Então faz sentido. Até o modo como Zeus morreu. Já ouviu essa história?

Ela sabia que Zeus tinha morrido em um acidente na Grécia. Não mais que isso.

— Os gregos — continuou Tim — estão sempre voltando para a terra natal, mas Zeus, por causa do sangue ruim, jamais quis ir. Desde a morte de Dita, ele tinha a intenção de enterrá-la no monte Olimpo, e, por fim, no aniversário de 5 anos da morte da filha, Hermione concordou. Alguns dos parentes Vasilikos dela foram à cerimônia. Na manhã seguinte, Zeus sai para uma caminhada, querendo meditar sobre o túmulo, e jamais retorna. Eles o encontraram 150 metros monte abaixo. — Tim ergueu os ombros largos. — Na São Demétrio, não havia muitos que não achassem que ele tinha sido empurrado.

Evon jamais ouvira uma palavra sobre gângsteres gregos de Hal, embora ele falasse com frequência dos pais quando tomava uma bebida no escritório no fim do dia. Como diziam mesmo? Uma grande fortuna lava os pecados das gerações anteriores. Para Hal, Zeus era uma figura olimpiana, a personificação do puro gênio do empreendedorismo. Hal provavelmente não sabia mais que isso também. Ou não perguntava. Tim já explicara isso a Evon.

As pessoas acreditavam no que queriam acreditar.

16.

Sofia — 11 de fevereiro de 2008

Naquela mesma tarde, Tim foi de carro até a Universidade de Easton. Não levava mais que quarenta minutos àquela hora do dia, quando o trânsito estava bom. Easton era o modelo em que as pessoas pensavam quando se falava em faculdade, colinas e prédios de tijolos vermelhos com torres brancas clássicas e colunas dóricas, a universidade particular mais antiga do Meio-Oeste. Não era mais composta apenas por ricos. Todo tipo de pais e seus filhos — indianos, vietnamitas, poloneses, negros e brancos — descobriram que uma faculdade como aquela era o ingresso para a vida. Aqueles jovens, todos, quando alguém conseguia tirar sua atenção dos malditos celulares, compartilhavam o mesmo olhar alerta e confiante, tão diferente daquele dos pobres jovens que Tim encontrara quando estava na polícia. Aqueles jovens adultos o encaravam nos olhos e sorriam; não tinham nada a temer dos mais velhos. Demetra, filha do meio de Tim, era ex-aluna de Easton. Frequentara o local com o benefício de uma bolsa substancial, e Tim e Maria amavam visitá-la e ver a filha passeando entre aqueles jovens, radiantes com as perspectivas da vida.

Ele encontrou o prédio dos ex-alunos, uma pequena construção de tijolos com um arco branco de madeira sobre o portal. Tim havia preparado uma história para enrolar a mulher que o recebesse no balcão da recepção.

— Meu sobrinho estava na minha casa e perdeu o anel de formatura na pia. Achei que poderia entrar em contato com a empresa que o vendeu a ele e ver se poderiam substituí-lo. Alguma chance de alguém aqui conhecer o modelo?

— Que turma?

— Setenta e nove.

Mesmo depois de quase 25 anos como investigador particular, Tim ainda achava difícil mentir, um risco ocupacional frequente, pois gostava de pensar que sua vida profissional inteira fora um esforço para encontrar a verdade. Mas, quando carregava um distintivo, disse a muitos réus como seria melhor para eles se simplesmente desembuchassem todos os detalhes sórdidos de um assassinato, embora tivesse certeza de que muitos daqueles jovens poderiam sair livres se ficassem calados. Todo emprego requeria alguma mentira inocente de vez em quando para ser feito corretamente. E Tim sabia até que ponto podia ir. Jamais disse nada que pudesse fazer com que seu corpo enrugado fosse parar na prisão.

A mulher saiu por um bom tempo, mas voltou com o nome de uma empresa em Utah. Aparentemente, faziam negócios com a Easton havia meio século.

Tim atravessou o campus para olhar os anuários da faculdade de direito. A Faculdade de Direito da Universidade de Easton era um prédio gótico grande de pedra cinza, com um enorme pátio central. Os dormitórios, as salas de aula e a biblioteca de direito estavam todos ali. Jovens de todo o campus iam até lá para fazer hora no grande gramado durante a primavera.

Os anuários, Tim descobriu, ficavam guardados na biblioteca. E que lugar lindo ela se revelou, com três andares, longas mesas de carvalho que poderiam ter cavaleiros em armaduras ao redor e painéis de carvalho que iam até o teto. O andar da recepção era cercado por um corrimão de latão polido. Uma das bibliotecárias pesquisadoras recuperou o volume de 1982 para Tim sem fazer perguntas, embora ele estivesse preparado com outra história sobre como queria uma fotografia do sobrinho para usar no cartão de aniversário de 50 anos dele. O anuário de 1982 continha duas fotos de Paul Gianis, uma de rosto, como as dos outros 160 formandos, e uma em grupo, com Paul entre os membros do periódico de direito. Sentado com os editores na primeira fileira, Paul apoiava as mãos nas coxas. E não havia anel em nenhum dedo. A foto devia ter sido tirada poucos meses antes de Dita ser morta. As fotos de Paul nos volumes de 1980 e 1981 também não ajudaram.

Havia dois computadores perto da recepção para uso geral, principalmente para que os jovens pudessem verificar o e-mail, e não era preciso uma senha para acessar um navegador. Metade do trabalho de um investigador particular podia ser feito na internet hoje, e para uma pessoa da idade de Tim, ele achava que conseguia lidar com um computador razoavelmente bem. Nada excepcional. Casos que envolviam quebra de segurança em computadores estavam além de sua capacidade, mas ele conseguia digitar um nome em um mecanismo de busca.

Havia centenas de imagens on-line de Paul Gianis, a maioria da última década. Tim as avaliou uma a uma, mas sempre que a mão de Paul estava visível, o único anel que usava era o de casamento.

Na viagem de volta à cidade, com o início da hora do rush, Tim ligou para a empresa que fabricava os anéis de formatura de Easton.

— Minha nossa! — exclamou a mulher com quem falou ao telefone.
— Teremos que obter os registros do armazém. E não sei se vamos conseguir substituí-lo. Os estilos mudam, sabe.

— Eu adoraria surpreendê-lo, se pudesse.
— Vamos verificar.

A última parada de Tim seria tentar entregar a Cass a intimação que Tooley redigira. Sofia e Paul moravam em Grayson, uma área na ponta oeste do condado que havia muito tempo era o lar de professores, policiais e bombeiros que acabavam forçados, por requisitos residenciais, a permanecer na região de Tri-Cities. Era um bairro de casas de três quartos arrumadinhas, um nível acima dos bangalôs do bairro de Tim, em Kewahnee. Nas esquinas costumava haver casas maiores, com jardins inclinados, em geral de médicos e advogados, banqueiros e corretores de seguros que atendiam aos moradores locais. A casa dos Gianis era uma das mais bonitas, construída, de acordo com o que Tim lera nos arquivos da *Tribuna*, perto da virada do século XIX pela família Morton, proprietária das lojas de departamento de mesmo nome. O jornal se referia ao estilo arquitetônico como "retorno ao romanesco", tijolo ocre decorado com muitos arabescos de concreto no formato de coroas de louros. Tinha um telhado com telhas verdes e calhas de cobre que adquiriram a pátina típica da maresia. Havia luzes acesas no andar de cima, mas nenhum carro na entrada da garagem. Tim concentrou os binóculos na casa por vários minutos, mas não viu sinal de movimento. Os dois filhos de Paul e Sofia estavam na faculdade, em Easton, de acordo com os jornais.

Àquela altura, ele precisava fazer xixi de novo. Algumas vezes sentia vontade assim que saía do banheiro. Urinar a cada minuto era apenas parte de ficar velho. Às vezes, estudava o próprio corpo com espanto diante dos danos causados pelo tempo, toda a flacidez e o tom pálido da pele, branca como a barriga de um peixe. Havia várias coisas que não funcionavam mais. Às vezes ele parecia precisar de um minuto apenas para pegar uma moeda. E sua mente costumava lembrar um carro cujo câmbio simplesmente não conseguia engatar a marcha. Mas de vez em quando havia surpresas agradáveis. Na manhã anterior, Tim acordou com uma ereção e a considerou um visitante de outro planeta. Achou que estava basicamente morto naquela área e sentiu-se feliz consigo mesmo durante horas depois daquilo.

Havia tantos policiais aposentados por aqueles lados que a filial da Ordem Fraternal da Polícia comprou o salão dos Veteranos de Guerra anos antes, quando o grupo de veteranos basicamente foi à falência. O odor levedado de cerveja derramada recebeu Tim assim que ele abriu a porta. O grande salão do primeiro andar estava vazio, porém ele ouviu barulho acima e subiu as escadas gastas.

No andar superior havia um grande e antiquado bar de mogno com espelhos nos fundos. O restante do salão era ocupado por algumas mesas de carteado de oito lugares forradas de feltro verde. Parecia que ninguém passava um esfregão ou uma vassoura no piso de pinheiro fazia muitos anos. Um grupo de policiais das antigas estava em uma das mesas, diversos espectadores assistindo aos jogadores jogarem moedas e cartas. Tim não deu três passos para dentro do salão quando ouviu seu nome ser chamado às alturas.

— Jesus Cristo, achei que você estivesse morto. Achei mesmo.

Era Stash Milacki, que estava sentado à mesa e rindo tanto que seu rosto ficara vermelho vivo. Stash tinha um irmão, Sig, que era extremamente corrupto, e eu consegui que Stash virasse detetive, mas ele não era tão ruim em serviço, embora jamais tenha chegado à Homicídios, o objetivo que todos compartilhavam.

Tim gargalhou ao vê-lo, mas foi cuidar do que precisava antes de voltar e cumprimentar Stash. O homem devia ter engordado uns 20 quilos desde que Tim o vira pela última vez, e não era um peso-leve na época. Agora era um velho com o rosto vermelho que precisava abrir as pernas na cadeira curvada para liberar espaço para a barriga.

— Você fala com ele, mas não fala comigo — disse alguém. Tim só reconheceu Giles LaFontaine nesse momento, do outro lado da mesa. Com o bigode grisalho aparado, Giles parecia vinte anos mais novo que Stash. Tim patrulhara com Giles quando começou nas ruas. — Então é só mais um velho pobretão como o resto de nós e não pode bancar uma partida de golfe na Flórida? — perguntou Giles.

— Hum — respondeu Tim —, dei sorte. Ainda trabalho de vez em quando como investigador particular.

— Sério? — questionou Stash, como se não acreditasse.

— Faço algumas coisas para o ZP, de vez em quando — explicou Tim. Era seu único cliente no momento, mas não havia motivo para ser mais específico.

— Agora, que merda é aquela? — perguntou Giles. — Aqueles comerciais? Eu estava com o meu neto outro dia e um dos comerciais apareceu, aquele com a namorada, e o meu neto tinha certeza de que era uma piada. "Não", eu disse a ele, "esse doido do Kronon acha mesmo que Paul Gianis matou aquela garota". Isso é sério, não?

— É sério.

— Se eu fosse dono do canal de TV — declarou Giles —, não deixaria que ele colocasse aquela porcaria no ar. — Paul vivia naquele bairro havia anos, e as pessoas tinham orgulho da relevância e do sucesso dele. Alguns sujeitos à mesa não pareciam tão convencidos quanto Giles, mas ele não desistiu. — O irmão dele cumpriu a pena, isso deveria encerrar o assunto.

Vinte e cinco anos depois e agora, do nada, esse doido diz que Paul estava envolvido. Isso não cola, não comigo.

— O que o irmão anda fazendo agora? — perguntou Tim.

Giles deu de ombros ao olhar para as cartas. Um cara ao lado dele, italiano ou mexicano a julgar pela aparência, respondeu:

— Os jornais não disseram que ele queria ensinar ex-condenados? Como fazia lá dentro.

Outro sujeito, sentado atrás dos jogadores, falou:

— Bruce Carroll mora ao lado dos Gianis. Você o conhece?

Tim não conhecia.

— Bruce disse que ele e a patroa estão em casa quase todos os dias e não o viram. Cass. É o nome do irmão, certo? Deve estar se escondendo dos repórteres, mas não o viram entrar ou sair, exceto no dia em que voltou da prisão.

— Ele saiu da cidade? — perguntou Tim.

O homem que estava falando apenas balançou a cabeça.

— Pode ser. Mas se eu passasse 25 anos no xadrez, ia querer ficar com a família. Paul é o gêmeo idêntico dele, não é? Eles são próximos, certo? Durante anos leio sobre como Paul e ele se escreviam todos os dias.

— Se fosse eu? — disse outro homem. — Vinte e cinco anos preso? Arranjaria quatro garotas e uma garrafa de uísque e pediria que elas testassem o quanto aguento.

Os homens ao redor da mesa gargalharam.

Em geral, Tim não passava muito tempo com ex-policiais. Havia três babacas, ex-membros da Homicídios, com quem ele costumava jogar golfe todo verão, aos sábados, havia pelo menos trinta anos, mas isso tinha parado quando Maria ficou doente. Isso se revelou o fim do jogo também. As costas de Dannaher estavam ruins demais para ele conseguir girar muito o corpo, e Rosario não conseguia ver onde a bola caía. Carter enxergava bem, mas se esquecia em que lugar a bola caíra assim que saía do *tee*. Parceiros de golfe à parte, os amigos mais próximos de Tim eram ex-músicos. Alguns ainda tocavam, e Tim amava ouvi-los, mas suas mãos estavam enrijecidas demais para que ele fizesse muita coisa com o trombone, e sua embocadura já não existia mais. Em geral, Tim e os amigos ouviam música, resmungando nas melhores passagens, contando histórias de antigos shows e de bons jogadores. Seu melhor amigo, Tyronius Houston, tinha se mudado para Tucson e implorava para Tim visitá-lo. Havia alguns outros que apareceriam de novo em abril, quando o tempo melhorasse.

Tim foi ao banheiro de novo antes de sair, então dirigiu de volta à casa dos Gianis e ficou do outro lado da rua. Perto das seis da tarde, um carro finalmente parou na garagem. Quando a porta subiu, ele viu outro veículo estacionado no interior, um Acura cinza. Ultimamente, Paul devia andar com um motorista da equipe da campanha. Considerando a escuridão das cinco e meia, quando as luzes se acenderam no primeiro andar da casa, Sofia apareceu tão claramente quanto se estivesse em um palco. Com os binóculos, Tim observou a mulher andar com pressa pela cozinha usando um uniforme cirúrgico verde. Ele passou a marcha no carro e parou na entrada circular da garagem dos Gianis.

Sofia Michalis havia sido uma daquelas crianças que se destacavam desde quando aprendiam a falar. Maria era amigável com a mãe de Sofia na igreja, que, já com quatro filhos mais velhos, costumava agir como se a caçula estivesse possuída. Sofia aprendeu a ler, literalmente, pouco depois de começar a andar, e começou na escola um ano antes. Mas, ao contrário de outras crianças isoladas por sua inteligência fenomenal que Tim conhecera, Sofia sempre pareceu normal por fora, com enormes e intensos olhos castanhos, quase como os de um personagem de desenho animado. Tinha sido colega de classe da filha do meio de Tim, Demetra, e fora uma daquelas mininhas que não se podia ter em casa com muita frequência. Ela brincava com De e, se Tim estivesse em casa, parava na cozinha para perguntar a ele sobre o caso mais recente. Aos 7 anos, Sofia lia o jornal de uma ponta à outra, todos os dias. Preocupava-se frequentemente com questões sobre a metodologia da detecção — como o pó para digitais grudava nas impressões? Como era possível dizer com certeza como uma pessoa reduzida a um esqueleto havia sido antes? Tim se segurava de vez em quando para não responder "Como diabo vou saber?". Mas então, após considerar as respostas dele, Sofia voltava a ser criança.

— Não tem nenhuma pessoa má assim por aqui, certo? — perguntara Sofia a respeito de um dos casos mais escabrosos de Tim, um assassino em série chamado Delbert Rooker que matava várias jovens.

— Nem um sequer — respondera Tim. Mesmo aos 7 anos, Sofia, Tim percebeu, era esperta demais para acreditar completamente nele.

Uma das brincadeiras de Sofia e Demetra era de médica e enfermeira, Sofia, a médica, De, a enfermeira, e um bando de bonecas representando as pacientes, e, nossa, foi exatamente o que aconteceu. De fez um Ph.D. em enfermagem e era supervisora no Hutchinson, em Seattle. E Sofia teve uma carreira meteórica na faculdade de medicina e nas residências e agora era chefe de cirurgia plástica e reconstrutiva no Hospital Universitário.

Sofia era também uma das duas ou três garotas da vizinhança que os ajudara com Kate quando ela ficou doente. Ela ia até a casa deles e lia para Kate, ou ficava cuidando dela durante uma hora enquanto Maria ia à mercearia, quando as filhas de Tim não podiam ficar em casa sozinhas. Sofia não aceitava dinheiro por isso, não que não precisassem na casa dela. Era impossível esquecer uma criança como aquela.

Tim sempre sentiu uma pontada de orgulho paternal pelas realizações de Sofia. Se você estivesse em qualquer lugar dos Estados Unidos que não fosse o Condado de Kindle, Sofia era provavelmente mais conhecida que o marido por ter liderado equipes de cirurgiões reconstrutivos no Iraque. Tim vira Sofia diversas vezes na CNN, falando sobre como explosivos caseiros faziam vítimas tanto entre os soldados norte-americanos quanto entre os iraquianos. Era uma coisa horrível a respeito dos seres humanos o fato de que, apesar dos avanços para ajudar as pessoas a viver — na medicina, na agricultura, na tecnologia —, tivéssemos ampliado tanto a força maligna de um único agente ruim. Sofia e os colegas ajudavam a reverter isso milagrosamente, fazendo enxertos em queimaduras, preparando membros destruídos para próteses e refazendo com silicone os pedaços que faltavam nos rostos.

Tim tocou a campainha da residência dos Gianis e ouviu passadas descendo as escadas. A porta se abriu e Sofia congelou. Ele não tinha a intenção de lembrar a mulher quem era, mas com um cérebro como aquele, ela dificilmente esquecia alguém, e, considerando sua profissão, provavelmente podia imaginar um rosto antes do desgaste do tempo.

— Sr. Brodie? — perguntou Sofia.

Tim não conseguiu conter o sorriso. Ela deu um passo à frente para abraçá-lo e o segurou por vários segundos.

— É tão bom vê-lo. Entre, por favor. Entre.

Ele fez que não com a cabeça.

— Eu bem que gostaria, querida, mas estou aqui a serviço.

— Bem, entre mesmo assim. Como estão Demetra e Marina?

A filha mais velha de Tim era musicista, tocava trompa na orquestra de Seattle e ensinava aos trompistas na universidade. Começara com rock'n'roll e colecionara alguns namorados desajustados pelo caminho antes de encontrar Richard, que tocava fagote. Os dois não se casaram, algo a que Richard se opunha por princípios, mas tinham duas filhas incríveis, incluindo Stefanie, que acabou se mudando de volta.

Algo inegável sobre Sofia, mesmo quando ainda era pequena, é que ela jamais teria a beleza de uma Miss América. Mas Sofia se cuidava bem, usava maquiagem mesmo na sala de cirurgia. Seus cabelos pretos iam até os ombros e exibiam o toque suave de uma profissional. As unhas dela estavam pintadas de vermelho vivo. E, como sempre, era possível se perder naqueles olhos. O nariz de Sofia ainda era grande demais para o rosto, no entanto mesmo isso era uma expressão incrível de aceitação própria, considerando seu objeto de trabalho.

Tim se recusou a tirar o casaco, mas ficou de pé sob o candelabro de latão à entrada, e os dois conversaram por uns bons dez minutos sobre a família de ambos. Atrás de Sofia, uma escadaria central senhorial com uma linda balaustrada de nogueira se erguia até uma janela de vitral ao fim dos degraus. Uma cadela presa na cozinha latia incessantemente e arranhava o acabamento de uma porta. Sofia sabia a respeito de Maria — na verdade, tentou lembrar Tim de que fora ao velório, mas toda aquela época para ele havia se passado como se estivesse fugindo da maré, esperando viver tempo o suficiente para voltar à superfície.

— E você disse que está trabalhando? — perguntou Sofia. — Achei que tivesse se aposentado há alguns anos.

— Eu me aposentei. Mas peguei trabalhos como investigador particular. Faço algumas coisas para o ZP.

— Minha nossa — respondeu Sofia. Ela riu. — Agora entendo por que não quis entrar.

— Sinto muito por ter que dizer isto. Tenho uma intimação para Cass. Apenas para as digitais dele, por enquanto. O DNA virá depois, se o juiz permitir.

— Me desculpe, Sr. Brodie — respondeu Sofia —, mas isto é para os advogados.

— Bem, se me disser que ele mora aqui — declarou Tim —, posso apenas entregar isto e acabamos. — Tim havia tirado os papéis do bolso do sobretudo.

Sofia sorriu com o mesmo carinho, mas fez que não com a cabeça.

— Não posso dizer nada, Sr. Brodie. Espero que entenda.

— É claro que entendo. Aqui está o meu cartão. Se por acaso o vir, talvez ele possa me ligar.

— Vou guardar o cartão — disse ela —, mas só para saber onde você está.

Sofia pediu a Tim o e-mail de Demetra antes de ele partir.

Na manhã seguinte, Tim estava do lado de fora da casa às cinco e meia da manhã. A porta da garagem subiu pouco depois das seis. Havia apenas um carro agora, e Sofia, com uniforme cirúrgico de novo, entrou. Ela deu ré e saiu correndo pela rua, então pisou nos freios assim que seu Lexus dourado mais velho passou por Tim. Ela voltou para poder ficar emparelhada com ele. A janela dela desceu e Tim abaixou a sua

— Ainda tem café quente em casa — comentou ela — Posso trazer uma xícara para você?

— Você sempre foi boa demais — respondeu Tim. — Eu estou bem aqui. Vá remendar umas pessoas.

Sofia acenou, feliz como uma colegial, e seguiu com o carro. Tim teve certeza de que Cass havia ido embora.

17.

A decisão — 20 de fevereiro de 2008

— Hoje é o dia da verdade — disse Crully. Eram nove e quinze e a manhã fervilhava, muitas pessoas eram transportadas a algum país das maravilhas por fones de ouvido, enquanto saíam pelas ruas invernais do centro da cidade.

Paul e Mark estavam voltando de um café da manhã com o Conselho Diretor da Ordem Fraternal da Polícia. Os policiais endossariam Paul no fim das contas. Não tinham outro caminho, mas Tonsun Kim, o recém-eleito líder do sindicato, queria apresentar as demandas padrão. Mais policiais. Maiores aumentos. Maiores aposentadorias. Menos descaso. Contudo, gostavam de Paul. Como antigo promotor-assistente, ele entendia como eram as coisas lá fora e refletia uma afinidade natural para aqueles públicos. Era um daqueles garotos que diziam desde os 6 anos que queriam ser policiais. Como resultado disso, os policiais ouviam Paul quando ele pregava que a justiça das ruas só tornava o trabalho deles mais difícil. Se houvesse menos hostilidade nas comunidades de negros e latino-americanos, a polícia ouviria menos sermões e mais aplausos, de forma que obteria mais assistência. Ele amava vender às pessoas essas abordagens de "todos ganham".

— Com os policiais? — perguntou Paul, em resposta à observação de Crully.

— Não, com o processo.

Os dois caminhavam na direção do Templo. Depois, ele teria um longo dia ao telefone em busca de dólares. Os comerciais de Hal diminuíram o fluxo de contribuições. Em algum momento, também precisaria escapar para ligar para Beata e combinar um encontro com ela no apartamento naquela noite.

No meio da campanha, quando o candidato era como um alvo em uma galeria de tiros, aborrecimentos costumavam ser adiados por um tempo, como uma coceira que não se sente até que se tenha tempo de coçar. Mas Paul se lembrou do que o incomodava quando Mark mencionou o tribunal. A manchete da *Tribuna* naquela manhã dizia "Relatório de digitais descarta Gianis". A história detalhava as descobertas de Dickerman, que não deveriam se tornar públicas até Mo as anunciar para o juiz Lands naquele dia. A abordagem dos fatos indicaria a qualquer um que entendesse desse tipo de coisa de onde o relatório vazara.

— Não gostei da manchete da *Tribuna* — comentou ele.

Crully deu um risinho. Achou que Paul estivesse fazendo cena. Sem dúvida, Crully tinha vazado o relatório para produzir dois dias de manchetes favoráveis em vez de um. Mas o fizera sem pedir porque queria que Paul pudesse afirmar: "Não tive nada a ver com isso."

— Estou falando sério, Mark. O juiz vai ficar revoltado.

— O juiz já é grandinho. Ele sabe que é uma eleição. E você está se desviando dos tiros de um bilionário maluco. Ele sabe que isso precisa chegar aos noticiários. — Aquilo era típico de Mark, pensar que era especialista em um ambiente em que era, na verdade, um novato. Crully estava sendo levado pela própria correnteza. — Um grande anúncio público de que suas digitais não estão na cena — declarou Crully. — Lands vai dizer não ao DNA. É o fim da linha para Kronon. E bem na hora.

Ele perguntou o que "bem na hora" significava. Crully tentou segurar por um tempo, então desembuchou.

— Greenway fez uma pesquisa para Willie Dixon. — Dixon era o candidato negro mais forte, um conselheiro municipal de North End, inteligente, porém às vezes controverso demais para o próprio bem. Mesmo assim, Willie estava concorrendo em uma campanha forte preso por um fio, enfrentando muito mais do que seria capaz. Havia outros dois afro-americanos na disputa, inclusive May Waterman, uma amiga de Paul do Senado que estava concorrendo porque ele lhe dissera meses antes que não se importaria nem um pouco se ela o fizesse. Os mesmos responsáveis contratados para fazer petições angariaram assinaturas para os dois, e, conforme Crully imaginou, ninguém reparou. — Sabe, tem um cara lá com Willie que joga dos dois lados.

Em uma campanha, sempre havia funcionários que olhavam além da colina. A eleição para prefeito ocorreria em duas etapas, a primeira ida às urnas em 3 de abril e então uma segunda corrida em maio entre os dois melhores colocados, presumindo que nenhum dos dois tivesse obtido maioria na primeira rodada. Se Willie não passasse nas preliminares, alguns dos funcionários dele iriam querer saltar para o lado de Paul, e estavam construindo sua credibilidade com Mark desde já.

— De qualquer forma — disse Crully —, meu cara disse que só subimos seis pontos.

Seis. Ele fez que sim, contendo qualquer pânico. Crully, na verdade, dizia coisas que faziam sentido. Eles absorveram as ofensas de Hal, as digitais inocentariam Paul, e o processo, sem o fantasma do teste de DNA, não interessaria mais à imprensa. Aquele seria um bom dia

Lands caminhou até o banco com uma expressão rigorosa. Ele conhecia D.B. bem o suficiente para saber que o juiz estava de mau humor. Lands pediu a Mo Dickerman, que estava sentado na primeira fileira do tribunal, para se aproximar, e ele mancou até a frente do banco.

— Dr. Dickerman, vi seu relatório escrito. Concorda que o que li na capa da *Tribuna* esta manhã é um resumo fiel?

O tribunal se encheu de risadas, mas os olhos cinza de Du Bois se dirigiram a Ray por um segundo. Ele não permitiu que seu olhar desviasse para Paul, mas não havia dúvida de onde D.B. colocava a culpa. Era parte rotineira da vida dele ser atingido por coisas que não queria que ninguém fizesse.

— Pareceu razoavelmente preciso — comentou Mo. — Não pude identificar nenhuma das digitais latentes coletadas em 1982 no quarto da Srta. Kronon como pertencendo ao senador Gianis. Havia algumas a respeito das quais não pude concluir nada sem ver também as impressões de Cass Gianis, e sugeri a ambos os lados que poderiam gostar de obtê-las. Mas o senador foi excluído de qualquer impressão identificável na cena.

Houve um breve murmurinho dos espectadores e da fileira dos jornalistas.

— Bem — disse o juiz —, vou colocar seu relatório no arquivo do tribunal para que fique disponível a quem não tiver visto uma cópia com antecedência. — Du Bois estava sendo indireto.

— Senhor juiz, eu gostaria de dizer...

— Não precisa, Sr. Horgan. Todos sabemos como isto funciona. Pode ter sido o seu lado. Pode ter sido o de seu oponente, pode ter sido alguém cujo propósito nenhum de nós compreende. Portanto, não faça presunções. E, mesmo que tenha designado as informações como relatório à corte, percebo, ao me lembrar, que não adverti as partes explicitamente contra revelações prematuras. Mas me deixe ser claro agora. Haverá uma investigação completa sobre qualquer incidente semelhante no futuro. Entendido?

Na tribuna, Ray fez que sim diversas vezes, literalmente contorcendo-se em reverências, o tronco rígido inteiro se dobrando na cintura como o de um cavaleiro diante do trono.

— Senhor juiz — disse Tooley —, cooperaremos com qualquer inquérito que queira fazer agora mesmo.

— Muito bem — declarou Du Bois, ignorando Mel. Como muitos outros no tribunal, o juiz não parecia gostar muito de Tooley. — Então, a questão pendente é o pedido do Sr. Kronon de cumprir as intimações para obter os padrões sanguíneos e as outras evidências que ainda estão nas mãos da polícia estadual, com a intenção expressa de que o réu, Sr. Kronon, possa tentar fazer uma identificação de DNA no sangue e em qualquer outra evidência genética da cena do crime. Além disso, o Sr. Kronon me pede que exija que o senador Gianis forneça uma amostra de DNA por meio de coleta oral.

O juiz olhou rapidamente para uma pasta que levava consigo, então abriu as mãos para se dirigir à corte.

— Pensei bastante nisso. Sabemos pelo Dr. Yavem que os resultados do DNA têm chances muito grandes de serem inconclusivos. E o relatório de digitais do Dr. Dickerman ratifica essa estimativa. Concordo com o Sr. Horgan que, de certa forma, uma chance de sucesso que, no fim das contas, é medida em centésimos torna o teste inoportuno e opressivo. Mas esse não é exatamente o problema aqui. A questão com a qual venho me debatendo é se resultados inconclusivos seriam relevantes de qualquer modo para este processo judicial.

"Agora, ao pensar nisso, preciso me lembrar de que esta ação é do senador Gianis. Ele processou o Sr. Kronon, e, nesse processo, como em qualquer outro, é ônus do querelante comprovar que aquilo que o Sr. Kronon disse em diversas ocasiões, que o Sr. Gianis estava envolvido no assassinato de Dita Kronon, é falso e, além disso, que ao dizer tal coisa o Sr. Kronon agiu com descaso inconsequente em relação à verdade. Se pusermos o ônus da prova em termos matemáticos, cabe ao Sr. Gianis provar que, se um júri considerar as evidências, 51 por cento se decidiriam a favor dele.

"É também importante refletir quanto ao significado dos resultados que o Dr. Yavem pode relatar. Yavem diz não haver chance melhor que uma em cem de que conseguirá um resultado positivo para qualquer um dos gêmeos. No entanto, a descoberta inconclusiva do Dr. Yavem não será uma determinação de que o DNA presente poderia ter vindo de qualquer pessoa no mundo. Um resultado assim seria verdadeiramente irrelevante. Mas, quando Yavem diz que o teste é inconclusivo, ele muito provavelmente quer dizer que o DNA pode ser tanto do senador Gianis quanto de seu irmão gêmeo. Ao falar somente desse resultado, ele dirá que há cinquenta por cento de chance para qualquer um dos lados."

Sentado à mesa dos querelantes, estudando Du Bois, Paul soube, imediatamente, aonde aquilo iria. Sentiu o alarme, como uma perturbação nervosa repentina, disparar até os dedos dos pés.

— Então, ao tentar comprovar que 51 por cento da evidência mostra que as acusações do Sr. Kronon são falsas, por definição, uma chance de cinquenta por cento de que o DNA seja do senador *é* relevante. É um resultado inconclusivo para o querelante, uma vez que não corrobora sua meta de provar que a acusação é falsa. Mas para o Sr. Kronon é muito pertinente em sua defesa. Porque, para que o réu vença este processo, um júri só precisa concluir que há cinquenta por cento de chance de que o que ele disse é verdade.

"Agora, como cidadão, direi que tenho opiniões próprias fortes a respeito dos eventos subjacentes. Mas minhas opiniões não têm lugar neste tribunal. Só posso seguir a lei. E, ao seguir a lei cuidadosamente, concluo que o teste de DNA é relevante para este processo. Então, autorizarei uma intimação para a polícia estadual e do Condado de Greenwood para qualquer material genético que tenham guardado, principalmente toda evidência de sangue, e permitirei que o Dr. Yavem teste o material. E ordenarei que o senador Gianis apresente uma amostra de DNA por coleta oral para o Dr. Yavem. Sr. Horgan, o senhor contratará um especialista próprio?"

De pé na tribuna, Ray parecia incapaz de se mover. O paletó do terno, abotoado para que se dirigisse ao juiz, estava repuxado sobre o contorno de seu tronco, e o choque o havia feito enrijecer a coluna.

— Me desculpe, Vossa Excelência. Vou me dirigir à corte em breve, mas, sem querer criticar sua decisão, espero que entenda que não esperava chegar a este ponto hoje.

Du Bois fez que sim. Ele parecia levemente deliciado por estar um passo à frente de todos.

O juiz replicou:

— Darei três dias para que contrate seu próprio especialista e paralisarei o processo até então. Essa é a instrução da corte. Senhores, gostaria de ver o calendário completo de apresentação de provas em uma semana. E isso é tudo.

Du Bois declarou recesso novamente para dar tempo ao tribunal de esvaziar. Quando se levantou, o juiz olhou de novo na direção da mesa do querelante. Enquanto ouvia o magistrado, Gianis percebeu aos poucos que Du Bois estava certo. Se tivesse pensado a respeito com a precisão com que D.B. pensou, se não tivesse enxergado o processo com sua visão otimista, enquanto parte envolvida, teria compreendido aquilo que percebera desde o início — que o teste de DNA era uma armadilha que,

99 em cada cem vezes, serviria ao propósito de Hal — também ditava a conclusão legal e de evidências. Ele se levantou e olhou nos olhos do juiz, então balançou a cabeça levemente, em sinal de respeito.

Crully, Horgan e Paul seguiram diretamente pelo corredor até a sala do advogado para decidir o que o candidato diria à mídia na rotunda, no primeiro andar. Havia algumas cadeiras de madeira surrada ali e uma velha mesa de carvalho como aquelas em que seus professores se sentavam quando ele estava no ensino fundamental.

— Podemos apelar? — perguntou Crully. — Não gosto da ideia, mas quero conhecer todas as opções.

Ray balançou a cabeça.

— Perda de tempo. Poderíamos entrar com um mandado de segurança, mas nenhuma corte de apelação supervisionaria uma arguição por meio de provas. Vão negar nossa petição de cara e a situação vai ficar pior.

— Acho que devemos tirar o melhor da situação agora — declarou Crully. — Diremos que não haverá identificação de Paul. Que é uma decisão técnica. Enfatizaremos o relatório de impressões digitais. Isso parece bom, chefe?

Ele sempre fora o gêmeo mais temperamental. Seu irmão suprimia a raiva, mas Paul costumava sentir o ódio encher as veias como lava. Agora, lutava por autocontrole. Escolhera aquela vida, caminhar em uma corda bamba com apenas determinação e um guarda-chuva, o canto da sereia se erguendo do abismo abaixo. Mas não havia objetivo em ousar quando o único resultado seria ruim.

— Nada está bom — disse ele a Crully. — Esse processo todo é um engavetamento de 14 carros. Dei ouvidos a vocês dois e agora levo um chute no traseiro por semana.

— Paul — murmurou Horgan.

— Não — replicou ele. — Assim parece que estou atribuindo culpa. E não estou. Vocês dois me deram seus melhores conselhos. E eu tomei a decisão. Mas já estive em tribunais o bastante para saber que, depois de entrar com a ação, perde-se completamente o controle. Eu deveria ter rido da situação e chamado Hal de maluco reacionário.

Ray ergueu o ombro. Pensando bem, Paul devia estar certo.

— Então, o que vem a seguir? — perguntou ele a Ray. — Um depoimento, certo? Hal vai me colocar para depor durante três dias.

— Podemos estabelecer limites — falou Ray. — Talvez até mesmo adiar até a eleição.

— Não, não podemos. Porque será a mesma lógica da entrega das digitais. Ou do DNA. Não posso me esconder. Preciso olhar para a frente. E vão querer o depoimento do meu irmão a seguir. Já mandaram um velhote atrás de Cass com uma intimação. Talvez queiram interrogar Sofia depois disso.

— Não irão atrás de Sofia — comentou Ray baixinho. Mas aquilo era simplesmente uma confissão em relação a Cass.

— Vamos retirar o processo hoje — anunciou ele.

Crully se recostou com os terríveis olhinhos semicerrados.

— Foda-se isso — falou ele. — Já disse a você o que terei que fazer.

— Sinceramente, Mark, acho que está na hora de uma mudança mesmo. Você montou uma organização incrível. É um ótimo gerente de campo. Mas se desviou e perdeu algumas coisas importantes. Vazar aquele relatório não foi inteligente. Du Bois, você sabe, provavelmente teria feito a mesma coisa. Provavelmente. Mas foi a hora errada de irritar o juiz.

Crully ficou furioso, embora não tenha dito nada, mas o rosto, contra a camisa branca, estava consideravelmente mais vermelho. Do fim do corredor, do lado externo, ecoou o som de uma mulher que saíra de outro tribunal chorando. Mark era um veterano em momentos assim, quando uma campanha forte como um tanque passava por cima de uma granada e as acusações começavam. Não faria comentários a respeito do vazamento e entregaria a verdade a Paul, principalmente na presença de uma testemunha, pois Paul usaria aquilo contra ele para sempre.

— Você vai perder — avisou Crully em vez disso. Era a vingança máxima por ter sido demitido. — Se largar o processo, você vai perder.

— Não será pior que o que vem a seguir. Tenho os resultados das digitais. Mostrei que não estava lá naquela noite. Não vou deixar que Hal use as digitais para dizer que há cinquenta por cento de chance de que eu estava naquele quarto. É mentira. Nem deixarei que torture o meu irmão. Sempre prometi a mim mesmo, *sempre*, que jamais sacrificaria minha família pela minha carreira. Cass passou 25 anos na merda e tem o direito de reconstruir a vida. E, em vez disso, leva chumbo cinco vezes por semana em todos os canais, enquanto o condado inteiro fala sobre uma história que deveria estar morta e enterrada. Meus filhos não estão lendo as porcarias políticas de sempre, mas que sou um assassino, alguém que supostamente matou uma mulher com as próprias mãos. Isso não vale a pena para mim, Mark. Se eu perder, perdi.

— E vai deixar que um reacionário maluco como Hal Kronon o empurre do penhasco? — Isso partiu de Ray. Os tristes olhos azuis e o rosto corado dele estavam determinados na pergunta, que era séria. Ray e Paul viviam seguindo as mesmas crenças e acreditavam que pessoas com dinheiro não tinham o direito de tomar posse da democracia também.

— Eu não disse que sairei. Disse que vou desistir do processo. Vou combater o bom combater. Não vou desistir. E falarei da Grande Mentira. Porque é isso o que ela é. Mas o processo está acabado. Nada de DNA, depoimentos ou cirandas.

Ele se levantou para mostrar que estava decidido.

18.

Objeções — 20 de fevereiro de 2008

A manhã mostrava leves sinais de primavera. A temperatura estava na casa dos vinte graus, mas não havia nuvens, uma melhora incrível em relação ao habitual céu de nuvens baixas como um emaranhado de aço. Em dias mais quentes, quando tinha reuniões fora do escritório, Evon caminhava os 12 quarteirões do seu prédio até o ZP. No inverno, quando não precisava dirigir, costumava arriscar o que chamava secretamente de "Corrida de Demolição", mais conhecido como ônibus da Grant Avenue. Na região de Tri-Cities, os motoristas de ônibus eram a própria lei, valentões do trânsito que desviavam do acostamento para a pista da esquerda sem qualquer preocupação com os outros veículos. Os sindicatos de trânsito isentaram os motoristas de muitas responsabilidades, exceto no caso de um homicídio.

Assim que Evon saiu do ônibus, a um quarteirão do ZP, viu Heather do outro lado da rua. A ex-namorada usava uma echarpe na cabeça e óculos Ray-Ban, e estava enroscada em um casaco Burberry de lã cor de aveia que Evon comprara para ela, mas Heather não pretendia se esconder. Evon olhou na direção da mulher por um segundo, então começou a andar mais rápido. Conseguiu ouvir o clique dos saltos na calçada quando a ex-namorada correu para alcançá-la até chegar ao seu lado, sem fôlego.

— Você me ama — declarou Heather. — E eu te amo. Isso não faz sentido. Vou ser melhor. Prometo. Farei você feliz. Farei você feliz de verdade. Só mais uma chance, querida, por favor. Só uma.

Evon na verdade esperava que Heather tivesse desistido. Elas não se comunicaram durante uma semana. Agora Evon sequer erguia o rosto, nem mesmo diminuía o passo enquanto Heather a seguia, afastando os pedestres que vinham em sua direção com o cotovelo, elaborando o solilóquio. Estava falando sério, é claro, sobre amor e devoção. Conhecia tão pouco a si mesma que acreditava, de fato, no que estava dizendo.

Evon odiava levar seus problemas pessoais para o trabalho — Heather sabia disso, e por essa razão estivera tão confiante de que conseguiria encurralar Evon ali. Mas não havia escolha. Evon entrou no prédio do ZP. Heather não apenas a seguiu pela porta giratória mas conseguiu se espremer no mesmo compartimento da porta. Heather tentou abraçar Evon — parecia determinada a conseguir um beijo —, e no confinamento dos painéis de vidro, as duas travaram uma pequena luta enquanto Evon, muito mais baixa e bem mais forte, a afastava. No entanto a mulher ainda implorava.

— Como pode ser tão insensível? Como pode me tratar assim? Eu não mereço isto, Evon. Eu te amo. Fui boa para você. Como pode fazer isto?

Por fim, Evon saiu da porta giratória que Heather tentava obstruir e irrompeu no saguão. Ela saiu apressada, porém Heather gritou:

— Estou grávida.

Evon ouviu a mulher dizer aquilo, então se virou. Elas conversaram a respeito disso. Nos melhores momentos, deitadas nos braços uma da outra, tinham compartilhado aquela fantasia.

Evon esperou um segundo para se recompor.

— Mentira.

— Estou. Fiz isso por você. Evon, quero fazer isso. Uma criança precisa de uma família. Podemos ser uma família.

Era um pensamento assustador de verdade, aquele monte de parafusos soltos que era Heather como mãe de alguém, mesmo com Evon para consertar um pouco dos danos. Mas não foi para esse lado que o coração de Evon pendeu. Seu coração pendeu para a crueldade daquilo, de cutucar todos os pontos fracos, cada um dos muitos arrependimentos rançosos.

Era assim a crueldade, pensou Evon, quando alguém precisava tanto de alguma coisa que se tornava indiferente à dor que infligia.

O segurança, Gerald, estava sentado a uma mesa feita do mesmo granito bege do restante do amplo saguão. Era trabalho dele registrar identidades e emitir passes para os visitantes passarem das catracas para os elevadores. Ele pertencia ao departamento de Evon e a chamava de "chefe".

Apressadamente, Evon apontou por sobre o ombro com o polegar e disse a Gerald:

— Não a deixe entrar.

Ela passou pelo segurança enquanto Gerald, levantando-se rapidamente, segurou Heather pelo braço.

— Calma, moça — pediu ele.

Heather gritou atrás de Evon.

— Se eu não tiver notícias suas, vou fazer um aborto na sexta-feira. — A voz dela era perfurante. Não devia haver uma alma no saguão que não a ouviu.

Do andar superior, no escritório, Evon fechou a porta e se sentou sozinha. Não chorou, mas estava trêmula. Felizmente, não tinha tempo para as próprias agonias, pois uma teleconferência começaria em minutos. Dykstra tinha concordado, finalmente, com uma concessão de 25 milhões de dólares pelo campo de Indianápolis — ele culpou alguns funcionários por não terem divulgado —, e o negócio fora anunciado no dia anterior, no *Journal*. O fechamento estava programado para a semana seguinte. A ligação de Evon naquela manhã para sua equivalente na SuaCasa era para discutir como fundir as operações. Por fim, 12 pessoas ficaram com o emprego em risco, e Evon só terminou depois das onze e meia. Ao final, o assistente a informou de que Tim Brodie a esperava para um assunto urgente.

— Liguei para você — anunciou Tim ao entrar —, mas você estava ao telefone, então achei melhor vir até aqui dar a notícia. Paul Gianis acaba de anunciar que vai desistir do processo.

Tim descreveu a decisão do juiz Lands e a conferência de imprensa de Paul na rotunda do Templo, que terminou com um monte de câmeras e repórteres correndo atrás do candidato conforme ele saía da corte.

Uma parte de Evon ainda se recuperava de Heather, mas, mesmo assim, ela ficou impressionada.

— Hal sabe? — perguntou Evon.

Hal saíra às pressas com Tooley assim que a sessão se encerrara para se encontrar com um repórter de negócios e discutir a aquisição da SuaCasa. Cerca de 15 minutos depois, assim que Hal voltou, ela e Tim cruzaram o corredor para o reduto feito de figueira dele. Tooley estava com ele e nenhum dos dois tinha ouvido a notícia ainda.

Hal ficou furioso.

— Como ele pode fazer isso?

Tooley explicou a lei. Até o início do julgamento, todo querelante tinha o direito de desistir do processo que abria.

— Do nada? — perguntou Hal. — Nem precisa pedir desculpas?

— Poderíamos pedir para que pagasse os custos.

— Que custos?

— Cerca de 200 ou 300 dólares — falou Mel. — Honorários de arquivamento. Honorários de intimação das testemunhas.

— Não quero 200 dólares — disse Hal. — Quero o DNA dele. Paul está escondendo alguma coisa.

— Você pode dizer isso. Gritar a plenos pulmões. Tenho certeza de que alguma agência pode fazer excelentes anúncios a esse respeito.

— Não vou deixar que ele se livre dessa.

— De quê? — perguntou Tooley.

— De esconder o que quer que esteja escondendo.

— Hal, o que ele poderia esconder se o teste tem uma probabilidade de 99 por cento de ser inconclusivo? Não entre na sua própria onda.

Os olhos arregalados de Hal iam de um lado para o outro atrás dos óculos enquanto considerava o conselho do amigo.

— Eu quero o DNA.

Mel olhou para as mãos, então tentou outra abordagem.

— Hal, você venceu. Não vê? Venceu a moção. Convenceu-nos de que esse cara sabe mais do que está dizendo. E Paul se curvou. Aceite a vitória, Hal. Comemore por um segundo.

— Isso não é uma vitória — insistiu Hal. — Quero saber o que Paul Gianis teve a ver com o assassinato da minha irmã. Quero o DNA. Você deveria fazer alguma coisa. Sou o seu cliente. Estas são as minhas ordens. Faça alguma coisa.

— Talvez eu consiga pensar em algo depois de fechar o negócio da SuaCasa.

— Não, faça agora — ordenou Hal. — Isso é ainda mais importante que a SuaCasa. Os advogados corporativos podem substituir você.

Tooley e Tim saíram do escritório de Hal juntos. Evon ficou para trás para inteirar Hal do progresso com a lista de pendências do fechamento com a SuaCasa.

— Minha nossa! — exclamou Mel assim que a porta se fechou. — Hal é meu amigo desde que tínhamos 6 anos, mas nunca soube a hora de parar. Juro por Deus, no ensino médio ele chamava a mesma garota para sair seis vezes e ficava surpreso sempre que ela dizia não.

— A única parte que não entendo — disse Tim — é que desistir do processo, ao que parece, certamente causará mais prejuízos a Paul do que o teste. É só uma lógica esquisita.

— Talvez Paul seja como eu — falou Tooley. — E Hal o deixou maluco.

O advogado balançou a cabeça de novo e seguiu para o elevador.

Os olhos cinza de Du Bois Lands se ergueram do papel que segurava em seu assento. O restante de seu corpo não se mexia. O juiz leu em voz alta:

— Objeção emergencial do réu Kronon à moção do querelante de voluntariamente retirar o processo.

Era a manhã seguinte à decisão de Lands, 21 de fevereiro.

— Sim — replicou Tooley da tribuna.

Ray Horgan estava ao lado dele, o cotovelo colado ao de Mel. De costas, os dois homens pareciam comandar um rebanho rigoroso e indiferente. Nas fileiras atrás de Tim, o tribunal estava cheio, embora não com a multidão de espectadores que o processo andava atraindo. Todos ali estavam de terno cinza ou azul. Tinham que ser advogados.

— Explique — pediu o juiz a Tooley.

— Vossa Excelência, o Sr. Kronon se opõe aos esforços do senador Gianis para evitar fazer esse teste de DNA crucial. Achamos que o tribunal deve deixar suspensa a moção para desistência do processo até ele fornecer o DNA e o teste ter sido feito conforme a corte ordenou. Ele está tentando subverter sua decisão.

Horgan começou a se opor, mas o juiz o acalmou com um gesto de mão.

— Sr. Tooley, o senador Gianis está fazendo o que a lei permite, não está?

— Está escondendo alguma coisa — anunciou Tooley. Tim viu Hal bater com o punho sob a mesa da defesa, de onde assistia ansioso.

— Esta é sua interpretação. Há outras interpretações também. Não me importo com interpretações. Sou apenas o árbitro. Forneço as decisões. A lei é a lei, Sr. Tooley. Se tem um problema com a moção do senador para não prosseguir com essa ação, leve ao legislativo. Sua objeção será negada.

— Bem, Vossa Excelência, antes de decidir, também queremos uma solução alternativa.

— Qual seria?

— Gostaríamos que as intimações que ficaram pendentes com a decisão quanto à moção para o DNA fossem cumpridas. Depois de decidido, aquelas intimações se tornaram passíveis de serem cumpridas, e gostaríamos que as evidências fossem apresentadas.

Dessa vez, Horgan conseguiu interromper.

— Vossa Excelência, isto é ridículo. Se não há processo, não há intimações.

O juiz considerou por um tempo.

— Não — disse ele em resposta a Horgan. — Entendo a argumentação dele. É a cronologia. As intimações se tornaram exequíveis antes de sua moção para retirar a ação. De que evidências estamos falando?

Tooley tinha uma lista. Primeiro, a intimação para que Paul apresentasse uma amostra de DNA; segundo, para que Cass apresentasse as digitais; terceiro, para que a polícia estadual apresentasse toda evidência física que estivesse em sua posse, a maior parte da qual havia sido coletada na cena do crime, inclusive manchas de sangue na porta francesa e os tipos sanguíneos tirados de várias pessoas. Havia uma intimação similar para o Condado de Greenwood, caso alguma coisa tivesse ficado de fora daquilo que já haviam apresentado.

Ray protestou.

— Senhor juiz, estão tentando fazer o mesmo teste por conta própria.

Du Bois deu um leve sorriso diante da astúcia da trama.

— De novo, Sr. Horgan. Apenas as decisões cabem a mim. O que a lei requer? Só quero responder esta pergunta. É para isso que ganho uma bolada. — Em um mundo no qual alguns dos advogados que apareciam diante da tribuna ganhavam muitos milhões, juízes costumavam lançar comentários irônicos a respeito de seus salários, os quais pareciam ínfimos em comparação.

Du Bois ficou mais um tempo sentado enquanto ponderava.

— Tudo bem, eis o que vai acontecer. Vamos terminar esta ação. Mas não hoje. Se os senhores olharem para trás, verão que há um tribunal repleto de advogados aqui para minha reunião de requerimentos de quinta-feira. E muitos desses advogados têm clientes que pagam para eles se sentarem aqui. Portanto, não vamos desperdiçar mais o tempo ou o dinheiro de outras pessoas. Vamos adiar isto por uma semana. Quero todos os destinatários das intimações, ou seus representantes, no tribunal, com as evidências que o Sr. Kronon deseja. E quero explicações simultâneas do querelante e do réu respondendo se tais intimações podem ser cumpridas de acordo com a lei. E vamos acabar com tudo isto na quinta-feira que vem. Se qualquer uma das intimações ainda for válida, a evidência será entregue aqui mesmo. Então, Sr. Tooley e Sr. Horgan, por mais que tenha gostado da presença dos dois, acabaremos de vez com esta ação e ficarei ansioso para ver ambos em outras ocasiões.

O juiz bateu o martelo e pediu ao secretário para anunciar o próximo caso.

19.

O anel dela — 22 de fevereiro de 2008

— Shirley Wilhite — disse a voz no celular de Tim, na manhã seguinte. — Aposto que achou que eu tinha me esquecido de você. — Eram umas onze horas e Tim estava aconchegado no jardim de inverno, lendo mais do livro sobre mitos gregos enquanto a melodia de Kai Winding saía da vitrola. Seu primeiro pensamento foi que Shirley devia ser mais uma viúva. Elas ligavam o tempo todo, com qualquer desculpa imaginável, desde um ensopado delicioso demais para não ser compartilhado ou mulheres que diziam estar retornando a ligação *dele*. — Levaram séculos para conseguir os registros do arquivo. Todos acham que têm muito o que fazer. Esse é o problema deste país, se quer saber.

Ele conversou com Shirley por mais um segundo, sentindo, como sempre, que não estava entendendo. Então Tim se deu conta: ela era da empresa de anéis em Utah.

— Que sorte que ainda usavam papéis naquela época — falou Shirley Wilhite. — Cinco anos depois, estávamos com tudo guardado em disquetes. Lembra deles? Tente encontrar alguém que consiga entender aquelas coisas. Universidade de Easton, certo? Qual era o nome do seu sobrinho?

— Gianis. — Tim soletrou. Em Utah, o nome de Paul não queria dizer nada. — Não é bem meu sobrinho, aliás. Só o chamo assim.

— Ah, claro, sou a tia Shirley para metade dos filhos dos meus vizinhos.
— Exatamente.
— Tudo bem. — Ela levou um segundo. — Temos dois deles.
— São gêmeos. Estou procurando por Paul.
— Certo. Tudo bem, sim, ele comprou dois anéis.
— Dois?
— Deixa eu ver aqui. Isso. Um masculino, outro feminino. O mesmo modelo. O J46 com emblema. Agora preciso do catálogo. — Tim ouviu a mulher vasculhando em volta. — Não, não o fazemos mais. Acho que o K106 é o que se parece mais com ele. Vou mandar fotos. Você usa computador?
— Um pouco.
— Bem, o catálogo atual está on-line. Mas enviarei cópias do antigo catálogo, assim saberá o que tínhamos. Tem um número de fax?
— Pode me passar fotos do anel feminino também? Talvez ele queira substituir os dois. E, se não for muito incômodo, mande o formulário do pedido também. Talvez ele queira dar entrada no seguro.
— Não tem problema. Fico feliz em ajudar.

Dois anéis? Tim pensou a respeito. No fim da tarde, estava a caminho do centro da cidade para pegar os faxes, que havia direcionado para o ZP. Ele passou pela casa de Georgia Lazopoulos e, por impulso, estacionou e tocou a campainha.

Ela o encarou pela porta externa de vidro. Os olhos escuros como os de um guaxinim e o resto do rosto pesado da mulher instantaneamente ganharam uma expressão sombria de reprovação.

— Você disse que não me incomodaria mais. — A voz dela estava abafada pelo vidro, mas soava clara. Georgia estava vestida como na primeira vez que Tim a visitara, calças de malha rosa e uma blusa muito larga com babados.

— Só preciso fazer uma pergunta sobre o anel de formatura que Paul usava.

— Paul não usava um anel de formatura — respondeu a mulher, então fechou a porta.

Georgia fora uma jovem de natureza doce, pelo menos até onde Tim sabia. Era espantoso às vezes o que a vida fazia com as pessoas. Ele começou a sair da entrada, então reconsiderou, voltou e tocou a campainha de novo. Nada a perder.

— Você nos disse que ele usava um anel de formatura — declarou Tim assim que a porta abriu.

— Não, não disse. E, sinceramente, gostaria de não ter dito nada. Você me fez de tola, você e aquela mulher que estava com você. Não tem uma pessoa por aqui que não ache que fui louca por deixá-lo gravar aquela fita. Pareço uma bruxa velha e vingativa.

— Não acho isso justo — falou Tim —, não com a gente. Ou com você.

— Todos estão com raiva de mim. Acham que me dei o trabalho de fazer Paul parecer alguém podre. Até mesmo Cass apareceu aqui para dizer o que pensava.

— Cass veio aqui? — Era a primeira vez que Tim ouvia alguém dizer que vira Cass desde que ele saía da prisão. — Quando foi isso?

— Ah, não sei. Alguns dias depois de o anúncio passar na TV. Queria que eu falasse com os advogados deles, então falei que não cometeria o mesmo erro duas vezes. Ele só ficou parado aí onde você está e disse: "Não há nada que ele possa dizer, Georgia, exceto que sente muito por você ainda estar tão magoada." Ele me fez sentir bem pequena, deste jeito. — A mão dela se ergueu por um momento.

— Mas não disse que qualquer informação naquele comercial era mentira, disse?

Georgia não respondeu, mas seu semblante se tornou sombrio. Os dedos dela não saíram da maçaneta da porta, e agora ela começava a fechá-la de novo.

— Espere — pediu Tim. — Não entendo o anel. — Ele estava com medo de que o confronto com Cass a tivesse feito mudar de lado. Georgia negaria tudo o que dissera antes a eles. — Eu sei que ele comprou um.

— Foi o que você me perguntou: Paul comprou um anel como o de Cass? E eu disse que sim.

— Parece que ele comprou dois, na verdade. Achei que tivesse dado o outro a você, porque o segundo foi para uma mulher.

— Não, foi para Lidia. Ela sempre jurou que os filhos receberiam educação, embora não houvesse ninguém na família dela ou na de Mickey que tivesse feito faculdade. Lidia jamais escondeu que desejava ter frequentado a universidade. Então os gêmeos acharam que seria bonitinho dar um anel de formatura à mãe. Eles a conheciam. Acho que Lidia mostrou a porcaria do anel a qualquer um que conhecia nos dez anos seguintes.

Georgia, é claro, não fizera faculdade também. Tim não conseguia imaginar se era Lidia, com sua personalidade sempre forte, ou o anel que incitava a amargura dela.

— E Paul usava o outro, certo?

Georgia olhou para a porta com uma expressão de puro ódio por um momento, então se virou sem dizer uma palavra, deixando Tim no concreto frio. Ele achou, por um lado, que deveria ir embora, mas Georgia deixara a porta aberta, então Tim esperou no ar congelante, desejando que ela voltasse — o que Georgia finalmente fez. Quando chegou, escancarou a porta externa de vidro e estendeu a mão para entregar algo a Tim. Era o anel. Havia uma grande pedra vermelha no centro, com os números 19 e 79 em relevo no desenho entalhado de cada lado.

— Está vendo? Pode ficar com ele se quiser. Paul me deu quando se formou. Eu o usava no pescoço, em um colar. Lembra quando meninas costumavam fazer isso? Não era o anel que eu queria, mas um passo na direção certa, pensei. Que burra.

— Então ele não estava com o anel quando Dita foi morta?

— Cruzes, Tim. Você me escutou? Eu estava com o anel. Eu estava usando. Usava em quase todos os lugares e com certeza usaria no piquenique da igreja com todas aquelas garotas em volta de Paul. Até onde sei, ele nunca usou este anel na vida. Não gostava de anéis ou joias. Achava que esse tipo de coisa não era para homens. Eu mal conseguia fazer com que ele usasse um relógio.

Tim abaixou o rosto para o anel, então olhou de volta para Georgia, cuja expressão estava sombria de novo. Ela deu um suspiro grande, então abriu a porta externa de vidro mais uma vez, mas rapidamente, só para pegar o anel de volta. Com isso, deu meia-volta e bateu a porta atrás de si.

— Nenhum anel — falou Evon. Os dois estavam no escritório dela. Evon apoiava um pé sobre a lixeira, como um descanso. — Ela não disse que Paul usava um anel?

Tim contou a versão de Georgia e ela fez que sim.

— Está certa. Georgia disse que Paul comprou um anel como o de Cass. Mas era de se pensar que teria dito o que aconteceu com ele.

Tim olhou de modo inquisidor para Evon. Nenhuma mulher que ele conhecia diria voluntariamente que um sujeito a mantivera na coleira por mais três anos com um anel de formatura em vez de um diamante. Evon entendeu.

— Além disso — continuou Tim —, ela provavelmente não entendia o significado. Do jeito que aquela investigação foi desorganizada, acho que não saiu nada nos jornais sobre o padrão do hematoma de Dita ou o que ele significava.

— Então Paul não usava um anel e Cass usava — concluiu Evon, recapitulando.

— Certo. É o que parece.

— E as digitais de Paul não estão lá e as de Cass estão.

— Certo.

— Acho que o chefe pode querer pensar duas vezes quanto a se opor à moção de Paul para desistir do processo.

— Talvez. Só mais uma coisa.

Tim estava pensando no que Dickerman dissera sobre o cartão de digitais de Cass da Penitenciária Hillcrest não ter batido com as digitais tiradas na cena do crime. Ele havia prometido a Mo que não repetiria aquilo para ninguém, mas Dickerman já tivera tempo de tirar a limpo a discrepância, e Tim não tivera mais notícias. Mesmo assim, para começo de conversa, avisou a Evon que Mo às vezes via as coisas de um jeito próprio.

— Há uma história sobre Mo, não sei se é verdade, mas a irmã de um conhecido jura que viu acontecer. Sabe quando você compra um ingresso roxo para pegar o metrô no sentido da cidade e um branco para fora dela? Então, Mo está a caminho do aeroporto, pega seu bilhete branco e o prende no pequeno suporte de bilhetes no encosto do assento diante dele. E vê que todo mundo tem um bilhete roxo, e então se vira para a moça ao lado e diz: "Olha só esses idiotas no trem errado."

Evon gargalhou.

— Isso não pode ser verdade — disse ela.

— Você entendeu o ponto. — Tim explicou o que Mo concluíra ao olhar para a cópia das impressões digitais de Cass tiradas em Hillcrest.

— Isso também não pode ser verdade — declarou ela. — Como é possível? Ele disse no tribunal que as digitais de Paul não batem com nenhuma achada na cena. Então o que está dizendo agora? Que nenhum dos dois estava lá?

Tim deu de ombros. Não tinha resposta para isso.

— Jamais conseguimos as digitais de Cass, não foi?

— Nunca chegamos nem perto. É outra coisa estranha. Pelo visto, nem os vizinhos viram um fio de cabelo de Cass, mas Georgia me contou que ele foi diretamente até a porta dela para lhe passar um sermão por ter feito aquele comercial.

— Então ele não está de férias?

— Parece que não.

Por fim, Tim perguntou como andava a vida pessoal de Evon, e ela respondeu com um sorrisinho amargo.

— Passei grande parte da noite de ontem pesquisando como consigo uma ordem de restrição.

Tim resmungou.

— Vai demorar até eu pegar essa estrada de novo, Tim. Não aguento as decepções. — Ela deu um sorriso de arrependimento, então perguntou a ele: — O que Shakespeare tem a dizer sobre isto?

Tim não respondeu, mas começou a revirar os bolsos internos e externos do casaco. Por fim, encontrou o que procurava dobrado quatro vezes na carteira, então o estendeu.

— Está brincando? — perguntou Evon

— Leia. É de *A comédia dos erros*.

Era mais um pedaço de papel rasgado com uma citação escrita em caixa-alta, sobre ser uma gota d'água no oceano procurando por outra gota.

— Agora, o que isto quer dizer? — perguntou ela depois de reler diversas vezes. Quando Evon devolveu o pedaço de papel, Tim o avaliou de novo.

— Não tenho certeza — falou Tim. — Exceto que todos acham isso confuso de vez em quando. E desapontador. Mas há um oceano lá fora. Você não deveria parar. Não com a sua idade. Se Maria tivesse morrido quando eu estava com 50 anos, teria pensado: "Sou jovem demais para ficar sozinho."

— Mas agora não? Sabe o que dizem, Tim. Um homem da sua idade que ainda consegue dirigir consegue pegar a ex-Miss Universo.

Ele riu disso, embora fosse um ponto delicado. Tim não via muito bem à noite e tentava evitar dirigir após escurecer. Em breve, a visão dele não estaria adequada à luz do dia também. Isso significava que teria que ir para Seattle. Suas filhas sempre lhe imploravam pelo menos uma vez por semana que se mudasse. Mas não estava pronto para aquilo. Ainda não. Não estava pronto para deixar sua casa, suas coisas e a vida que teve com Maria.

— Agora não. Não tenho apetite para isso. Já tenho pessoas para amar. Filhas e netos, e aquelas que ainda tenho no coração, Maria e Kate. São todas caras a mim, cada uma delas, pois me ensinaram quem sou. Porém, nessa idade, você simplesmente se atém a isso, aproveita. Mas com 50? Eu diria: "Posso fazer isso de novo, aprender mais, mudar mais, amar mais." Diria mesmo.

Evon ergueu o rosto para ele da mesa, ainda não convencida. Quando Tim chegou à porta, ele se virou.

— Não pode contar a ninguém aquilo sobre Dickerman. Fica na maciota.

— Hoje se diz "na encolha", Tim — falou Evon, sorrindo. — E é tudo bobo demais para repetir para alguém. Falou com Dickerman depois que ele analisou as impressões de Paul?

— Tentei, mas não o encontrei.

Mo estava na Costa Oeste dando palestras em diversas academias de polícia, e depois disso, acredite se quiser, em Hollywood, onde era consultor de um programa de TV. Agora que a ciência forense era a última moda, era difícil ligar o aparelho e não ver Mo empurrando os óculos de armação preta grossa em um ou outro programa sobre crimes.

— Tente de novo quando puder — declarou Evon. — Só para podermos riscar isso da lista.

Ele desejou um bom fim de semana a ela, mais como um deboche. Evon passaria os dois dias lá, resolvendo questões normativas para o negócio com a SuaCasa, que finalmente seria fechado na segunda-feira.

20.

Vencer ou perder — 28 de fevereiro de 2008

Os atos finais do processo *Gianis vs. Kronon* atraíram um bando de espectadores, e a fachada do tribunal também estava cheia. Horgan estava acompanhado de dois sócios, e a grandiosa firma de advocacia de Hal enviara três advogados para se sentar ao lado de Mel. Havia uma assistente da procuradora geral, uma mulher indiana que chefiava a Divisão de Apelações, junto a outros dois oficiais da polícia estadual, um deles carregando uma caixa de metal que presumivelmente continha parte do sangue. Dois promotores-assistentes tinham vindo de Greenwood, e Sandy Stern também aparecera, representando Cass. A única pessoa que não estava presente, embora fosse esperada, era Paul Gianis, que, assim como tinha feito na semana anterior, faltaria à sessão, sustentando a posição de que o processo havia terminado. A ausência dele também o impedia de ser forçado a entregar uma amostra de DNA na ocasião, se o juiz assim o determinasse.

Os bancos dos espectadores estavam quase totalmente cheios. Evon estava sentada com Tim na fileira da frente, junto de repórteres e caricaturistas. Quando o caso foi anunciado, todos os advogados se reuniram diante do assento do juiz, lembrando um pouco um grupo de cantores *a capella* pronto para se apresentar. Cada um forneceu o nome. Sandy Stern disse que fazia uma "participação especial".

— Sua participação aqui é sempre especial, Sr. Stern — comentou o juiz Lands, que parecia absolutamente contente por saber que estava prestes a escapar daquele caso traiçoeiro. — Algum problema com a participação do Sr. Stern, Sr. Tooley? Ele nos diz que falará pelo Sr. Cass Gianis, mas não aceitará sua intimação se minha decisão o prejudicar.

Mel argumentou sem ânimo que Stern estava tentando se dar bem de qualquer jeito, o que era completamente permitido pela lei, então o juiz negou.

— Tudo bem, vamos descobrir pelo que estamos brigando — declarou o juiz. — Sra. Desai, nos diga, por favor, que evidência a polícia estadual tem em sua posse.

Era sangue, na maior parte — os respingos da janela, as amostras de sangue tiradas de membros da família Kronon à época e o sangue de Cass Gianis, obtido com a polícia do Condado de Kindle fortuitamente, uma vez que Cass tinha doado uma amostra para um teste antidoping durante a preparação para entrar na Academia. A polícia estadual reteve moldes em gesso de impressões de pegadas no jardim, as impressões de pneu recolhidas abaixo da colina da casa e estilhaços de vidro da porta francesa quebrada. Os cacos foram mantidos organizados para que fosse possível fazer uma comparação com o índice de refração de qualquer resíduo de vidro recuperado nas roupas ou em outros objetos de um eventual suspeito. Por fim, a polícia também selara envelopes contendo evidências coletadas de Dita Kronon: pedaços de unhas que os peritos tiraram dela após sua morte e seis fios de cabelo diferentes, recolhidos do corpo de Dita, assim como diversas fibras, que se revelaram ser, todas elas, das roupas da jovem. Mesmo em 1982, quando a ciência forense de cenas de crimes estava na Idade Média em comparação com a atual, o laboratório tinha conseguido determinar que não havia uma concentração de células epiteliais sob as unhas de Dita, o que parecia indicar que ela não lutara contra o agressor e presumivelmente o conhecia. Quanto aos cabelos, na época da alegação de culpa, foi dito que dois fios se assemelhavam aos de Cass, mas o teste de DNA ao longo dos últimos 25 anos mostrara que a suposta ciência da comparação de cabelos era tão válida quanto a detecção do caráter de uma pessoa a partir das saliências em seu crânio, o que era aceito como evidência em tribunais no século XIX.

Os assistentes da promotoria do Condado de Greenwood falaram a seguir. Disseram que já haviam entregado tudo, mas que tinham finalmente encontrado o cartão com as digitais de Cass Gianis, o qual enviaram ao Dr. Dickerman na sexta-feira, seguindo as ordens anteriores do juiz Lands. A necessidade de explicar ao juiz as impressões perdidas diante de repórteres claramente inspirara uma busca mais completa que aquela da qual se ocuparam a secretaria e o xerife anteriormente.

— Está certo — disse o juiz Lands —, vou ouvir os advogados. Quem gostaria de discursar sobre a presente moção?

As duas promotorias disseram não ter posição. Tooley, o proponente, obteve permissão de falar primeiro. Ele foi breve. Era uma questão de cronologia, argumentara Mel. As intimações foram entregues legalmente. A execução das mesmas se tornara pendente por causa da decisão sobre o DNA. A moção era válida e a apresentação de provas deveria ser realizada imediatamente. Tendo o caso acabado ou não, Hal tinha o direito de obter aquilo que intimara.

— Isto é um absurdo — retrucou Horgan, quando foi sua vez de falar. — O caso acabou com a desistência do processo, o que a corte deve aceitar. A força das intimações cessa com a desistência. — Ray mencionou diversos casos que confirmavam isso, então falou sobre Paul, afirmando que o cliente estava sendo assediado por Hal. Stern acrescentou considerações semelhantes e disse que depois de 25 anos na prisão. Cass tinha o direito de ser deixado em paz. Como sempre, o juiz Lands olhava pensativo para os advogados que se dirigiam a ele, embora, sem dúvida, soubesse o que cada um iria dizer mesmo que tivessem reduzido seus argumentos a mímicas.

— Está bem — concluiu ele, após Tooley terminar uma breve réplica —, este foi um exercício interessante, embora minha mulher provavelmente lhes dissesse que isso revela exatamente o meu problema, que gosto de passar uma tarde de domingo pensando na natureza básica de uma intimação.

Todos no tribunal riram. O juiz Lands raramente era tão comunicativo.

— Para esclarecer o que já sabemos, uma intimação é uma ordem da corte para serem apresentadas evidências com o propósito de ajudar um processo judicial. Nesse sentido, Sr. Tooley, a evidência coletada não pertence à parte que a requereu. A posse legal dessa propriedade pertence a quem a apresentou primeiramente à corte, ou, em um caso como este, a autoridades que executam a lei. A corte, ou a polícia, coleta o material emprestado para o propósito do processo. Quando o caso termina, após ser totalmente exaurido, as partes no processo não têm mais direito à propriedade em questão, a não ser que, por acaso, as evidências pertencessem a elas desde o início.

"Agora, deixei claro que o senador Gianis vai poder exercer seu direito de acabar com este processo hoje. Mas há algumas questões iniciais na decisão do destino dessas liminares. A primeira é se a evidência deve ser preservada para o bem de algum outro processo legal. Deixe-me direcionar uma pergunta às representantes da promotoria do Condado de Greenwood e à procuradoria-geral. — As duas mulheres se levantaram. — Existe alguma investigação pendente em seu escritório em relação a este crime?"

A pergunta do juiz sutilmente indagava se algum dos escritórios havia reaberto a investigação do assassinato de Dita para considerar a participação de Paul.

— Nenhuma — respondeu a assistente da procuradora-geral. A procuradora-geral do Estado, Muriel Wynn, era uma velha amiga de Paul e forte apoiadora política dele. Ao ser questionada pela imprensa sobre o processo de Hal, referiu-se determinadamente àquilo tudo como "insanidade".

— Nenhuma neste momento — respondeu a assistente da promotoria de Greenwood, um pouco mais jurídica. O condado era republicano, mas eles não seriam naturalmente seduzidos pela ideia de que tinham deixado algo passar um quarto de século antes. Promotores, como todo mundo, gostavam de acreditar que fizeram um bom trabalho desde o início.

No banco quadrado, que lembrava Evon dos sedãs dos anos 1950, o juiz Lands fazia anotações. Ele tinha atenção total do salão, o qual havia ficado em silêncio porque ninguém parecia entender exatamente o que o juiz estava pensando.

— Próxima pergunta. Os pais do Sr. Kronon ainda estão vivos?

A boca de Tooley se entreabriu antes de responder que não.

— E quem era o herdeiro da propriedade pessoal deles, depois da compensação da devida herança? — perguntou o juiz Lands.

Mel, um advogado criminal e litigante treinado, parecia tão chocado por aquele desvio para o direito das sucessões quanto ficaria se o juiz começasse a perguntar sobre a composição química de estrelas distantes. Por fim, voltou-se para Hal, que ficou de pé à mesa da defesa e tentou abotoar o paletó, conforme vira os advogados fazerem. A roupa não caía muito bem nele quando abotoada, então ele acabou segurando o paletó fechado com uma das mãos.

— Eu — respondeu Hal.

— Nenhum outro filho vivo?

— Não, senhor.

— E, caso saiba, Sr. Kronon, quem era o herdeiro de sua irmã? Era você também ou seus pais?

— Não, meu pai abriu fundos fiduciários, o planejamento habitual de bens. Tudo que era de Dita se tornou meu.

Lands fez anotações de novo.

— Está bem, então, estou pronto para tomar a decisão. Todas as intimações do Sr. Kronon podem ser executadas, mas apenas à extensão das evidências originalmente coletadas dentro das quatro paredes ou da propriedade de Zeus Kronon. Isso inclui evidências retiradas do corpo da falecida, Dita Kronon. Cheguei a esta conclusão porque a lei é muito clara ao dizer que até mesmo hoje o Sr. Kronon teria o direito de se apresentar ao caso criminal original contra Cass Gianis no Condado de Greenwood e fazer um requerimento exigindo que tudo que fosse de sua propriedade lhe fosse devolvido. Como resultado, determino que não será um abuso de minha função ordenar que essa propriedade lhe seja devolvida agora.

"Mas é o máximo que você pode fazer, Sr. Tooley. As intimações direcionadas aos senhores Gianis estão suspensas. Nada de DNA, nenhuma nova digital."

— E quanto ao cartão de digitais que o Condado de Greenwood acaba de enviar ao Dr. Dickerman? — perguntou Mel. — Podemos ficar com ele?

— Não — respondeu o juiz. — Estava quase chegando a este ponto. As impressões digitais tiradas da casa são abarcadas por minha decisão, e o Dr. Dickerman deve entregá-las ao Sr. Kronon. As impressões digitais que o senador Gianis forneceu a este processo pertencem a ele e devem ser devolvidas em breve. O cartão de digitais de Cass Gianis pertence ao Condado de Greenwood, pois o condado é obrigado por lei a manter um banco de dados de digitais para investigações criminais futuras. O sangue de Cass Gianis será devolvido a ele, depois de uma notificação apropriada ao Condado de Kindle, que é a única procuradoria em um raio de 80 quilômetros sem qualquer representante aqui no momento.

Todos no tribunal riram da piadinha. Evon reparara há muito tempo que qualquer tentativa de humor parecia de alguma forma mais poderosa quando partia do assento do juiz.

O juiz se levantou.

Tooley gesticulou para que Tim se aproximasse para receber as evidências que o juiz acabara de decidir que pertenciam a Hal. Tim assinou os recibos, depois marcou os envelopes e os recipientes com suas iniciais, a data e a hora. Sandy Stern viu Tim fazer isso e se aproximou para cumprimentá-lo.

— Esse foi o melhor detetive que qualquer um de nós já viu — comentou Stern com Evon, que havia se aproximado com Tim para ajudá-lo a organizar tudo. Ela ainda não estava convencida de que Stern sabia quem ela era.

— Foi o que ouvi.

— É por isso que os velhos andam devagar — disse Tim aos dois — Para ouvir todos esses elogios que não mereciam receber para início de conversa.

Os três ainda estavam rindo quando Mel Tooley se aproximou de Stern e o pegou pelo cotovelo.

— O que diabo foi aquilo? — perguntou Mel.

Stern sorriu de seu modo sereno e enigmático.

— Bem — falou Stern —, o juiz é, em teoria, a pessoa mais inteligente do recinto. É sempre satisfatório quando acontece na prática, não é?

Tooley não pareceu convencido.

Pela primeira vez, Mel não teve problemas para convencer Hal a não falar com a imprensa, pois ele parecia, assim como Evon, completamente atordoado. Tim, Mel e Evon se espremeram no Bentley de Hal, junto dele próprio, para voltar ao ZP. Tim carregava todas as evidências no colo. Não tinha certeza de se deveria levá-las ao Dr. Yavem.

— Acabamos de vencer ou de perder? — perguntou Hal, assim que Delman, o motorista, fechou a porta, que bateu com o ruído abafado de uma caixa de joias.

— Você acaba de ver o bebê ser cortado ao meio — declarou Mel. Ele obviamente não tinha a mesma admiração de Stern pela atuação do juiz.

— Acho que podemos ficar bem — comentou Evon. Ela estava pensando naquilo tudo havia alguns minutos.

— Sério? — Hal estava ansioso por boas notícias.

— A ideia era fazer o teste de DNA, certo? Temos a evidência de sangue da casa, não é, aquele da porta francesa? É obviamente do assassino.

— Mas não temos DNA de nenhum dos irmãos — replicou Mel.

— Temos as digitais da casa. Muitas delas estão identificadas como de Cass. É possível extrair DNA de digitais antigas.

— É? — Hal ficou encantado ao ouvir isso.

— Não é garantido — ponderou Evon —, mas podemos tentar. Quero dizer, Yavem pode. Sei que já foi feito. Só é preciso um pouco da amostra. Com tantas digitais, ele deve conseguir alguma coisa.

— E quanto a Paul? — perguntou Mel. — Dickerman precisa devolver as digitais dele.

— É possível tirar DNA do osso de uma asa de frango que alguém comeu. Ou de um cigarro que fumou. Se Tim seguir Paul por aí durante alguns dias, aposto que consegue pegar alguma coisa.

— Ótimo — falou Tim, que não tinha dito nada até então. — Paul sabe quem eu sou. Nossos caminhos se cruzam desde que Cass e ele estudaram com Demetra. E ele já me viu no tribunal. Vão me expulsar de qualquer lugar em que eu entrar.

— Talvez não — retrucou Evon. — É você quem vive dizendo que os idosos são invisíveis. E, se expulsarem você, passe a tarefa para um amigo em quem confie e que trabalhe como investigador particular. Você deve conhecer centenas de velhos policiais bons.

Tim não sorriu, mas Hal disse:

— Fabuloso. — Até mesmo Tooley havia se animado um pouco, menos deprimido por ter sido tão sobrepujado pelo juiz.

Tim levou as evidências para o laboratório de Yavem e depois voltou para o cubículo que recebera no ZP, para usar o computador e estudar a agenda de Paul, postada no site da campanha dele. Os compromissos de Gianis pareciam sobre-humanos quando se pensava que ele ainda tinha deveres rigorosos de legislatura e mantinha um escritório de advocacia. Paul apertava mãos em pontos de ônibus e estações de trem durante as horas do rush da manhã e da tarde. Frequentava eventos para angariar fundos no café da manhã, no almoço e em coquetéis, e também reunia a imprensa diversas vezes por semana, quando anunciava suas iniciativas políticas. Havia um evento desses em um quartel do corpo de bombeiros naquele dia, em que Paul discutiria a proposta para o futuro do departamento, um assunto delicado, pois durante os últimos trinta anos, técnicas de construção melhores tornaram dispensável cerca de um terço dos bombeiros ali e em qualquer outro lugar. À noite e nos fins de semana, Paul costumava participar de reuniões em centros comunitários ou templos religiosos locais. Por curiosidade, Tim comparou a agenda de Paul com a de seus três oponentes mais fortes, e viu que nenhum deles parecia se exaurir da mesma forma. Aquilo o deixava pensando o que poderia valer tanto a pena assim. E essa rotina não afrouxaria se Paul chegasse à prefeitura. Aquele também não era um emprego de horário comercial.

Naquela noite, Tim foi à reunião de Paul no JCC, o Centro Comunitário Judaico, no centro da cidade. Gianis atraiu uma pequena multidão, não mais de 75 pessoas, mas parecia entusiasmado ao subir as escadas para o auditório no centro. Vestia um blazer de pelo de camelo, porém sem gravata, e começou a fazer seu discurso sob a iluminação por cerca de

15 minutos. Paul parecia charmoso e relaxado ao falar dos três pilares da campanha — escolas, segurança, estabilidade, este último relacionamento à gestão financeira — e de como foi crescer ali, no Condado de Kindle. Trabalhara todos os dias na mercearia de Mickey até começar a faculdade. Paul contou histórias engraçadas a respeito de colocar etiquetas com preços em bens enlatados, na época em que ele e Cass tinham 5 anos.

— Em minha família — comentou Paul —, a invenção do código de barras foi algo mais grandioso que o homem pousar na Lua.

Assim que abriu para perguntas do público, houve várias sobre a desistência do processo contra Hal. Vez ou outra, enquanto pensava nas respostas, Paul retirava os óculos pesados para esfregar a saliência arroxeada no nariz.

— Para ser direto — falou Paul, referindo-se ao processo —, cometemos um erro. Eu estava chateado porque alguém estava dizendo esse tipo de coisa sobre mim e queria me defender. Mas em certo momento, quando as pessoas ficam obcecadas, é preciso compreender que elas não estão sendo racionais. Acreditarão no que quiserem, não importa o que você faça.

As explicações pareciam ser bem-aceitas pela maior parte do pequeno público. Um idoso com camisa de flanela se levantou, então fez um longo discurso sobre valentões como Kronon, exibindo seus bilhões de dólares como se fossem cassetetes. Se os ricos podiam gastar sem limites, tentando decidir as eleições, estávamos basicamente de volta ao início, quando os únicos eleitores eram os donos de propriedade. O público aplaudiu. Por fim, as perguntas se voltaram para os fundos educacionais e a qualidade da merenda nas escolas.

No meio da noite, Paul abriu uma garrafa de água que tinha sido deixada na tribuna e bebeu intensamente. Tim ficou de olho na garrafa depois disso.

Quando Paul saiu do palco, Tim estava no fim da fila de cinco ou seis pessoas que esperavam para falar com o candidato pessoalmente. De pé no último degrau, Paul tomou um grande gole da garrafa e a esvaziou enquanto conversava com uma mulher idosa que havia feito uma pergunta sobre o hospital do condado caindo aos pedaços. De perto, Paul tinha uma aparência cansada, com olheiras que pareciam ter surgido desde que Tim o vira pela última vez no tribunal.

Durante os anos como investigador particular, Tim colecionara uma série de disfarces que usava nessas espreitadas prolongadas — perucas bobas, macacões de segunda mão, até mesmo uns dois vestidos que usava em momentos de desespero. Era impressionante, na verdade, como as pessoas não costumavam ser desconfiadas. Para aquele evento, ateve-se à simplicidade, trocou o velho sobretudo por uma parca. Colocou os óculos que usava para dirigir à noite e pegou outro gorro, usando-o bem baixo na cabeça a noite toda. Naquele momento, Tim se aproximou e esticou a mão para pegar a garrafa depois de Paul tampá-la novamente.

— Eu cuido disto para você, senador.

Gianis a entregou, com o cuidado de agradecer, antes de se virar para a próxima pessoa na fila. Ao sair com a garrafa na mão, pensou ter sentido Paul se voltar para ele de novo, mas Tim fingiu que jogava o recipiente de plástico em uma lixeira, então a deslizou para debaixo da manga da parca enquanto estava com a mão na cesta. Fechou a garrafa dentro de um saco plástico assim que entrou no carro e a levou para o consultório do Dr. Yavem bem cedo na manhã seguinte. A jovem colega de equipe do médico disse a Tim que esperavam o resultado do DNA para dali a três semanas.

21.

Dia do nome — 29 de fevereiro de 2008

Dia 29 de fevereiro era o dia do nome de Cass — não o evento de mentirinha que costumavam ver em 1º de março, quando eram crianças, mas o dia de verdade, a data de aniversário de São Cassiano, que ocorria uma vez a cada quatro anos. No último mês, Cass passara por uma tensão maior do que Paul havia previsto, de modo que ao esperar as coisas acalmarem, planejou uma grande comemoração. Seria a primeira festa do dia que dera origem ao nome de Cass em 25 anos, um *open house* com parentes e vizinhos para que pudessem se reconectar. Então Tim Brodie começou a espreitar com aquela intimação, como um gato atrás de um pássaro, e a festa minguara. Sofia ligou para os convidados e colocou a culpa do cancelamento em emergências da campanha. Mesmo agora, com o arquivamento do processo, parecia fazer mais sentido para Cass mentir. Não havia como saber o que Kronon faria a seguir, mas certamente tentaria arrastar Cass para o que fosse.

Então a comemoração acabou sendo mais simples. No início do dia, os gêmeos foram ao Asilo de São Basílio visitar a mãe, então seguiram separados para uma bateria de eventos de campanha vespertinos. Quando voltaram, às nove da noite, pediram comida para viagem no Athenian House e alguns convidados se juntaram a eles. Os filhos de Sofia e Paul, Michael e Stephanos — Steve, para todos — tinham viajado de carro desde Easton para parabenizar o tio, mas ficaram pouco tempo. Os dois meninos pareciam espantados com a visão dos gêmeos juntos. Beata Wisniewski aparecera para o jantar, porém saíra logo depois, porque tinha um voo às seis da manhã para visitar a mãe em Tucson.

Beata entrara na vida deles em 1981 como namorada de Cass, sua paixão antes de Dita. Uma loura alta e linda, de quase 1,80m, Beata era uma cadete de 18 anos na academia de polícia, e acabou encorajando Cass a entrar também. Mas mesmo antes de ele ser aceito, o relacionamento acabou. Beata se apaixonou por um dos oficiais que a treinava, Ollie Ferguson, com quem se casou quase imediatamente. Cass, mais desapontado do que de coração partido, se envolveu com Dita meses depois. Pelo visto nenhuma das escolhas de parceiros havia funcionado para ambos. Atualmente, Beata era corretora imobiliária, em geral de imóveis comerciais, mas encontrara um apartamento da noite para o dia para eles quando perceberam que Tim Brodie estava no encalço de Cass. Ela até mesmo colocara o aluguel no próprio nome. Beata também parecia desconfortável com a nova ordem das coisas, com o fato de estar com uma família cheia de segredos para guardar, e ficou aliviada ao sair.

Agora, Cass estava ao lado de Sofia e diante de Paul na mesa de jantar redonda que viera com o apartamento mobiliado. Sofia tinha ficado acordada a noite inteira preparando *baklava*, *loukoumades* e *diples*, e a camada envernizada de mogno estava coberta de flocos de *phyllo* e diversas nozes moídas que caíram dos doces conforme eram consumidos. Uma pequena pirâmide de caixas de loja abertas, os presentes de Cass, estava na outra ponta da mesa.

O apartamento era, de certa forma, alegre. A sala de estar dava para o rio e deixava entrar uma boa luz da manhã através das janelas amplas. O piso era espaçoso, sem paredes entre a cozinha, a sala de jantar e a de estar. Havia dois quartos pequenos atrás da parede a oeste. Sofia levara muitas fotos de família para que o local parecesse menos vazio. Mas ainda era, basicamente, um esconderijo. Cass costumava entrar e sair disfarçado, e Paul precisava tomar cuidado para coordenar as chegadas, de modo que não fossem vistos juntos.

Após a saída de Beata, Cass retirou o suéter azul de caxemira que ela havia comprado para ele de modo que os gêmeos estivessem, de novo, usando roupas idênticas. Ao olhar para o outro lado da mesa, Paul quase sentiu que tinham voltado a ter 6 anos, vestindo a mesma roupinha de marinheiro. Cada um vestia uma camisa branca de tecido fino e calças de um dos ternos de 140 fios que o alfaiate de Paul fizera. A mesma gravata de Easton de seda entremeada estava no bolso do paletó de cada um deles, pendurado no encosto da cadeira. A única diferença verdadeira era que, naquela noite, Cass havia tirado os óculos de armação preta. Esfregou o osso do nariz e, com o fim da comemoração, enfiou a mão no bolso do casaco e atirou à frente a prótese nasal que Sofia tinha feito no fim de janeiro. O pequeno nódulo de silicone parecia a articulação dobrada dos dedos de uma pessoa, tirando as asas transparentes que deveriam fazer a peça se camuflar na pele de Cass. A coloração era tão exata que parecia que Cass tinha jogado algo vivo na mesa. Ele poderia enganar facilmente sem maquiagem, mas junto ao pó pesado que os dois usavam todos os dias para as câmeras a prótese era indetectável.

— Esta coisa ainda está me matando — comentou Cass. Ele aparentemente havia retirado os óculos por causa da dor no osso do nariz. Cass parecia desanimado, o que, até onde Paul sabia, estava se tornando o tom de voz normal dele. Sofia pegou a prótese e foi até a cozinha, que ficava atrás dos irmãos, para colocá-la sob a bica de água quente.

— Você não está tirando esta nova cola por completo — disse ela. — Precisa se certificar de que seja removida todos os dias, da prótese e da sua pele. — Ela lhe recomendou aplicar pomada antibiótica no nariz todas as noites até o fim da semana. Havia outras colas cirúrgicas sem o mesmo histórico de irritação, mas escolheram aquela, nova no mercado, pensando que deixaria a prótese mais segura no calor prolongado das luzes das câmeras.

Uma garrafa de vinho grego vazia e outra que tinham acabado de abrir estavam no centro da mesa. Paul retirou as folhas da agenda de campanha do dia seguinte da pasta e as jogou perto das garrafas. Por alguns minutos, os dois discutiram quem iria para qual lugar e como as ligações e os e-mails dos casos legais e das questões legislativas seriam tratados. Sofia tinha uma ótima mente para coordenar tudo isso. Os gêmeos não podiam estar em público no mesmo momento; a chegada de Paul em qualquer evento tinha de ocorrer depois de um tempo de viagem suficiente a partir da última aparição de Cass. Como última missão da noite, Sofia entrou na internet pelo laptop e colocou dezenas de lembretes no calendário que Paul e Cass dividiam. Paul estava pensando naquilo que pensava toda noite: não conseguiria continuar com aquilo.

Ele estava pronto para ir embora, mas Cass ergueu a mão.

— Repensei a questão e acho mesmo que devemos apelar da decisão de Du Bois de ontem — declarou Cass.

Paul não conseguia acreditar que debateriam aquilo de novo. Esperara 25 anos pelo dia em que Cass e ele poderiam ficar juntos novamente em um espaço aberto, mas, como a maior parte das coisas pelas quais se espera na vida, a realidade desde o fim de janeiro tinha sido mais desafiadora do que imaginara, e muito mais insana que qualquer coisa que acontecera antes. As pessoas que não têm um irmão gêmeo jamais entenderiam como era olhar para alguém que era basicamente você, experimentar a maré de amor e ressentimento que inevitavelmente vinha com a visão. Depois da sentença de Cass, Paul sentiu uma dor física verdadeira durante semanas diante da perspectiva da separação. E agora achava que lidar com ele todos os dias, com os modos similares como suas mentes funcionavam, com os mesmos lapsos e as mesmas reviravoltas, era frequentemente inquietante. Ele tinha se esquecido dessa parte, de como inevitavelmente pareciam oponentes em uma quadra fechada de basquete ou de squash, um empurrando o outro enquanto brigavam pela posição.

— Cass, nada mudou. Não podemos apelar. Acima de tudo, Du Bois estava certo.

— Acho que Du Bois fez aquilo para nos foder. Ele só estava esperando uma chance. Tooley não tinha percebido que aquelas coisas eram legalmente propriedade de Hal.

— Sabe o que acho? Acho que ele é um ótimo juiz, melhor do que achei que fosse, e sempre achei que ele fosse muito bom.

O problema em avaliar quem seria um bom juiz era que o trabalho exigia uma série de habilidades menos importantes para os advogados. A inteligência ajudava nas duas vidas. Mas paciência, civilidade, noção de limites e equilíbrio eram mais dispensáveis para advogados.

Cass apoiou o garfo de plástico sobre uma das embalagens pretas de viagem. Paul descobrira que o irmão ficava um pouco irritadiço ao tomar uma taça de vinho. Havia, na verdade, todo tipo de coisa que não sabia sobre Cass depois de não viver com ele por um quarto de século. O gêmeo agora era mais determinado e teimoso do que fora quando jovem. Paul havia precisado de um tempo para perceber que não podia simplesmente ceder, como um dia teria feito, sabendo que Cass cederia à opinião dele na próxima vez. Cass não desistia mais facilmente, nunca.

— Intimações executadas *depois* de um caso — retrucou Cass. — É algo bastante vago. Podemos apelar.

— Cass, já tem um monte de gente que acha que desistimos do processo por estarmos escondendo alguma coisa. Se voltarmos e começarmos a brigar com Hal por uma moção que ele tem todo o direito de vencer, só vai reforçar essa impressão.

— E se dissermos "São 25 anos, Cass cumpriu sua pena, essa coisa deveria estar terminada, mas estamos sendo assediados por um ricaço"?

— Acha mesmo que o cidadão comum vai ficar do nosso lado se tentarmos evitar que Hal recupere os objetos do assassinato da irmã? Não é a minha ideia de lembrança familiar, mas as pessoas entenderão se ele quiser ficar com elas em vez de deixar a polícia jogar tudo fora.

Sofia, que, nos dois últimos meses, tendia a se afastar dos desentendimentos dos irmãos, principalmente quando havia uma agitação entre eles, estava do lado de Cass nessa questão, em vez do de Paul e dos advogados. Como Cass, ainda não estava feliz com a decisão de não apelar.

— Estamos facilitando o teste de DNA para ele — declarou Sofia. — Esse é o problema.

— É verdade, Sofia, mas ele não tem uma amostra boa de nenhum de nós.

— Perguntamos a respeito disso. Vão extrair o meu DNA das digitais que identificaram como minhas — comentou Cass.

— Tentarão. Isso não é nada fácil, Cassian. E eles ainda não têm a minha amostra.

— Eles vão conseguir. Você sabe que sim. Pegarão algum lenço quando assoar o nariz. Ou um lápis que mastigou. Ou farão uma coleta da bochecha de alguma mulher que você beijar em um evento beneficente.

— Bem, isso ferraria com eles, não? Pelo menos por um tempo.

— Isso pode não importar, cara. Não se fizerem o teste. É por isso que a única alternativa é impedi-los.

Paul apoiou a testa contra as mãos. Era aquele círculo. Era assim há meses, aquela tensão entre prevenir o teste e vencer a eleição.

— Se pudéssemos impedi-los. Mas não podemos — disse Paul. — Qualquer tribunal vai decidir contra nós, e farão isso rápido, faltando um mês para a eleição. Será uma sucessão de coisas ruins acompanhada de muita publicidade ruim, e cada um dirá, de fato, que Gianis está escondendo alguma coisa. Então ficamos na encolha. Se Hal aparecer com um resultado de que não gostamos e tentar levá-lo a público, lidamos com isso, dependendo do que ele disser. Mas pelo menos não há um cenário de pesadelos. Nenhum promotor vai tocar nesse caso, pois Hal quebrou a cadeia de evidências. Está fanático demais para alguém acreditar sem dúvida razoável que ele não adulterou as amostras.

— Essa ainda não é a melhor alternativa — falou Cass.

— De fato. A melhor alternativa — disse Paul — é eu desistir. — Ele recolocou a cabeça sobre as mãos, mas conseguia sentir a mulher e o irmão encarando-o. — Penso nisso todo dia, pelo menos umas dez vezes.

Por um minuto, Cass parecia prestes a saltar por cima da mesa.

— Não é simplesmente sua decisão.

A afirmativa do irmão, proferida tão diretamente, irritou Paul.

— Porra nenhuma que não é, Cass. É assim que as coisas são.

Cass bateu na mesa com a palma das mãos e o móvel se arrastou na direção oposta, sobre as costelas de Paul. O momento de pura dor o colocou de pé e Cass o seguiu, os punhos fechados na lateral do corpo. A última briga deles acontecera quando tinham 17 anos, mas Paul ainda conseguia sentir a selvageria daqueles confrontos quando tentava, por um segundo, esquecer o fato mais central e, em geral, mais perturbador de sua vida, o irmão. Se fosse verdade, como dizem alguns psiquiatras, que a conexão entre eles era mais intensa que qualquer coisa que outros humanos vivenciavam, o mesmo tinha de ser dito sobre o ódio. Em 24 anos, Paul jamais erguera a voz para Sofia nas brigas ocasionais que tinham.

Sofia se intrometeu, colocando-se diante de Cass, pegando-o pelos ombros.

— Não sejam infantis — pediu ela.

Os dois se encararam em postura animalesca, as narinas infladas e a respiração pesada, por apenas mais um segundo. Sofia colocou Cass sentado de volta na cadeira.

— Paulie — disse ela —, não podemos ceder a Hal Kronon. Você prometeu a Ray, e a todos que trabalham para você, que não cederemos.

Ele estava exausto. Uma campanha era revitalizadora quando se estava ganhando, mas, nos momentos ruins, parecia que ele estava passando por algum sacrifício ritualístico.

— Vamos perder de qualquer forma.

— O diabo que vamos — respondeu o irmão.

— Eu falei. A *Tribuna* vai publicar uma pesquisa no domingo na qual estamos em terceiro lugar agora.

— Fui eu que contei isso a *você* — declarou Cass —, e é 30, 29, 28. Ainda podemos estar em primeiro lugar considerando a margem de erro. A matéria vai dizer empate.

— Estávamos vinte pontos à frente há dois meses. E dentro da campanha as pessoas entendem as tendências. Todos estão inquietos, de qualquer forma, agora que você demitiu Crully — comentou Paul.

Cass pareceu chocado.

— Você concordou que Mark era um pé no saco.

— Não estou culpando você. Eu me expressei mal. Acho que foi o movimento certo. — Os dois decidiram havia muito tempo que nunca questionariam as decisões do outro que precisassem ser tomadas de súbito. E conversaram dezenas de vezes sobre o que fazer se Du Bois concedesse o DNA a Hal. Tinham concordado que seria melhor desistir do processo, o que tornava inevitável a demissão de Crully. Era melhor para Mark, de qualquer forma. Em mais uma ou duas semanas, estaria buscando uma maneira de sair do navio afundando e culparia Paul por tudo. Mark não era do tipo que ficava por perto para consertar as coisas. Já tinha sido contratado por Hillary com a missão de conquistar a Pensilvânia, sua terra natal. — Não estou culpando você. Só estou dizendo que a direção é óbvia. Hal vai continuar nos golpeando. Talvez jamais consiga algo além de Georgia, mas ela será um nome batido com a compra de mídia que ele fez para aquele anúncio.

Olhar para Georgia Lazopoulos sempre que ligava a TV enchia Paul de emoções reprimidas, em geral horror e culpa. O simples fato que o sufocava era que Georgia teria sido outra pessoa se ele tivesse feito uma escolha diferente. Sofia acrescentara à vida de Paul tanto quanto ele havia subtraído da de Georgia, ou até mais. No entanto, o romance não costumava ser um jogo no qual todos ganhavam.

— Cass, parece ruim. É só o que estou dizendo. Então por que ficar e se preocupar com o teste?

— Desistir não vai impedir Hal. Vai motivá-lo, na verdade. Hal faria o DNA mesmo que você anunciasse amanhã que vai sair dos Estados Unidos e se tornar cidadão da Bielorrússia. E, além disso, agora que Camaner assumiu, ele vai retomar a campanha e vamos vencer, assim que o foco voltar para as questões de verdade.

— Estamos ficando sem dinheiro, Cass. As multidões estão mais escassas a cada evento, principalmente os angariadores de fundos. Você está vendo o mesmo. E concordamos desde o início que não levaríamos a campanha com dívidas.

— Acho que não devemos tomar essa decisão agora. Camaner precisa de uma chance. Uma campanha é como um rodeio. Nós dois sabemos disso.

Paul fez que sim. Estava pronto para dormir. Então se levantou e abraçou o irmão.

— *Hron-yah poh-lah* — disse ele em grego, enquanto segurava Cass. "Muitos anos felizes." Ainda era uma das melhores sensações que conhecia, abraçar Cass, demorar-se com a prova física da presença dele.

Sofia e Paul foram para a garagem, onde o Lexus dela estava estacionado.

— Você está exausto — anunciou ela. Então pegou a chave do carro da mão de Paul.

— Não — respondeu ele.

— Você está exausto — repetiu Sofia. Quando os dois chegaram à rua, caía uma chuva fininha e o asfalto refletia a iluminação, fazendo parecer Natal de novo.

— Sabe qual é o problema fundamental, não sabe? — perguntou Paul. — Ele gosta mais de ser eu do que de ser ele mesmo.

— Nossa, Paul. Isso é algo terrível de se dizer.

— Eu nunca deveria ter concordado com isso. O fato de poder se passar por mim não quer dizer que tenha o direito de fazê-lo. Eu deveria ter estabelecido um limite.

— Está se esquecendo dos últimos 25 anos?

— Dificilmente. Foi por isso que concordei. Era horrível, difícil, e suportamos juntos, sem culpa ou recriminação, e não conseguia imaginar o fim daquela época com um conflito aberto. Mas a verdade? Fiquei chocado por ele não ter voltado para a própria vida.

— Isso é ingênuo, não acha? Você é um dos homens mais importantes do país. Do estado. Cass Gianis é um ex-presidiário. E um assassino condenado.

— Mas sabe, ao virarmos adultos, quando o mundo se tornou um caos, ele ficou muito determinado a ser ele mesmo. Estava orgulhoso de todas as diferenças entre nós. Era mais engraçado e mais espontâneo que eu, menos disciplinado. A relação dele com Dita era basicamente isso. Mesmo que fosse algo idiota, ele insistia em tomar o tipo de decisão que eu jamais tomaria. Sempre estive certo de que, quando chegasse 31 de janeiro de 2008, ele ficaria ansioso para tocar a própria vida, ter filhos e tudo mais.

— Você gostou dessa ideia, Paul, quando a discutimos pela primeira vez.

— Porque achei que significaria um descanso. Em vez disso, Cass acrescentou eventos à agenda e estamos ambos trabalhando como escravos.

— Foi incrivelmente conveniente às vezes. Você não pode negar. Ele adora os eventos para angariar fundos, espremer dólares de cada aperto de mão. E você não os suporta mais.

— Não suporto mais nada — declarou Paul. — Não posso. Se perdermos, é o fim.

— Quer apostar? — Quando Sofia olhou de esguelha para o marido, ela estava sorrindo.

— Você nunca me ouviu dizer isso. Hal mudou a minha perspectiva. A política não será mais a mesma. Não sou o primeiro. Isso é só uma versão maior do que fizeram com John Kerry e aquela coisa toda com a organização Swift Boat. Então agora os ricaços excêntricos chamam a gente de assassinos. Mas tudo que acreditei a respeito de construir coalizões e organizações foi pelos ares. O cerne da coisa será com que velocidade você se vende para um bilionário, para ser capaz de enfrentar um adversário que fez o mesmo. Maldição. Sinceramente, quando penso no futuro, fico mais animado com a ideia de trabalhar com Cass naquela escola para ex-presidiários, algo simples e fácil de controlar, onde poderei ter certeza de que deixarei o lugar mais limpo do que quando o encontrei.

— Paulie, só precisamos passar pela eleição. Foi como concordamos em começar. Você estará menos exausto e os dois poderão se decidir.

— O que há para decidir? Alguém precisará ceder, querida. Você tem dois caras e uma vida. Amo Cass, mas não consigo mais aguentar isso. Minha mãe sempre se preocupou com os irmãos da Bíblia, Esaú e Jacó, Caim e Abel. Caim sempre foi considerado o malvado, mas estou começando a sentir pena dele, com o irmão se voltando contra ele.

— Como assim se voltando contra você? — perguntou Sofia. A luz das ruas refletiu nos olhos dela quando eles se voltaram rapidamente na direção do marido.

— Você sabe do que estou falando — respondeu Paul baixinho.

Havia muita coisa que deixara de prever ao viver um dia de cada vez até que a sentença de Cass terminasse. Paul jamais precisou avaliar o relacionamento com o irmão à luz de seu casamento. Agora, a matemática parecia confusa para todos. No mês anterior ao aluguel do apartamento, Paul voltava para casa de eventos tarde da noite e via frequentemente o irmão e a esposa juntos, andando pela casa de meias, ainda se demorando a terminar uma refeição, ou assistindo à TV ou a um filme lado a lado. A familiaridade de um com o outro e o aspecto físico daquilo, algo que

Paul, de alguma forma, jamais imaginou, eram perturbadoras. A velocidade com que Sofia colocou as mãos em Cass para segurá-lo naquela noite e mesmo o modo como o irmão aceitou aquilo o haviam perturbado. Por que Paul não percebeu com o que se defrontaria?

Estava cansado demais para aquilo tudo. Sua mente girava até lugares sombrios. Passava da meia-noite, e teria que acordar às cinco e meia.

— Estou exausto — disse Paul.

22.

Os resultados — 6 de março de 2008

A jovem colega de trabalho do Dr. Yavem a quem Tim entregara a evidência apresentada pela polícia estadual deixou uma mensagem no celular dele, na qual informava que tinham concluído os testes e queriam conversar com Tim ou Evon às duas da tarde naquela tarde. Tim se encontrou com Evon no ZP e os dois pegaram um táxi até o Hospital Universitário. Chegaram lá em dez minutos e então caminharam em círculos, atravessando a escola de medicina até o laboratório de Yavem. O hospital, famoso por seu centro de tratamento de câncer, tinha crescido ele próprio como um tumor, espalhando-se para todas as direções. Às vezes era preciso andar meio quarteirão para encontrar um elevador. No todo, a caminhada até o laboratório de Yavem demorou mais que a viagem de carro até lá.

O Dr. Yavem apareceu para cumprimentá-los e levou os dois para dentro do pequeno escritório, com sua grande janela que dava para o laboratório. Tim percebeu que poderia muito bem estar vendo através do vidro algo que ocorria a cinquenta ou cem anos no futuro, pois o trabalho que se desenvolvia lá estava muito além daquilo que ele era capaz de compreender. A identificação do DNA nem mesmo tinha sido inventada quando Dita fora morta, em 1982. Tim ouvira o termo graças a Watson e Crick e um livro que leu. Pensou por um segundo no pai de seu pai, um homem amargo e silencioso que havia nascido em uma fazenda perto de Aberdeen e que jamais tinha visto uma ferrovia até que uma dera início à sua viagem para os Estados Unidos. O velho viveu até a época da televisão, mas se recusava a assistir ao aparelho, convencido de que estava possuído.

No táxi, Evon descrevera Yavem como um sujeito alegre, mas para Tim ele parecia bem sisudo por trás do bigode ralo. Mal havia espaço para os dois diante da mesa dele, o que, ironicamente, fez com que Tim gostasse mais do médico. Significava que Yavem cedera espaço para o laboratório e para a pesquisa, não para seu ego.

— Tenho bastante para contar — começou o Dr. Yavem —, mas provavelmente vai fazer mais sentido se eu explicar os resultados na ordem em que realizei os testes.

"Lembra, Sra. Miller, que descrevi um protocolo de testes muito básico? O primeiro passo para fazer as coisas da maneira certa seria confirmar que o sangue na casa dos Kronon tinha vindo de um dos gêmeos Gianis. Então, presumindo que fosse o caso, precisávamos confirmar que eram gêmeos idênticos. Caso fossem, realizaríamos dois testes diferentes para investigar o genoma de cada um em busca das chamadas CNVs, variações do número de cópia. Se conseguíssemos identificar uma CNV, então analisaríamos o sangue da cena do crime para tentar encontrar a mesma CNV no mesmo lugar.

"O primeiro passo foi a parte consensual do regime de testes. Considerando a idade das amostras e a possibilidade de contaminação, dissemos que tentaríamos o teste Y-STR primeiro."

Um professor experiente, Yavem, conforme falava, se virava de vez em quando para Tim, que, por fim, apontou para Evon.

— Fale para ela, doutor. Evon vai precisar explicar tudo para mim depois. Muito, muito devagar. — Yavem riu por um segundo antes de retomar a expressão sombria no rosto.

— Tínhamos amostras de DNA de diversas fontes. Havia o sangue original de Hal e Zeus Kronon. Consegui uma amostra muito boa da garrafa de água da qual você me disse que Paul Gianis bebeu. E todas as digitais foram positivamente identificadas como pertencentes a Cass Gianis. Então comecei analisando o sangue dos Kronon.

— Por que Zeus e Hal? — perguntou Evon. — Eles não foram excluídos por tipo sanguíneo?

— Sim, mas, neste caso, a contaminação das amostras era um risco considerável. É um dos muitos motivos para procurar primeiro no cromossomo Y, já que as mulheres da cena não representam chance de contaminação. Mas sabíamos que tanto Hal quanto o pai tinham passado bastante tempo no quarto da Srta. Kronon antes de a polícia lacrar a cena do crime, então achei que seria útil ter o cromossomo Y deles sequenciado. Quando fazemos uma análise de DNA, não sabemos precisamente que células estamos analisando. Pode parecer uma gota de sangue a olho nu, mas até mesmo uma única célula epitelial de outra pessoa pode surgir nos resultados. Então, se tivermos uma amostra grande o bastante para testar em diversas regiões, ela se torna muito útil para entendermos como é o DNA de possíveis células contaminadoras, de modo que se pode compreender uma variação nos resultados. Com pai e filho, espera-se a mesma sequência Y, mas testamos os dois, basicamente como uma forma de nos dar credibilidade. E isso se provou útil, pois Hal e Zeus não estão, na verdade, geneticamente ligados.

Evon teve um daqueles momentos. As veias nas têmporas pulsavam, sua visão oscilava. Ela entendeu por que Yavem não estava sorrindo.

— Hal não é filho de Zeus?

— Não geneticamente.

Tim segurou o braço de Evon agora que entendera. Seus olhos cinza, embaçados e marcados pela idade, oscilaram na direção da colega, e Tim emitiu um ruído vago com a boca no formato de um minúsculo "o".

— Vamos tirar na moeda — comentou Evon.

— Nem pensar. Não vou contar para ele — falou Tim. — Não há dinheiro que baste, não no mundo inteiro.

— Meu Deus! — exclamou Evon. Ela respirou fundo e falou: — Tudo bem. — Era um jeito de indicar que Yavem podia continuar.

— Então passei para os gêmeos Gianis. Conseguimos uma sequência muito boa na garrafa de água de Paul. Então tentamos extrair o DNA de algumas impressões digitais identificadas como de Cass e conseguimos. Não obtivemos um resultado tão completo, mas ainda havia segmentos curtos identificáveis em diversos lugares.

— E quanto às variações do número de cópia? — perguntou Evon.

— Não estávamos procurando por elas a essa altura. É uma bateria de testes completamente diferente. Certamente confirmamos que Paul e Cass são gêmeos monozigóticos, idênticos do mesmo embrião.

— Não há surpresa aí — declarou Evon.

— Sim, de fato — concordou Yavem. Um leve sorriso escapou do médico e ele olhou para baixo, parecendo reprimi-lo. — Me perdoe — disse Yavem. — Acontece que depois que o Y dos Gianis foi sequenciado houve outro resultado inesperado. Eu não tinha reparado, na verdade. Teresa chamou minha atenção para isso. — Ele indicou a janela, na direção de uma figura de jaleco branco no laboratório, a mulher com quem Tim havia se encontrado.

— Espero que seja melhor que a primeira surpresa — comentou Evon.

— É da mesma natureza. Zeus Kronon era o pai dos gêmeos Gianis.

Evon sentiu a boca se escancarar.

— Caralho — xingou ela, uma palavra que dizia em voz alta durante uma conversa não mais que uma vez por ano.

Tim riu. Alguns bêbados sacanas da São Demétrio tinham perguntado como Mickey Gianis, que mal conseguia sair da cama, tinha feito mais crianças. Tim se lembrava de uma tarde de domingo na qual o padre Nik deu uma bronca em um deles por dizer algo tão malicioso.

Evon olhava para ele.

— Você sabia disso? — quis saber ela.

— É claro que não.

Evon, enquanto isso, parou um momento para calcular.

— Então isso quer dizer que Zeus e os Gianis têm o mesmo cromossomo Y?

— Correto.

— Então o sangue na cena também pode ter vindo de Zeus?

— Olhando apenas para o cromossomo Y, obteríamos esse resultado. Mas sabemos que há outras diferenças genéticas entre Zeus e seus gêmeos, uma vez que ele tem um tipo sanguíneo diferente do dos irmãos Gianis. Eles são B. Zeus é O. A mãe deve ser tipo B. Mas, se o cromossomo Y dos gêmeos batesse com o sangue, saberíamos que era de um deles.

Rapidamente concluímos, no entanto, que esse não era o caso. Como Zeus, o sangue não poderia ter vindo dos Gianis.

Um breve temor passou pelo coração de Evon.

— Por favor, diga que não é de Hal.

— De modo algum. Com certeza não é de Hal. Ou de Zeus. Ou dos Gianis. Nem da mãe de Hal, Hermione.

— Da *mãe*?

— Sim, nenhuma das amostras de sangue da cena do crime contém um cromossomo Y.

Evon parou por um segundo, antes de perguntar como isso era possível.

— Pode ter certeza de que examinamos dezenas daquelas manchas de sangue para confirmar. Mas sempre obtivemos o mesmo resultado. Todo o sangue nas paredes e na janela veio de uma mulher — declarou Yavem.

III.

23.

Lidia — 5 de setembro de 1982

Lidia Gianis caminha pelas curvas do gramado inclinado de Zeus com cuidado. Ela não participa desse piquenique há mais de 25 anos, e havia jurado nunca retornar. Na vida de Lidia, há poucos votos aos quais não adere. Ela acredita na vontade — ee thelesee, em grego. Espírito. A vontade não pode transformar neve em chuva, ou fazer o mar recuar, mas pode evitar que você simplesmente seja carregado pelo destino.

De vez em quando, Lidia busca Teri para se apoiar, pois escolheu um par de espadrilhas com salto anabela. É um salto maior do que está acostumada, pois Mickey, cinco centímetros mais baixo que ela, não gosta de sentir como se fosse uma criança sendo levada por aí pela mão. Mas ela se aproximou daquele grupo com a intenção de exibir a melhor aparência possível, o que se provou um esforço em vão no calor abafado do Meio-Oeste, que a deixou rosada e encharcada de suor. Preparando-se naquela manhã, Lidia se avaliou com rigor enquanto passava maquiagem. Não uma senhora ainda, decidiu ela, porém mais nesse caminho do que preferiria. O corpo durinho e abundante da juventude se rendera no curso de três gravidezes, principalmente a última, com os gêmeos, e suas formas expansivas ficavam melhores escondidas em um vestido longo sem mangas. Os ca-

chos de cabelos pretos, presos a partir da testa com um arco discreto, formando uma juba leonina, estão agora cobertos por fios cinza para os quais Lidia olha como se fossem ervas daninhas. O que praticou no espelho foi o olhar penetrante com os olhos castanhos, inteligente e determinado, pelo qual se conhece.

Agora, caminhando com cuidado, ela mantém a cabeça erguida sobre o longo pescoço, ainda que seu tronco esteja enfraquecido por uma náusea ou ansiedade. A náusea lembra a Lidia as manhãs durante a primeira e a segunda gravidez, com Helen e Cleo. Com os meninos, teve uma saúde de ferro — exceto pelo fato de ter pensado em se matar todos os dias.

— Meu irmão faz a coisa certa — diz Teri —, mas às vezes, quando o vejo se exibindo como um cisne, acho que o orgulho vai matá-lo.

Teri adora Zeus, mesmo quando zomba de seus excessos. Ele exibe o mesmo terno todos os anos, primoroso enquanto cumprimenta os convidados. Às vezes parece que Teri e Lidia vêm falando de Zeus a vida inteira — os beijos adolescentes que Lidia e ele compartilharam, o casamento de Zeus, os filhos, a briga com Mickey, o sucesso gigantesco. Se alguém perguntasse a elas, cada uma das mulheres diria que a outra puxou o assunto.

Há algumas amizades que se tornam permanentes por causa apenas de um começo precoce. Caso escolhesse hoje, Lidia talvez não gostasse da companhia de uma mulher tão profana e esquisita. Mas Teri é central na vida dela, como uma árvore rígida que se viu crescer a partir de um caule fino no chão, um marcador físico do mistério do tempo. Ultimamente, Teri e Lidia mal se encontram pessoalmente. Os Gianis se mudaram para Nearing há alguns anos, quando Mickey abriu uma segunda mercearia lá. E Teri se recusa a visitar a casa de Lidia, para não tolerar os inevitáveis rompantes de ódio de Mickey por causa de Zeus. Em vez disso, as duas mulheres tagarelam uma com a outra ao telefone no início de cada dia, em geral por uma hora. Alguns minutos depois, nenhuma delas consegue se lembrar do que discutiram, exceto nas frequentes ocasiões em que uma desligou o aparelho na cara da outra por causa de um comentário muito grosseiro para ser tolerado.

Recai sobre a ofensora ligar de volta primeiro, em geral no dia seguinte, quando a desavença sequer é mencionada. Em um relacionamento tão antigo, críticas são inúteis. Anos antes, Lidia parou de pedir a Teri que controlasse o vocabulário; em vez disso, criou os filhos para que compreendessem que ninguém mais na terra podia falar como nouna Teri. E décadas se passaram desde que Lidia encorajou Teri pela última vez a aceitar um dos muitos homens que a cortejavam. Teri prefere acreditar que é muito para qualquer homem.

— Não quero isso — dirá ela até hoje. — Pés gelados na cama quando não se precisa de um homem e um pau gelado quando se precisa.

De repente, há uma comoção. As pessoas se adiantam, e o nome de Paul está no ar, acompanhado por gargalhadas. Lidia deixa Teri para trás, então vê o filho se levantando com dificuldade, rindo com uma garota que se parece um pouco com Sofia Michalis. A jovem segura o cotovelo de Paul enquanto entrega a ele um prato de papel vazio. Paul se concentra intensamente nela — como diz a música, só tem olhos para ela. Ao observar, Lidia sente um rompante de esperança. Georgia Lazopoulos é um vaso oco, totalmente incompatível com as grandes expectativas que tem para os dois filhos. Paul provavelmente teria pedido Georgia em casamento muito tempo antes se Lidia o encorajasse. Até mesmo o padre Nik, que é burro como a filha, começou a perceber que Lidia é o problema e está cada vez mais frio com ela. Mas ela não se preocupa. Acredita há muito tempo que aqueles meninos, concebidos e carregados em agonia, devem, por alguma recompensa divina, estar destinados a coisas grandiosas.

Quando se volta para Teri, Lidia sente o estômago se revirar. Zeus se aproxima.

— Lidia, agapetae mou — saúda ele com um "minha querida" e abre os braços, triunfante. A grande história entre eles se revela em pouco mais que um relance na expressão alegre de Zeus. Lidia tolera apenas um beijo rápido na bochecha, mas ele a segura com força por um segundo, ainda saudável e forte, e então se volta para Hermione, que, não é de surpreender, já se encaminhava na direção dela para se

colocar entre Lidia e o marido. — Olha quem está aqui — diz ele em inglês. Hermione não se incomoda em oferecer uma palavra acolhedora e meramente estende a mão, adornada por um Rolex com aro de diamantes que custou mais que a casa em que Lidia mora.

— Gostamos de ver Cassian — diz Hermione —, ena kala paidee.

"Um bom menino", quase como se Cass fosse uma criança que ia até lá para brincar. Hermione é linda, mas sem graça. É esguia, e por que as mulheres ricas costumam ser magras como vassouras? Tem uma pintura cara nos cabelos, da cor de chá fraco, que estão presos com uma rede. Ela exibe um sorriso elegante, mas as duas sabem que Hermione jamais gostou de Lidia, que é bem mais inteligente que ela e um dia teve uma proximidade emocional perturbadora com seu marido.

— Você ficou longe por tempo demais — diz Zeus a Lidia —, e não consigo imaginar por quê.

Isso é demais. Lidia consegue dar pouco mais de um sorriso contido e se vira, com Teri logo atrás. Depois de 10 metros a irmã de Zeus segura o braço de Lidia novamente.

— Um aluguel da mercearia? Lidia, sinceramente. Faz vinte anos.

— Eu parei de vir antes disso — responde Lidia, mas se interrompe ali. Às vezes, quando está sozinha em casa e Zeus aparece na TV da sala, que Lidia deixa ligada para lhe fazer companhia, ela entra no cômodo e o admira. Zeus cresceu e ficou tão sutil; a versão mais jovem não escondia o que queria. Agora, as ambições dele estão ocultas como uma adaga em uma bainha cravejada de joias. Naquela época, não havia como negar a atração de Lidia por Zeus. Ele era o irmão mais velho de sua melhor amiga, grande, bonito e cheio de algo que Lidia achava irresistível. Zeus acreditava que a grandeza era seu destino. Por causa disso, ele foi o único homem que Lidia conhecera que parecia combinar verdadeiramente com ela e com sua crença de que o espírito dela deveria preencher o mundo. Lidia sempre havia esperado, muito secretamente, que seus filhos tivessem algumas das mesmas qualidades.

Quando Lidia tinha 16 anos, sua fascinação por Zeus — e a dele por ela — os levou a uma noite que mesmo agora Lidia lembra como uma das mais determinantes de sua vida. Naqueles dias, meninos e meninas iam escondidos do Clube Social da São Demétrio até a sala do coral para se beijar. Todos experimentavam, em pares quase aleatórios. Zeus tinha 19 anos na época, um pouco velho para o Clube Social, e Lidia percebeu, por fim, que ele só estava lá por causa dela. Toda semana, os dois ficavam mais tempo na sala do coral. As pessoas estavam começando a fazer brincadeiras com isso. E então, uma noite, ele colocou a mão de Lidia no colo dele.

— Sabe o que é isto? — perguntou ele. Zeus o puxou para fora da calça. Lidia o encarou, horrorizada mas com uma estranha satisfação.
— Toque nele — pediu Zeus. — Por favor. — Ela o fez, e ele a tocava, liberando uma onda de prazer que pareceu, a princípio, que iria parar seu coração. Mas Lidia não permitiria o último passo.

— Preciso casar primeiro — disse ela.

— Então casarei com você — respondeu Zeus. Parecia uma comédia. Lidia riu, mas Zeus estava determinado. — Não, estou falando sério. De verdade. Vamos falar agora com o seu pai.

Zeus pegou Lidia e a puxou até a porta, quase sem deixar tempo para que ela se vestisse de novo. O pai de Lidia estava no cômodo da frente do apartamento, vestindo uma camiseta branca. Tinha bebido cerveja e ouvira o jogo de beisebol em um rádio grande, um esporte pelo qual, apesar de imigrante, desenvolvera grande fascinação. Enquanto a jovem estava de pé, de mãos dadas com Zeus, ainda conseguia sentir aquilo que escorrera de dentro de si, umedecendo a parte interna de suas coxas.

— Quero me casar com Lidia — declarou Zeus.

O pai dela olhou para Zeus friamente, então deu um riso de escárnio quando se voltou para o rádio.

— Nenhuma filha minha vai se casar e entrar em uma família de criminosos.

Lidia, disse o homem, vinha de pessoas honradas, fazendeiros gregos que ganhavam a vida honestamente, vendendo o que plantavam. Os Kronon da Grécia roubavam ovelhas e eram ferreiros, o que era outra expressão para ladrões. Naqueles dias, Nikos, o pai de Zeus, trabalhava como tradutor para os mafiosos quando eles extorquiam dos gregos donos de restaurantes, reiterando as ameaças dos italianos, que costumavam ser levadas a cabo, de quebrar janelas ou sabotar o encanamento.

Na noite seguinte, ela se encontrou com Zeus sob o poste diante de casa.

— Case comigo mesmo assim — disse ele. Zeus tinha planos de fugir. Mas Lidia não podia enfrentar o pai. Chorara durante a maior parte do dia, mas sabia qual dos homens deveria nortear sua lealdade.

Voltou para dentro e por anos mal falou com Zeus. Para evitar humilhá-lo, não contou a ninguém sobre a proposta, inclusive a Teri, que teria ficado revoltada pelo pai de Lidia dizer tais coisas sobre os Kronon na frente de Zeus. O momento se foi como se nunca tivesse acontecido. Zeus se alistou no Exército na semana depois de Pearl Harbor, tendo quase morrido certa ocasião em um hospital militar, mas voltou, casado com Hermione e trazendo Hal, um bebê de colo. Lidia, àquela altura, estava casada com Mickey, filho da melhor amiga de sua mãe, antes que ele se alistasse em 1942. Mickey era bonito, trabalhava muito e queria ser um bom marido, algo que Lidia sabia, mesmo aos 16 anos, que provavelmente não aconteceria com Zeus. Mickey vivia com ambições menores, mas isso não importava, pois Lidia descartara a possibilidade, quando dera o beijo de despedida em Zeus sob aquele poste, de sentir por outra pessoa o que havia sentido por ele.

Mickey era um homem simples, mas isso era tudo que prometera ser. Então ficou doente. Teve febre reumática quando criança, e a válvula mitral em seu coração não se fechava corretamente. Em sua imaginação, Lidia via o sangue jorrar pela estrutura, como um dedo em uma represa. De maneira alguma os médicos operariam. Mickey tomava remédios, porém piorou. Em 1955, não conseguia mais ir ao mercado comprar verduras, então ficava em casa. Logo, estava de cama, afogando-se no próprio corpo. Lidia tentou ao máximo acreditar que ele não morreria.

Teri conseguiu um emprego para Lidia no escritório de Zeus. Ele a conhecia, sabia como era inteligente, e seu negócio crescia como um vulcão em erupção, com shoppings se espalhando pela região de Tri-Cities como o fluxo de lava. E a família de Lidia precisava de dinheiro. O que acontecera entre os dois fora uma vida antes. Ela não achava que ainda seria atraente para Zeus. Estava se tornando uma matrona, e ele era, nas palavras da própria irmã de Lidia, "Sir Lance-um-lote", um visitante noturno dos bares na Rua dos Sonhos, nos quais costumava arranjar um bibelô com metade de sua idade para levar para a cama em um hotel próximo que não passava de uma espelunca.

No entanto, Zeus cortejou Lidia desde o primeiro momento em que a viu lá.

— Seu pai não estragou apenas a sua vida — disse ele na primeira vez que ficou sozinho com ela. — Acabou com a minha.

Às vezes, vinha por trás da cadeira de Lidia, quando ninguém mais estava por perto, e cantava uma música popular grega, "S'agapo", "eu te amo", aos sussurros. Se não havia tempo para a música inteira, Zeus cantava uma das estrofes:

> Sua janela está fechada
> Sua janela está trancada
> Abra, abra ao menos um batente.

Lidia respondia com centenas de protestos. *Isso é passado. Nossas vidas são como são. Sou casada, Zeus.* Evitava a sala dele quando podia, e, quando não, pedia aos colegas que ligassem para lá chamando-o em cinco minutos. Zeus sempre tentava pegá-la nos braços, e Lidia se livrava.

Assim como a maioria dos colegas de trabalho, Lidia foi àquela festa 26 anos antes, o primeiro dos piqueniques do Dia do Trabalho. Zeus comprara a casa apenas 18 meses antes e oferecera um tour a Lidia. Outro casal estava com eles, mas, quando seus olhos se ajustaram à mudança do sol brilhante, os outros dois tinham sumido, talvez às ordens de Zeus. Ele estivera bebendo, assim como Lidia. Caminhando sozinhos, Zeus a levou até um dos quartos dos empregados, ao lado da cozinha. Era um quarto pequeno com janelas estreitas como uma cela e um lençol simples de chenile sobre a cama de solteiro. Lidia não gritou, pois as consequências daquilo, tanto para a vida de ambos quanto para o emprego dela, estavam além de um cálculo rápido. Mas resistiu fortemente, afastando-o.

— Não, Zeus. Isto é loucura. Zeus, estou dizendo não. — Mas ele continuou agarrando-a.

— Por favor — repetia Zeus. — Por favor.

Era como se o que havia começado na sala do coral tivesse acontecido apenas um minuto antes. A familiaridade com a presença física de Zeus jamais abandonara Lidia, e o corpo dela, pouco usado daquela forma havia anos, era atraído por ele, sem se importar com o que ela queria. Mas Lidia parou de dizer não e de lutar contra Zeus somente depois de ele entrar nela e ela começou a chorar de desespero e vergonha. Lidia se vestiu e saiu do quarto sem dizer uma palavra.

No gramado, Zeus a encontrou de novo.

— Desculpe — sussurrou ele. — Vou casar com você — declarou Zeus. — Ainda vou casar com você.

Como se duas décadas, dois casamentos, não tivessem entrado no caminho. Naquele momento, Lidia soube tudo que precisava saber a respeito de Zeus. Não que ele era um mentiroso, embora ela não acreditasse por um segundo que ele deixaria aquela mansão, o filho e a esposa. Mas, na verdade, que Zeus acreditava no que dizia. Como alguém na revista Galaxy; Zeus queria viver seis ou sete vidas diferentes ao mesmo tempo. Lidia sabia que ele provavelmente não teria se casado com ela também quando tinha 16 anos. A grandeza de Zeus, se é que se podia chamar assim, era que ele não aceitava os limites humanos.

Lidia se virou, ainda sem saber o que fazer. Não havia ninguém para quem contar, nem o marido, que provavelmente morreria na hora, nem mesmo Terisia, que era leal e antiquada o bastante para ficar ao lado do irmão: o que mais o homem deveria pensar, depois *de todas as investidas, quando você entrou às escondidas com ele na casa? Aquilo não tinha acontecido*, decidiu Lidia. *Era o único modo de viver a vida.*

Levou mais de três meses para ela aceitar que estava grávida. Esperava, a princípio, sofrer um aborto. Seu destino era seu, mas, como mãe, nem mesmo consideraria forçar uma criança a sair de seu útero. Por fim, quando percebeu que em breve daria sinais da gravidez, deitou-se na cama de Mickey e o abraçou.

— Vamos ter um bebê — disse ela. — Logo terei que sair do trabalho.

Lidia não soube na época, nem sabia agora, em que Mickey acreditou. Em todo casamento há assuntos que não devem ser tocados. Mesmo então, doente como estava, Mickey conseguia, a cada poucos meses, acordar como uma baleia indo à superfície para jorrar água, declarando após cada ocasião que teria sido um bom jeito de morrer. Mas a impressão de Lidia no momento era de que Mickey estava simplesmente doente demais para se importar. Ele sabia que estava morrendo, que sua mulher, a mãe de suas filhas, era leal nos cuidados com ele e estaria ao seu lado quando morresse. Por fim, a grande felicidade de Mickey com o nascimento dos filhos, que poderiam carregar seu nome, foi o antídoto final às perguntas.

Em 1958, um ano depois de os meninos nascerem, a máquina coração-pulmão foi inventada. O Hospital Universitário comprara uma das primeiras, e o Dr. Silverstein disse a Mickey que poderiam salvar a vida dele. Era um milagre, é claro. Era como observar um homem sair do próprio túmulo.

A mercearia abriu pouco depois. Após sete anos, chegou a época de renovar o aluguel. Sempre souberam que os termos eram favoráveis, mas acreditaram que o velho Kariatis simplesmente queria alguém de quem não precisasse ficar correndo atrás para cobrar o pagamento mensal. Mas o advogado de Mickey descobriu que Kariatis não existia; ele havia vendido há muito tempo para o ZP. O aluguel de Mickey era pouco menos da metade do que Zeus estava cobrando das propriedades adjacentes. Sua generosidade levou Mickey a ter um ataque. Lidia jamais ousou perguntar o motivo, embora tivesse certeza do que o marido tinha deduzido.

Até hoje, ela jamais acreditara que Zeus tivesse suspeitado da paternidade dos meninos. A história do episódio da ocasional potência de Mickey circulou bastante na São Demétrio. Zeus só queria fazer um favor a Lidia como uma recompensa desprezível por seu comportamento.

Quanto a Mickey, o ódio dele à menção do nome de Zeus era a única perturbação. O que quer que tivesse ocorrido era um pedaço do passado esquecido, parte da doença de Mickey que ele agora via como um mar distante, remoto e nada ameaçador quando visto do penhasco conhecido como saúde.

Então Lidia soube que Cass estava saindo com Dita. Esperou que o relacionamento acabasse, mas parecia claro que seu filho estava apaixonado. O joalheiro, Angelikos, contou a Lidia que nas últimas duas semanas Cass andara procurando anéis. Ela passou noites em claro, desesperada. Como era possível que o dano causado por um único momento pudesse se espalhar pelo tempo para colocar outra geração em risco?

Lidia arrancaria a própria língua antes de confessar qualquer coisa a um dos filhos. E não podia abordar Zeus. Não tinha como saber o que a grandiosidade daquele homem o compeliria a fazer, mas suas ações certamente não mostrariam qualquer consideração por Mickey. Teri é uma possibilidade, mas ela pode duvidar de Lidia após tanto tempo, principalmente por saber o quanto Lidia reprova Dita. Pior, Teri pode se sentir obrigada a envolver o irmão. A melhor alternativa é ir diretamente a Dita. Se ela não prometer desistir de Cass, então Lidia precisará tentar Teri em seguida.

Perto das seis da tarde, quando o piquenique está programado para terminar, o céu desaba. Os convidados correm em todas as direções, mas muitos, esperando o pior da tempestade passar, se aglomeram à porta da casa de Zeus, que está aberta para os convidados poderem usar os banheiros próximos. Sabendo disso, Lidia já planejou se esconder no interior. Contou a Cass que Teri a levará para casa *e disse o oposto a Teri. Mas agora, com dezenas de pessoas aglomeradas no corredor dos fundos da casa, ela se aproveita da confusão para passar pela corda de veludo esticada entre dois pilares de latão que fecham os andares superiores. O quarto de Dita é a primeira porta que Lidia abre no segundo andar, com uma coleção de bonecas de papel coladas às paredes, uma decoração bizarra, pensa Lidia, para uma jovem de 24 anos. Ela encontra uma revista e se senta na privada do banheiro de Dita, então fica de pé por um segundo para se olhar no espelho, invocando novamente o olhar castanho de força imperiosa. Ela acredita na vontade.*

24.

Árvore genealógica — 10 de março de 2008

Zeus havia deixado uma herança considerável para a irmã, e Teri fora uma executiva talentosa por mérito próprio, em geral investindo em imóveis com o irmão. O apartamento dela era grande demais para uma pessoa, principalmente alguém com problemas de visão e locomoção. Mas tia Teri estava basicamente presa ali pelos tesouros que tinha acumulado pelo mundo e dos quais, dizia Hal, jamais se desvencilharia. Ele alegava que a tia era como um faraó, que preferiria ser enterrado com todas as posses.

O apartamento ficava em um dos antigos e luxuosos prédios estilo *art déco*, construídos nos anos 1920 à margem do rio, não muito distante do centro da cidade. Exibia elegantes arcos e decorações de pedras de calcário no exterior. O apartamento de Teri passava a sensação de um ovo Fabergé, cada centímetro complexamente decorado e com moldura dourada. Cada objeto era dourado — os porta-retratos, as pernas das mesas. Até mesmo as muitas caixas de vidro que exibiam as diversas coleções tinham bordas folheadas a ouro. Dentro das caixas havia a eclética variedade de coisas que fascinavam Teri — joias africanas, botões de osso de baleia, brinquedos antigos e, é claro, objetos eróticos. Uma caixa inteira, com quase 1 metro quadrado, era dedicada a falos — uma tradição grega, observava ela, mas que escandalizava seu sobrinho. Hal entrava com um lenço e cobria a caixa assim que chegava.

Teri havia aceitado o pedido de Evon para uma reunião sem fazer perguntas. Tim queria ir junto, mas Evon lhe disse sem mais explicações que achava que possuía uma ligação com Teri.

— Então, qual é o problema?

Teri tomava um drinque que o empregado, German, servira sem aparentemente ter sido solicitado, e se acomodou no grande sofá chesterfield com estampa floral, a bengala à mão quase como um cetro. Mesmo em casa, Teri usava maquiagem e joias pesadas. Sentada a 3 metros de distância, Evon conseguia sentir o cheiro do perfume da idosa. Na mesa de centro folheada a ouro diante de si, Teri tinha tudo de que poderia precisar posicionado com precisão para que pudesse ser encontrado: os controles da TV e do sistema de áudio, um telefone sem fio, a bebida e um sininho dourado, que devia servir para convocar German.

— Recebemos resultados surpreendentes dos testes de DNA — disse Evon.

Teri contraiu a boca pintada de vermelho e não fez esforços para se conter.

— Cacete — exclamou ela. — Estava com medo disso.

— Era por isso que queria que Hal parasse com a investigação?

Teri não respondeu, apenas balançou a cabeça de cabelos semelhantes a uma vassoura de um lado para o outro.

— Que maldita bagunça — disse ela, por fim. — Está bem. Conte.

Evon tentou explicar o protocolo do teste de DNA e como, inadvertidamente, havia se tornado um teste de paternidade, mas Teri interrompeu.

— Sem rodeios, querida.

Evon já sentia que não era ela quem escondia informações.

— Bem, Hal não é filho de Zeus. Não biológico.

— Cacete — repetiu Teri. — Não vai contar a ele, vai?

— É por isso que estou aqui. Tim e eu... não achamos que seja uma boa ideia.

— Isso é verdade. Ele ficaria arrasado. Com certeza não.

— Na pior das hipóteses, queremos poder dizer que conversamos com você e que concordou que não seria do interesse de Hal essa informação ser compartilhada com ele.

— Bode expiatório, certo? É o que está procurando?

— Eu não colocaria desta forma.

— Coloque como quiser. Não pode contar a ele. Ponto. — Teri se remexeu no sofá, agitada com a ideia e despreocupada com as obrigações conflitantes de Evon. — Acho que está se perguntando de quem ele é filho.

— Não creio que seja da minha conta.

— Bem, vou dizer. Só para entender como aconteceu. E por que Hal não pode saber. Já ouviu aquela porcaria de como meu irmão foi um grande herói que quase morreu em um hospital do Exército durante a Segunda Guerra Mundial?

— Hal fala disso o tempo todo.

— Bem, era verdade, de certa forma. Mas Zeus não estava do outro lado do oceano. Estava fazendo treinamento básico. E pegou caxumba.

— Como crianças?

— É muito sério em um adulto. Principalmente um homem. Quase o matou. Um dos oficiais superiores era grego e ligou para o meu pai, e todos pegamos o trem até Fort Barkley, no Texas. Zeus ficou doente para cacete, eu garanto. Febre de 41 graus. O rosto do tamanho de uma melancia e as bolas inchadas, pareciam duas ameixas maduras. Dei uma olhada quando os meus pais não estavam por perto. Uma visão e tanto. De qualquer forma, ele conseguiu superar. Mas os médicos nos diziam o tempo todo que não havia muita chance de ele poder ter filhos.

"Então, quando pediu baixa e voltou com Hermione e Herakles, eu soube que tinha alguma coisa errada. Zeus meio que contou a história aos poucos ao longo dos anos. Hermione, você sabe, era uma Vasilikos. Soube disso?"

— Mafiosos gregos, certo?

— Isto. Pois é, o meu pai, aquele homem babaca, era um grande aspirante a mafioso. E tinha as amizades erradas em Atenas, de forma que

Zeus foi prestar respeito. Hal tinha acabado de nascer, um mês ou algo assim. A família contava algum conto de fadas sobre o pai ser um soldado da Resistência morto, mas, pelo visto, ela abriu as pernas para algum coronel alemão que fugiu da cidade quando os americanos expulsaram os covardes nazistas. Meu irmão mais velho era do tipo que via uma oportunidade. E Hermione, não há como negar, era uma gostosona naquela época. Então Zeus voltou com uma mulher, um herdeiro e uma sacola cheia de dinheiro. E, de alguma forma, tudo deu certo.

"Meu irmão sempre manteve Hal por perto, pois sabia que era o único filho que teria. Zeus fez alguns testes, mas, como os médicos do Exército previram, a contagem de esperma era quase zero. Ele sempre agiu como se isso não o incomodasse, mas um cara grego, um como Zisis? Tudo que fez na vida, acho, veio do fato de que as bolas dele seriam mais úteis como maracas."

— Algo a provar? — perguntou Evon.

— Exatamente. Construindo todos aqueles shoppings imensos, refazendo a paisagem. E, naturalmente, comia qualquer mulher que encontrasse e dissesse sim, e também algumas que poderiam apenas estar pensando isso.

Evon ainda se maravilhava com aquelas histórias de Zeus como um amigo da máfia e sedutor. O Zeus que conhecia originalmente era o mito que Hal criara, sem dúvida com a influência do pai. Aquele Zeus não era só o tipo de homem que Hal desejava ser mas alguém diante de quem sempre ficaria em segundo lugar na mesma comparação. A ironia, percebia Evon, era que não importava o quanto fosse mimado, Hal era, provavelmente, melhor que ele. Se o dinheiro não tivesse ressaltado seus piores traços de caráter, as pessoas até descreveriam Hal como um cara legal.

— Bem, e quanto a Dita?

— Ah, ela era de Zeus. Não sei exatamente como conseguiram. Acho que os médicos o sugaram com um aspirador de pó ou algo assim diversas vezes e guardaram, então viraram Hermione de cabeça para baixo e atiraram dentro dela com uma mangueira.

— Sério?

— É claro que não. — Embora não enxergasse, Teri virou o rosto para se deliciar com a risada que dava à custa de Evon. — Foi algum tratamento de fertilidade. O que aconteceu foi que o nosso pai foi diagnosticado com câncer de pulmão no início dos anos 1950. E mesmo naquela época os médicos, aqueles que sabiam alguma coisa, culpavam os cigarros. Todos fumávamos como se tivéssemos chaminés na cabeça, Zeus, meu pai, minha mãe e eu, e Zeus decidiu que se simplesmente parasse meu pai pararia também. Nosso pai era muito canalha para fazer algo assim, mesmo por causa do filho, então decidiu se matar. Mas, pelo visto, fumar também pode detonar suas bolas. Quem poderia dizer? Mas alguma ninfetinha que Zeus estava comendo aparece em 1956 pedindo dinheiro para um aborto. Zeus estava certo de que a garota estava armando um golpe, só que, em vez de contar a verdade a ela, foi fazer outro teste, e, veja só, tem até alguns danadinhos nadando no esperma dele agora. Então é daí que veio Dita, por fim.

— Bem, ela não é a única filha de Zeus — comentou Evon.

Sob os enormes óculos turquesa, Teri olhou através da névoa da própria fumaça, tentando compreender cada pequeno detalhe do que Evon tenha falado.

— Imaginei que isso também sairia do pente-fino.

— E como isso aconteceu? — perguntou Evon.

— Bem, querida, acho que ele colocou a coisa onde não deveria. — Teri riu mais uma vez de si mesma. — Sabe, quando você olha para trás, quase fica espantada pelo que deixou escapar. Eu sempre soube que Zeus e Lidia tinham uma paixãozinha quando éramos jovens. Não que alguma coisa pudesse sair disso. Sempre havia algum ressentimento incendiário do velho país entre as famílias. O pessoal de Lidia não tinha onde cair morto, mas ainda possuía orgulho de olhar para os Kronons com arrogância. Eu tinha 16 anos quando botei os pés na casa dela. Lidia e eu sempre nos encontrávamos na biblioteca. — "Bi-lioteca", foi como Teri pronunciou. — Na igreja, com o grupo jovem, o sacerdote, padre Demos, era bonzinho, mas não era páreo para aqueles jovens da cidade. Ficava falando sozinho e um casal ou outro saía de fininho para a sala do coral.

Todos fazíamos um pouco. Era de certa forma como brincar de girar a garrafa. Eu também ia de vez em quando. Foi quando comecei a descobrir que estava jogando no time errado. Os garotos me deixavam frígida.

Teri riu alto da lembrança, orgulhosa da rebeldia. Mas Evon sabia que, para uma mulher da idade de Teri, dizer aquilo, ainda que para si mesma, demandava muita coragem.

— De qualquer forma, eu sabia que Zeus e Lidia iam mais vezes que outros. Mas vinte anos depois, achei que todo mundo tivesse crescido e seguido em frente, e minha Lidia precisava de um emprego. Ela precisava preencher o tempo livre mais do que ninguém agora que Mickey estava com o coração ferrado.

"Do jeito que Lidia contou, quando finalmente ouvi a história dela, muitos anos depois, fez parecer que Zeus conseguiu o que queria dela, mas nunca obtive resposta para a questão de quantas vezes, exatamente, ele tirou vantagem. — Teri deu uma risada por um segundo. Ela amava o modo como o sexo fazia todos de idiotas. Estava ao lado do irmão de um modo determinado e antiquado. Mas Lidia era o único sustento da própria família, sem nenhuma escolha. Zeus foi, para colocar de um jeito educado, um perfeito canalha. — De qualquer forma, ela ficou barriguda e nunca disse uma palavra a Zeus ou a mim. Provavelmente não queria me colocar contra o meu irmão."

— E quanto a Mickey, o marido dela? Ele sabia?

— Bem, doente como estava, todos tiveram uma baita surpresa quando Lidia engravidou, mas Mickey sempre agiu com felicidade a respeito disso. É claro que depois que eu soube da verdadeira história fiquei imaginando que ele deveria ser um panaca. Quando estava grávida, Lidia ficava sussurrando para as amigas mais próximas como Mickey ainda conseguia alguns minutos de felicidade, mas mesmo na época eu duvidava. Contudo, ela deve ter convencido o marido. Não dá para saber em que as pessoas escolhem acreditar.

"Logo depois da cirurgia de Mickey, acho que na festa de 2 anos dos gêmeos, ele ficou bêbado e começou a dizer que não eram filhos dele, e Lidia, que costumava se enfurecer quando se chateava, só ficou chorosa por causa dele. 'Não diga isto, Mickey. Por que você diria algo assim? São seus e você sabe disso. Não pode dizer coisas assim.' Logo Mickey estava em lágrimas também e implorando pelo perdão de Lidia. Mesmo quando começou a cuspir fogo por causa de Zeus, alguns anos depois, nunca disse nada a respeito de o meu irmão ter tocado na sua esposa. É outra coisa que não pode contar a Hal, que aqueles meninos são de Zeus. Já imaginou? Eles são, Hal não é. Teria que colocar vigias nas janelas."

O instinto de Evon era o mesmo de Teri. Hal não só ficaria arrasado como provavelmente perseguiria o próprio rabo inutilmente, obcecado com as complicações legais que poderiam dizer respeito aos gêmeos terem direito a parte da herança de Zeus. Evon e Tim haviam concordado que a melhor solução, quando por fim falassem com Hal, seria se ater ao assunto: os testes mostravam que o sangue na cena não era de nenhum dos gêmeos Gianis. Isso poderia ser chocante o bastante para evitar que Hal fizesse as perguntas tortuosas de sempre. Ele se mostrava preocupado ultimamente, de qualquer forma, pois os banqueiros estavam levantando questões a respeito da negociação com a SuaCasa que Hal e os advogados sentiam que deveriam ser feitas após o fechamento do negócio.

— Se acabarmos tendo que contar a ele que o sangue é de uma mulher — disse Evon —, ele não vai parar por aí. Vai querer saber quem matou a irmã e o que Lidia teve a ver com isso.

Teri se recostou nas almofadas de seda, tentando novamente olhar para Evon.

— E por que você diz isso?

— Tem de ser o sangue de Lidia na cena. Os gêmeos têm um pai do tipo B, e não era seu irmão. Lidia usava um anel de formatura de Easton na mão direita que teria deixado um hematoma circular na bochecha de Dita. Tim e eu estamos começando a imaginar se Cass alegou culpa para evitar que a mãe fosse presa.

Teri contraiu a boca pintada e balançou a cabeça, determinada.

— Lidia não matou a minha sobrinha.

— E Cass matou? — perguntou Evon.

— Querida, sou como você. Eu não estava lá. Mas conheço Lidia Gianis a vida inteira e já ouvi todos os segredos dela a essa altura. E ela não matou a minha sobrinha. Se o pior acontecer, contarei exatamente isso a Hal. Ela diria também, se pudesse, a pobrezinha. Ainda vou visitá-la quando consigo aguentar. Os cuidadores a vestem e movem como se fosse uma boneca. Mas o cérebro de Lidia parece aquela confusão de sementes dentro de um melão. Parte o meu coração. Ainda consegue falar um pouco, se você não se importar em ouvir a mesma coisa cinco vezes por minuto. Mas ela não matou Dita.

Evon refletiu sobre a ideia por um segundo. Teri claramente não chegara ao fim do que sabia, porém ela não compartilharia mais, e Evon não poderia exigir.

— Sabe — falou Teri —, não achei que tivesse ligado por isso. Hal disse que sua namorada a magoou e depois ficou toda maluca para cima de você. Achei que queria um conselho, de uma sapata velha para outra.

Evon gargalhou alto da ousadia de Teri, mas sentia vergonha por Heather tê-la transformado no assunto do prédio do ZP. Hal não tinha ouvido sobre seus problemas domésticos diretamente da própria Evon.

— Ela apareceu no meu apartamento ontem à noite e dei entrada em uma ordem de restrição na delegacia.

— Ah, querida — falou Teri. — Não parece um bom momento.

— Não é. Acho que desistirei de relacionamentos pelo resto da vida. Você parece ter sobrevivido.

— Não sei — respondeu Teri. — Sempre tive dúvidas quanto àquela coisa de Aristóteles, de o amor ser uma alma habitando dois corpos. Mas, se acha que estou sentada aqui sozinha com uma bebida e um cigarro porque não gostaria de ter alguma velhota para entrar e me encher o saco para me livrar dos dois, está errada. Eis outro ditado. — A mulher falou algo em grego.

— O que quer dizer?

— É de Sócrates. "Encontre uma boa esposa e será feliz; se não, será um filósofo."

Evon estava rindo quando German entrou. Teri, pelo visto, tinha recebido ordens médicas de tirar uma soneca à tarde. Ela brigou com ele, mas se ajeitou para se despedir. Evon deu a volta na mesa de centro para abraçar a senhora, e Teri levou o rosto e os fortes aromas à bochecha de Evon.

— Ah, você é uma garota tão boazinha — declarou ela.

Hal estava gritando com alguém ao telefone quando Evon e Tim apareceram no escritório dele na tarde seguinte. Parecia, pela conversa sobre efeitos colaterais, que era um dos banqueiros. Tim foi até a janela por um minuto para apreciar a vista do quadragésimo andar. Passara a vida toda bem perto do chão, não mais que dois andares na maior parte das vezes, quatro se contasse o tempo em McGrath Hall. Sentia-se animado como um menino do interior pela chance de olhar pela parede de vidro para toda a extensão de Tri-Cities. Dali, era possível ver o rio Kindle, uma fita de cetim sob o sol do dia, separando os municípios. No abraço dos afluentes do rio estava cada tijolo de sua cidade, os quadrados perfeitos que pareciam, daquele ponto, os pedaços de um brinquedo de criança, mas que estavam, na verdade, cheios de vida pulsante. A sensação que Tim começara a ter com a idade tomou conta dele de novo: no fim das contas, as pessoas eram bem divertidas.

Evon se moveu para ficar ao lado do colega. Por fim, ela apontou, com uma risada sombria, para um inseto que, de algum modo, conseguira entrar entre as duas camadas de vidro na janela de painéis duplos. Era uma espécie de besouro que estava virado de costas. Com o inseto incapaz de desvirar, as seis pernas se agitavam freneticamente.

— E por falar em falha de projeto — disse Tim.

— Pois é — replicou Evon. — E os humanos é que sofrem.

Por um segundo, Tim abraçou Evon ao lado do corpo.

Hal bateu o telefone.

— Deve haver vegetais com mais cérebro do que banqueiros — declarou ele, então indicou o sofá a Evon e Tim. Os dois se sentaram prestativamente. — Sei que está de cabelo em pé com os banqueiros e a SuaCasa, então seremos rápidos — falou Evon. — O DNA saiu mais cedo. O sangue não é de Paul.

Hal arquejou, se encolheu e deixou cair a caneta que estava segurando.

— Droga — disse ele, e repetiu a palavra por alguns minutos. — Então *é* de Cass?

— Não — respondeu Evon. Ela se sentou mais para a frente, como se estivesse em um vestiário, os cotovelos sobre os joelhos. Era hora do jogo para Evon, percebeu Tim. — Não é de nenhum dos dois.

O rosto cheio de Hal ficou imóvel, e seus olhos se mexeram enquanto ele absorvia o peso de um fato que nem ele nem ninguém mais tinha imaginado.

— Nenhum dos dois?

Evon confirmou.

— Está dizendo que Paul desistiu do processo para evitar que fizéssemos um teste que mostra que tanto o irmão quanto ele são inocentes?

— Não dissemos que os dois são inocentes — respondeu Evon. — Isso é possível. Mas ainda há as impressões digitais de Cass, as pegadas, as marcas de pneu, o esperma. É difícil dizer que ele não esteve lá.

— Mas de quem é o sangue? — perguntou Hal.

— Não temos certeza. Tínhamos amostras de sua família, assim como de Paul e de Cass, e o sangue não pertence a nenhuma dessas pessoas.

— É isso? Yavem não disse mais nada sobre de quem poderia ser? Não há outro traço identificador?

Evon olhou para Tim por um segundo, então se virou para o chefe.

— Ele disse que o sangue é de uma mulher.

— Uma mulher? — Hal desabou de volta na cadeira, a boca escancarada. — Uma mulher? E temos ideia de quem?

— O melhor palpite é que seja de Lidia Gianis. — Ela explicou o raciocínio a Hal: o sangue, o anel.

— Tia Lidia matou a minha irmã?

— É possível — falou Evon.

— Não, não é — respondeu Hal. — Vou dizer uma coisa. Minha tia Lidia era forte e corajosa, e era uma mulher das antigas, que poderia ter acertado minha irmã em cheio se conseguisse. Mas golpear o crânio dela contra a cabeceira da cama algumas vezes? Sem chance. E, mesmo que você me faça acreditar nisso, de maneira alguma ela deixaria o filho ir para a cadeia em seu lugar. É a típica mãe grega. Enfiaria uma adaga no peito pelos filhos.

— É o que temos — concluiu Evon. — Talvez Cass e ela tenham feito juntos, e ele alegou culpa para não piorar a situação.

— Por que minha tia Lidia iria querer matar a minha irmã? Está certo, ela não queria Cass com Dita. Mas por que não acertar o filho em vez de Dita? Isso é ridículo. E não há nada quanto a Paul? Paul anda aturando a mãe?

— Não sabemos, Hal. A única pessoa contra quem não há qualquer evidência física é Paul.

— Exceto pela bobagem que contou à polícia, protegendo o irmão.

— Se Lidia matou sua irmã sozinha, então aquela declaração é de fato verdadeira.

Hal se sentou de novo na enorme cadeira de couro e virou de costas para os dois. Esticou o braço sobre a mesa e jogou uma caneta do outro lado da sala. Por fim, voltou ao normal, tomado por uma nova ideia.

— Mas não há evidência física contra tia Lidia, certo? Quero dizer, nada definitivo. Não temos certeza de se é o sangue dela. Tia Lidia não é a única pessoa no mundo com tipo B. Podemos conseguir as digitais dela?

Evon olhou para Tim. Ele deu de ombros. Não conseguia imaginar como, mas não havia motivo para dizer não até pensar melhor a respeito.

— Está bem — declarou Hal. Ele gesticulou com a mão, dispensando os dois.

Evon foi ver Hal uma hora depois. A porta estava aberta. Ele estava recostado na cadeira, as mãos atrás da cabeça enquanto encarava o nada com seriedade. Evon roçou a articulação do dedo contra a porta. Os olhos grandes de Hal, cercados pela pele arroxeada, se detiveram brevemente sobre a mulher; então, após o rápido esforço para dar um sorriso, olhou de novo para o ponto em que a parede e o teto se tocavam.

— Só estava pensando em quando éramos crianças — falou Hal. — Quando eu ia para a casa da tia Lidia com Teri. Grande parte do tempo, eu acabava tomando conta de Paul e Cass. Sempre invejei os dois, para dizer a verdade.

Aquela confissão, algo relativamente comum a Hal quando ele ficava pensativo, deixou Evon alarmada por um segundo, até que se lembrou de que Hal não tinha motivo para saber quanta inveja poderia ter sentido. Por outro lado, ela não teria como saber que parte da verdade ele podia ter pressentido.

— Eles eram 15 anos mais novos que eu e costumavam me seguir como patinhos. Mas às vezes eu olhava para eles, para o modo como eram um com o outro, e ficava com inveja. "Nunca estão sozinhos", eu pensava. "Nunca." Parecia algo maravilhoso. Quando eu tinha a idade deles, era um gordo esquisito com quem ninguém queria falar na escola. — Hal sorriu tristemente à lembrança da criança que havia sido, embora Evon duvidasse que a dor daquele passado estivesse totalmente esquecida. — E desejava ser como eles. Ter um gêmeo. Alguém que nunca odiaria você, ou olharia com desprezo para você, porque era exatamente igual, alguém que nunca se afastaria de você. Ainda parece uma bênção para mim. É loucura?

Duas noites antes, Evon voltara para casa de ônibus, no meio de uma tempestade imprevisível, as gotas, grandes como uvas, caindo com força devastadora. Heather estava à porta do prédio, encolhida sob a marquise próxima à entrada de vidro, mas a cobertura não lhe oferecera muita proteção sob o vento forte. Os cabelos dela estavam reduzidos a mechas encharcadas, o chapéu e o casaco ensopados. Por causa disso, Evon precisou de um momento, enquanto caminhava na direção dela, furiosa, para perceber o que a mulher havia feito. Os cabelos de Heather foram pintados para combinar com o tom mais escuro dos de Evon, e ela provavelmente se cobria com casacos grossos para parecer que tinha ganhado peso. Se ela pudesse ter cortado 15 centímetros das pernas, talvez se tornasse uma cópia melhor de Evon, mas a imitação era, mesmo assim, bem-feita. Ela usava um chapéu de abas largas que Evon possuía e aquele casaco da Burberry que a ex-namorada comprara para as duas. De longe, Evon teve um medo repentino e irracional de que Heather tivesse sacrificado sua beleza com uma cirurgia plástica para criar alguma semelhança. Quando Heather deu um passo à frente, Evon viu que a mulher tinha estudado sua postura e as passadas atléticas e levemente arqueadas. Ficou chocada, mas também enraivecida. Heather achava que aquilo era amor? Parecia que sim. Ou seria, conforme Evon suspeitava, a confissão mais desprezível de dependência? Talvez Heather achasse que era aquilo que Evon queria dela, se apagar por completo. Aquilo era amor, reduzir duas pessoas a uma?

Evon disse a Heather que iria à delegacia pedir uma ordem de restrição e seguiu adiante imediatamente, antes que mudasse de ideia.

— Não sei — falou Evon em resposta à pergunta de Hal. — Isso deve deixá-los irritados um com o outro de vez em quando.

— Claro — respondeu Hal. — Mas são próximos na maior parte do tempo. Sempre foram. Deve ser legal. Eu? — disse ele. — Nem tenho mais uma irmã.

Ele balançou a cabeça, e os dois voltaram a trabalhar.

25.

São Basílio — 12 de março de 2008

O Asilo de São Basílio para Idosos era gerenciado pela arquidiocese greco-ortodoxa e tinha a reputação de ser uma instituição de primeira classe, em comparação com outros lugares desse tipo. Parecia uma escola antiga, uma estrutura ampla de três andares feita de tijolos vermelhos, cercada por jardins caprichosamente cuidados. Por uma grande ironia, a morada final de Lidia Gianis era amplamente financiada pelos Kronons e algumas outras famílias gregas abastadas. Ao longo dos anos, diversos antigos vizinhos de Tim se mudaram para lá sem nenhuma queixa, exceto pela óbvia, de que a saída do asilo ocorreria provavelmente em um caixão.

Evon conversara com Tim durante um tempo para convencê-lo a fazer aquilo. Quaisquer que fossem os motivos dos Gianis, dissera ela, tinham escondido a verdade dos Kronon, de Tim e de outros investigadores. Não havia nada desrespeitoso ou sujo em obter respostas a perguntas que deveriam ter recebido explicações mais diretas havia muito tempo. Era uma boa publicidade, mas a ideia de tentar tirar vantagem de uma senhora doente ainda não parecia boa para ele.

— Vim visitar Lidia Gianis — anunciou Tim na recepção.

A jovem, uma universitária voluntária aparentemente, tinha tintura turquesa na parte da frente de seu curto corte de cabelo. Com o telefone ao ouvido em outra conversa, ela perguntou:

— E você é...?

— Tim Brodie. Um velho amigo da igreja.

A mulher deu a Tim o número do quarto e apontou o caminho. Tim mancou pelo corredor imaginando quando chegaria sua hora de ir para um lugar como aquele, com os fortes odores de desinfetante e desodorizador de ambiente que não escondiam muito bem os cheiros de defecação e morte. No entanto, era um lugar de aparência bonita, decorado em estilo colonial, com ripas de madeira nas pilastras dos cantos dos corredores e poltronas de encosto em formato de coração junto de sofás confortáveis na recepção; toda a mobília possuía estampa miúda e de bom gosto, no estilo Martha Stewart com orçamento apertado. Ele passou pela capela, de um tamanho relativamente considerável, com bancos brancos e um lindo altar de nogueira. Três ícones, figuras medievais altas em campos dourados, estavam posicionados em cada lado da abertura que dava para a mesa do altar, o crucifixo e a janela com vitral.

Mancando um pouco à frente no corredor, Tim ouviu música ao vivo e não resistiu à vontade de seguir o som até a porta de uma sala. Os rostos velhos, a maior parte de mulheres, é claro, se erguiam acompanhando as notas de um violoncelo como se fossem uma doce brisa. A jovem mulher asiática com o instrumento entre os joelhos era muito talentosa, a julgar pelo tom e pela inclinação dela. A música, de Brahms, era oferecida como um presente, um lembrete do poder eterno e imparcial da beleza, um pensamento que mexeu profundamente com Tim. Ele se viu limpando uma lágrima do olho conforme prosseguia.

Ao chegar à porta de Lidia, Tim pediu ajuda de uma das funcionárias que circulava de jaleco branco. Ela chamou a cuidadora de Lidia. Uma mulher negra e corpulenta com cabelos curtos alisados se aproximou, exibindo um largo sorriso. A mulher tinha um problema no quadril, e seu corpo oscilava quando ela se mexia. Tim se apresentou, e a mulher apertou a mão dele com as suas duas, uma alma gentil.

— Sou Eloise — apresentou-se ela. — Tomo conta de Lidia na maior parte do tempo.

— Ela está bem para receber uma visita?

— Ah, sim, nós a arrumamos todo dia e ela adora. — Eloise gesticulou para que Tim a seguisse, mas parou com a mão na maçaneta. — Se ela ficar mal-humorada, não se importe. Os dementes são assim, sabe. — A mulher empurrou a porta com o lado bom do quadril.

O quarto particular de Lidia tinha a aparência de um bom hotel. A decoração era toda em tons pastel, com um carpete felpudo, cortinas transparentes por trás de persianas abertas e uma colcha de estampa floral na cama de solteiro. Lidia estava sentada em uma poltrona reclinável bege. Uma grande janela atrás dela permitia uma confortável entrada de luz do dia, mas o rosto da mulher estava erguido para o brilho fraco da TV, da qual Tim reconheceu as vozes de *Law and Order*. Um cobertor estava no colo de Lidia. Ela parecia, por falta de um termo melhor, oca. Estava muito mais magra que a mulher de quem Tim se lembrava, e, por baixo da maquiagem, suas bochechas agora pareciam cavidades no rosto. Os olhos castanhos eram a pior parte, anuviados e inquietos. A cabeça de Lidia parecia comprimida por qualquer que fosse o dano que ocorrera em seu cérebro. Ver aquilo fazia o coração de Tim doer, no entanto era o que estava acontecendo com ele. Ascensão e queda. O círculo gira. A neta de Tim, Stefanie, tinha ligado no dia anterior para dizer que estava grávida, e Tim ainda flutuava com a notícia.

— Oi, Lidia — saudou Eloise. — O Sr. Tim aqui veio visitá-la. E você está tão linda hoje! Não está linda, Sr. Tim?

Ele só conseguiu fazer que sim, ainda desconfortável por elogiar uma mulher que não fosse sua esposa.

— Está vendo — disse Eloise —, você está usando aquela pulseira que seus filhos lhe deram no Dia dos Namorados. Ela sempre olha para as joias que usa.

Os olhos vagos de Lidia se voltaram para o pulso, o qual avaliou como se ficasse surpresa ao constatar que possuía um. Quando fitou de volta, lançou um olhar frio para Tim.

— Ele é o meu marido? — perguntou Lidia a Eloise.

— Ah, não, querida. É só um amigo. — Eloise escorou Lidia na poltrona de couro. — Conversem, vocês dois. Estarei do lado de fora, caso precisem.

Tim se sentou em uma poltrona com braços de madeira a alguns metros de Lidia.

— Eu conheço você? — indagou ela a Tim.

— Tim Brodie, Lidia. Nós nos conhecemos há um milhão de anos na São Demétrio.

— Não reconheço você — declarou ela. — Tive um derrame e a minha memória não está tão boa.

— É, bem, a minha memória também não é como foi um dia.

Em trinta anos na polícia e mais de 25 como investigador particular, Tim fizera muitos interrogatórios em circunstâncias estranhas, inquirindo crianças e mentalmente deficientes, assim como, naturalmente, os desolados pela morte. Mas aquele seria um novo capítulo, e Tim não fazia ideia de como iniciar.

Ao lado da mesa de cabeceira de Lidia havia fotos das duas filhas, dos gêmeos e de um bando de crianças.

— Agora, quem são essas pessoas? — perguntou Tim a ela.

— Não sei. A garota colocou aí. Mas são todas boas pessoas.

Tim pegou uma foto em grupo dos netos de Lidia, os dois meninos de Paul e as filhas das filhas dela.

— Esses seus netos são bem bonitos. — Tim foi sincero. Os Gianis sempre foram uma família bonita.

Lidia franziu a testa.

— É isso que eles são? — perguntou ela.

— Lindos — falou Tim. — Todos eles.

— Minha filha é uma estrela de cinema.

— Eu sei.

Ela estava se referindo a Helen, que ainda devia ser a mulher mais linda que Tim conhecera pessoalmente. Dizia-se que era difícil de lidar, pessoalmente, e jamais conseguiu mais que um breve papel em uma novela. De acordo com as fofocas locais, Helen estava no quarto ou no quinto marido agora, uma mulher promíscua pelos padrões rigorosos da São Demétrio.

— Sim, acho que são todos boas pessoas. Eu tenho um filho, sabia?

— Dois, acho. — Tim indicou a foto dos gêmeos, uma recente, de Paul com o nariz aquilino e Cass ao lado dele, apenas um pouco mais alto.

— Gêmeos idênticos — continuou Lidia. — Ninguém os diferencia.

Tim concordou.

— Meus filhos vêm aqui o tempo todo. Um deles é um figurão também. Ele é ator? — perguntou ela a Tim. — As pessoas o amam. Dizem isso para mim o tempo todo. Todo mundo aqui sabe quem ele é.

Tim disse que conhecia Paul também, então perguntou a respeito de Cass, esperando obter alguma informação. Cass parecia um ser mágico que se materializava, então desaparecia.

— Ah, sim. São meninos muito bonzinhos, os dois.

— Achei que o outro, Cass, ele não teve algum problema?

Lidia pensou por um segundo, então balançou a cabeça.

— Tive um derrame e a minha memória não está muito boa. — Ela ergueu a mão de novo e olhou a pulseira, que, por qualquer que fosse a lógica que lhe havia restado, levou a atenção dela de volta para Tim. — Quem é você? Conheço você?

— Tim Brodie, querida. Achei que poderíamos jogar um joguinho, você e eu. Está vendo aqui?

Ele colocou a mão no bolso do sobretudo e pegou uma almofada para impressões digitais sem tinta e diversos pedaços de papel branco tamanho carta. Mostrou a Lidia como funcionava, colocando a mão dela inteira na almofada, e o modo como as impressões apareciam magicamente no papel. Lidia ficou encantada de um modo infantil pelo processo, e eles continuaram com aquilo por diversos minutos. Lidia não protestou quando Tim abaixou os dedos dela para passar a digital para o papel.

Estar com Lidia fazia com que a mente de Tim fosse para os últimos dias de Maria, quando ela estava praticamente ausente e não conseguia falar. De modo geral, a mulher de Tim fora a pessoa mais carinhosa que ele já havia conhecido — o amor raramente a deixava, e Maria enchera a casa deles de amor como se fosse luz. Mas na morte ela se tornara irritadiça e ofensiva e costumava levantar a voz para ele, dizendo a Tim que tudo que ele fazia não estava certo. Era uma dor impossível de suportar na época, a pura injustiça de ela ter que morrer e deixar como últimas lembranças aquelas em que se comportava como outra pessoa.

Nada era justo quando se pensava bastante a respeito. As pessoas tentavam ser justas e criavam regras sobre justiça, mas aquelas leis não tinham muito a ver com o que acontecia de verdade, se você estivesse disposto a reparar. Ali estava ele, não mais de oito anos mais novo que Lidia, enganando-a como a uma criança. Tim ainda era praticamente o mesmo, e ela era apenas uma fração da alma orgulhosa e majestosa que Tim observava de longe. Era impossível não prestar atenção em Lidia naquela época. A força da vida transbordava nela — era como espirais hipnóticas, sem início nem fim, mas você não tinha como não olhar.

— Você é o meu marido? — perguntou Lidia quando Tim guardava os papéis e a almofada de volta no casaco.

— Não, Lidia. Apenas um amigo.

— Não vejo muito o meu marido. Acho que ele ainda deve estar irritado, sabe.

Mickey tinha morrido há vinte anos. Pelo que Tim se lembrava, ele estava aterrorizado com a primeira cirurgia cardíaca em 1959, quando ainda era uma inovação recente, mas a superou como um vencedor. Pouco menos de trinta anos depois, a válvula precisou ser substituída, uma manutenção de rotina, mas Mickey teve um derrame na mesa de cirurgia.

— E por que Mickey estaria irritado?

— Ele nunca falou realmente, mas eu sei que ele sempre teve raiva de Zeus.

— Por que, exatamente?

A pergunta fez Lidia congelar.

— Alguma besteira — disse ela. — Não me lembro. Você deve me desculpar. Tive um derrame e a minha memória não está muito boa.

Tim quase riu alto. A mulher estava quase totalmente ausente, mas ainda era esperta.

— Mas por que Mickey ficaria irritado com Zeus?

— Mickey? — questionou Lidia.

Tim considerou as opções.

— Lidia, Zeus chegou a saber que era o pai de Paul e Cass?

— Ah, não — respondeu a mulher, e levou uma das mãos ao peito. Alguns pensamentos pareceram se atropelar na cabeça dela, então deslizaram como a onda de uma cachoeira. A mulher olhou de novo para o pulso. Ela ficava olhando atentamente para a mão direita, percebeu Tim.

— Essa pulseira é linda — elogiou ele. — Posso vê-la?

Tim pegou a mão de Lidia. Enquanto tirava as digitais, ele reparou no anel de formatura de Easton que os meninos deram à mãe. Estava bem largo no dedo. O topo do anel, com o entalhe, a pedra e os números do ano gravados, pendia na direção da palma da mão dela. No entanto, 20 quilos atrás, ele teria cabido bem, e era maciço o bastante para ter deixado aquele hematoma na bochecha esquerda de Dita.

Mas o que Tim não havia notado antes foi a cicatriz. Abaixo da pulseira, na parte de trás do pulso, uns 15 centímetros acima, havia uma linha de pele esbranquiçada e lustrosa. A cicatriz parecia um rio correndo por um mapa topográfico, serpenteando por margens delineadas. Era a cicatriz, percebeu Tim, não a pulseira, que a preocupava.

— Onde conseguiu esta marca, querida? — perguntou ele.

Lidia ergueu o braço devagar para observar.

— Ah, isto — disse ela. — Eu me cortei.

— Como? Você se lembra?

Ela pensou, então repetiu o mantra do derrame. Mas não abaixou o braço.

— E quem deu pontos em você?

Pela aparência homogênea da cicatriz e pelos minúsculos pontinhos de cada lado feitos pela costura, parecia que um cirurgião tinha fechado aquele ferimento. Quando Zeus levou Tim para investigar a morte de Dita, os detetives, em meio às brigas internas, ainda não haviam verificado com as emergências hospitalares a respeito de casos de corte na noite do assassinato. Tim expandiu a área de pesquisa para todo hospital em um raio de 50 quilômetros. Naturalmente, foram descobertas diversas lacerações tratadas naquele domingo à noite e na manhã seguinte, mas nenhum dos pacientes se revelou de qualquer interesse.

Tim tocou cuidadosamente a cicatriz.

— Parece que chamou um médico para isso.

— Acho que foi aquela menina — falou Lidia, ainda com o braço erguido. Tim pegou a mão dela e a abaixou, antes que o braço da idosa começasse a doer.

— Que menina, querida?

— Você conhece. — Ela sorriu para Tim, como se ele estivesse brincando. — Muito inteligente. Muito boazinha. Ela virou médica.

Tim tentou se lembrar de quando Sofia Michalis voltou para a cidade depois da faculdade de medicina. Então se lembrou das reclamações de Georgia sobre a atenção que Paul dera a Sofia no piquenique.

— Deu tudo certo para ela — declarou Tim. — Foi ela quem fez os pontos aí? Sofia?

Lidia tentou pensar, mas balançou a cabeça.

— Não conheço ninguém com este nome — falou Lidia. Ela pediu desculpas de novo pelo derrame.

— Sofia é a mulher com quem Paul se casou.

— Ah, sim. Paul é um figurão. Todo mundo o ama.

— Alguma chance, Lidia, de você ter se cortado na casa de Zeus?

Ela olhou de novo, e dessa vez tocou a trilha de pele lisa.

— Foi assim? — perguntou ela. A ideia parecia fazer sentido para Lidia. Pela contração sombria na íris dos olhos dela, Tim percebeu que a mulher considerava a possibilidade. — Minha memória não é muito boa.

— Isso aconteceu depois que você acertou Dita? — perguntou ele.

Em resposta à pergunta, um minúsculo fragmento de agilidade mental retornou a Lidia novamente por tempo suficiente para disparar alguma coisa, algum tipo de alarme, talvez. Ela se recostou, então começou a virar a cabeça com os ralos fios do cabelo grisalho.

— Você bateu em Dita? — perguntou Tim.

— Quem é essa? — quis saber Lidia.

— A filha de Zeus. A menina que Cass namorava. Você acabou batendo nela, Lidia?

A cabeça dela oscilou de um lado para o outro por um bom tempo, mais por tristeza, parecia, que por discordância.

— Não posso falar sobre isto — disse ela.

— E por que não?

— Ah, isso foi há tanto tempo. Você conhece aquele homem? — Ela estava apontando para Sam Waterson na TV.

— Você bateu em Dita, Lidia?

— Não sei nada disso — respondeu ela. — Você deveria perguntar aos meus filhos. Eles sabem melhor que eu.

Tim estava prestes a discutir a lógica evidente daquilo — como os filhos de Lidia saberiam melhor que ela a pessoa em quem tinha dado uma pancada? —, porém havia mais concentração no modo como ela balançava a cabeça, parecendo determinada a se desvencilhar do pensamento ruim. Tim prometeu a si mesmo que trataria Lidia com dignidade e evitaria chateá-la. Estava quase no fim daquilo que qualquer um dos dois poderia tolerar.

— Lidia, você matou Dita Kronon?

Ela encarou Tim.

— Conheço você?

Ele se reapresentou, e Lidia explicou sobre o derrame.

— Quem matou Dita Kronon, Lidia?

— Ah, aquilo foi tão triste — lamentou ela. Por um momento, a preocupação tomou conta do rosto de Lidia, castigado pelo tempo. — Aquela menina não era boa coisa.

— A filha? Dita?

— Tinha uma língua terrível na boca.

— E você a matou?

— Ah, não — respondeu Lidia, como se a ideia fosse tão risível quanto se Tim tivesse perguntado se ela havia visitado Júpiter recentemente. Lidia parou por um momento e virou o pulso enquanto avaliava a estranha torrente de ideias.

— Tem certeza de que não a matou, Lidia?

A pergunta, dessa vez, causou uma transformação completa. A testa de Lidia se franziu, e o olhar dela ficou afiado, até feroz, quando aquele resquício da mulher determinada de décadas atrás se revelou.

— Eles simplesmente nunca acreditam em mim — declarou ela. — Eles nunca acreditam em mim.

— Quem não acredita, querida?

— Você pode ir embora. Estou cansada de tudo isso. Não sei quem você é, e fica fazendo estas perguntas todas para me envergonhar. Pode ir embora. Quem é você mesmo? — Ela olhou para a porta. — Qual é o nome daquela menina?

— Eloise?

Lidia gritou por Eloise. Quando a cuidadora não apareceu imediatamente, ela, sem qualquer aviso, pegou o controle remoto da TV e o atirou em Tim. Ele ergueu a mão parcialmente, mas o objeto atingiu sua cabeça. Enquanto isso, Lidia se inclinou sobre a poltrona e tentou golpeá-lo com o punho fechado. Não chegou perto. Chocado, Tim se levantou e começou a recuar. Lidia estava gritando que não gostava dele quando Eloise finalmente entrou.

— Não gosto deste homem e não sei quem ele é.

Tim saiu do quarto e esperou no corredor enquanto Eloise chamava outra funcionária, uma mulher filipina baixinha que não chegava a 1,5m com a mão esticada sobre a cabeça. Ela parecia ter jeito com Lidia, e Eloise deixou as duas enquanto levava Tim para fora.

— Ela fica assim às vezes, mas é uma senhora muito gentil na maior parte do tempo. Engraçado. Devia ter um pouco disso dentro dela na vida. Os médicos dizem que não sabem. Em alguns momentos, esses traços ruins afloram; em outros, o Alzheimer os transforma completamente.

— Não se preocupe — falou Tim. — Ela ficava olhando para o pulso direito.

— Ela faz isso cem vezes por dia. Os meninos sempre dão joias a ela para que tenha algo para ver.

Tim fez que sim. Os gêmeos lhe davam joias para que as pessoas pensassem que Lidia estava concentrada nas pedras, em vez de na cicatriz.

— Ela já contou onde arranjou aquela cicatriz?

— Quebrou uma janela, disse uma vez. Sabe, eles dizem uma coisa um dia e algo diferente no outro.

— Mas ela é destra, não é?

— Ah, é. Alguns dos dementes se esquecem de tanta coisa que nem sabem que mão usam para pegar uma colher. Mas ela não é assim. Usa aquela mão para tudo.

— Há quanto tempo você toma conta dela?

— Lidia? Ah, faz uns três ou quatro anos no mínimo. Não era tão ruim quando veio para cá. O único problema é que jamais conseguiu distinguir aqueles meninos. Às vezes me diz que Paul esteve aqui e às vezes o chama de Cass. Mas hoje quase não reconhece nenhum dos dois. Na maioria das vezes, chama os dois de algo totalmente diferente quando vão embora.

— De quê?

Eloise parou.

— Como era aquele nome? Ela vive dizendo. — Eloise tocou o corrimão de madeira que se estendia pela parede inteira, como se isso fosse ajudá-la a se lembrar. — Lembro de uma coisa sempre que ela o diz. — Uma das mãos se ergueu quando a memória de Eloise finalmente funcionou. — Ah, já sei. É um dos desenhos que os meus netos assistem. O cara sempre tem um raio na mão, o personagem.

Tim entendeu rapidamente.

— Zeus?

— Zeus! — A mulher sorriu. Havia bastante ouro na boca de Eloise. — Foi quem ela me disse que veio visitá-la. Mais de uma vez. Deve ser porque parecem um pouco com ele na cabeça dela.

Ao chegar em casa, Tim folheou os arquivos até encontrar o apanhado de notícias do assassinato de Dita. Havia fotos de Zeus em quase todas as matérias. Então abriu o site da campanha de Paul. Era ridícula, na verdade, a semelhança que Tim e tantos outros caras não viram, muito menos comentaram. A forma do rosto diferia um pouco, mas os três homens compartilhavam os mesmos nariz, cabelo, boca e olhos. O que Mickey tinha pensado da aparência deles? Provavelmente nada. As pessoas não viam o que não queriam ver. Seria aquela a parte mais difícil da vida, vê-la com a mente limpa e sem conceitos preestabelecidos? Ou seria um caos insuportável dessa forma?

Na manhã seguinte, Tim foi ao McGrath Hall entregar as digitais de Lidia. O McGrath era o quartel-general da polícia desde 1921. A pilha de pedras vermelhas poderia ter se passado por uma fortaleza medieval, com arcos de pedra por cima das enormes portas de tábua de carvalho e ameias pontiagudas no telhado. Quando estava na polícia, Tim odiava o lugar, porque só era chamado até ali para que alguém lhe passasse um sermão a respeito de algo do qual não podia fazer nada. Então, no último ano e meio como policial, fizeram dele chefe em exercício da Divisão de Homicídios, um emprego que jamais pediu, e lhe deram um escritório lá. A fofoca e as intrigas que circulavam nos corredores eram como um redemoinho que o sugaria, de modo que Tim costumava desejar poder entrar e sair disfarçado. Aquele ambiente se tornou grande parte do que o levou à aposentadoria.

O escritório de Dickerman ficava no porão do prédio. Se os oficiais conseguissem o que queriam, ele seria alocado na China. Odiavam-no, porque ele sempre usava sua eminência para colocá-los para trabalhar com ameaças de um alarde público se não comprassem um novo equipamento ou um software que queria. Os altos escalões pensavam, com bons motivos, que o dinheiro poderia ser mais bem utilizado em outros aspectos do trabalho policial. Mas em uma instituição que, como a maioria dos departamentos urbanos, estava envolvida em controvérsias ou até escândalos, Mo e sua reputação mundial eram bens que a polícia não poderia dispensar.

— Como foi em Hollywood? — perguntou Tim ao chegar. O laboratório de Mo no fim do corredor era enorme e de última geração, mas o pequeno escritório mal acomodava sua mesa e os arquivos de metal. Suas janelas ficavam à meia altura e deixavam entrar apenas um mínimo de luz.

— Aquelas pessoas... — disse Mo, porém não falou mais nada.

Mo ficara com as impressões originais do quarto de Dita, pois a agenda de viagens do perito impedira que Tim fosse buscá-las. Ele entregou as impressões de Lidia. Mo insistira em negociar um novo contrato com Tooley, reconhecendo que o teste não utilizaria nenhuma das impressões que o juiz Lands ordenara que fossem devolvidas a outras partes. Mo era certinho, sabia que havia muita gente no condado que usaria qualquer controvérsia, principalmente em seu emprego autônomo, como justificativa para derrubá-lo. Prometeu começar a comparação de digitais naquela noite. Era um daqueles viúvos que minimizavam o tempo em casa.

— Sabe — falou Tim —, não consegui perguntar sobre as impressões de Cass de Hillcrest. Da última vez que nos falamos, você queria ver o cartão de digitais de Paul, porque achava que as digitais de Cass da prisão não batiam com as da cena do crime.

Mo olhou através dos óculos de armação grossa durante algum tempo, então se levantou para fechar a porta de carvalho. Tinha uma tela antiga de arame retorcido no meio, na qual estava impresso o nome de Dickerman em letras de fôrma.

— Lembra daquele dia, no mês passado, quando Lands me chamou no banco para que eu relatasse as minhas descobertas sobre as digitais de Paul? — perguntou Mo.

— É claro.

— Quase me borrei todo. Estava esperando que ele fizesse a pergunta errada e eu ficaria igual a Ralph Kramden. Sabe, "Humanah humanah".

Tim riu. Não era uma imitação ruim de Jackie Gleason.

— Achei que tivesse dito que as digitais de Paul não bateram com as da cena do crime.

— Não batem. Agora que finalmente olhei o cartão de Cass, posso excluir até as inconclusivas.

— E quanto ao próprio Cass?

— Lembra que alguns dias depois que Greenwood finalmente encontrou as digitais de Cass e mandou para cá Lands disse que eu precisava devolvê-las? Stern mandou um sócio correndo para cá para levar o cartão de volta ao Condado de Greenwood naquela tarde. O que isso lhe diz?

— Talvez houvesse algo que não quisessem que você descobrisse. Talvez as impressões de Cass não batam com as da cena do crime também.

— Batem. Com todas as loucuras desse caso, isso não teria sido uma surpresa total. Mas assim que recebi o cartão olhei tudo. As impressões de Cass estavam por todo o quarto de Dita, assim como Logan afirmou em 1983, inclusive na maçaneta externa da porta francesa.

— Então qual é o problema?

Mo virou o rosto e cutucou a bochecha por dentro da boca com a língua.

— Vou te dizer, faz um tempo desde que fiquei acordado à noite pela última vez pensando em um caso. Estava pronto para dar uma festa quando Lands finalmente entrou com a desistência.

Em sua idade, Tim costumava ter lapsos imprevisíveis, nos quais simplesmente não conseguia acompanhar as reviravoltas de uma conversa normal. Isso parecia estar acontecendo naquele momento.

— Não estou entendendo, Mo. As impressões de Cass estão por todo o quarto de Dita e as de Paul não. O que é estranho?

Dickerman limpou os lábios com a mão.

— É aquele cartão de digitais de Hillcrest.

— O que tem ele?

— Bem, assim que peguei as digitais originais de Cass com Greenwood, comparei com as de Hillcrest, e, mesmo sabendo que era uma cópia a laser, que elas não têm valor como evidência, aquelas não são as digitais de Cass Gianis... As da penitenciária? São muito parecidas, mas nos detalhes há diferenças pontuais.

— Está dizendo que são de Paul?

Mo levou um tempo antes de confirmar.

— Por tudo o que vi, a resposta é sim.

Tim sentiu a mente girando como um pneu atolado na neve.

— Mas que diabos? — disse ele, por fim.

— Eu sei. Estava bem ali. Eu estava encarando Paul Gianis quando tirei as digitais dele. Você me viu fazer isso. Mas as digitais que tirei no tribunal batem com as de Hillcrest.

— Minha nossa — exclamou Tim.

Mo apontou um dedo.

— Mesmas regras: nem uma palavra para ninguém. Se isso vazar, Horgan e Stern virão atrás de mim. Farão uma cena porque estava analisando coisas que deveria ter devolvido e vão dizer que a minha opinião é um sinal de incompetência. Não preciso de nada disso.

Tim prometeu. Sabia que Mo havia chegado às conclusões erradas a respeito das digitais de Paul, só não entendia o motivo. Dava para ver que até mesmo Mo pensava assim.

26.

O acordo — 20 de março de 2008

Marlinda Glynn, uma jovem inteligente que havia trancado um semestre da Universidade de Iowa para trabalhar na campanha, estendia o celular dele quando Paul chegou aos bastidores do palco do Centro Comunitário do Oeste da Cidade. Tentaram uma reunião pela manhã, porém não devia haver mais de 25 pessoas presentes, a maioria idosos que compareceram para fugir do tédio. Ele esperava que a ligação fosse de Peter Neucriss. Peter era um velho amigo, e o advogado especializado em causas morais e materiais mais bem-sucedido daquele lado do mundo. Paul imploraria por mais 100 mil. Peter já doara quase 50, levando cheques no nome de todos os membros da família e da firma. Quando Peter recusasse, conforme Paul esperava, ele teria certeza de seu destino.

— Esse cara está dizendo ser Hal Kronon — falou Marlinda.

— É um trote? — perguntou Paul.

— Acho que não. Parece mesmo ele. — Marlinda estivera presente no dia da cena de Hal na audiência de perdão e liberdade condicional. — F a secretária dele ligou primeiro.

Paul pegou o celular enquanto ia até o carro.

— É Hal — anunciou-se Kronon, com um tom tranquilo que fazia parecer que as décadas de insultos foram apenas encenação, destinadas a esconder o fato de que eram, na verdade, melhores amigos.

— Foi o que me disseram. Posso perguntar como conseguiu o meu celular?

— Tenho gente que pode conseguir esse tipo de informação em cinco minutos. Existe uma coisa chamada internet.

Paul sorriu a contragosto.

— Eu gostaria de sentar para conversar com você — declarou Hal. — Apenas nós dois.

— Vamos discutir o tamanho de sua contribuição?

Hal gargalhou, algo que Paul não esperava.

— Não exatamente. Aceite a reunião, Paul. Não vou fazê-lo perder tempo.

Eles concordaram em se encontrar às duas e meia, depois do almoço. Nenhum dos dois queria ser visto em companhia do outro, então Hal sugeriu o prédio comercial do West Bank Mall, o primeiro shopping center de Zeus e ainda um dos mais bem-sucedidos do país. O lugar tinha 2,5 quilômetros quadrados, e os prédios de tijolos brancos eram conectados por passarelas abertas. Para competir com os shoppings fechados, Hal colocava tochas no exterior durante o inverno e borrifadores nos dias mais quentes do verão, e até mesmo contratava jovens para acompanhar os clientes com guarda-chuvas quando chovia. E o lugar crescia. Qualquer pessoa teria sorte de encontrar uma vaga de estacionamento num raio de quatro quarteirões da loja a qual queria ir.

Paul ainda ficava assombrado com o motivo pelo qual as compras em shoppings emergiram como o passatempo preferido dos americanos, como se voltar para casa com diversas bolsas cheias de bens de consumo fosse o equivalente a caçar animais de grande porte. Sempre que estava em um lugar como aquele, imaginava em que ponto teriam errado como nação para fazer o consumo parecer prazeroso para tantos. Havia um tipo de resignação na atividade que incomodava Paul acima de tudo. Não tinha nada contra lazer. Era uma conquista para se orgulhar o fato de terem dado às pessoas descanso do trabalho. Mas por que comprar em vez de jardinar ou andar de bicicleta?

Ele poderia ter interrogado as fileiras de pessoas passando, se achasse que pudessem responder. Paul usava óculos escuros, mas foi reconhecido várias vezes. As pessoas encaravam, na maioria das vezes, porém dois casais o pararam, um para encorajá-lo, outro para tirar uma foto, assim como fariam caso ele estivesse andando por aí fantasiado de Pato Donald.

Paul encontrou o prédio comercial, uma estrutura baixa e isolada. Uma jovem o guiou até uma sala de reuniões nos fundos com uma mesa barata e algumas cadeiras. Hal estava sentado em uma delas. Ele se levantou e estendeu a mão a Paul pela primeira vez em 25 anos. Paul a apertou depois de alguma hesitação, então os dois homens se sentaram.

Paul colocou um pequeno gravador digital sobre a mesa e ligou.

Os olhos de Hal se moviam na direção do aparelho.

— Eu disse que isto precisa ficar entre nós — declarou Hal.

— Certo. Mas prefiro não apalpar você em busca de um microfone ou tentar descobrir se esta sala tem escuta. Terei uma cópia particular, caso você revogue a palavra.

O olhar de Hal ficou sombrio. Paul não tinha certeza de se ele era um cara seguro o bastante para lidar com desconfiança aberta, mas foi ele quem convocou a reunião.

— Vou direto ao ponto — avisou Hal. — Queria que soubesse que vou retirar todos aqueles anúncios sobre você. Disse à agência para tirá-los do ar, mesmo aqueles que já estão com a veiculação paga.

Paul fez que sim, tentando não mostrar reação. Havia um "mas" a caminho.

— Acho que Georgia vai gostar disso — falou Paul. — Fui vê-la algumas semanas atrás e ela acha que o cabelo dela parece ter sido feito pelo serial killer de *Onde os fracos não têm vez*.

— Ninguém a enganou.

— Tenho certeza.

— Ela não estava mentindo, estava?

Paul gesticulou com a mão para mostrar que aquilo não merecia resposta.

— O que posso fazer por você, Hal?

Kronon tinha um olhar pesado e pouco saudável. Estava chegando ao fim da casa dos 60 anos. O cabelo escasseava, e a idade tomava conta dele rapidamente. Com a idade de Hal, Zeus parecia um astro de cinema. Aqueles genes recessivos eram uma droga.

— Estou considerando fazer um anúncio público — disse Hal
— Você já fez alguns.
— Esse dirá que estou convencido de que você não participou do assassinato da minha irmã.

O coração de Paul deu um salto, por mais que quisesse conter aquela reação. Teriam uma chance se Hal fizesse aquilo. Ele ainda não apostaria na própria vitória — muitos eleitores não engoliam o fato de que o gêmeo idêntico dele, uma pessoa com o mesmo DNA, fosse um assassino, embora Paul não fosse. Mas mesmo assim. Poderia voltar ao segundo lugar rastejando quando chegasse a primeira ida às urnas, em duas semanas.

— É uma mudança muito grande de opinião — disse Paul finalmente.
— Bem, descobri algumas coisas.
— Como?
— Que é o sangue da sua mãe no quarto da minha irmã. Não o seu ou o de Cass. As digitais de Lidia também estão lá. Tenho o relatório de Dickerman no bolso, se quiser dar uma olhada.

Paul inspirou algumas vezes para acalmar a combinação de medo e ódio que percorria seu corpo.

— Como diabos você conseguiu as digitais da minha mãe?

Hal deu de ombros.

— Já falei. A internet. Tudo está lá.

Paul se demorou um segundo. A última coisa que poderia tolerar era Hal Kronon no papel de espertalhão.

— O que você quer, Hal? Sei que quer algo em troca.
— Nada complicado. Quero saber o que aconteceu — pediu Hal. — Passei os últimos 25 anos convencido de que você e seu irmão privaram a minha família da verdade. Então gostaria de ouvir a história toda. E se me contar, presumindo que seja verdade, farei a declaração.
— E quem decide se é verdade?
— Eu.

Paul sorriu.

— Não sei o que aconteceu, Hal. Eu não estava lá.
— Mas sabe o que contaram a você.

Paul pensou por um segundo. Aquele conto sempre fora como a casca de um caramujo, espirais e espirais, uma história que ele sabia há um quarto de século que jamais poderia ser compartilhada. Na época, a mãe de Paul sempre repetia um provérbio grego: "Aquele que revela seu segredo se torna um escravo." Hal Kronon era a última pessoa no mundo de quem Paul, junto de sua família, se tornaria um escravo, principalmente após os sacrifícios dos últimos 25 anos.

— Não vou falar sobre isso com você, Hal. E, se falasse, você não acreditaria mesmo. Mas direi uma coisa como um favor. Até hoje não tenho certeza de quem matou a sua irmã. E nunca tive. Só sei com certeza que não fui eu e que não tive nada a ver com isso.

— Isso não basta.

— É só o que tenho a dizer, Hal.

— Você vai perder a eleição.

— Graças a você.

Paul estava, na verdade, cada vez mais em paz com a derrota. Tinha feito 50 anos quase um ano antes. Era uma boa época para manter distância e pensar na vida e no que queria de verdade, em vez de se entregar ao momento, como uma criança que desce uma colina voando em um trenó. Ele estava cheio de reuniões como aquela, com pessoas implorando, intimidando ou trocando favores. Desejara possuir poder por alguns bons motivos mas também porque era o que a mãe sempre quisera para os filhos, e porque, depois da alegação de culpa de Cass, se sentiu mais obrigado que nunca a redimir as vidas deles. Mas havia feito aquilo e descoberto que o poder era uma armadilha. Você controlava menos do que pensava, era golpeado como se fosse uma *piñata* e nunca escapava dos olhares alheios, exceto em casa. Ele suportaria perder. Quem ficaria inconsolável seria Cass. Paul imaginou por um segundo se Cass teria aceitado o acordo com Hal. Provavelmente não. Mas Cass não estava lá.

Ele abriu as mãos com força antes de falar, esperando conter o ódio.

— Sabe, Hal. Preciso ser sincero. Você tem muita coragem. Vai tirar aqueles comerciais ridículos do ar? Ótimo. Acha que não sei que seus advogados lhe aconselharam que, caso os deixasse agora, sabendo de tudo isso, eu poderia entrar de novo com a ação por difamação e limpar sua conta? Aqueles anúncios sempre foram um monte de mentiras maldosas, e você os está promovendo há meses. Essa é a verdadeira questão. Qualquer ser humano decente, tendo descoberto o que você descobriu, viria aqui dizer uma coisa tipo: "Desculpe. Vou ao telhado do prédio do ZP gritar para o mundo que estava errado e pedir desculpas." Em vez disso, está tentando me intimidar, fazer com que eu entregue a minha família como pagamento daquilo que, por um mínimo respeito pela verdade, você deveria fazer de qualquer jeito.

Hal se inclinou sobre a mesa, chegando perigosamente perto. Paul conseguia sentir o calor do hálito dele quando falou e percebeu o odor rançoso dele por baixo do perfume.

— Você quer falar comigo sobre respeito pela verdade? — perguntou Hal. — Sua família a está escondendo há décadas. Meus pais conviveram com a morte de Dita até o dia da morte deles. E eu sempre soube que nenhum de nós tinha ideia do que realmente havia acontecido. E acha que lhe devo alguma coisa, por obrigação ou honra? Desculpe, mas alguém na sua família matou a minha irmã.

— Alguém na minha família foi para a cadeia por 25 anos. E, sinceramente, como falei antes, até hoje não sei o que aconteceu. Talvez ninguém na minha família tenha matado a sua irmã.

— Então por que Cass alegou culpa?

— Nossa conversa acabou. — Paul se levantou e segurou o gravador. — Acho que suas visões políticas são tolas, Hal. Sempre achei. E acho que suas táticas são baixas. Mas sempre pensei que tivesse algum limite, que você, do seu modo distorcido, fosse um cara decente.

Sempre imaturo, Hal, por um segundo, pareceu prestes a chorar. Então ele se enrijeceu com uma verdade reconfortante.

— Você está acabado — disse ele a Paul. — Jamais será prefeito.

Paul respondeu junto à porta.

— E daí? — perguntou ele.

IV.

27.

Dita — 5 de setembro de 1982

*D*ita Kronon tira as roupas molhadas e as joga em uma pilha no chão, onde Tula, a empregada, cuidará delas pela manhã. Depois de pegar um roupão curto no armário, ela cai na cama e pressiona o controle remoto da TV. Ela contou a Greta que talvez passasse lá para uma bebida às dez e meia, mas está acabada agora que o calmante passou a fazer efeito, e Cass chegará à meia-noite.
 Aquele já é um longo dia. Dita quase fez uma dancinha quando a chuva mandou todos os gringos de volta para o lugar de onde saíram. Seus pais sempre lhe dizem para aceitar a ascendência, mas Dita explica a eles desde os 12 anos que ela é americana. Ponto final. Chama-se Dita porque era o máximo que ela conseguia pronunciar de Afrodite aos 2 anos, mas ficou com o apelido em vez de ser conhecida por um nome tão estrangeiro e esquisito.
 Hal, naturalmente, ama todas as coisas gregas, porém nasceu lá e ainda fala a língua. Ele gosta de toda a lenga-lenga da igreja, das figuras sofridas nas paredes, do incenso, da cantoria e do padre distribuindo a comunhão para todos no salão com a mesma porra de colher, o que para ela parece uma festa de Halloween muito ruim. Mas Hal é um panaca, que às vezes parece envergonhar os pais de Dita simplesmente por respirar. Dita o ama mesmo assim. Quando

estiver pronta para se casar com alguém, talvez procure um homem como Hal, pelo menos alguém tão devotado e carinhoso.

Mas ela não vai se casar com ninguém agora, o que vem explicando a Cass há semanas. Dita se meteu em um problema com ele. Conheceu-o no fim de semana do Memorial Day, no clube onde Cass trabalhava como salva-vidas para ganhar uns trocados enquanto esperava o início da Academia de Polícia.

— Olhe só — disse Dita a Greta assim que descobriu quem ele era.

A ideia inicial era ver o olhar no rosto de Cass quando dissesse seu nome a ele. Dita saíra com muitos caras, até transara com alguns, por aposta ou porque daria uma boa história. Estava vestindo um biquíni que os pais a haviam proibido de usar no clube sob qualquer circunstância, de modo que seguiu até onde Cass pudesse vê-la e sorriu para a cadeira em que ele estava enquanto semicerrava os olhos para o sol. E, é claro, assim que chegou a hora de Cass descer, ele foi até ela. Era bonito, era preciso admitir, musculoso, com todo aquele cabelo grego. Era uma coisa que Dita gostava a respeito de ser grega. O cabelo. E a comida. Isso também.

Cass é uma boa pessoa, é claro, mais legal, inteligente e engraçado do que Dita esperava. E ela sempre fica animada quando um cara se apaixona tanto quanto ele se apaixonou, embora isso também pareça paralisar alguma coisa em seu interior. Cass entende muito sobre ela de verdade. Entende o que Dita faz no Jessup, como se conecta com os clientes, aquelas crianças que foram abusadas e que todos esperam que ajam normalmente, embora nunca tenha acontecido nada normal na vida delas. Mas Cass parece estar em uma grande missão com ela, como se fosse um prêmio tão bom a ponto de fazê-la gostar mais de si mesma. E, com todas as boas intenções, ele está se tornando uma praga.

Ela está pensando nisso tudo quando, como um fantasma, a Sra. Gianis sai do banheiro de Dita. Seu coração se aperta por um segundo enquanto se assegura de que não está doidona. Dita fecha o roupão sobre o corpo e se apoia sobre um cotovelo.

— Que porra é essa?

— Entrei por causa da chuva e os banheiros do andar de baixo estavam ocupados.

— Isso foi há quatro horas.

— Depois de entrar, percebi que deveria aproveitar a oportunidade para falar com você, Dita.

Dita é a única pessoa da casa que pode trancar a porta. A mãe dela encontrou uma daquelas antigas chaves-mestras de latão e a entregou a Dita quando ela estava com 13 anos, dizendo-lhe para virar a chave toda noite. Foi uma época muito, muito distorcida na vida deles, da qual ninguém nunca fala, e Dita faz o melhor possível para não se lembrar. De vez em quando, principalmente quando os pesadelos a acordam, as memórias retornam a ela: formas na escuridão, a sensação do peso sobre si, o aroma sufocante da colônia do pai e o olhar rigoroso da estúpida da mãe dela quando entregou a chave a Dita, como se tudo aquilo fosse culpa da filha. Mas o quarto dela, por causa disso, sempre foi seu santuário. Quando vira a chave, nenhum dos pais fará mais do que bater timidamente, e é por isso que adora trepar com Cass — e muitos antes dele — bem ali. E também por isso a presença de Lidia é muito errada.

— Bem, eu fiquei lá fora por seis horas, porra.

— Precisamos conversar em particular. Como dois adultos. E tive medo, Dita, de que, se pedisse isso, você jamais fosse concordar.

Ela está certa, é claro. Dita gostaria mais de ganhar um terceiro peito do que conversar abertamente com a Sra. Gianis.

— Então invadiu o meu quarto em vez disso? Acho melhor ir embora.

— Preciso falar com você sobre Cassian. — No vestidão longo e engraçado, a Sra. Gianis se aproximou da cama de Dita. Os longos dedos abertos na frente do coração, em uma pose de oração.

— Desculpe, Lidia. Isso não é da sua conta. — Os Gianis são do Velho Mundo, e Dita sabe que chamar a Sra. Gianis pelo primeiro nome parecerá imprudente.

— Preciso pedir que pare de vê-lo, Dita.

— Idem. Cuide da sua vida.

— Dita...

— Olhe, Lidia, neste momento só estou trepando com o seu filho, então não se preocupe com isso.

A Sra. Gianis bate nela. Com força. A bochecha de Dita irrompe em dor, quase como se a pele tivesse sido arrancada. A idosa avançou tão rapidamente que a jovem mal teve tempo de reagir, e, quando afastou o corpo, ou talvez ao se encolher por causa do golpe, Dita bateu a parte de trás da cabeça na cabeceira de mogno. Enquanto isso, Lidia recuou pelo menos uns 6m, obviamente chocada consigo mesma, e começou a chorar subitamente, um ato que parece tão improvável quanto se fosse uma estátua de pedra de pé ali, aos prantos.

— Ai, meu Deus — repete ela. Lidia encenara estar no comando, sua atuação preferida, mas agora a senhora perdeu a calma e ficou desvairada. Ela pressiona a mão contra a testa, como se aquilo detivesse seu cérebro.

— Estou implorando que aja como adulta, Dita. Que me ouça.

Dita toca cuidadosamente a bochecha e diz à Sra. Gianis para ir se foder.

— Você não pode se casar com Cass. Ou, Deus me livre, ter um filho com ele.

— "Deus me livre"? É aquela velharia de novo? Os Gianis contra os Kronon? Vocês e suas brigas. Meu pai sempre disse que a sua família é como um bando de caipiras.

— Ele nunca disse isso.

— Vou chamar meu pai aqui.

— Ele não falaria de mim ou da minha família dessa forma.

— "Só um bando de caipiras que trepam com ovelhas." Palavras dele.

— Dita, Cassian é filho do seu pai.

— Mentira.

Lidia reage tão intensa e imprevisivelmente quanto antes, estendendo as mãos com ódio e acertando um dos painéis da porta francesa. O estampido ressoante de osso contra vidro dispara uma série de sons extraordinários, um grito de Lidia e um estalo, como um tiro abafado, quando a janela se quebra, seguido pelo tilintar dos cacos que caem na varanda de concreto do lado de fora. Lidia está olhando para baixo, fascinada, conforme o sangue escorre da parte de trás de seu pulso. Aquela visão, que Dita odeia, assim como o que Lidia acabou de dizer — que seu pai, o Capitão Pau Maravilhoso, também a comeu —, a deixa zonza. Parece liberar o nó frouxo que mantém as diferentes partes dela unidas. Dita precisa gritar, então grita.

— Saia! — A cabeça dela começa a doer tanto quanto a bochecha. — Saia daqui, porra! Ou vou chamar a polícia.

Desesperada e nervosa, Lidia vai para um lado, então para o outro, dispara para o banheiro e reaparece com o braço enrolado em uma toalha. Ela começa a falar, mas Dita agarra o telefone ao lado para ligar para a polícia.

Chorando copiosamente, a Sra. Gianis luta para abrir a porta. Uma pequena mancha de sangue já atravessou a camada externa da toalha que envolve seu braço. Por fim, Dita lhe diz para virar a chave.

Quando Dita ouve a porta da frente bater, disca o telefone que está em sua mão. Ele fica tocando até cair na secretária eletrônica de Cass, na qual Dita deixa uma mensagem.

— É melhor você vir aqui. A vaca da sua mãe acabou de me espancar, e vou ligar para a polícia. — Dita fica espantada ao ver que está chorando, talvez apenas por indignação. Uma coisa é certa: ela está farta de Cass e da família maluca dele. Dita toca a parte de trás da cabeça. A porra do galo está inchando.

28.

Trocando de parceiro — 14 de maio de 2008

A Tribuna do Condado de Kindle

QUARTA-FEIRA, 14 DE MAIO DE 2008

Notícias locais

**Logo quando ele achava que não poderia ficar pior:
Gianis se separam**

A equipe do líder da maioria no Senado Estadual, Paul Gianis (D—Grayson), de 50 anos, que, no mês passado, não conseguiu se qualificar para as prévias da eleição para se tornar chefe do executivo do Condado de Kindle, anunciou no fim da terça-feira que ele e sua esposa há quase 25 anos, Dra. Sofia Michalis, concordaram em se divorciar. A Dra. Michalis, de 49 anos, que chefia o Departamento de Cirurgia no Hospital Universitário, planeja se casar com o gêmeo idêntico do senador, Cass. Cass Gianis foi libertado da penitenciária no dia 30 de janeiro, depois de uma sentença de 25 anos pelo assassinato da namorada, Dita Kronon, em 1982.

Tem sido um período turbulento para o senador Gianis. Ele era o favorito na corrida para a prefeitura inicialmente e liderava por 20 pontos em algumas das pesquisas iniciais. A queda se seguiu a uma campanha intensiva de publicidade negativa financiada pelo magnata do setor imobiliário Hal Kronon, CEO do ZP Propriedades, com sede no centro da cidade. Kronon alegou que o senador Gianis também participou do assassinato de Dita Kronon, sua irmã, acusações que Gianis negou veementemente. Dias antes da eleição de abril, Kronon retirou os anúncios do ar sem explicação, mas a mudança veio tarde demais para Gianis, que perdeu as prévias por cerca de 3 mil votos. Após a derrota, o ex-candidato endossou o vencedor de ontem, Willie Dixon, de North End.

A revelação do divórcio iminente dos Gianis parece ter sido planejada na esperança de não ganhar relevância em meio à cobertura das eleições, mas a notícia virou motivo de comentários, muitos de tom humorístico, pelo país, onde o efeito dos anúncios de Hal Kronon sobre a campanha de Gianis já atraiu bastante atenção. Seth Weisman, da *Tribuna*, que costuma escrever sobre as esquisitices políticas do Condado de Kindle na coluna publicada em todo país, comentou imediatamente em seu blog.

"Pelo menos Paul tem a chance de quitar as dívidas de campanha agora", escreveu Weisman. "Quem não compraria um ingresso para o jantar de Ação de Graças deles?"

No sofá em seu jardim de inverno, Tim leu a matéria da *Tribuna* pelo menos três vezes. Pensou primeiro em Sofia, que, Tim achava, ficaria arrasada ao se ver como assunto de um escândalo. Ele observou o máximo que conseguiu da cobertura arrogante do divórcio no noticiário da manhã, então, por fim, ligou para Evon lá pelas nove da manhã.

— Eu ia ligar — disse ela. — Hal já está no avião, perguntando se isso poderia ter algo a ver com o assassinato de Dita.

— Não consigo entender como. E você? — Tim jamais contou a Evon que suspeitava que Sofia tivesse costurado os ferimentos de Lidia na noite do assassinato. Não havia como provar. E a lealdade dele a Sofia o deixava relutante quanto a vê-la sob escrutínio de Hal.

— Tem tempo de fuxicar um pouco este assunto? Só para ter certeza. Vai tirar Hal da minha cola.

— Claro que sim. Admito que a coisa toda me deixa intrigado.

Com todas as questões deixadas em aberto em sua vida, todos os crimes em que perguntas adicionais não tinham sido respondidas, Tim se surpreendia por ainda estar preocupado com o assassinato de Dita Kronon e as muitas peças que não se encaixavam totalmente. Ele pensara durante um quarto de século que Cass Gianis havia cometido o assassinato, e talvez tivesse mesmo. Mas para Tim o caso fora arquivado na pasta de "Trabalhos feitos direito". Aos 81 anos, era inquietante ver suas supostas realizações se partirem, pois o deixavam imaginando quantas mais se desfariam com o tempo.

— Hal ainda está com raiva porque Paul não quis contar a história a ele — falou Evon.

— O cara passa dois anos concorrendo a prefeito — retrucou Tim — e não revela um pedacinho de uma história antiga para ter uma chance maior ao cargo? Seja lá o que ele tiver a dizer, deve ser pior que o que as pessoas já pensam. Ou pelo menos tão ruim quanto.

Após refletir muito na cabine, Tim votara em Paul. No discurso em que admitiu a derrota, Paul disse que ele e Sofia tirariam um tempo para pensar no futuro, mas, até agora, Tim não havia percebido que ele se referia ao relacionamento deles. Um dos adágios mais verdadeiros que conhecia era o de que não se podia dizer de fora o que estava acontecendo em um casamento. Às vezes, de dentro também. No todo, parecia que os Gianis tinham muitos problemas.

Tim disse a Evon que investigaria um pouco mais para ver se acontecimentos recentes tinham deixado mais alguma ponta solta. Evon pediu a ele para avisar antes de assumir qualquer grande gasto.

Ele não esperava que qualquer dos Gianis estivesse inclinado a falar, mas não havia mal em perguntar. Cedo ou tarde, ele poderia cansar algum dos dois. Tim ligou para Sofia no trabalho, mas caiu direto na caixa postal, cuja a mensagem dizia que a Dra. Michalis não estava no trabalho. Naturalmente. Havia parasitas do país inteiro querendo uma entrevista. Tim escolheu uma abordagem antiquada e escreveu uma carta endereçada a ela na casa em Grayson, dizendo que estava pensando nela e queria alguns minutos de seu tempo.

Por volta das onze da manhã, foi à casa dos Gianis, juntando-se a pelo menos seis vans de emissoras de TV diferentes com antenas no teto que lembravam espremedores de batatas. Um policial do condado estava na entrada da garagem para evitar que os repórteres agissem como canalhas e espreitassem pelas janelas. Tim viu um câmera que lhe era familiar, Mitch Rosin, sentado na traseira da van e fumando um cigarro no clima ameno. Os arbustos estavam floridos e as árvores tinham explodido em verde da noite para o dia algumas semanas antes. Na idade de Tim, havia um prazer especial na primavera.

Rosin semicerrou os olhos através da fumaça do próprio cigarro quando Tim se aproximou.

— Brodie, certo?

— Isto.

— Como está?

Rosin era autônomo e tinha produzido alguns documentários para as emissoras de TV a cabo. O ombro dele estava detonado, disse o repórter, por carregar a câmera durante quarenta anos, mas, tirando isso, tinha sido uma ótima vida como voyeur profissional. As portas dos fundos da van foram escancaradas, e Tim sentou ao lado de Rosin na cama empoeirada do automóvel. Os dois conversaram por bons vinte minutos, rindo de casos antigos. Como muita gente, Rosin se lembrava de Tim por causa de Delbert Rooker. Delbert matara seis professoras e tentara sequestrar pelo menos outras quatro. Ele chegou a alugar um espaço em um frigorífico, junto dos caçadores de cervos, e deixara os seis corpos embrulhados e pendurados lá. À exceção de ser um maníaco homicida, Delbert poderia ser considerado um almofadinha, que usava até protetor para o bolso da camisa. Trabalhava para o Departamento de Transportes do Estado, aprovando licenças para caminhões.

— Imagino — disse Rosin — que o cara não teve uma boa experiência no ensino fundamental.

— Era o que parecia. Ele nunca explicou. Entramos no apartamento com uma equipe da SWAT. Lá estava ele, em um prédio de três andares, agarrando aquelas mulheres, enfiando-as na mala e arrastando escada acima para o apartamento do terceiro andar no meio da noite, embrulhadas em uma lona. Ninguém jamais ouviu ou viu nada. E, é claro, ele está dentro do próprio mundo doentio; não só tirou fotos mas gravou fitas de áudio para poder reviver cada assassinato. E nunca limpava. Havia sangue e cabelo por todo o tapete da sala. Deixamos Delbert sentado na cozinha, algemado ao aquecedor, enquanto fazíamos a busca. Eu disse: "Delbert, você não sabe que não deveria fazer este tipo de coisa?" Só estava tentando eliminar a defesa por insanidade. Mas ele deu de ombros. "Elas tiveram o que mereceram", respondeu ele. "Todas elas?", perguntei. "Elas tiveram o que mereceram." Tudo bem, então, era como ele via aquilo.

Tim, por fim, perguntou o que estava acontecendo com os Gianis. Rosin contou que os escritórios de Paul e Sofia diziam que estavam de férias. Ninguém fazia ideia de onde estava Cass, cujo paradeiro, mais uma vez, era desconhecido. Não havia notícia de quando qualquer um deles voltaria, mas todos os programas de fofocas queriam as primeiras imagens do novo casal assim que ele aparecesse, então Rosin estava sentado ali.

Enquanto Tim falava com Rosin, a funcionária dos correios chegou no pequeno caminhão e foi até a casa ao lado. Era uma mulher negra de físico minúsculo usando um chapéu estilo safári e bermuda padrão dos correios, e obviamente não gostava de fazer seu trabalho diante das câmeras, de forma que literalmente correu até a caixa de correio dos vizinhos.

Tim tentou não reagir. Ele se levantou e se alongou, então disse algo sobre mexer os velhos ossos. Depois, deu uma volta no quarteirão e acabou seguindo a van dos correios por uma hora, até a funcionária parar para almoçar em um pequeno restaurante coreano. Estava tagarelando em coreano com os donos quando Tim se sentou ao lado da mulher no balcão, em um dos banquinhos redondos, sem encosto e de estofamento em vinil. Era uma mulher baixa, com talvez 50 anos e um lindo tom de pele acobreado junto a um rosto grande e redondo. As pequenas panturrilhas musculosas apareciam abaixo da bainha da bermuda de listra marrom ao longo da lateral. Uma grande cruz de madeira pendia do seu pescoço, algo que Tim não percebeu como um bom sinal.

Ele pegou um exemplar jogado da *Tribuna* durante um segundo, então colocou 100 dólares em notas de 20 sob o cotovelo da mulher.

Ela encarou o dinheiro.

— De jeito nenhum — disse a mulher.

— Só preciso de uma conversa — respondeu Tim. — Há quanto tempo a correspondência dos Gianis está sendo retida?

A mulher comeu durante algum tempo, usando os palitinhos, o rosto próximo à tigela.

Ela não chegou a olhar para baixo ao puxar o dinheiro e colocá-lo no bolso esquerdo da bermuda.

— Segunda-feira.

— E já entregou cartas para Cass? Cassian?

— Algumas coisas.

— Algum endereço de encaminhamento para Paul?

— Começou na semana passada.

— Para onde?

A mulher riu.

— Eu não sou a lista telefônica. — Mas ela fechou os olhos mesmo assim. — Centro da cidade. Três-zento na Mo'gan.

— Número trezentos na Morgan — repetiu Tim com cuidado.

A mulher fez que sim. Ele não conseguiu pensar em mais nada.

Na quinta de manhã, Tim decidiu ver se conseguia encontrar Cass. Tinha um cara que ele costumava usar de vez em quando, Dave Ng, que conseguia informações do seguro social. Tim jamais perguntou como, mas ao longo dos anos compreendeu que Dave tinha alguém — ou alguém que tinha alguém — no QG da Seguridade Social de Baltimore. Aquilo ia muito além dos limites para Tim, exceto quando estava desesperado. Ng cobrava 500 dólares, os quais Tim teria que encaixar nas despesas com gasolina e viagens para Evon. Ele ligou de volta uma hora depois.

— Zero — declarou ele. Tim jamais conhecera Ng pessoalmente, e, até onde sabia, era um cara negro chamado Marcellus. Em troca, Tim enviara duas ordens de pagamento em branco por correio para uma caixa postal em Iowa. — Último emprego foi na Penitenciária Hillcrest, ao sul do estado. Nenhum emprego este ano em lugar algum.

Ele poderia ter pensado que Cass era um fantasma, mas tanto Georgia quanto Eloise, a enfermeira no São Basílio, tinham visto o homem nos últimos meses.

Na volta para a casa dos Gianis, parou na sede da Ordem Fraternal da Polícia. Havia um pote de ovos em conserva no bar no qual Tim estava pensando há pelo menos dois meses. Fazia uma era desde que comera aquilo pela última vez. O mesmo grupo que tinha encontrado na ocasião anterior estava jogando besigue, Stash, Giles e o cara que disse que ele jamais encontraria Cass, além de mais três. Havia uma pilha de moedas no centro da mesa.

— Deus do céu — falou Stash ao ver Tim. — Aí vem o morto-vivo.

— Saudações da terra dos zumbis — respondeu Tim. Ele puxou uma cadeira atrás de Stash e disse: — Cruzes, está desperdiçando esse dinheiro todo nessa mão?

Stash se virou para Tim e riu alegremente.

— Nem conheço as regras deste jogo — confessou ele. — Até onde sei, você ganha com petúnias.

— Ainda está fuçando por aí para Kronon? — perguntou Giles. — Achei que ele teria considerado missão cumprida. Certamente afundou o navio de Paulie.

— Só algumas pontas soltas que estou tentando amarrar, mais para mim mesmo do que para outra pessoa — respondeu Tim.

Ele foi até o bar, colocou duas notas de 1 dólar e comeu dois ovos em conserva, então voltou à mesa para perguntar ao cara que conhecia o vizinho dos Gianis se havia alguma notícia sobre Cass.

— Na verdade, falei com Bruce depois que você esteve aqui. Disse a ele que você estava seguindo Cass.

Tim fez que sim. Não esperava enganar ninguém. Mesmo assim, dava para ver, pelo modo deliberado como o homem não ergueu o rosto das cartas, que ele achava que tinha sido mais esperto que Tim. Era um sujeito de tamanho mediano, basicamente careca, mas usava os longos fiapos de cabelo que lhe restavam para cobrir o colarinho. O homem parecia bem decente, mas Tim sentiu que ele não tinha, de verdade, sido um policial, mas um aspirante, provavelmente bem-vindo ali porque perdia muito mais que ganhava.

— Ele disse que não há sinal de Cass — falou o homem. — A mulher viu Sofia diante da garagem há uns dois meses e perguntou como estavam as coisas, e ela apenas respondeu: "Estamos todos muito felizes por ele estar em casa."

— É — disse um dos sujeitos do outro lado da mesa —, parece que ela estava *muito* feliz. — Um coro de risadas maliciosas cercou a mesa.

— Estavam destinados ao fundo do poço mesmo — comentou Stash.

— Paulie pula a cerca há anos.

Tim aprendera há muito tempo a nunca dizer nunca. Um pau poderia fazer muitos homens de bobos. Mas mesmo assim.

— Agora, que raio de mentira é essa? — perguntou Giles, que saltara em defesa de Paul na última ocasião também.

— Não é mentira. Conhece Beata Wisniewski?

— Alguma relação com Archie? — perguntou Tim.

— Filha dele.

Archie fora o capitão responsável pelo Décimo Oitavo Distrito, em North End. Havia histórias há décadas sobre drogas e dinheiro desaparecendo dos traficantes de lá. Muitos advogados de defesa contavam a mesma história: um cliente que traficava 500 gramas era acusado de vender 200. Ainda era o bastante para pegar um bom tempo de cadeia, mas nenhum dos traficantes reclamava na corte que os policiais tinham levado um punhado da cocaína para vender por conta própria. Se era isso o que acontecia por lá, e os departamentos de polícia tinham quase certeza disso, o capitão deveria levar sua parte. Caso contrário, teria se livrado dos vagabundos há muito tempo. Mas isso foi em uma época muito distante.

— Ela também virou policial? — perguntou Tim.

— Entrou na academia assim que saiu do ensino médio, com algum tipo de documento de renúncia — disse Stash —, e eles deveriam supostamente ter sido extintos muito tempo antes. Era uma garota bonita também. Grande, mas em forma. Patrulhou comigo assim que começou o trabalho. Cerca de seis meses depois, Cass alegou culpa e ela ficou em pânico. Parece que Cass e ela foram próximos em algum momento.

Do outro lado da mesa, um cara moreno formou um círculo com o polegar e o indicador e enfiou o outro indicador por dentro, como se soubesse de alguma coisa. Stash balançou a cabeça com hesitação.

— Ela saiu do emprego depois de alguns anos, quando engravidou — continuou Stash. — Era casada com um oficial de treinamento, Ollie alguma coisa, que tinha um problema sério com bebida. O cara costumava tentar espancá-la e, lógico, ela estava sóbria, era treinada e grandalhona, então parece que colocou o cara no hospital umas duas vezes. Mas, por fim, decidiu que a vida era curta demais. Enfim, Roddy Winkler tem um filho que morava no mesmo prédio para o qual Beata se mudou. Isso foi logo depois de Paulie começar a ganhar dinheiro de verdade. E o menino, filho de Roddy, que também era advogado, disse que viu Paul saindo da casa dela de madrugada mais de uma vez.

— Minha nossa — falou o sujeito que parecia mexicano do outro lado da mesa —, estou gostando cada vez menos desta história. Paul não estava simplesmente pulando a cerca, estava mexendo com a ex-namorada do irmão.

— O irmão deve ter dito para ir em frente — disse o cara que conhecia o vizinho.

— Um monte de merda esquisita — comentou o homem ao lado de Tim. Houve uma breve discussão nesse momento a respeito da quantidade de caras que queriam uma chance com as gêmeas do comercial do Doublemint.

— Na madrugada? — perguntou Tim, voltando para a história de Stash. — Não acha que Sofia teria notado que o outro lado da cama estava frio?

— Como eu vou saber, porra? — perguntou Stash. — A mulher devia estar viajando.

— Com duas crianças em casa.

— Só estou dizendo o que o filho de Winkler falou. Sabe, esbarrei com ele na casa de Roddy e o menino falou: "Sei de uma coisa que vai deixar você encucado com seu antigo parceiro." Ele contou que Paul aparecia de vez em quando, até que Beata se mudou há uns dois ou três anos.

— Mais ou menos por uma década? — perguntou Tim. Aquilo tudo era história de policial, blá-blá-blá de terceira patente, válido até que se provasse o contrário.

— Então, Paul é presidente do Senado Estadual agora — comentou Giles — e a imprensa nunca descobriu isso?

— Todo mundo gosta de Paulie. Só atiram lama naqueles com quem não se importam. Além disso, até onde sei, investigaram e nunca descobriram algo que pudessem publicar.

— No que essa Beata trabalhava? — perguntou Tim. — Voltou para a polícia?

— Inteligente demais para isso. Vende imóveis, acho. Propriedades comerciais.

A jogada tinha acabado; Stash olhou para Tim e então ergueu os ombros largos. Não o culpe, era o que queria dizer.

Tim foi até os fundos para usar o banheiro, como sempre, então parou no bar e comeu mais um ovo em conserva. A azia seria infernal mais tarde, porém era preciso viver um pouco.

Aquele negócio com Paul era uma surpresa, mas fazia com que o fim do casamento dos Gianis tivesse mais sentido. Por um lado, não tinha nada a ver com o que Tim estava investigando. Mas, por outro, nunca se sabe o que se espalhava por aí.

Tim foi até a biblioteca pública em Grayson. Estavam fechando bibliotecas por toda a cidade, mas aquela ainda fervilhava, frequentada por muitos sujeitos da idade dele e mães com filhos jovens demais para ir à escola. Tinha a aparência vazia e funcional de muitas construções dos anos 1960, moderna e sem muitos detalhes. Encontrou o endereço comercial de Beata Wisniewski na internet e uma foto sorridente da mulher no site imobiliário. Era conforme tinha sido dito. Garota bonita, loura com uma ajudinha da mãe natureza, mas Tim jamais conhecera uma mulher, sua Demetra inclusive, que fosse loura aos 16 e não visse isso como seu direito divino de manter a mesma cor de cabelo pelo resto da eternidade. Ele ligou para a imobiliária. A secretária disse que Beata estaria fora mostrando imóveis até as três, então Tim foi ao escritório, que ficava no lado leste do centro da cidade, perto do Hospital Universitário. Aquela era uma área em que ele não iria sem a companhia do parceiro quando era policial, e agora ela vivia cheia de jovens descolados. A imobiliária aparentemente estava ali há um tempo, um prédio de três andares com estacionamento fechado. Ng poderia ter informado a Tim qual era o carro de Beata, mas ele achou que conhecia quem estava procurando e, quando a encontrou, constatou que, de fato, não teria sido difícil achá-la. Um Audi grande e preto com a placa personalizada BEATA entrou no estacionamento às três e quarenta e cinco. Tim saiu do carro e mancou até a mulher. Começou a ventar muito naquele dia de primavera.

Ela era como uma valquíria, grande em tudo, não pesada demais, ainda bonita com os cabelos louros presos em um coque para criar um ar profissional e mais de 1,80m por causa dos saltos. Vestia um casaco leve e estava com a pasta sob o braço, mas se preocupou em dar um sorriso rápido quando Tim se aproximou. Ele estendeu a mão.

— Sra. Wisniewski? Sou Tim Brodie. Conheci seu pai um pouco.

Ela parou de se mover e os olhos azuis ficaram frios como gelo. O maxilar de Beata se contraiu como o de um jogador de futebol americano.

— Isto é propriedade particular — disse ela. — Da próxima vez que der as caras por aqui, vou chamar a polícia e então você pode contar a eles sobre os bons tempos com o meu pai.

Enquanto ia embora de carro, Tim tentava rever a interação quadro a quadro, esperando determinar quando a tempestade de neve tinha se instaurado. Seria a menção ao pai dela? Mas ele estava convencido de que fora o próprio nome que fizera a mulher se irritar. O que significava que ela sabia quem ele era. O que significava que a história sobre Paul e ela tinha que ser verdade.

Seguindo um palpite, Tim decidiu espreitar na casa dela. Considerando o quanto a mulher parecera transtornada, talvez precisasse de um calmante.

Ele voltou para a biblioteca. Colocou o celular listado no site da imobiliária em um diretório reverso, mas a conta remetia ao escritório. O catálogo de negócios de Tri-Cities só mostrava um T. Wisniewski em Clyde, a uns três quarteirões de distância da imobiliária. Tim usou os mapas no site do Departamento de Cobrança de Impostos para conseguir o número de identificação da propriedade para aquele endereço, então confirmou em uma lista diferente que Beata Wisniewski recebia a cobrança de impostos daquele imóvel. Às cinco e meia, Tim havia dirigido até a rua de casas geminadas de três andares. O horário de verão tinha começado, e os jovens moradores passeavam na noite amena, pelo menos metade deles passeando com os cães.

Tim circulou por um bom tempo. Por volta de seis e meia, viu o Audi entrar na rua lateral, então foi até o beco rapidamente para ver o veículo entrar em uma garagem. Ele passou de carro devagar e viu Beata de relance pela cerca dos fundos. Demorou um tempo até que alguém tirasse o carro de alguma vaga que desse vista para a porta dela, mas então Tim estacionou e esperou. Não fazia ideia de onde Paul estava entocado, porém vira muitos caras chutados pelas mulheres, e a maioria não ia para muito longe de casa, não por teimosia, mas para tomar conta do que quer que ainda possuíssem. Cerca de meia hora depois de o sol se pôr, pouco já passando das oito e meia, outra luz se acendeu naquilo que Tim pensou ser a sala de Beata. Segundos depois, um carro estacionou algumas vagas à frente da dele. Era um Acura cinza, como o que vira na garagem de Sofia, em fevereiro. Ao sair do veículo, um homem começou a correr conforme descia o quarteirão. Tim achou ter reconhecido o sujeito que passou sob os postes, mas ele estava se movendo, e Tim enxergava muito mal no escuro. Tirou algumas fotos no instante em que o homem surgiu de novo, sob a lâmpada da varanda de Beata. Ele ficou apenas um segundo na casa dela, antes de sair com uma enorme mala, e Beata logo atrás. Os dois entraram no Acura e foram embora.

Tim tentou segui-los, mas tinha poucas chances por causa da visão. Perdeu o Acura quando o carro se misturou ao redemoinho de trânsito perto da Ponte de Nearing.

Ele estacionou para ver as fotos que havia tirado, apenas para ter certeza de que estavam boas. Aumentadas, as fotografias digitais ficaram granuladas. Mesmo assim, confirmavam o que ele pensava.

Finalmente tinha encontrado Cass Gianis.

29.

Um homem — 18 de maio de 2008

No domingo à noite, Tim foi de carro até Grayson e estacionou perpendicularmente à casa de tijolos laranja dos Gianis. Os repórteres e o policial alocados na entrada de carros tinham ido embora, provavelmente porque os diversos empregadores não pagariam horas-extras no fim de semana. Mas a informação da funcionária dos correios significava que Sofia poderia voltar agora. E de fato havia luzes acesas. Ele manteve os binóculos na casa até que viu Sofia se mover pela cozinha, então atravessou a rua e tocou a campainha. Em um minuto, Tim ouviu alguém atrás da pesada porta de carvalho envernizada, depois um rosto surgiu no pequeno painel no alto dela. A cachorra que Tim ouvira da última vez latia indignada.

Sofia abriu, vestindo jeans, a cachorra saltando ao seu lado. A mulher não parecia muito bem. Sem maquiagem, a pele dela estava cheia de caroços. O lábio de Sofia tremia enquanto ela encarava Tim com os enormes olhos.

— Sr. Brodie, por favor. Por favor. Não pode respeitar a nossa privacidade? *Por favor.*

A cachorra, uma labradora jovem com idade apenas para ter parado de crescer, se pôs de pé e arranhou a tela da porta. Tim estendeu a mão para acalmá-la.

— Tim — disse ele. — Acho que já tem idade para me chamar assim.

— Passamos por um inferno durante 25 anos. Só estamos tentando colocar as coisas no lugar. Não merecemos paz em nenhum momento? Hal Kronon é maluco.

— Eu entendo, querida — falou Tim. — Eu entendo. A verdade é que descobrir tudo pode significar mais para mim do que para Hal a essa altura. Aqui estamos, 25 anos depois, e percebo que não fiz um trabalho muito bom.

— Tenho certeza de que não é verdade, Sr. Brodie.

— Sabe, as digitais de Lidia estavam no quarto de Dita. E o que parece ser o sangue dela.

Sofia não respondeu. Abaixou o rosto para o azulejo no chão da entrada.

— Sofia — falou Tim —, acho que você deu pontos no braço de Lidia depois que Dita foi morta.

O rosto dela se ergueu como o de uma marionete presa a um fio.

— Quem contou isto a você? Grampeou os nossos telefones? Você chegaria a esse ponto?

— É claro que não, Sofia.

Atrás dela, Tim reparou em um homem na plataforma da enorme escada central da casa. Era Cass. Tim não estivera no mesmo ambiente que ele havia 25 anos, e àquela altura, sem o nariz com um caroço, Cass se tornara o irmão mais bonito, um pouco mais vigoroso do que Paul aparentara no final da campanha. Ele desceu as escadas rapidamente e passou o braço esquerdo em volta de Sofia para tirá-la com cuidado do vão da porta.

— Boa noite, Tim — despediu-se Cass, e usou a mão livre para fechar a porta.

Na segunda-feira de manhã, Sofia e Cass estavam por todo o noticiário. Algum relações-públicas tinha convencido o casal a fazer um desfile diante das lentes do ninho de cobras. O canal de notícias da TV a cabo do Condado de Kindle cobriu o evento ao vivo, e Tim assistiu de casa. O casal emergiu junto da casa timidamente, com sorrisos hesitantes, as mãos separadas pela espessura de um fio de cabelo. As câmeras giraram ao redor deles enquanto repórteres gritaram uns por cima dos outros perguntas que o casal não respondeu. Em meio àquilo tudo, a cachorra fugiu de casa e Cass precisou correr atrás dela, assobiando e batendo palmas. A filhote era um pouco selvagem e correu sem rumo por um segundo, mas, por fim, voltou, deitando-se aos pés de Cass para evitar um sermão, o rabo batendo na entrada de carros. Cass levou a cadela para dentro pela coleira, então trocou um modesto beijo na bochecha com Sofia antes de levantar a porta da garagem com uma chave. Cada um saiu em um carro diferente.

E aonde diabo iriam agora?, era o que Tim se perguntava.

Paul, também, estava de volta ao trabalho. As câmeras o surpreenderam empurrando a porta giratória do prédio LeSueur por volta das nove horas, sorrindo, mas recusando pedidos por comentários enquanto seguia pelo saguão em estilo *art déco* cheio de detalhes em latão. Os seguranças do prédio detiveram as câmeras quando Paul se dirigiu ao elevador.

Na quarta-feira, Tim foi até Grayson às cinco e meia. Qualquer que fosse o acordo de Cass e Sofia com a imprensa, parecia ter funcionado. As vans de filmagens tinham ido embora. Por volta das seis, Sofia saiu da garagem no Lexus mais antigo, sem dúvida a caminho de uma cirurgia.

Tim ficou para ver se o Acura de Cass surgiria, e de fato surgiu, por volta das oito horas. Ficou claro para Tim após seguir Cass por cerca de cinco minutos que ele estava tentando descobrir se alguém o seguia. Dirigia por dois ou três quarteirões, então dava ré na entrada de alguma garagem e saía na direção contrária. Tim evitou Cass da primeira vez que usou a manobra, mas, quando virou a esquina momentos depois, o Acura estava no acostamento, virado para o outro lado, junto às árvores antigas e pesadas no estacionamento. Cass chegou a sorrir para Tim e ergueu uma das mãos para dar tchau.

Tim ligou para Evon.

— Vou ter que alugar um carro novo a cada dia — disse ele. — Estou morrendo de curiosidade para saber aonde Cass está indo.

— Isso importa para nós? — indagou ela.

— Talvez seja só porque não tenho nada melhor para fazer, mas vejo todas essas histórias de Cass e Sofia. Viu alguma que mencione o emprego dele?

— Ele está abrindo uma escola, não é? Está tentando conseguir isenção do Conselho de Educação do estado, pois tem ficha criminal. Não leu isso?

— Onde fica essa escola? Quando abrirá? E que tipo de professor se importa se está sendo seguido?

— Não sei. Talvez só esteja de saco cheio dos repórteres. Hal não me pede nada há uma semana. Está em uma briga e tanto com os banqueiros.

Aparentemente, dias depois do fechamento do negócio com a SuaCasa, o consórcio de empréstimos de Hal decidiu baixar o preço do portfólio de casas familiares não vendidas que o ZP acabara de comprar. Os advogados dos dois lados estavam brigando como animais e negociando sem parar.

— Eu mesmo pagarei pelos carros alugados, se preferir — ofereceu Tim.

— Não, ele ainda quer a sujeira dos Gianis. Há colunistas e blogueiros por todo o país escrevendo sobre ser "krononado", ou seja, um milionário maníaco que destrói alguém com acusações falsas. Ele ficaria feliz por ter qualquer informação que mostre que há algo suspeito em relação a Paul. E quanto à valquíria? Algum sinal dela?

Tim passava pela casa de Beata em Clyde todo dia, mas a correspondência estava acumulada sobre o degrau de concreto abaixo da abertura para cartas na porta dela, de modo que a porta externa de vidro estava entreaberta.

Na quinta-feira de manhã, em um Ford Escape alugado, Tim ficou a dois quarteirões da casa dos Gianis, mas perdeu Cass no trânsito quando seguiam para o centro da cidade. Sem alternativa melhor, ele foi ao número trezentos da rua Morgan, o local para onde a mulher dos correios disse que encaminhava a correspondência de Paul, a fim de ver o que conseguiria descobrir.

Dois novos arranha-céus ocupavam o quarteirão ali, no limite do centro da cidade. Quando Tim estava no orfanato, aquela parte da cidade era toda industrial, com enormes armazéns quadrados de tijolos sem acabamento e fábricas soltando fumaça. Era uma viagem longa ir até DuSable naquela época. Cada turma ia uma vez por ano, no trem para

Rock Island. Tim se lembrou da animação e da ansiedade nos vagões que chacoalhavam, e então do medo diante do tamanho e do poder da cidade, porém a visão que mais o espantava estava logo ali, na outra ponta da estação, onde uma plataforma ferroviária girava as locomotivas na época anterior à construção de vagões que andavam de ré.

Os dois prédios novos tinham grandes banners nas janelas, letras vermelhas de 1 metro que ofereciam apartamentos à venda e para alugar. Ele entrou em cada um para ver se havia uma lista de residentes, mas porteiros estavam posicionados em balcões de segurança nos dois saguões, e Tim decidiu esperar antes de despertar atenção para si. Cedo ou tarde, os Gianis o acusariam de perseguição e procurariam outro meio de se proteger. Tim passou o dia olhando para as portas e as entradas de garagem dos prédios, ouvindo uma fita que tinha conseguido na biblioteca com o mesmo livro de mitos gregos que lia aos poucos.

Na sexta de manhã, Tim estava lá novamente, cedo, esperando ver Paul saindo de um dos prédios a caminho do trabalho. Em vez disso, viu o Acura de Cass chegar ao prédio 345 por volta de oito e quarenta e cinco e descer a rampa até o estacionamento particular abaixo do edifício. Tim deixou o pisca-alerta do Corolla alugado ligado e desviou dos carros para atravessar a rua, pensando que agora poderia valer a pena verificar a lista. Tinha acabado de abrir a porta externa de vidro que dava para o saguão quando um Chrysler azul conversível desceu na mesma garagem. O veículo não estava a mais de 10 metros, de modo que Tim pôde olhar bem para o motorista, que parou na entrada para verificar os carros nas duas direções da rua antes de virar à direita na Morgan. Era Paul.

Tim mancou de volta pela avenida até o carro alugado. Estava com sorte. Paul parou em um sinal vermelho a dois quarteirões, e Tim conseguiu segui-lo até um estacionamento vertical de sete andares do outro lado da rua do prédio LeSueur. Paul saiu rapidamente carregando sua pasta e entrou para trabalhar.

Tim voltou para o 345. Quando passara por lá no dia anterior, vira visitantes cutucando uma pequena tela embutida no balcão da segurança e usando um telefone preso a ela. O vigia não estava no momento, portanto Tim pegou o aparelho e seguiu as instruções na tela, apertando a tecla para abrir uma lista de residentes. Não havia Gianis, mas ele desceu na lista e encontrou uma T. Wisniewski na unidade 442. Tim ligou incessantemente, mas não houve resposta depois de oito sinais de chamada.

Ele ficou lá avaliando as possibilidades. Beata tinha uma casa, então provavelmente alugara aquele lugar para Paul, mas devia ter acontecido antes de ele se separar de Sofia. Não fazia muito sentido colocar as coisas no nome dela agora. Paul ainda era um rosto famoso, e os boatos de que estava morando lá se espalhariam. Talvez tivesse funcionado como aquilo que os canalhas chamariam de "ninho de amor", embora parecesse a Tim que Paul teria arriscado chamar muito menos atenção se entrasse pela porta dos fundos da casa de Beata. E o que diabos Cass estava fazendo ali? Os dois irmãos não deveriam estar se dando muito bem no momento.

— Posso ajudar? — perguntou uma corpulenta senhora de meia-idade que surgiu da sala de encomendas e retomou seu lugar em uma cadeira giratória alta atrás do balcão de segurança de pau-rosa. Vestia um blazer que estampava 345, a logomarca do prédio, acima do coração. Tim percebeu pelos olhos semicerrados da mulher que ela havia sido avisada para ficar de olho em alguém com a descrição dele.

O prédio 345, como o concorrente no fim do quarteirão, tinha sido desenvolvido para atender às necessidades de um habitante bastante atarefado. Lá, no primeiro andar, havia uma academia e uma mercearia orgânica caríssima, além de algumas outras lojas menores atrás delas.

— Só estava procurando a lavanderia — respondeu Tim, esperando que a mulher o direcionasse para a lavanderia, cuja placa Tim vira na porta ao lado. Em vez disso, pelo visto, havia uma lavanderia ali dentro também.

— No fim do corredor.

A mulher apontou para o corredor de granito. Ele conseguia senti-la observando-o conforme andava mancando, e, por segurança, entrou na loja com um cheiro abafado de goma para roupas. Uma moça asiática perguntou se podia ajudá-lo. Tinha um sotaque carregado, e Tim precisou que ela repetisse duas vezes por causa do ruído da máquina de passar a vapor atrás dela. Nesse intervalo uma ideia ocorreu a Tim, apenas para confirmar se Paul estava morando lá.

Ele virou cada bolso do blazer para fora enquanto a moça observava.

— Eu deveria buscar a roupa do meu chefe, mas estou sem o recibo.

— Qual nome?

Tim falou Gianis e soletrou para ela. A mulher olhou os recibos que tinha e então ligou o interruptor para acionar o carrossel de roupas brilhando nas embalagens plásticas. Então Paul estava de fato lá. Tim estava prestes a usar o truque de que também havia esquecido a carteira, mas a mulher tirou dois ternos do cabide de aço inoxidável que se estendia pelo balcão.

— Você esqueceu um terno três semanas — declarou ela.

— É?

Tim olhou para o segundo terno. Era exatamente igual àquele diante dele, lã azul de fios leves com riscas descritas. Ergueu a capa plástica por um segundo, como se tentando se certificar de que o terno fosse seu, então olhou dentro para ver a etiqueta de um alfaiate famoso, Danilo. Se era o cara em quem Tim estava pensando, Danilo fazia roupas para atletas e mafiosos, uma clientela para a qual ficava de bico calado.

Tim pegou os dois ternos do cabide e os ergueu diante do rosto, tentando entender a diferença. Trocou-os de mão algumas vezes e, por fim, pendurou ambos no cabide de aço inoxidável de novo, para alinhar completamente os ombros. Agora entendia. O segundo terno, que estava atrás, era provavelmente meio tamanho maior no ombro, e a manga era 1 milímetro mais longa também.

— Três semanas, hein? — perguntou ele à mulher.

— É. — Ela mostrou o recibo a Tim. O número "442" estava escrito a caneta, mas toda aquela cena acabou com a paciência da mulher. — Você paga agora — disse ela.

Então Tim abriu a carteira e fez a encenação completa, apressando-se para fora e pedindo que a mulher apontasse um caixa eletrônico próximo.

Segunda-feira era o Memorial Day. Tim iria à casa da neta para um piquenique com a família do marido dela no fim do dia, e estava ansioso por isso o fim de semana inteiro, compartilhando da animação do jovem casal pela gravidez de Stefanie e sendo parabenizado por ter ficado no mundo por tempo suficiente para ver seu DNA chegar a outra geração.

Como não havia nada melhor para fazer até lá, Tim decidiu estacionar diante do 345 durante algumas horas naquela manhã. O Acura de Cass apareceu perto das dez horas. Assim como na sexta-feira, uns cinco minutos depois de Cass chegar, Paul saiu no Chrysler. Tim seguiu Paul até o escritório do Senado, e então até um desfile no distrito.

Na terça-feira, Tim estava no 345 às sete e meia da manhã, vestindo o uniforme azul-marinho de sarja do antigo negócio de aquecedores e ventilação em que trabalhara brevemente com o irmão, 25 anos antes. Tanto o casaco na altura da cintura quanto o boné combinando exibiam o logotipo da empresa de Bob, vendida uma década atrás. Ultimamente, as calças não fechavam muito bem na barriga, mas Tim fez parecer cair direito com um cinto e um alfinete.

Ele estava do lado de fora da garagem do 345 na divisória de concreto que separava o tráfego que entrava do que saía. Assim que um carro deixou a garagem e correu para a rua, ele se abaixou sob a porta que se fechava e continuou descendo a rampa para dentro. Um Cadillac que subia buzinou, e Tim ergueu as mãos em protesto, como se tivesse todo o direito de estar ali.

Havia dois andares, ambos com um cheiro desagradável de gasolina e gases de motor. O melhor que Tim podia fazer era espreitar perto da base da rampa, encolhido contra uma parede de blocos de concreto. Quando o Acura entrou, circulou direto para o nível mais baixo. Tim pegou as escadas e esperou até ver o Chrysler subir. Caminhou pelo patamar por diversos minutos até encontrar o Acura, com o motor ainda morno.

Tim ficou no nível mais baixo da garagem na quarta-feira. Sabia que havia uma chance de ser preso por invasão de propriedade, mas a curiosidade tomara conta dele. Tinha 500 dólares consigo para pagar a fiança e havia deixado Evon em alerta.

Cass encostou às oito e cinquenta e cinco e passou um minuto manobrando carros. Ele colocou o Acura no lugar em que estivera o conversível, então voltou com a pasta para o Chrysler que deixara posicionado perpendicularmente à fileira de carros.

Dentro do Chrysler, Cass desapareceu de vista. Tim passou a cerca de 15 metros. Não arriscou mais que uma olhada rápida, e pensou que Cass estava olhando para um computador, os ombros se movendo levemente. Tim se aproximou de um parquímetro na parede, fingiu mexer no aparelho, então mancou de volta para a outra direção no ritmo preguiçoso de um homem pago por hora. Dessa vez, ao passar, viu claramente que Cass estava com a mão no rosto, segurando o osso do nariz, como se estivesse com uma dor de cabeça causada por uma sinusite ou estivesse triste por algum motivo. Com medo de encarar muito, Tim subiu um nível e ficou ao lado da porta da garagem, pensando que veria Cass melhor à luz assim que a porta subisse. E ele viu. Mas o motorista era Paul.

— Só há um homem — disse ele ao se sentar no escritório de Evon na quinta-feira à tarde.
— Ah, por favor.
— Cass sai de casa. E Paul vai trabalhar. Já estive três vezes na garagem. Cass está morando com Sofia, mas, quando sai de casa, finge ser Paul. Coloca uma prótese no osso do nariz toda manhã.

Evon não conseguiu evitar uma risada.
— Por favor. Um nariz falso? Tem um bigode preso nele?
— É por isso que está funcionando. Porque ninguém acreditaria.
— Isso é verdade.
— Não, ouça. — Tim gesticulou para a mulher com as duas mãos. Estava bastante animado e satisfeito consigo mesmo por ter descoberto aquilo. — O que Sofia faz da vida? Refaz rostos o tempo todo, usando todo tipo de prótese como parte disso. Você pode entrar no site do Departamento de Cirurgia Reconstrutiva do Hospital Universitário e ver próteses de narizes, orelhas, queixos, maxilares e bochechas. Inteiros ou partes para as pessoas que perderam, digamos, o nariz em um desastre, acidente ou cirurgia, ou então levou um tiro ou esteve em uma explosão. Ela faz isso há 25 anos. Tem uma garota que chamam de anaplastologista que é quem fabrica as próteses de acordo com as especificações de Sofia. Andei lendo sobre isso. A prótese é de silicone e pintada à mão com todo tipo de pigmento para funcionar como uma réplica exata da pele, com sardas, veias, o que quer que haja no restante do nariz, e as bordas são tão finas que se incorporam perfeitamente, ainda mais sob aqueles óculos grossos

de Paul. Quero dizer, usam câmeras 3-D e computadores para fazer um molde exato. Procure na internet. Há closes tão próximos quanto se você estivesse beijando a pessoa e não dá para ver. É incrível.

— Ah, por favor — repetiu Evon.

— Ontem, quando o vi colocar a prótese, ele devia estar atrasado e fez isso no carro. Acho que estava pincelando a cola cirúrgica que usam, porque precisa secar um pouco no ar antes de funcionar. Hoje teve mais tempo e subiu para o banheiro masculino no primeiro andar. Coloquei uma peruca e um vestido para poder segui-lo de perto e entrei no elevador com ele quando desceu de volta à garagem. Tinha penteado o cabelo dividindo para o outro lado, e colocou óculos de armação preta como os de Paul, e também ajeitou o nariz. Eu estava bem ao lado dele. Estou dizendo, não dava para perceber de jeito nenhum.

— Um vestido? Quanto preciso pagar por uma foto?

— Não está no orçamento — respondeu Tim.

Evon baixou o rosto para a mesa.

— Como isso poderia funcionar, Tim? Achei que tivesse dito que o seguiu até o tribunal ontem.

— Segui.

— Um homem passa 25 anos na cadeia e de repente sabe como advogar?

— Você acha que é tão difícil assim? A maior parte é puro bom senso.

— Nunca pareceu assim para mim — retrucou Evon. — Tudo bem. E onde está Paul?

— Não existe Paul. Estou dizendo, Cass está se passando por Paul.

— Então nunca houve gêmeos? Eu apenas estava delirando quando os dois se posicionaram lado a lado na audiência de perdão e liberdade condicional?

— Bem, obviamente havia dois. Só não sei agora.

— E para onde foi o verdadeiro Paul? — perguntou Evon.

— Estou tentando entender. Havia gêmeas idênticas na Califórnia. Irmã boa e irmã má. E a irmã má começou a viver a vida da outra. Contratou um assassino para matar a irmã boa, mas o assassino a entregou e a irmã má está na San Quentin para o resto da vida.

— Então Cass rouba a mulher de Paul, mata o irmão e assume a vida dele, certo?

— Ele já foi condenado por um assassinato — falou Tim.

— E cometeu esse com a bênção de Sofia? A Sofia que você conhece desde que nasceu?

— É só uma ideia.

— E por que se incomodar em anunciar que Paul e Sofia terminaram? Por que Cass simplesmente não sai por aí com o nariz falso fingindo ser Paul?

— Porque deveria haver dois deles.

— Então é só dizer que Cass foi para o Iraque. Ou para o Alasca.

— Não sei. Ele precisa refrescar o rosto com ar por causa da cola. Não é possível usá-la por muito tempo. Então talvez seja por isso que quer bancar os dois. É tudo muito louco.

— E quanto à valquíria? — perguntou Evon.

— Beata? Talvez Paul esteja escondido com ela.

— Você disse que foi Cass quem a levou, certo? Você tirou fotos. E por que um homem que passou a última década em público iria querer se esconder de alguma coisa?

Nada jamais tinha feito sentido naquele caso. Cass fora sentenciado, mas Paul entrara na prisão e estava de pé na rotunda do tribunal 25 anos depois. Lidia se encontrara com Dita na noite do assassinato.

— E não que Hal se importe com as despesas — continuou Evon —, mas o que isso tem a ver com quem matou Dita?

A boca de Tim se contraía enquanto pensava.

— Alguma coisa — respondeu Tim finalmente. — Não sei dizer o que exatamente, não ainda. Mas se descobrirmos chegaremos à solução do assassinato de Dita também. Tenho essa sensação.

— Está bem, mas como vamos fazer isso, Tim? Você não pode simplesmente se aproximar do cara e arrancar o nariz dele. E se o seguisse até o banheiro masculino e o confrontasse?

— Só tem uma cabine, para começar. E ele provavelmente mandaria me prender por perseguição, me chamaria de louco e sobraria para Hal também. — Tim ficou sentado, pensando. — Talvez haja outro modo de fazê-los sair da toca. Acha que ainda se lembra de como seguir alguém?

Evon esticou as costas, indignada, na enorme cadeira de escritório. Aquilo que se aprendia durante o emprego, em situações em que vidas estavam em jogo, ficava preso nas fibras dos nervos. As habilidades sempre estavam lá.

— Brodie, eu conseguiria entrar na sua cueca sem que você soubesse. Ainda mais se tivesse uma ajudinha.

— Vamos ver — respondeu Tim.

30.

Perseguição — 30 de maio de 2008

Sexta-feira de manhã, Tim chegou ao Hospital Universitário. No balcão de informações, perguntou sobre o consultório da Dra. Michalis. Sabia que ela estaria lá; a caixa postal eletrônica dizia que Sofia agendava consultas nas tardes de segunda-feira e na sexta durante o dia todo. A equipe de cirurgia reconstrutiva tinha um espaço próprio no andar cirúrgico. Tim se sentou na recepção ensolarada. Cedo ou tarde, Sofia apareceria. Ele esperava que fosse perto da hora do almoço.

Cerca de duas horas depois, ela abriu a porta de saída dos fundos, vestindo o longo jaleco branco, dirigindo-se ao banheiro feminino. Tim estava esperando do outro lado da porta quando ela reapareceu.

Sofia parou subitamente e arquejou, então levou a mão ao coração. Falou devagar com Tim, desviando o rosto.

— Sr. Brodie. Tim. Sabe que sempre gostei de você, mas se isto continuar atenderei ao desejo do meu marido e entrarei com uma ordem de restrição.

— Seu marido — falou Tim. — Qual seria? Aquele de quem está se divorciando ou aquele com quem vai se casar? Embora, até onde saiba, o mesmo cara está fazendo os dois papéis.

Deus sabe que Sofia jamais seria uma mentirosa. A cabeça dela se ergueu, basicamente da mesma forma que tinha feito quando Tim sugeriu que ela havia costurado o braço de Lidia. Mas dessa vez ela estava com raiva. Tim conseguia perceber uma rispidez na mulher que jamais presenciara. Não que fosse uma surpresa. Serrar membros destruídos requeria alguma severidade.

— Querida, não queremos fazer mal a você — disse Tim. — Ou ao restante da sua família. Hal só quer saber quem matou a irmã dele. Eu também. O resto desse espetáculo de fantasias... Não me importa por que Cass está enfiando um calombo falso no nariz toda manhã, realmente não importa. Hal não quer saber de nada disso. Nem precisa. Apenas sente-se comigo e me diga o que aconteceu quando Dita foi morta. Sei que não mentiria para mim.

Ela pareceu considerar a oferta por um segundo, então seu pequeno queixo quadrado balançou levemente.

— Com licença — disse Sofia, e passou às pressas por Tim.

— Ele vai sair a qualquer momento. — Evon viu a mensagem de texto surgir na tela do celular. Faltavam alguns minutos para as onze horas.

Do 345, ela seguira Cass, disfarçado de Paul, conforme ele dirigia o Chrysler azul até o estacionamento diante do LeSueur. Evon estacionou em uma vaga um andar acima do dele. Depois de segui-lo até o prédio comercial, passou duas horas em um café no saguão trabalhando. Ao ver a mensagem de Tim, voltou para a garagem. Quando ainda estava pagando o estacionamento nas máquinas automáticas, Evon viu Cass sair pelas portas giratórias com telas de metal modelado em forma de flor de lis do LeSueur. Cass tinha um celular ao ouvido e um olhar irritado e semicerrado no rosto.

Tim entendera Cass muito bem. Ele estava usando um terno azul, como previsto. Brodie havia descoberto que era o único traje que os Gianis usavam em ocasiões de negócios. Mais importante que isso, Tim previra corretamente que, assim que confrontasse Sofia, Cass fugiria. Precisaria fazê-lo. Não poderia esperar que a polícia aparecesse e pedisse suas impressões digitais. Fingir ser um advogado ainda era um crime que as associações da ordem, com sua influência, insistiam que fosse denunciado.

Na BMW, Evon estava esperando por Cass enquanto ele corria até o Chrysler. Ela deixou que um carro se colocasse entre os dois na rampa de descida e ligou para o celular de Tim para dizer que haviam começado a se mover. Ele estava a seis quarteirões de distância.

O Chrysler saiu na Marshall Avenue e seguiu para o norte no tráfego pesado do centro da cidade, onde ônibus e caminhões parados em fila dupla, além de pedestres despreocupados, criaram uma pista de obstáculos. Evon sempre fora ótima em perseguições, na própria humilde opinião. A 65 quilômetros por hora, era capaz de encaixar o carro entre outros dois sem deixar mais de 10 centímetros de espaço entre eles, e sempre se deliciara com a ocasional necessidade de acelerar. Competir na categoria Stock Car estava entre a longa lista de coisas que Evon desejaria ter experimentado.

Mesmo assim, considerando o que Tim havia acabado de contar a Sofia, Cass perceberia que estivera sendo seguido, apesar das evasões matinais, e responderia à altura. Depois de dirigir por seis quarteirões, parou em uma área de manobristas no Hotel Gresham e ficou do lado de fora do carro por uns bons dez minutos. Quando Evon passou por ele, Cass estava tagarelando com o manobrista e verificando o celular. Quando ela olhou de volta pelo retrovisor lateral, percebeu que Cass estava fotografando o tráfego com o celular. Por causa disso, não deu a volta. Deixou que Tim se posicionasse na esquina. Ele ligou alguns minutos depois para dizer que Cass estava andando de novo.

Quando Evon assumiu a perseguição, Cass estava dando voltas nos quarteirões. Ela e Tim se alternaram até que ele entrou em outro estacionamento na Opera House. Tim continuou dirigindo, mas Evon parou em uma zona de carga e descarga, deixou os faróis acesos e caminhou de volta ao estacionamento. Pegou o elevador até o segundo andar, então desceu a pé. Agachada na rampa superior, viu o Chrysler estacionado em uma vaga para deficientes, logo depois do portão em que os espectadores apresentavam os ingressos. Cass estava com o celular fora do bolso. Evon imaginou que estivesse comparando os carros que entravam com as fotos que havia tirado mais cedo.

Cerca de dez minutos depois, um jovem saiu do saguão dos elevadores e abordou Cass. Eles se falaram por um segundo, durante o qual Evon identificou o jovem: o filho mais velho de Paul e Sofia, Michael, que ela reconhecia das imagens de família feliz dos anúncios da campanha de Paul. Os dois homens se abraçaram rapidamente, e, pelo modo como cada um enfiou a mão no próprio bolso, Evon entendeu que tinha havido algum tipo de troca. Após outro abraço apressado, Cass saiu andando. Quando Michael abriu a porta do Chrysler, Evon percebeu que Cass tinha entregado a chave ao sobrinho. Evon entrou em pânico, pois tinha perdido Cass de vista atrás de uma van que entrava na garagem. Temia que ele tivesse continuado seu caminho a pé. Conforme corria até o elevador, o reconheceu pelas costas, caminhando tranquilamente rampa acima. No terceiro andar, ele entrou em um veículo.

Evon telefonou para Tim enquanto observava Cass sair do estacionamento.

— Eles trocaram de carro. Você deve seguir um Hyundai pequeno e vermelho de duas portas. Placa laranja do estado de Nova York.

Tim alcançou o cupê no momento em que Evon voltava correndo para o próprio carro. Pouco depois de ela ter trocado de lugar com Tim na perseguição, Cass, de súbito, virou o Hyundai e seguiu direto para a Grand Avenue.

— Ele acha que se safou — disse ela a Tim ao telefone.

Evon seguiu Cass por cima da Ponte de Nearing. Quando a rodovia se dividiu na 843, ele seguiu para o norte, afastando-se do aeroporto para o qual Evon suspeitava que ele fosse. Ela permaneceu cerca de 100 metros atrás, um pouco além da distância focal do espelho retrovisor dele, na pista à direita de Cass, acompanhando sua velocidade.

Cass seguiu por cerca de 10 quilômetros, então virou a oeste na 83. Ele estava acelerando agora, bem acima dos 110 quilômetros por hora, e Tim ligou para avisar que estava ficando para trás. Ele respeitava a própria idade e não poderia dirigir muito acima dos 100 quilômetros. Depois de uma hora, ele estava pelo menos 25 quilômetros atrás e temia não poder ajudar muito Evon.

— Me faça companhia — pediu ela.
— Ele está seguindo para Skageon, acho — respondeu Tim.

Era possível encontrar uma bela paisagem campestre em qualquer direção a partir da área de Tri-Cities, mas Skageon, ao norte, era, de longe, o destino mais popular. Ao contrário da pradaria a oeste e ao sul, a terra em Skageon era acidentada, com vistas panorâmicas para os vários lagos. Tim disse que se lembrava de uma história sobre a família de Paul ir descansar lá. Evon pensou se lembrar disso também, após a menção feita por Tim. Talvez Cass tivesse se apropriado de lá também.

O Hyundai saiu na 141, uma estrada de duas pistas.

— Ele vai para Berryton Locks, aposto — falou Tim. — Ultimamente, a maioria das pessoas viajava para Skageon seguindo o curso sinuoso de Kindle através de Tri-Cities, então continuava rumo ao norte do estado na outra estrada principal que cruzava a cidade, a 831. Mas dali ainda era possível chegar ao litoral leste de Kindle por uma barca que saía de Berryton, onde os rios Wabash e Kindle se encontravam em pequenas quedas que foram niveladas por eclusas erguidas nos anos 1930, um projeto da Works Progress Administration.

A barca, uma coisa enorme e branca, já estava aportada quando Evon chegou meia hora depois. Mesmo em uma sexta à tarde, no fim de maio, não havia uma multidão muito grande. Aquilo começaria a mudar em uma semana ou duas, assim que as escolas da região de Tri-Cities encerrassem as aulas. Nos finais de semana do verão, a fila de carros esperando para embarcar poderia se estender por 1,5 quilômetro, e a barca costumava encher, o que significava pelo menos uma espera de uma hora até a próxima partida. Mas agora, com cerca de dez minutos sobrando antes do embarque das quatro e trinta e cinco, ainda havia bastante espaço. Seis carros estavam entre o Hyundai e Evon quando ela pagou a passagem. Ela seguiu Cass pelo costado até o interior de ferro da barca, o que sempre a fazia pensar que estava na barriga da baleia de Jonas. Um homem agitando bandeiras mantinha os carros retos dentro das grossas linhas amarelas. Quando a pista ao lado de Cass encheu, Evon o viu sair do Hyundai. O perfil ainda era de Paul. Ele tomou as escadas até o refeitório, onde, como a maioria dos passageiros, esperaria o fim da viagem de trinta minutos. Celulares não funcionavam dentro do casco de ferro, e até mesmo no refeitório todos costumavam ficar sem sinal por alguns minutos em meio à água.

Após Cass sair de seu campo de visão, Evon esticou as pernas. Ela perguntou ao homem das bandeiras quanto tempo levaria até a barca partir.

— Três minutos.

No parapeito, conseguiu sinal suficiente para ligar para Tim. De maneira alguma ele conseguiria entrar na barca. Chegara na 141 há apenas alguns minutos.

— Vou esperar pela próxima — avisou Tim. O plano inicial tinha sido não dar escolha a Cass: diga a verdade sobre a morte de Dita ou teremos que ligar para a polícia agora mesmo e contar sobre a troca de identidade. Os dois haviam planejado deixar Tim dar o recado, e isso ainda parecia ser o ideal.

— Ele só vai me considerar como Hal em outro corpo — dissera Evon. — É muito mais provável que confie em você o bastante para fazer um acordo. — Os dois tinham certeza de que Cass não iria a lugar algum durante meia hora. O Hyundai estava estacionado por enquanto.

Um momento depois, Evon sentiu a barca roncar quando foi libertada do cais. Levaria mais dez minutos, enquanto a eclusa elevava a barca em cerca de 10 metros, para ficar nivelada com o Kindle, antes que começassem a cruzar o rio.

Evon ficou perto do parapeito para sentir o sol. Era um lindo dia de início de primavera, acima dos 15 graus, com nuvens altas como pombas brancas. Quando a leve brisa passava de vez em quando, aquecia levemente a água. Evon fez uma rápida parada no banheiro feminino, então voltou para o carro e verificou os e-mails durante o resto da viagem.

Quando a outra margem apareceu, coberta de madeira entre os pequenos barracões que serviam como marinas e restaurantes, os motoristas começaram a voltar para os veículos, ligando os carros quando a embarcação parou de vez. A boca de ferro da barca se abriu lentamente, deixando a luz do dia entrar na escuridão da masmorra.

Os carros dos dois lados deslizaram para a frente, mas não houve movimento na pista dela. Após mais um minuto, sirenes bramiram e o alto-falante berrou convocando o motorista do Hyundai vermelho com placa de Nova York a retirar o veículo antes que ele fosse guinchado. Evon soube que Cass não apareceria. Por fim, um dos homens de colete laranja com bandeiras na mão entrou no cupê, no qual as chaves tinham, aparentemente, sido deixadas, e retirou o carro da barca.

Evon só conseguiu sinal no celular quando chegou em terra.

— Ele nos derrotou — disse ela a Tim.

31.

Ele fala

Tim estava na 141, a cerca de cinco minutos da saída da barca em Berryton Locks, quando viu o Lexus dourado de Sofia vindo em sua direção. Era o modelo de tamanho mediano, com uns dez anos de uso, que chamou a atenção dele, antes que Tim reconhecesse a placa personalizada, RECNSTRUTV. Ele viu duas silhuetas no carro quando o veículo passou correndo, Sofia usando um lenço na cabeça e óculos escuros e alguém no banco de trás. Tim parou no acostamento e esperou por um espaço no trânsito antes de cruzar a estrada e disparar atrás deles. Alguma coisa devia estar acontecendo. Ele tentou o celular de Evon, mas ela estava fora da área de cobertura na barca.

Na estrada de duas pistas, Tim conseguia manter o ritmo. O terreno começou a ficar acidentado ali, e sempre que passava por uma elevação ele conseguia ver o Lexus centenas de metros à frente. Ao sair de Decca, um carrinho de feno rebocado por uma picape desviou para a frente de Tim, a no máximo 40 quilômetros por hora. Com a idade que tinha, o coração de Tim deu um salto quando ele desviou para a pista em sentido contrário para ultrapassar, mas precisava se aproximar. Acabou com dois carros entre Sofia e o dele.

Quando Evon ligou, Tim nem mesmo a deixou falar.

— Acho que o encontrei — disse Tim a ela. — Ainda não vi uma perseguição que os idiotas dos federais não tivessem estragado. — Ele só queria fazê-la rir, e funcionou. O FBI, na verdade, costumava ser melhor se infiltrando. Ao conversar de novo, Evon e Tim decidiram que ela deveria pegar a estrada do outro lado e encontrá-lo na Ponte de Indian Falls, cerca de 80 quilômetros ao norte, o segundo ponto que cruzava o rio Kindle.

Perto de Bailey, os dois veículos que preenchiam o espaço entre Sofia e Tim saíram, e alguns quilômetros à frente o limite de velocidade caiu para 50 quilômetros por hora, pois a estrada passava através de Harrington Ridge. Tim reconheceu a segunda silhueta na traseira do carro. Era a cachorra.

— Eles podem ter um segundo carro na barca — comentou Evon quando Tim contou a ela que ainda não vira Cass.

— Mas Sofia está indo para longe de casa — falou Tim. — E saiu correndo de uma recepção cheia de pacientes. As probabilidades dizem que está seguindo para uma direção à qual queremos ir.

Lá, os vestígios da geleira tinham deixado fazendas de terrenos ondulantes, uma imagem digna do *Saturday Evening Post*, com celeiros vermelhos e casas de fazenda brancas se erguendo além do solo preto intercalado, algumas com mudas de soja. De vez em quando o longo panorama era interrompido por extensões da velha floresta de nogueira e carvalho. Os índios queimaram grande parte dela havia séculos para que pudessem atrair a presa até o descampado e ver os inimigos de longe. Os colonizadores brancos cortaram mais pedaços da floresta para a agricultura.

Conforme esperado, quando a 141 cruzou com a autoestrada, Sofia entrou na 83. Ela disparou rumo ao norte na interestadual, dirigindo mais rápido que Tim estava disposto a seguir, a pelo menos 120 quilômetros por hora. Antes de desaparecer, ele achou que havia conseguido discernir outra cabeça ao lado dela, no banco do carona. Se fosse Cass, devia estar deitado antes, dormindo ou se escondendo.

— Se não pegarem a ponte em Indian Falls, provavelmente vamos perdê-los — disse Tim a Evon ao telefone.

Não havia nada a fazer quanto a isso. Tim voltou a ouvir seu audiolivro. O narrador, com um pomposo sotaque inglês, recitou vários versos da história de Gêmeos, os gêmeos idênticos Castor e Pólux, filhos de Leda concebidos depois de ela ter sido estuprada pelo cisne. Enquanto dirigia, Tim viu que sua mente divagava do livro para os detalhes imponderáveis do caso de Dita. Quando as coisas finalmente se encaixaram, ele quase desviou da estrada.

— Eu sou um idiota — disse Tim a Evon quando ligou para ela.
— Está bem diante de nós. — Ele a lembrou do padre Nik contando a Georgia que tinha visto Cass na TV, então de Dickerman dizendo que as digitais de Paul batiam com as do homem que entrara em Hillcrest. Eloise, a enfermeira do São Basílio, disse que, quando o filho de Lidia a visitava, ela às vezes o chamava de Cass e às vezes de Paul. — Essa pequena encenação que temos observado. E se estiver acontecendo há 25 anos?

Tim havia passado da entrada da área de descanso, que era levemente elevada em relação à estrada, quando viu o Lexus dourado parado lá. Tim freou e foi para o acostamento. Olhando para trás, viu Sofia correndo na direção do cubo de tijolos de um andar que abrigava os banheiros. Uma nuvem de fumaça subia de cada cano de descarga, o que significava que a vontade dela era urgente demais até mesmo para se incomodar em desligar o motor.

A rampa de saída da área de descanso estava diante de Tim. Ele seguiu devagar pela subida de cascalho. As placas estavam posicionadas dos dois lados com o círculo vermelho e a cruz que indicava NÃO ENTRE. Tim esperou que dois campistas saíssem, então fez uma curva fechada para a direita e entrou com o carro. Um cara dentro de uma SUV com a família viu a bandalheira e esperou, mas colocou a cabeça para fora da janela quando Tim passou.

— Se você está velho demais para ler, não deveria dirigir.

Tim balançou a cabeça com humildade e continuou. Enquanto isso, finalmente viu Cass, que saiu do lado do carona e foi até a porta do motorista. Cass tinha abandonado o disfarce — a prótese havia saído e ele penteara o cabelo e trocara de óculos. Sofia estava voltando agora, e, com um dos pés no carro, Cass gritou para ela, provavelmente para dizer que estava pronto para dirigir. Mas a labradora aproveitou a oportunidade para se espremer e disparar como um borrão, seguindo até a área dos cães, onde tentou brincar com os outros cachorros, um dos quais se esticou na coleira e começou a latir ferozmente. Tanto Cass quanto Sofia foram atrás dela.

Enquanto estavam fora, Tim parou ao lado do Lexus. O motor ainda estava ligado. Foi até a porta aberta, desligou o motor e pegou a chave. Ele a jogou sob o tapete da mala do carro alugado, um Chevy Impala azul, então fez uma breve ligação para Evon.

— Estou com eles — falou Tim e desligou, porque conseguia ver o casal voltando, a cadela agora na coleira. Sofia viu Tim primeiro e parou subitamente a cerca de 10 metros.

— Tim, por favor — pediu ela.

— Por que nós três não nos sentamos em uma daquelas mesas ali para conversar? Não vai levar muito tempo.

— Não devemos explicações a ninguém — declarou Cass. Ele estava um passo à frente de Sofia. — Muito menos a Hal.

— Bem, não tenho certeza quanto a isso. Meu melhor palpite é que você alegou culpa por um crime que não cometeu.

Cass absorveu a informação, então indicou para que Sofia continuasse.

— Não acho que vocês vão muito longe — falou Tim. — Estou com a chave.

Cass o ultrapassou e olhou pela janela do lado do motorista do Lexus. Quando voltou, estava com uma expressão de ódio.

— Não quer espancar um velho com toda essa gente em volta — disse Tim.

— Estava pensando na verdade em chamar a polícia.

— Cass, essa seria uma manobra errada. Eu teria que entregar a eles a história toda, pelo menos tudo o que sei. Tirariam suas digitais, então iriam até o escritório de Paul e o escritório do Senado e você acabaria preso por fraude, por se passar por funcionário público, um advogado, e Deus sabe mais o quê. Por que não conversamos primeiro?

Sofia pegou a mão de Cass, e Tim pôde ver que ele curvou os ombros, resignado. Os três seguiram para uma mesa de piquenique perto do prédio baixo de tijolos que abrigava os banheiros e as máquinas de comida. O tampo da mesa era de um plástico liso com manchas salpicadas para inibir pichações, mas isso ainda não fora o bastante para impedir as gangues de entalhar suas marcas, provavelmente com furadeiras sem fio. Havia também uma enorme mancha branca de cocô de pássaro endurecido, ao lado da qual vários jovens tinham usado caneta permanente para desenhar corações contendo suas iniciais. A juventude.

A cadela continuou quicando na ponta da guia e foi rapidamente amarrada nas pernas de metal que se curvavam sob a mesa. Tim brincou com ela por um segundo. Em casa, ele e Maria sempre tiveram vira-latas, que haviam sido uns dos melhores amigos da vida de Tim. Parte da estratégia das filhas para fazê-lo se mudar para Seattle era que, com tantas pessoas para ajudar, Tim poderia ter outro filhote. Vivendo ali, ele hesitava, sem saber como a perna aguentaria três longas caminhadas por dia em todo tipo de clima.

— Ela é boazinha — falou Tim. — Quantos anos?

— Dezoito meses — respondeu Sofia. — Ela não leu aqueles livros que dizem que deveria ter parado de agir como filhote.

— Como ela se chama?

— Cerberus. Paul deu o nome.

— Porque é um cão de guarda feroz — disse Cass e balançou a cabeça diante da tolice.

— Era o cachorro que impedia que as pessoas escapassem de Hades, certo? O de três cabeças?

— Estou esperando a primeira crescer — respondeu Cass. — Mas com certeza ela cuida da parte de nos manter no inferno.

— Ela vai se acalmar — comentou Tim. — Como as crianças. Elas crescem, mas no próprio ritmo.

Nenhum dos três disse nada, de modo que o ruidoso ronco da estrada os cercou — o rugido gutural dos motores, os pneus cantando no asfalto e a fumaça do ar apressado saindo dos veículos que passavam correndo. A cadela tinha se sentado aos pés de Tim enquanto ele coçava as orelhas dela.

— Cass, por que não me diz o que aconteceu na noite em que Dita morreu?

— Por que tem tanta certeza de que não a matei?

— Bem, ela foi golpeada do lado esquerdo do rosto, primeiramente, o que significa que o agressor deveria ser destro. Você é canhoto.

— Isso não o incomodou há 25 anos.

— Não sei se sabia disso há 25 anos. O que é bem estranho por si só. Como se você ou Sandy estivessem tentando evitar apontar na direção de outra pessoa. — Tim revisou a pilha de evidências contra Lidia.

— E quanto às minhas digitais? E o sêmen?

— As amigas de Dita disseram que você escalava a janela toda noite para ficar de agarração com ela.

Sofia puxou o braço de Cass.

— Apenas conte a ele.

Cass fechou os olhos.

— Não acredito nisto. E se eu contar a você, a quem vai contar?

Tim ofereceu o acordo que ele e Evon já haviam estipulado. Hal tinha direito a saber os detalhes da morte da irmã. O resto — narizes falsos e costuras — eram detalhes interessantes mas não essenciais entre eles. Aquilo podia permanecer ali mesmo.

— Presumindo uma coisa — falou Tim.

— O quê? — perguntou Cass.

— Que mais ninguém foi assassinado.

Cass começou a dizer algo em protesto, então se calou e verificou o lugar ao redor. Ele estava com a calça do terno azul e uma camisa branca com as mangas enroladas acima dos cotovelos. A gravata de seda listrada da Easton, que usava todo dia, devia estar no blazer, que por sua vez estava no banco de trás do carro de Sofia.

— Só posso dizer com certeza o que sei.

Tim disse que seria um bom começo. Cass pressionou o rosto contra as mãos, buscando coragem para começar.

— Na noite em que Dita morreu — começou ele —, Paul e eu saímos do piquenique de Zeus juntos e fomos para Overlook, onde ficamos sentados no capô do carro bebendo algumas cervejas. Na verdade, conversamos mais sobre as nossas vidas amorosas. Teve muita implicância até eu dizer que pediria a Dita que se casasse comigo, o que, para usar um eufemismo, não foi recebido bem. Por volta das dez, como não estávamos mais nos falando, voltamos para a casa dos nossos pais. Papai estava transtornado. Minha mãe tinha dito que Teri a levaria para casa, mas ela não havia aparecido, e *nouna* Teri não a via desde as seis da tarde. Verifiquei a secretária eletrônica, pensando que ela talvez tivesse ligado por algum motivo. Em vez disso, recebi uma mensagem histérica de Dita, que disse que a minha mãe tinha ido lá para bater nela.

— Foi essa a ligação do número de Dita para o seu?

— Isso. — Cass fez que sim, um gesto pesado que envolveu todo o seu tronco. Mentira número um, pensou Tim. Cass dissera aos investigadores que a única mensagem de Dita fora um pedido para que ele ligasse, que Cass apagou imediatamente. — Paul entrou no carro de papai para procurar a minha mãe e eu corri até a casa de Dita. Subi ao quarto dela e entrei pela porta francesa. Nem reparei no painel quebrado até estar do lado de dentro, quando vi o sangue. Estava por todo o lugar, na parede e na porta. Dita estava na cama e havia muito sangue lá também, ensopando o travesseiro e manchando a cabeceira. E ela estava morta. Verifiquei o pulso. Já estava fria.

— E você percebeu que sua mãe a havia matado?

Em resposta, Cass fez uma careta e ergueu e abaixou os ombros. Ele tomou um segundo para enrolar mais uma vez cada manga da camisa.

— Eu definitivamente não gostei da aparência daquilo tudo — respondeu ele.

— E foi por isso que não chamou a polícia ou acordou os Kronons.

— Certo. E foi por isso que apenas desci pela varanda...

— Deixando as pegadas...

— Acho que sim. E corri de volta para o carro. Ela devia estar a pé. Imaginei que sem um carro mamãe caminharia até Greenwood Village e ligaria para papai pedindo que fosse buscá-la, então segui nessa direção. A meio caminho, eu a vi. Centenas de pessoas deviam ter passado por ela. Estava sentada, mas, de alguma forma, tinha descido até o outro lado de uma galeria de escoamento de esgoto. Havia uma toalha ensanguentada enrolada no braço dela. Tinha sangue por todo o rosto e estava basicamente aérea. Levei mamãe para casa em vinte minutos.

— Foi esse o sangue tipo B que encontramos no seu carro?

— Era de mamãe, de fato. Papai ficou louco, é claro, mas Paul e eu sabíamos que levá-la para o hospital seria o mesmo que entregá-la. Então ligamos para Sofia.

Tim se virou para Sofia, que, até então, estava ouvindo enquanto segurava o braço de Cass. Nesse momento ela franziu o cenho. Mesmo 25 anos depois, devia se sentir envergonhada por ter ajudado a enganar Tim. Ainda assim, admitiu sua parte imediatamente.

— Lidia tinha rompido a veia radial. Ninguém respondeu quando perguntei como aquilo havia acontecido, mas eu soube que estavam com medo de levar a mãe para o pronto-socorro. Os dois rapazes alegaram que a doença de Mickey tinha deixado a mãe com fobia de hospitais. De qualquer forma, fechar o ferimento não foi um problema, mas a quantidade de sangue que Lidia tinha perdido me preocupava. Achei que estivesse perto de um choque hipovolêmico, o que poderia causar uma falência do coração. A pressão dela, considerando tudo, não estava terrível, mas disse aos rapazes que, se ela desenvolvesse uma febre alta ou qualquer um de dez outros sintomas, precisaria de transfusão. Voltei no dia seguinte para verificar. Ela não parecia bem, mas estava melhor.

— E admitiu que matou Dita? — perguntou Tim.

Cass balançou a cabeça veementemente.

— Nunca. Jamais. Ficou literalmente confusa demais para falar sobre isso durante alguns dias. Admitiu que deu "um tapa" em Dita, palavras de mamãe, e disse que Dita poderia ter "batido" a cabeça — Cass fez os sinais de aspas no ar —, mas afirmou que Dita ainda estava gritando com ela quando saiu. É claro que quando soubemos que Dita tinha morrido de um hematoma peridural isso fez sentido. Mas Lidia negou até o fim ter segurado o maxilar de Dita ou batido com o crânio dela contra a cabeceira. Nada assim. Nada de espancamento.

— E o que você pensou a respeito disso?

— Nós acreditamos, Paul e eu, que era apenas o que ela queria pensar. E, você sabe, a perda de sangue poderia ter afetado a memória dela.

— Acharam que ela tivesse matado Dita? — perguntou Tim mais uma vez.

— Nossa mãe tinha um temperamento e tanto. *Tha sae deero!* — bradou Cass de súbito. Estava com um dos dedos erguidos e a voz se elevou em um tom rouco e agudo que o fez parecer a Bruxa Má do Oeste. Era uma imitação da mãe, ameaçando uma palmada no traseiro. — Eram palavras terríveis na nossa casa. Ela nos batia com uma raquete de pingue-pongue. Não dava para sentar durante dias. Era rígida quando estava com raiva. Mas Dita estava em forma e era forte. Não consegui imaginar nossa mãe dominando-a daquele jeito. Então, para ser sincero, não, acho que jamais consegui me convencer a acreditar.

"É claro que um promotor provavelmente não teria muitas dúvidas. Havia milhares de pessoas para testemunhar como era estranho Lidia ter aparecido naquele piquenique, ainda mais ter acabado no quarto de Dita. Muita gente sabia que minha mãe estava convencida de que meu pai jamais falaria comigo de novo se eu me casasse com Dita. E mamãe desistira de qualquer esperança de me convencer a terminar, então havia um motivo para que Dita e ela não se dessem nada bem.

"Mas mesmo presumindo que um promotor acreditasse na versão da minha mãe, de que ela havia batido uma vez em Dita, que então batera com a cabeça acidentalmente, o melhor que Lidia teria conseguido era um acordo para acusação de agressão qualificada. Com a morte associada, principalmente da filha de um cara que estava prestes a se tornar governador, Paul e eu esperávamos que ela pegasse uma pena grave. Ela disse que se mataria antes de pisar na cadeia. Jamais retirou isso. Quero dizer, as pessoas fazem isso, não fazem?"

— Ameaçam? Bastante. Levam adiante? Raramente. — Tim vira alguns suicidas a caminho da prisão, jovens com preocupações óbvias, alguns deles viciados também, que não conseguiriam suportar a abstinência.

— Mas na verdade não foi isso que complicou as coisas — falou Cass.

— Já parece bem complicado — respondeu Tim.

Cass deu um leve e nauseante sorriso que, de alguma forma, se dava à custa de Brodie.

— Suponha — começou Cass — que a minha mãe tivesse falado a verdade. Tivesse contado a vocês a mesma história que nos contou, e vocês acreditassem nela. De onde tinham vindo os outros ferimentos de Dita? Sou a única outra pessoa que tinha estado no quarto de Dita antes de Zeus encontrar a filha morta. Minhas digitais estão lá, minhas pegadas estão no jardim. A mensagem de Dita dizia que ela ligaria para a polícia. Meu irmão e meu pai teriam que admitir que fui até os Kronon. Os promotores diriam que eu tinha brigado com Dita para evitar que ela denunciasse minha mãe. Ou porque supostamente planejava terminar comigo.

Tim se afastou.

— Teve medo de que indiciássemos os dois?

— Por que não? Indiciar minha mãe pela agressão e dar a ela imunidade para obrigá-la a testemunhar contra mim. Ou, melhor ainda, deixar que dois júris diferentes decidissem, imunizar nós dois e me levar para depor no julgamento da minha mãe e ela no meu. Lindo, não é? Mãe contra filho e filho contra mãe. Poderiam fazer isso. Cada uma das nossas histórias implicava o outro. Talvez os promotores encontrassem um especialista médico para dizer que o tapa de Lidia e os meus supostos golpes tinham sido, em conjunto, fatores que contribuíram para a morte de Dita. Não que precisassem legalmente. Em julgamentos separados, poderiam nos culpar pela coisa toda, um de cada vez.

Tim ponderou sobre tudo aquilo. Gostaria de dizer que cabeças mais sensatas teriam prevalecido, mas Cass tinha um ponto. Com toda a histeria e a atenção da imprensa, muitos promotores acabariam indiciando Lidia e Cass.

— Minha mãe, é claro, teria mentido e assumido a culpa pelo assassinato para me salvar. Mas Lidia Gianis na primeira página do jornal como uma assassina? O plano dela seria beber cicuta, porque você sabe que minha mãe preferiria o toque dramático perfeito, mas deixar que ela assumisse o crime inteiro era como entregar a ela a taça. — Cass deu um sorriso vazio. No fim do estacionamento da área de descanso, algumas vozes se ergueram em uma briga. Estavam discutindo sobre o pagamento de um motel. — E não tínhamos certeza se ela conseguiria suportar aquilo.

Tim contraiu a boca enquanto pensava, argumentando consigo mesmo. Nunca pensaram em testar o gênero do sangue em 1982. Não era rotina, e tudo dizia que era um crime masculino. Mas, mesmo naquela época, as pessoas sabiam sobre cromossomos. O sangue no quarto teria corroborado Lidia se ela tivesse dito que era a assassina. Mas com as impressões digitais de Cass na maçaneta e com pegadas recentes do lado de fora qualquer bom investigador teria quase certeza de que ela estava acobertando o crime do filho.

— Seria uma confusão, uma confusão horrível, não importava o que fizéssemos — falou Cass.

— Então você declarou a culpa?

— Então declarei a culpa

Tim encarou Cass.

— E Lidia Gianis deixou o filho abrir mão do ápice de sua juventude para ficar livre?

— Foi o que aconteceu

— Não, não foi — retrucou Tim. Ele esticou a mão para baixo de novo para brincar com a cadela. Ela ainda era jovem o suficiente para morder os dedos dele e segurar. — Venho seguindo você há mais de uma semana, Cass, observando você colocar um nariz falso toda manhã e ir trabalhar e fazer o papel do seu irmão. E finalmente me toquei hoje que essa festa à fantasia não começou agora. Você não podia fingir ser Paul, advogar, chegar ao Senado estadual, a não ser que estivesse fazendo isso há anos. Acho que os dois se revezaram na prisão. Por isso foi tão enfático com a segurança mínima. Porque não há uma única instituição dessas da qual não se pode sair andando, principalmente se seu irmão está esperando para tomar o seu lugar. Só precisavam sair para passear no bosque e trocar de macacão. Então cada um era às vezes Paul, às vezes Cass

– É uma teoria e tanto

— As digitais do homem que entrou como prisioneiro em Hillcrest não batem com as do homem que esteve no quarto de Dita. São de Paul. Acho que ele foi para a cadeia primeiro, como garantia caso a façanha toda não funcionasse. Não se pode manter o cara errado na prisão, não é? E a beleza de tudo isso, é claro — continuou Tim —, é que você pôde convencer sua mãe a fazer isso. Você e Paul estariam livres, pelo menos de vez em quando. Os dois teriam uma vida, mesmo que fosse compartilhada. — Tim olhou para Sofia. Ela nunca poderia jogar pôquer na World

Series. Pelo olhar de puro terror que arregalava seus olhos e se estendia pelo rosto inteiro, Tim conseguia ver que havia acertado na mosca. — Deve ter sido um pouco complicado em casa, quando Cass estava dormindo na cama do irmão — comentou ele. — Suspeito que tenha sido assim que acabaram na situação atual.

Sofia desviou o olhar rapidamente e anunciou que iria andar com a cadela.

— É uma teoria e tanto — repetiu Cass.

— Tenho quase certeza de que foi o que aconteceu. A única coisa que me faz pensar é aquilo que você disse que me faria pensar: como Dita estava morta quando você chegou lá? A verdade é que, no entanto, a versão de sua mãe faz algum sentido para mim. Seria preciso uma pessoa muito forte para dominar Dita daquela forma. É mais um motivo pelo qual tinham certeza de que era um homem. Difícil acreditar que uma mulher da idade da sua mãe pudesse sacudir Dita pelo quarto daquele jeito.

— Foi como falei — respondeu Cass.

— O que significa que você pode mesmo ter matado Dita.

Cass deu um sorriso malicioso.

— Está vendo? Há cinco minutos você estava me dizendo que eu era inocente. Mas acabo culpado quando se pesa tudo.

Tim se inclinou na direção de Cass de modo confidente, lançando um breve olhar na direção de Sofia, que estava chamando a cadela a uns 50 metros de distância.

— Somos apenas nós — disse ele baixinho. — Foi você?

— Seria muito fácil, para mim, dizer isso, não seria? Já cumpri a pena.

Ele estava certo em relação àquilo. Por outro lado, havia alguns caras que simplesmente jamais conseguiriam soltar a verdade. Mas, de modo geral, Cass tinha todos os motivos para ter cometido o crime.

— Acho que acredito em você — falou Tim.

— Obrigado. — Cass não falou com sinceridade. — Mas só para você saber. Aquela coisa sobre narizes falsos e entrar e sair da prisão, isso é besteira. Cumpri a pena porque iria cumpri-la de qualquer jeito, e dessa forma mantivemos minha mãe fora, e viva.

— Bem, dizer sim ao que insinuei significaria admitir diversos crimes, para você e seu irmão.

— É mentira.

— Não importa. Como falei. Só quero saber quem matou Dita.

— E eu disse que contaria o que sei.

Tim fez que sim pensativamente. Cass parecia ter cumprido o acordo.

— Só mais uma coisa me incomoda — comentou Tim. — Não consigo descobrir que fim levou o seu irmão.

— Ele está bem.

— Está? Então por que você está correndo por aí fingindo ser os dois há semanas?

Cass abaixou o rosto para a mesa.

— Porque você quase matou Beata de susto, e eles precisavam de um tempo juntos. Ela está grávida, para dizer a verdade. Aos 45, não vai ter muitas outras chances. Então pareceu uma boa ideia para ambos se afastar do show de horrores.

— E você concordou em acobertá-lo em todos os lugares?

Cass deu um sorriso contido.

— Devo um favor a ele no momento.

Tim não pôde reprimir um leve sorriso também.

— Preciso dizer, suas vidas pessoais não são da minha conta, mas ficaria feliz em ouvir se quisesse me contar *essa* história algum dia.

Cass parou de rir. Ele disse a Tim que havia acertado no início da frase. Aquela parte não era da conta dele.

— Por que não vamos todos visitar Paul? — perguntou Tim. — Ele está vivo e bem, você sabe que isso basta para mim. Mas não pode esperar que um antigo canalha da Divisão de Homicídios fuja diante da menor possibilidade de um assassinato ter acontecido. Como disse desde o início, preciso ter certeza com relação a isso.

Sofia e a cadela tinham voltado.

— Tim quer ver Paul — falou Cass. — Acha que eu o matei.

Sofia ficou petrificada por um segundo, então o ar de gravidade pareceu deixá-la por inteiro e ela gargalhou alto.

Cass se levantou.

— Apenas nos siga.

— Não, acho que já persegui vocês demais por uma vida. Por que não entramos todos no meu carro e vamos dar um oi a Paul? Depois que o vir, devolverei sua chave e vocês poderão continuar com o faz de conta.

— E desperdiçar mais uma hora dirigindo de volta até aqui? — Tim na verdade achou a resposta de Cass um alívio, pois partia do princípio de que Paul estava vivo e não tão longe.

— Cass, apenas acabe logo com isto — falou Sofia.

32.

O novo Paul

Tim concordou em deixar Cass dirigir seu carro alugado, o novo Chevy que tinha o permanente cheiro acre de alguém que quebrara as regras e fumara lá dentro. Sofia e a cadela foram no banco de trás.

— Preciso ligar para Paul e avisar que estamos indo — avisou Cass.

— Para ele ter tempo de colocar o nariz falso?

— Ele não tem um nariz falso. Você mesmo verá· Foi conveniente durante a campanha que eu saísse e me tornasse Paul. Admito isso.

— Não, conforme deduzi, quem quer que estivesse sendo Paul tinha que usar a prótese. Se o nariz de Paul estivesse mesmo quebrado daquela forma, ele jamais conseguiria ter sido Cass em Hillcrest.

— E é por isso que é tudo besteira. — Cass pegou o celular. — Não posso simplesmente aparecer por lá. Ele pode fazer um escândalo. Mal estamos nos falando agora. Já disse. Beata está lá para evitar estresse.

— Acho que você estava indo até Paul desde o começo, para conversar sobre como lidar com o fato de que eu descobri o disfarce.

Cass revirou os olhos e alegou que Sofia e ele tinham acabado de alugar um chalé para passar o verão a 16 quilômetros dali. Ele discou no celular sem esperar que Tim concordasse. Na ligação com o irmão, o tom de voz de Cass não foi acima do profissional, mas explicou imediatamente que ele e Sofia estavam no carro com Tim. Quando Cass terminou, Tim ligou para Evon, que havia deixado várias mensagens. Ele disse que a encontraria na ponte em cerca de uma hora.

— É tudo o que pode dizer agora? — perguntou ela.

— É tudo.

— Você está bem?

— Nunca estive melhor.

Cass, Sofia e Tim passaram o resto da viagem falando sobre os filhos de Sofia. Michael e Steve estavam aliviados pelo fim da campanha e principalmente porque os anúncios malucos de Hal não estavam passando mais na TV. Michael, o mais velho, se formaria no mês seguinte. Participaria do programa Teach for America e provavelmente iria para a faculdade de direito em seguida. Steve estava no fim do segundo ano e pensava em fazer faculdade de medicina. Tim imaginou como devia ter sido para aqueles meninos, com o tio aparecendo periodicamente e o pai desaparecendo. Era um fardo para as crianças manter um segredo como aquele, mas elas costumavam lidar com isso melhor que os adultos. Tim vira algumas situações assim, com famílias que viviam em fuga.

Conforme Tim esperava, eles seguiram para a Ponte de Indian Falls. Ele viu o carro de Evon no acostamento ali, mas decidiu não testar a sorte perguntando se ela poderia se juntar a eles.

A paisagem ali era linda, pinheiros e choupos entre as saliências rochosas e uma série de riachos que saíam do rio Kindle. A cada 1,5 quilômetro, mais ou menos, passavam por mais um lago plácido conforme dirigiam. As pessoas estavam do lado de fora agora, restaurando as casas para a estação. Dava para sentir a alegria por finalmente ser primavera, um sentimento de celebração que habitava todo o Meio-Oeste naquela época do ano.

Cass virou à esquerda em uma estrada de chão; então, 800 metros depois, subiu uma colina. Paul tinha construído o retiro de um homem rico. No alto de um monte, a enorme casa de pedra possuía um telhado de telhas de madeira, e troncos de pinheiro envernizados cobriam a varanda de pedras chatas. Os três saíram do carro alugado de Tim na entrada de carros circular coberta de cascalho. A cadela disparou em liberdade, correu um circuito imenso no jardim e voltou com uma bola de tênis que soltou aos pés de Cass. Ele jogou a bola de volta para ela com a mão invertida no momento em que Paul saía da casa. Ele estava com camisa xadrez e jeans, e cruzou os braços assim que viu Tim.

Beata surgiu a seguir. Usava uma blusa velha de cambraia, mas Tim conseguia ver que Cass tinha contado a verdade a respeito da mulher. Ela estava começando a exibir uma barriga. Paul estendeu o braço para trás para pegar a mão dela.

— Está satisfeito? — perguntou Cass a Tim.

Paul se parecia com Paul, com aquele enorme calombo quebrado no nariz. Sempre parecera estranho, sendo casado com uma cirurgiã plástica, que ele jamais o tivesse consertado, mas, por outro lado, Sofia não tinha entrado na faca também. Mas é claro que o nariz de Paul não estava nem um pouco quebrado. Era o disfarce.

— Você se importa se eu olhar de perto? — perguntou Tim a ele.

— Por quê? — perguntou Paul, obviamente irritado.

— Ele tem outra teoria — falou Cass. — De que você e eu trocamos de lugar na cadeia durante os últimos 25 anos e fingimos ser o outro, usando uma prótese nasal.

Paul pensou nisso com uma expressão enigmática, mas desceu os três degraus da varanda. Ele até retirou os óculos de armação preta espessos para a inspeção.

— Seja rápido — disse ele a Tim.

Tim se aproximou, mexendo nos próprios bolsos em busca dos óculos de leitura. Havia se aproximado tanto quanto se fosse beijá-lo, então passou para o outro lado. Parecia real, sem dúvida, mas a prótese também. Tim ficou imóvel então, tomado por uma ideia, quase como um desafio para si mesmo. Ele agiu como se estivesse indo embora, então se voltou e agarrou o osso do nariz de Paul e puxou com força. Paul chegou a gritar de dor e bateu em Tim, então Tim sentiu um golpe pesado na lateral e o impacto duro quando caiu no chão. Beata estava em cima dele.

Cass se aproximou para tirar a mulher, mas ficou distante, sem oferecer a mão, quando Tim ficou de pé novamente, devagar. Ele conseguia sentir uma dor forte na lateral do rosto que acertou o cascalho. Enquanto isso, Sofia segurou as bochechas de Paul nas mãos, virando a cabeça dele de um lado para o outro a fim de examiná-lo.

— Está na hora de você ir — falou Cass. — Apenas me dê as chaves do carro. Paul pode me levar de volta para a área de descanso.

Beata estava agora ao lado de Paul junto de Sofia, que assentia enquanto olhava para Tim.

— Sr. Brodie — disse ela —, acho que o senhor está desenvolvendo demência. Poderia ter quebrado o nariz dele. Talvez tenha feito isso.

— Desculpe — falou Tim. — Achei que tivesse descoberto tudo. Desculpe. — Ele sentiu uma fissura de osso e cartilagem. O nariz de Paul era real.

— A chave — repetiu Cass.

Tim limpou o casaco e a perna da calça. O ombro doía também. E a perna ruim não estava nem um pouco melhor, tendo cedido ao peso de Beata.

Ele abriu o porta-malas do Chevy e colocou a mão sob o tapete em busca da chave. Quando voltou com ela, percebeu algum tipo de resíduo rosado na parte externa do polegar direito. Tim esfregou o resíduo no dedo indicador. Pólen foi seu primeiro pensamento, mas a substância era oleosa. Então percebeu. Era maquiagem. Não estava no nariz de Paul, mas sob os olhos, onde o sangue se acumulava e os hematomas apareciam depois de um ferimento ou acima da órbita ocular.

— A chave — exigiu Cass.

Tim a lançou. Jogou-a do lado esquerdo de Cass, e, como esperava, ele estendeu a mão direita diante do corpo para pegar.

— Boa, Paul — falou Tim a ele.

— Sou Cass.

— Não, aquele é Cass — declarou Tim, apontando para o homem que tinha voltado para a varanda. — O cara que está se escondendo aqui enquanto o nariz dele se recuperava após a operação de Sofia para colocar aquele calombo permanentemente. Era para que vocês fizessem a troca de uma vez por todas. Mas você é Paul. Aposto que se saiu muito bem interpretando Cass no xadrez. Mas não está acostumado a fazer isso aqui. Aquela cadela tem 18 meses e está colada em você. Não no homem que você diz que a treinou. E, aliás, observei como atirou aquela bola para ela com a mão invertida. Aposto que você e Cass aprenderam a comer e a assinar o nome com a outra mão, a mesma porcaria de assinatura ilegível dos dois, mas jogar uma bola com a mão invertida do lado errado, isso é difícil de dominar. Aqui. Prove que estou errado. Jogue essas chaves de volta para mim com a mão invertida.

O homem que ele chamara de Cass até então apenas o encarava. Tinha os olhos de Zeus também, bem pretos.

— Devo pedir que fiquem ombro a ombro? — perguntou Tim. — Querem apostar que Paul é aquele um pouquinho mais alto agora? Cass vai ser Paul de agora em diante. E você vai ser Cass. Mas vivendo com a sua esposa. O que é bom saber. — E Beata é namorada de Cass há anos, sempre que ele saía da prisão fingindo ser Paul. Entendo que queira ficar com ele aqui, principalmente considerando que está grávida, mas não acho que ela esteja se sentindo tão frágil — falou Tim, esfregando o ombro. — Só tem me evitado. O que é seu direito. Espero que todos sejam felizes para sempre. Espero mesmo. Não tenho certeza se entendo o que diabos estão fazendo. Mas não é da minha conta.

Sofia desceu da varanda. Pegou a chave do carro com o marido, então se aproximou de Tim e levou uma das mãos à bochecha dele.

— Acho que isto vai deixar um hematoma. Vou pegar gelo. Tem mais alguma coisa doendo?

— Nada pior que o normal — disse ele à mulher. Não estava muito certo com relação à perna.

Sofia entrou na casa e murmurou algo conforme entrava para que os três a seguissem. A cadela saiu correndo do bosque nesse momento e ficou à porta com a bola na boca. O rabo dela se agitava, e ela de vez em quando olhava para trás, esperançosa, para Tim.

— Não me pergunte, Cerberus — disse ele ao animal. — Não entendo nada por aqui.

Alguns minutos depois, Sofia voltou sozinha. Carregava uma bolsa plástica com cubos de gelo, uma vasilha com água e uma garrafa de spray. Ela limpou o ferimento e pediu que Tim fechasse os olhos enquanto borrifava um antibacteriano. Por fim, entregou o gelo a ele.

— Alterne dez minutos com gelo e dez sem — recomendou ela. Tim foi até o carro alugado.

Sofia se abaixou para olhar para o interior.

— Só entre nós?

— É claro.

— Você está certo.

— Eu sei disso. Seu marido é um cara muito bom. Cass e Lidia se meteram em confusão. Mas isso é um gesto e tanto para um irmão, entrar voluntariamente na prisão, mesmo que só por meio período.

Sofia abaixou o rosto para a entrada de cascalho por um instante, como se a verdade pudesse estar ali.

— Você aprende muito sobre o amor quando se casa com gêmeos idênticos. Não é para qualquer um. Principalmente se quiser se sentir como o número um. Eles crescem em um mundo de indivíduos, e todos dizemos a eles para pensar e se comportar como nós. Mas não podem. Pelo menos não esses dois. A experiência fundamental deles foi diferente. É provavelmente a união máxima. Toda a coisa da troca foi ideia de Paul. Ele estava convencido de que Lidia se entregaria. Porém, mais que isso, não conseguia tolerar a ideia de o irmão suportar aquele tipo de problema sem compartilhá-lo.

— Você também estava envolvida?

— Foi aos poucos. Acho que estava envolvida desde que suturei Lidia. Certamente quando comecei a me apaixonar por Paul. Tive a ideia da prótese nasal. Precisávamos de uma característica facial tão proeminente que obscurecesse as demais diferenças minúsculas entre eles, principalmente aquelas desenvolvidas com a idade. E você conhece a expressão: "Estava na cara." O nariz é o melhor modo de diferenciar a aparência de duas pessoas. Hilda, minha anaplastologista, já deve ter descoberto, mas nunca disse uma palavra. A coisa toda foi possível porque eles só usavam a prótese quando estavam em público, sendo Paul.

— E simplesmente entraram e saíram da cadeia durante 25 anos?

— Existe uma estrada nos fundos de Hillcrest. Quem quer que estivesse fora dirigiria até lá. O outro sairia para caminhar no bosque. Exatamente como você disse.

Tim deu de ombros. Todas as instituições de segurança mínima eram iguais, estabelecidas no entorno de alguma cidadezinha que aceitaria os empregos.

— De vez em quando havia um problema — comentou Sofia. — Alguém na estrada. Em 25 anos, apenas um interno suspeitou. Eles faziam as visitas na sala dos advogados durante um tempo, uma vez que Paul sempre esteve listado como advogado de Cass, e trocavam de roupa lá mesmo, até que um agente penitenciário entrou e viu os dois sem sapatos. Ele quase deu uma advertência a Cass, mas Paul contou uma história de como Cass estava doido para experimentar seu sapato social novo.

"Costumavam trocar de lugar todo mês. Mas de vez em quando era por um dia, se um dos nossos filhos tivesse um jogo importante ou uma reunião de professores. Houve épocas estranhas. — Sofia revirou os olhos. — Muitas histórias."

— Aposto. E nenhum problema advogando?

— Paul não sabia mais do que Cass sobre legislação criminal quando começou na promotoria. Você não aprende realmente a ser promotor na escola de direito. É o tipo de treinamento que se tem no emprego. E os dois aprenderam muito com Sandy Stern durante o caso de Cass. Alguns anos depois, quando Paul abriu um escritório particular, pegou um caso grande em Illinois e precisou prestar o exame da ordem de lá. Cass ficou na prisão por seis semanas e estudou, e foi ele quem prestou o exame da ordem e passou.

"Então a prática nunca foi um problema. Eram os detalhes da vida. Eles escreviam o máximo que podiam um para o outro naquelas cartas que enviavam toda noite, mas devo ter pedido desculpas um milhão de vezes nesta vida pela memória ruim de Paul. As crianças foram a parte mais difícil. A prótese precisava ser tirada à noite, e com ou sem ela cada menino conseguia distinguir o pai do tio quando tinham 3 anos. Foi muito arriscado contar a verdade a eles, na época em que finalmente contamos. Fizemos esse pacto entre os três adultos de que não haveria recriminações se uma das crianças contasse tudo. Mas não contaram. As crianças não gostam de ser diferentes, é o tipo de coisa que elas guardam dentro de si naturalmente. A esta altura, são gratos. Sentem que têm dois pais. Muitos filhos de gêmeos idênticos dizem isso."

— E o que está acontecendo agora? — perguntou Tim. — Qual é o objetivo de trocar as identidades?

— Paul está farto da política, Cass não. Paul vai ser mais feliz abrindo a escola. Vai ser voltada para ex-presidiários e crianças que saem do confinamento juvenil, rapazes de 14 a 26 anos. O currículo vai abarcar o ensino médio e os primeiros anos de faculdade, com grande ênfase em treinamento profissional e estágios. A ideia é que os detentos ensinem as crianças a se manter na linha. É uma boa ideia. E o emprego certo para "Cass". — Sofia fez o sinal de aspas no ar. — Um detento ensinando detentos? Paul já falou com Willie Dixon a respeito, e o condado vai financiar. E Cass quer ficar no escritório. Então faz sentido. Não faz?

— Não cabe a mim dizer. Mas espero que vivam em paz. Vocês têm direito. — Tim pensou no que Sofia dissera. Era muita coisa para absorver. — Como foi ter filhos enquanto eles trocavam de lugar?

— Paul estava sempre em casa quando eles nasciam. — Ela encarou Tim. — E quando foram concebidos. Consigo distinguir os irmãos.

Tim riu em voz alta.

— Você se contentou com meio marido?

— Muitos casais ficam longe. Pense nas famílias de militares. Além disso, eu estava com 24 anos e apaixonada. Achei que qualquer homem que amasse tanto o irmão me amaria do mesmo jeito.

— Estava certa?

Sofia sorriu levemente filosófica, como Tim esperaria de qualquer adulto.

— Acho que sim. Penso que nosso casamento é, de fato, outro motivo pelo qual Paul está disposto a deixar a vida pública. Assim teremos tempo para construir um relacionamento mais normal. Até fevereiro, não tinha vivido com meu marido por mais de dois meses direto em 25 anos.

— Está funcionando, espero.

— Tem sido ótimo, graças a Deus. Não vou fingir que não estávamos preocupados. Mas sabe, Sr. Brodie, digo, Tim, por mais que tenha sido difícil às vezes, sempre pensei no modo como você e a Sra. Brodie agiam quando Kate estava morrendo. E depois. Vocês dois eram realmente o meu modelo. Deus sabe que não posso dizer isso dos meus pais.

Ela surpreendeu Tim.

— Parecia mesmo tão bom?

— Sim. Muito bom. Muito sólido.

— E você acha que Maria era feliz?

— Tenho certeza de que era, Sr. Brodie. Certeza. Não deixe que a morte dela tire isso de você. Eu me lembro de um dia, quando ainda estudava no ensino médio, em que estava na sua casa e passei pela cozinha, e naquele momento a Sra. Brodie, Maria, se iluminou como alguém que tivesse sido ligado na eletricidade, apenas brilhou. E não entendi, até que percebi que ela estava olhando pela janela para você, que vinha pela entrada da casa. Eu não tinha mais que 14 ou 15 anos, mas pensei: é isso que *eu* quero. *Isso*.

Tim, como acontecia sempre ultimamente, viu que estava à beira das lágrimas.

— Não tem nada que você pudesse ter me contado que significasse mais, Sofia.

Ela sorriu.

— Fico feliz. — Quando ela esticou o corpo, olhou para dentro do carro por mais um segundo.

— Eu contei a eles que você é uma pessoa de palavra. Que não vai contar a ninguém sobre essa parte. Da última troca.

Ele concordou em resposta, e Sofia inclinou o corpo para beijar a bochecha de Tim. Como sempre, ela disse a ele para dar um oi para Demetra.

Evon ainda estava estacionada ao pé da ponte. Ela saltou para fora do carro assim que viu Tim se aproximando.

— Quem bateu em você?

— Minha culpa — respondeu ele. Tim contou que agarrou o nariz de Paul e foi atacado por Beata.

— O nariz de Paul é real?

Ele fez que sim e não disse mais nada.

— Isso meio que ferra com o que estava dizendo ao telefone, não? — perguntou Evon.

— Talvez. Mas o que quer que estivessem fazendo, ou que estejam fazendo, acho que não é da nossa conta. Esse foi o acordo que fizemos, certo?

— Certo — falou Evon. — Não sei por que deveria me importar.

Estava tarde. O sol começava a se pôr sobre o rio em uma demonstração assombrosa de cores. Os dois se recostaram no capô do carro de Evon, a paisagem logo ignorada por eles quando Tim contou o que soubera sobre a noite da morte de Dita.

— Então — falou Tim ao final —, ou Lidia perdeu a cabeça mais do que admitiu ou se lembrava e é a assassina. Ou então Cass está mentindo e matou Dita. Ou alguém mais enlouqueceu com a jovem Srta. Kronon.

— E você aposta em quê?

— Não foi Cass. Estou convencido disso. E não há pele sob as unhas de Dita. Ela teria lutado com Lidia, principalmente depois de ter levado um tapa dela. Mas Dita não ergueu a mão para quem quer que a tenha matado. O que significa, provavelmente, que era alguém de quem Dita jamais esperaria aquilo.

— Como alguém da família?

— Esse é o palpite da noite — falou Tim. — Hermione era fina como um palito, nunca teria forças. Então restam os dois homens.

Evon o encarou.

— Hal? — perguntou ela.

V.

33.

Zeus — 5 de setembro de 1982

Entre a fileira de colunas coríntias que cercam a cobertura da saída dos carros, Zeus ergue as palmas das mãos para avisar aos convidados que se vão que aceita o julgamento dos deuses: o piquenique acabou. Abrigados por guarda-chuvas e jornais e, em alguns casos, por toalhas de plástico afanadas das mesas, os colegas da paróquia correm colina abaixo na direção da campina inferior, onde os carros agora afundam na lama. O terno de Zeus, branco como um cisne no início do dia, ficou acinzentado por causa da chuva, mas ele se mantém no lugar, acenando, jogando beijos, gritando para os rapazes do bufê ajudarem as velhas yiyas, muitas das quais param para tocar Zeus e dar a bênção enquanto saem. Diane Trianis, com as mesmas proporções majestosas que a mãe, se aproxima de novo para beijar a bochecha dele. Ainda está linda, embora o cabelo esteja reduzido a uma franja de mechas molhadas.

— Ligue para o escritório da campanha na terça-feira — diz Zeus à mulher de novo. Ela acabou de se divorciar e precisa de trabalho. Zeus dormiu com a mãe dela há vinte anos, e o mero pensamento de um futuro com Diane manda uma corrente elétrica para a parte que Zeus é conhecido por chamar de seu raio. Tanta coisa acontecendo, tanta gente, pessoas de verdade que ele conhece há anos, sob sua *influência. O piquenique é sempre um dia maravilhoso.* Hermione o segura pelo ombro e Zeus, por fim, se volta para a escuridão da casa e para a tristeza com a qual convive sempre que sai do círculo de luz que brilha sobre ele em público.

A esposa de Zeus, de maneira milagrosa, se não previsível, permanece quase completamente seca. Hermione sempre teve um controle preciso da aparência, tanto que anos antes retirou as sobrancelhas, preferindo desenhá-las perfeitamente com lápis todo dia. Ela continua esguia e elegante nas roupas caras que mandou fazer, ainda que pareça uma régua depois de tirá-las. Mas é confiável. O sorriso dela está fixo, sem vacilar, há seis horas. Sem dúvida está exausta, mas ela é rigorosa demais para reclamar. No entanto, ninguém em um casamento jamais se esquece por completo dos piores momentos, os quais, em seu caso, envolvem álcool e uma torrente de ódio histérico que ela acha difícil conter após a explosão. Nesses momentos, em geral quando ele próprio também está bêbado e, na presença de Hermione, foi amigável demais, aproximou-se demais, cobiçou abertamente demais uma jovem, ela o chama de monstro cruel, cujo ego é um poço que nunca pode ser preenchido. Zeus aceita esses rompantes, até mesmo o julgamento de Hermione, em silêncio, sabendo que provocou aquilo a si mesmo. A verdade, é claro, é que ele não é uma boa pessoa. Está hipnotizado pelo próprio poder e impressionado pelo modo como isso cresceu dentro de si, parecendo o tronco de uma árvore forte. Mas a imensidão dos apetites que Hermione menospreza costuma chocar até mesmo Zeus. Ela está certa. Ele nunca será feliz.

Hermione, inevitavelmente, restaura a ordem ao casamento deles. Normalmente, é no dia seguinte, quando ela vai até o marido e simplesmente diz: "Sou grata a você, Zeus. Sou grata por minha vida." Isso basta, e é muito mais que a maioria dos homens recebe dentro das paredes do próprio lar. Ele sabe disso. Graças ao falecido sogro, Hermione entende o relacionamento dos dois do mesmo modo que um homem faria, como um acordo bem-feito para ambos os lados.

Zeus parou na sala de estar, em meio aos brocados e tesouros. Phyllos lhe entrega um copo de uísque. Pete Geronoimos, que estava no andar de cima, no escritório de Zeus, usando o telefone, desce as escadas assobiando.

— Consegui um avião para nos levar para Winfield às seis da manhã. A coisa com os Fazendeiros está em curso.

A UF, União dos Fazendeiros, vai endossar Zeus. Ele falará sobre sua família em Kronos, ao pé do monte Olimpo, que tinha ovelhas, cabras e cavalos, alguns dos quais não haviam roubado de outras pessoas. O pai de Zeus fora para os Estados Unidos, na verdade, porque um grupo de homens locais passara um dia inteiro rastreando-o como a um lobo. Mas Zeus vai pintar Nikos como um pastor carinhoso.

Pete é importador de alimentos, mas ama a política desde quando eram menininhos. Com todo o direito, ele deveria ser o candidato, mas Pete tem 1,60m e as mesmas proporções físicas de um fogão de cozinha, além do fato de que foi preso três vezes, até onde Zeus sabe, aliciando policiais disfarçadas que disseram a ele ter 16 anos. No ano anterior, Zeus finalmente cedeu aos incessantes pedidos de Pete para que concorresse. Pete toma a maioria das decisões táticas, participando de todos os detalhes operacionais. O trabalho de Zeus é fazer com que as pessoas o amem, uma tarefa com a qual se delicia, falando sobre o início modesto na vida, a guerra, os negócios, a glória dos Estados Unidos, vendendo toda a história que ele sabe que as pessoas desejam acreditar. Os eleitores ainda estão com raiva do Partido Democrata e daquele pateta fraco do Jimmy Carter vestindo um cardigã e dizendo aos americanos que diminuam o termostato e deixem de ser covardes. As pessoas querem força. Oitenta por cento das que votarão em novembro não têm ideia do que o governador faz de fato além de viver em uma mansão e participar de desfiles. Zeus é forte. A ideia de ficar de pé na varanda da mansão do governador após a inauguração e acenar para uma multidão de milhares era tão excitante para ele quanto sexo.

Quando Hal e Mina entram na sala de estar para dar boa-noite, Pete volta para casa, para seu cachorro e algumas horas de sono. A nora de Zeus o abraça e exalta cada aspecto do evento daquele dia — a comida, a música, a acolhida das pessoas da São Demétrio. Hal, que está aprendendo a seguir o exemplo dela, repete cada palavra como se tivesse pensado nelas sozinho. Hal é um bom garoto, bem mais jovem que a idade que tem, mas caro a Zeus, principalmente por causa da ânsia de agradar o pai. Hermione está desesperada porque o casal não pode se casar na São Demétrio. As regras são absolutas, diz o padre Nik, ele não as inventou. Se Mina fosse católica, presbiteriana, qualquer que fosse o caso desde que aceitasse Cristo e a Trindade, ela poderia receber o sacramento. Zeus não dá a mínima. Ele é um grego de modos antigos, que acredita mais nos deuses do Olimpo do que em algum fantasma místico de três cabeças. Ele leva Mina consigo quando discursa em sinagogas.

Conforme Hal e Mina vão embora, Dita, seu tesouro, passa. Zeus chama a filha. Ela atende, como sempre, com impaciência.

— O quê?

Ele a avalia enquanto ela está de pé ali, uma beleza extraordinária com as feições delineadas e os olhos profundos. Não existe amor na vida de Zeus como o amor selvagem e desesperado que sente pela bela filha, sua única filha de verdade. Isso precede qualquer coisa. Ele é feito de pó, músculos e ossos; mas, antes de tudo, ama Dita. Esse amor tem poder sobre Zeus, tanto que em um momento terrível saiu de seu controle. E é por isso que Dita odeia o pai de um modo que nunca se apaziguará. Ela precisa dele também, como os filhos sempre precisam, e tem a cabeça perturbada por esse antagonismo, entre o ódio e a necessidade. Porém, nenhum dos dois vai escapar completamente da escuridão do passado, um cataclismo que reside no mesmo lugar dentro de Zeus onde habita o caos da guerra. Foi uma época triste e ébria em sua vida, logo depois de a mãe de Zeus morrer. Ele raramente deixa a memória retornar até lá, e nem Dita nem a mãe dizem uma palavra a respeito. Mas a tranca na porta dela é um eterno lembrete.

— Obrigado por ter sido tão graciosa com nossos convidados — diz Zeus.

— De nada. Odeio esta merda de dia — confessa Dita ao pai. — Aquelas pessoas me matam de tédio. Grego isso, grego aquilo. Não parecem saber que vivem em uma jaula.

Zeus a ignora. É tudo o que pode fazer. Dita fará 24 anos em alguns dias e continua debaixo do teto do pai sob a condição implícita de que estará livre de críticas, inclusive aquelas que, sem dúvida, merece.

— Seu namorado é grego, se não me engano.

— Cass? Já me enchi dele. A família dele me odeia. O que diabos você fez para eles, pai?

— Nada. Foi um mal-entendido. Lidia infelizmente se casou com alguém abaixo do nível dela. Mickey não passa de um caipira grego. Tem mais orgulho que talento. Ele se sentiu humilhado pela minha gentileza com sua família enquanto eu só quis fazer o bem.

Zeus falou com Lidia naquele dia, as primeiras palavras em muitos anos. Teri acredita que Lidia participou do piquenique porque está começando a aceitar que Cass vai se casar com Dita, como pode muito bem acontecer, apesar das palavras duras da severa filha de Zeus. Lidia está corpulenta agora, e com cabelos grisalhos. Mas a mulher que Zeus desejou tão desesperadamente ainda é visível para ele. Durante anos, principalmente quando entrou no serviço militar, Zeus manteve esperanças de que voltaria em glória e se casaria com Lidia, não importava o que o pai dela dissesse. Quando soube que Lidia havia se casado com uma criatura simplória como Mickey, ele pensou ter levado uma facada. Zeus sempre reconheceu que se casou com Hermione, em parte, porque a única mulher que jamais enxergara como sua parceira não estava mais disponível. Ele deseja muitas outras mulheres de outras formas. Mesmo agora, podia passar por alguma avenida ampla, tomado pela cobiça por metade das mulheres que via. Qualquer manifestação de beleza é o bastante para estimular o ardor de Zeus — pernas bonitas, um decote farto, um rosto agradável. Mas ansiara de verdade por se casar apenas com Lidia, que, na época, escolheu o pai a Zeus. Em retaliação, algum tempo depois, Zeus trepou com ela. Era o modo como os deuses sempre o serviam. Ele viu isso no momento em que Terisia pediu que o irmão desse um emprego à melhor amiga.

— Ela está desesperada — dissera Teri.

Então vou comê-la, pensou Zeus. O desespero custara a Lidia o poder de dizer não. Mas, mesmo assim, ela ainda é uma das poucas perdas de sua vida. Zeus jamais a vê, mesmo agora, sem imaginar se poderia ter se perdido menos caso ela fosse sua esposa, se a força de Lidia o tivesse tornado menos brutal.

Dita partiu sem dizer boa-noite. Zeus sobe as escadas, magoado pela vida. Hermione está dormindo. Ele veste o pijama e deita ao lado da mulher. Hermione deixa o braço se esticar e repousar carinhosamente no tronco dele. Zeus toca a mão da mulher, grato pela familiaridade, e mergulha profundamente nos próprios sonhos pesados até ser acordado por uma comoção no fim do corredor. A chuva esfriou a noite e Hermione abriu a porta francesa. Dali, ele ouve o que definitivamente é vidro se quebrando e, a seguir, o grito de Dita. Costuma haver barulho no quarto de Dita, tarde da noite. É a vingança dela. Mas não há prazer nesses sons. Quando veste com dificuldade o roupão, Zeus tem certeza de que ouve a porta da frente bater.

Ele tenta abrir a porta do quarto da filha e fica surpreso ao descobrir que está destrancada. Zeus bate e entra, perguntando se a garota está bem, mas seu coração se aperta quando vê o sangue. Está espalhado na porta francesa e parece uma mancha de tinta na parede.

— Meu Deus! O que é isto?

Dita está na cama, o roupão entreaberto expondo a perna longa e torneada. Ela está esfregando a lateral do rosto e recebe o pai com uma expressão ameaçadora.

— O que é isto? — pergunta Zeus de novo.

— Estava certo quanto a eles serem caipiras.

— Meu Deus, o que você está dizendo?

— A mãe de Cass esteve aqui.

— Lidia?

— E me espancou para que eu parasse de sair com o filho dela.

— Aqui? Na minha casa? Ela espancou a minha filha?

— Contou uma história muito boa. — Dita àquela altura parece reconhecer a fragilidade de sua vestimenta e pega uma colcha ao pé da cama. — Quero dizer, sério, pai. Tem alguém por aqui que você não comeu?

Dentro de Zeus, alguma coisa cede, um fluxo de emoções cruas que está sempre contido pelo bem de Dita. Há uma implicação óbvia nas palavras dela — "alguém" —, e Zeus sempre soube que, se a filha falasse daquilo, o destruiria. Não porque ele não mentiria. Zeus aceitou há muito tempo que mentir bem é um atributo inevitável do poder. Mas significaria que ela o abandonara para sempre. Essa ideia o enche de fúria e um desespero terrível.

— Sua boca imunda — diz ele. A forma mais próxima de alterar o passado é jamais mencioná-lo.

— Ah, essa boca imunda costumava servir muito bem a você — responde a jovem.

Zeus dá um tapa nos lábios dela com a mão e bate a cabeça de Dita para trás para fazê-la parar. Durante um tempo, ele só sabe que é puro ódio e força. Mas sente naquele breve instante em que bate o crânio da filha diversas vezes que ela não oferece resistência porque sabe que é o que merece.

Quando Zeus finalmente a solta, dá um passo para trás. Seu coração está quase nos ombros, e ele respira como um cavalo que puxa um arado pesado. A jovem oscila a cabeça, toca a testa, mas finalmente se concentra nele com ódio penetrante. O pior aconteceu, ele sabe. Perdeu Dita para sempre.

— Vai se foder — diz ela. — Vai se foder para sempre. — E então faz o que Dita jamais faria, deixa as lágrimas descerem. Ela chora, a filha dele, como fazia quando era pequena.

Zeus se aproxima para reconfortá-la, os braços abertos.

— Saia! — grita a jovem.

Zeus já dera um passo em direção à porta quando vê a mancha de sangue na cabeceira e, pior, uma bolha carmesim emergindo da linha do cabelo da filha. Dita percebe que ele a está encarando.

— O que foi?

— Você está ferida — responde ele. Zeus ergue a mão em aviso. — Não toque. Não infeccione. Vou pegar uma toalha. — Zeus vai ao toalete do outro lado do corredor. Está tentando explicar o que aconteceu para a própria mente. Mas só há uma explicação, que sempre soube. Ele é um homem mau.

Quando volta para a cama de Dita, o olhar dela mudou. Os lindos olhos não parecem mais se mover juntos. Ela está jogada de lado, e, a julgar pelo modo desesperado, que os braços dela se agitam quando vê o pai, Zeus sabe, de alguma forma, que a jovem perdeu a capacidade de falar.

Ele corre para acordar Hermione.

— Algo aconteceu com Dita — diz Zeus a ela. Mais tarde, ele sabe, pensará em outras coisas para dizer, um modo de resumir aquilo em palavras melhores e enterrar o evento no passado. Ele é Zeus e sempre encontra um caminho. Mas não agora. Quando voltam para Dita, a filha, sua criança preciosa, seu tesouro, está morta.

34.

Adeus — 31 de maio de 2008

Por volta de seis e meia no sábado de manhã, Evon foi acordada por batidas com a mão aberta na porta do apartamento. Precisava dormir, de modo que quase ignorou os murros, mas o som era autoritário e urgente, então ela finalmente saltou da cama ao pensar que pudesse ser um incêndio. Quando colocou o roupão, percebeu quem deveria ser. De maneira inteligente, Heather tinha dado alguns passos para o lado, para sair do campo visual do olho mágico na porta. Pelo bem dos vizinhos, Evon não teve escolha a não ser abrir, apesar de manter a corrente presa.

— Por favor — pediu Heather quando deu um passo à frente —, por favor.

Ela enfiou o rosto na fenda criada pela corrente da porta. No hálito da mulher, Evon sentia o fedor rançoso de álcool. Como tantas vezes, Heather exibia o visual de desordem negligente. Uma blusa justa e sem mangas de um tecido brilhante, que usava para ir à noite nos bares, pendia de um dos ombros, levantando a pergunta inevitável de se havia sido tirada com prazer algumas horas antes. De um dos dedos, um par de sapatos de salto de 15 centímetros balançava, junto de um molho de chaves no qual Evon viu o dispositivo da garagem. O porteiro estava avisado e teria barrado Heather, mas ela entrou de fininho pela garagem subterrânea. O código do portão elétrico ainda estava programado no carro dela, e Heather tinha usado o dispositivo para subir pela garagem.

— Não — replicou Evon. — Esta fala é minha. "Por favor." Por favor, siga em frente. Por favor. Para o bem de nós duas. Você está nos deixando completamente deprimidas. Sabe que obtive uma ordem de restrição. Por favor, não faça isto consigo mesma ou comigo — Evon falou com o tom mais gentil que conseguira usar em semanas, mas, mesmo assim, fechou a porta. Heather bateu uma vez com a palma da mão, então esmurrou a porta diversas vezes com o que parecia, pelo som agudo, ser o salto de um dos sapatos. Ela parou depois de um minuto.

Evon se forçou ao exercício inútil de se deitar na cama, mas permaneceu acordada e ouviu o telefone tocar. Uma mensagem de texto.

— Olhe para baixo — dizia.

Pensou em responder "Não", então decidiu que não dar resposta alguma seria melhor. Mas, depois de ficar deitada imóvel por mais um segundo, identificou um presságio na mensagem e foi até a janela da sala para olhar para a rua abaixo. Daquela altura, a avenida sempre a lembrava uma maquete, com pessoas e carros de 1 centímetro como besouros rastejantes. Evon não viu nada a princípio. Àquela hora, o trânsito era esporádico e, na calçada, havia apenas uma dupla de pedestres, ambos caminhando com os cães, junto de corredores da madrugada que passavam rapidamente.

Então viu o que deveria notar. A BMW de Evon tinha sido embicada na rua, a partir da entrada da garagem. Pelo visto, Heather ainda tinha aquela chave também. Mas, mesmo ao ver aquilo, Evon ficou confusa. Deveria implorar para salvar seu carro?

Em um segundo o carro se moveu para a frente, a princípio. Então disparou direto ao longo da rua em um borrão e se chocou contra um poste de ferro antigo do outro lado da Grant Avenue. Heather tinha destruído o carro. A frente do sedã de Evon estava esmagada como uma lata de alumínio sob os pés de alguém, e o poste pendeu para o lado. Os cabos elétricos de cor laranja abaixo dele, que foram abruptamente arrancados do chão, pareciam ser tudo o que impedia o poste de tombar. Se Heather não tivesse colocado o cinto, algo que ela costumava se recusar a fazer, poderia ter se machucado seriamente.

Descalça e de roupão, Evon desceu de elevador, sem qualquer certeza do que esperava encontrar. Havia fumaça saindo da frente da BMW, mas simplesmente porque o motor ainda estava ligado, raspando em alguma parte de si mesmo. Quando Evon abriu a porta do motorista, Heather estava presa ao banco. O air bag tinha sido acionado, e o cinto de segurança, que ela se lembrou de colocar, no fim das contas, também havia se esticado para segurá-la no assento. Heather parecia obviamente aterrorizada e chorava sem conseguir se conter. Mas os olhos azuis suaves estavam arregalados, e ela os voltou para Evon, embora parecesse um pouco zonza.

— Apenas diga que jamais me amou. Diga isso e a deixarei em paz. Mas você não pode — falou Heather. — Não pode dizer isso.

— Não posso — falou Evon. Então ela agachou para ficar no mesmo nível dos olhos de Heather. Ela chegou a segurar a mão da ex-namorada, uma ação confusa, depois de não tocar durante meses aquela mulher cujas carícias um dia a haviam excitado tanto. Mas Evon fechou os dedos com carinho sobre os de Heather. Culpara-a desde janeiro por ter tantas loucuras dentro de si e esconder isso dela, porém algo mais também ficou claro para Evon. — Não posso dizer isso. Mas não deveria precisar. Não deveria ter me apaixonado por você. E isso foi culpa minha. Não sua. Não pude aceitá-la como é, então quis fingir que você era outra pessoa. E pior, quis acreditar que eu era alguém que não sou. Era tão emocionante! Mas não posso ser essa pessoa. Não posso. Então, precisa me perdoar, querida. Eu queria ter me conhecido melhor.

Já havia sirenes. Uma das pessoas que passeavam com os cachorros, pelo visto, tinha ligado para a emergência. Uma viatura chegou apenas alguns segundos depois da enorme ambulância quadrada, os dois veículos com suas luzes piscando e sirenes descoordenadas tocando em tons distintos. Os barulhos combinados eram afiados e perturbadores, como algo usado para manter prisioneiros acordados durante um interrogatório. Os vizinhos de Evon iam ficar com raiva.

Em instantes os paramédicos tiraram Heather do carro e a ataram a uma maca, enquanto o policial permaneceu para trás para interrogar Evon. Quando os paramédicos ergueram Heather para o interior da ambulância, ela gritou o nome de Evon, então as portas se fecharam e a ambulância saiu ressoando a caminho do Hospital do Condado, o estabelecimento mais próximo.

Evon respondeu rispidamente ao policial, mas contou a ele a verdade. Compartilhou tanto da história quanto o policial pediu. Sim, o carro era dela. Não, não dera a Heather permissão para dirigi-lo, mas sim, não tinha se incomodado em pegar de volta a chave ou o dispositivo da garagem, então não apresentaria queixa por roubo de automóvel ou invasão de propriedade. A relutância de Evon não foi um obstáculo para o policial. Ele já sentira o hálito de Heather, e seriam obrigados a tirar uma amostra de sangue dela no hospital para tratá-la. Ela seria acusada de embriaguez ao volante, direção negligente e danos intencionais à propriedade pública. E havia a ordem de restrição, sobre a qual o policial ficou sabendo ao abrir a bolsa de Heather no carro e entrar com as informações da carteira de motorista dela no comando central.

— Ela também deixou de pagar uns mil dólares em multas de trânsito — contou o policial.

Ele era um cara negro e alto, calmo por natureza. Levaria a bolsa de Heather para o pronto-socorro para esperar que ela fosse liberada. Se ela recebesse alta logo, ele a levaria algemada para a cadeia do condado.

— Aposto que foi a última vez que a viu. Violar uma ordem de restrição não significa que pode simplesmente assinar uma caução. Terá que esperar em uma cela até uma audiência de fiança. No xadrez, vai conhecer umas garotas diferentes. O juiz dirá imediatamente que a jogarão de volta para dentro se chegar perto de você. Isso também vai ser parte da sentença.

Vestir um macacão usado provavelmente seria a pior parte para Heather. Mas, qualquer que fosse a intimidação, Evon sabia que a previsão do policial estava quase correta.

Ela agradeceu ao oficial pelo trabalho, então subiu. Evon esperou até as nove da manhã para ligar para a casa de Mel Tooley. Mel grunhiu com empatia quando Evon lhe contou a história. Disse que mandaria um sócio até a cadeia. Estava cedo o bastante para que, presumindo que Heather não tivesse ficado muito tempo no pronto-socorro, conseguissem uma audiência de fiança no fim daquela tarde. Essas audiências ultimamente eram feitas de modo telepresencial, com o juiz sentado em um tribunal no andar de cima e os prisioneiros abaixo, desfilando para uma câmera.

— E ela sem maquiagem — falou Evon.

Mel deu um risinho, mas Evon descobriu que não conseguia rir da própria piada.

35.

Verdade — 1º de junho de 2008

Nella e Francine tinham um chalé no lago Fowler e Evon passou o sábado e o domingo com elas. Nella, outra ex-atleta, estava tentando convencê-la a jogar golfe. Ela achou inicialmente que o jogo era sedentário demais, porém estava começando a gostar dos desafios, então acabou jogando nos dois dias.

Na viagem de volta à cidade, no domingo, Evon decidiu visitar tia Teri. Passava das nove da noite, mas ela estivera esperando ver a senhora. O porteiro colocou Evon ao telefone, e Teri a convidou para subir. A idosa, com um *caftan* bordado, estava à porta com a bengala, o rosto virado para poder ouvir o som de Evon se aproximando. O rosto de Teri era um lago reluzente de creme, e seus cabelos estavam presos para dormir. Os pequenos bobes de plástico rosa estavam presos bem firmes, expondo o couro cabeludo pálido, exceto atrás da cabeça, onde ela cobrira a bagunça com uma rede translúcida. Sem os óculos escuros, os olhos de Teri se revelaram cercados por bolsas de pele marrom que pareciam saquinhos de chá usados.

Teri levou a mão à cabeça.

— Bem, imagino que se veio para trepar isso estraga tudo.

Apesar do humor, Evon riu.

— Desculpe, Teri. A hora certa é tudo.

Ela não se importava com as provocações da senhora, mas a verdade era que Evon sempre fora muito lenta para chegar ao momento do sexo com qualquer um. Os bares nunca foram muito atraentes.

Teri usou a bengala para se orientar e saiu tateando pela sala de estar dourada. German aparentemente se levantara ao ouvi-la se mover, e estava de pé ali, usando um roupão de seda com estampa paisley, ainda parecendo arrumadinho com a bagunça de cabelos grisalhos curtos. Teri disse a ele que podia ir.

— Ele assiste àqueles reality shows ridículos —. contou ela a Evon quando o homem foi embora. — Pessoas comendo olhos de cabra e competindo para ver quem aguenta mais cortes de papel. Tão idiota. Quer uma bebida?

Evon raramente aceitava, exceto em festas, mais ou menos por reverência ao pai, que nunca bebia, porém achou que a mulher talvez se sentisse mais relaxada se tivesse companhia. Evon disse que tomaria o que a anfitriã bebesse. Teri tateou com a bengala até o carrinho de bar que sustentava um batalhão de garrafas marrons, então entregou uma taça de cristal fino a Evon enquanto ela se sentava no sofá de estofamento abundante.

— Está bem, diga — falou Teri. — *Ti yenaete?* — Hal costumava usar essa frase, que, pelo visto, significava "Qual é o problema?".

Evon percebeu que não tinha pensado no que dizer, mas contou a Teri que Tim finalmente encurralara Cass Gianis.

— Ele diz que não matou Dita. E tenho a sensação de que você faz uma boa ideia de quem foi.

— Ah. — Teri tomou um gole generoso.

— A primeira coisa, acho que a mais importante, é que preciso ter certeza de que não foi Hal.

— Hal? Ah, não, não, não. — Teri achou a ideia engraçada. — Meu sobrinho estaria melhor agora se tivesse um pouco de instinto assassino dentro de si. Tudo que sei é que ele ainda estava na rua se agarrando com Mina quando Dita foi assassinada. Ele voltou e encontrou aquela loucura. Foi quem chamou a polícia, se me lembro. Tim não se lembrava disso?

Tim provavelmente nunca soube. Quando assumiu o caso, uma semana depois, os familiares haviam todos sido inocentados porque o sangue deles não batia com aquele espalhado pelo quarto de Dita.

— Bem, Tim está bastante certo de que não foi Lidia. — Evon repetiu a Teri o que Cass contara a ele.

— O mesmo que Lidia me contou.

— Certo. — Evon esperou um segundo. — É um dos motivos pelos quais estou aqui. Imaginei, pelo que disse da última vez, que provavelmente falou com Lidia sobre o assassinato de Dita.

— Não imediatamente — falou Teri. — Mas ela finalmente colocou as cartas na mesa para mim uns três meses depois de Dita ter sido morta, acho. Lidia estava em cacos. Sabe, conversávamos toda manhã naquela época. E todo dia era a mesma coisa. Ela não conseguia terminar as frases. Caía em lágrimas sem motivo algum. Por fim, eu disse: *"Afto einae anoeto!* Isto é loucura! Você precisa me contar o que está acontecendo." Nós nos encontramos na São Demétrio e nos sentamos nos bancos no santuário, então conversamos durante horas. Ah, e ela *chorou*. Chorou e chorou. E eu também, é claro. Dita era a minha única sobrinha, e eu via mais do que um pouco de mim nela.

Na igreja, contou Teri, Lidia confessara a ela sobre Zeus e os gêmeos, e o plano de Lidia de pedir a Dita que parasse de ver Cass.

— Entendi por que não podia contar aos filhos. Mas por que não vir até mim? Se alguém poderia colocar juízo na cabeça de Dita, eu era a melhor aposta. Mas acho que Lidia teve vergonha de ter guardado o segredo de mim por tanto tempo. Talvez tivesse medo de que eu não acreditasse nela depois de tantos anos. De qualquer forma, Dita havia falado gracinhas e recebera um tapa. Provavelmente teria feito bem à minha sobrinha se acontecesse com mais frequência, mas não com tanta força. Aparentemente, Lidia a acertou em cheio. Ela mesma ficou em choque.

Evon perguntou se Teri acreditava que Lidia batera em Dita apenas uma vez. Acreditava, foi o que Teri respondeu, mas não pelos motivos que convenceriam qualquer um.

— Lidia não teria feito isso comigo — declarou Teri. — Hal e Dita eram tudo o que eu tinha. Não teria tirado qualquer um deles de mim, não importava o quanto estivesse com raiva. Mas, quando perguntei a ela quem mais poderia ter espancado Dita, achei que foi mais evasiva.

— Ela acreditava que Cass a tinha matado?

— Bem, se Dita não estava mal quando Lidia saiu correndo da casa, mas estava morta quando Cass saiu, parecia óbvio para mim. E isso deve tê-la preocupado também. Quando soube alguns meses depois que Cass havia assumido a culpa, não fiquei surpresa. Ele sempre foi o mais irritável dos meninos. Meu coração ficou partido por Lidia, é claro.

— Tim também não acredita que foi Cass. Não mais. — Evon pegou a bebida, mas apenas para olhar dentro do líquido. — Acho que isso significa que seu irmão matou a filha.

Teri não respondeu, mas, mesmo sem muita visão, relutava em olhar para Evon. A senhora ficou em silêncio por algum tempo, o que criou um momento incomum.

— Acha que temos obrigações com os mortos? — perguntou Teri a Evon.

— Visito os túmulos dos meus pais quando volto para minha cidade. É isto que quer dizer? — Era quase uma mentira, pois Evon rezava por muito mais tempo sobre o do pai.

— Na verdade, não. Um brinde — disse a senhora e ergueu a taça, mas apenas para gesticular com ela. — Verdade seja dita, eu nunca soube exatamente o que pensar do meu irmão. É claro que o amava loucamente. Era impossível não amar. Era a maior coisa sobre a terra, extremamente grandioso, e fazia jus a isso. Era um bom irmão, leal, sempre cuidou de mim, e um bom pai para Hal, que admirava tanto Zeus. Ele tinha pontos a seu favor. Mas era muito parecido com o nosso pai, que, talvez eu já tenha dito, era um monte fedido de bosta.

Teri meneou a cabeça com desprezo e descrença remanescente, então parou de novo para refletir.

— Às vezes acho — continuou Teri — que somos todos meio gêmeos, a pessoa que queremos acreditar que somos e a pessoa que os outros veem. Eles se parecem, mas, sabe como é, a maioria das pessoas provavelmente inventa alguém no espelho um pouco mais atraente do que pode parecer para os outros. Mas meu irmão, essa era uma coisa esquisita com ele. Conhecia o pior a respeito de si mesmo. Não encarava isso com frequência e esquecia quando podia. Mas sempre estava lá, enfiado dentro dele em algum lugar, como um mosquete carregado. E sempre foi determinado a não deixar ninguém mais descobrir. Então ignoro isso?

Evon contou a verdade a ela. Que a decisão era de Teri.

— Claro que é — respondeu Teri. — Pode apostar. Mas eis o problema. Como deve ter notado, querida, sou *velha*. E o que sei é que isso pode ser um problema se esse desfile de culpa começar de novo. Então vou confiar em você. Mas essa verdade magoaria muita gente.

— Hal?

— Principalmente. Então precisa guardar este segredo, a não ser que não tenha escolha.

— E se eu contar a Tim?

— Deixarei que tome essa decisão. Mas Tim definitivamente é mais um que ficaria magoado.

Evon ficou chocada demais para responder. Teri ergueu o rosto para o teto, onde havia uma mancha de mofo que ela provavelmente não conseguia mais enxergar, então disse, subitamente:

— Está bem. Vamos acabar com isto. — Ela se ajeitou no sofá e deu mais um grande gole na bebida. — Você provavelmente sabe que, desde que Dita morreu, meu irmão queria dar outro enterro a ela no monte Olimpo.

— Para que ela pudesse ficar entre os outros deuses e deusas?

— Não importa. Ele certamente achava que era para lá que deveria ir quando a hora dele chegasse. Zeus parecia mesmo acreditar nos deuses gregos às vezes. Pelo menos quando convinha. Gostava do fato de tantos deles se comportarem mal tão frequentemente. Nada como Jesus. Zeus, se ficasse bêbado o suficiente, diria que Jesus era um fracote. Zeus, o deus Zeus? Era realmente um exemplo para o meu irmão. Todo-poderoso e cheio de defeitos.

"De qualquer forma, no quinto aniversário da morte de Dita, ele e Hermione achavam que podiam suportar a viagem. Hal e Mina tinham três filhos pequenos em casa, mas fui junto. A maior parte do Olimpo era um parque nacional, mas meu povo constrói igrejas em qualquer lugar, e Zeus havia encontrado uma capelinha lá com um cemitério. O velho padre saiu para dizer algumas palavras. Foi uma cerimônia linda. Alguns dos parentes Vasilikos de Hermione foram à Tessália vindos de partes diferentes. E o caixão de Dita foi devolvido à terra. No meu quarto, tenho um pouco de tomilho que catei nas pedras de lá para me lembrar de Dita.

"Depois, voltamos para a casa que Zeus alugou. Os parentes de Hermione e alguns dos locais foram prestar respeito, mas não ficaram muito tempo. Logo, estavam apenas Zeus, Hermione e eu. Meu irmão estava em um humor terrível. 'Sou um homem mau', era o que dizia sentado naquele sofá. Não foi a primeira vez que ouvi aquilo de Zeus, aliás, mas duvido que ele tenha feito esse tipo de observação para a boba daquele cabide com quem se casou. Mas, naquele momento, ele ergueu o rosto e falou: 'Eu matei a nossa filha.' Assim. Como se dissesse: 'Nevou.'"

Teri, agora que tinha decidido compartilhar a história, estava absorta nela. Havia chegado o corpo para a frente no sofá e balançava o uísque de vez em quando ao falar. A descrição de Zeus do assassinato foi breve. A visita de Lidia havia incitado Dita a fazer um comentário horroroso sobre o pai, o qual Zeus jamais especificou, mas que ele admitiu tê-lo levado a golpear a filha por ódio.

— Depois, é claro, ele ficou horrorizado pela possibilidade de ser descoberto. Então foi ardiloso e fez com que a polícia colocasse seu amigo, Tim, no comando, imaginando que ele suspeitaria menos de Zeus. Depois, deu a Tim um vencimento generoso todo ano, só para se certificar de que ele continuaria vendo Zeus com bons olhos.

— Nossa! — exclamou Evon. Agora entendia o aviso de Teri sobre Tim ser magoado. Evon finalmente tomou um gole da bebida. Para ela, sempre teria gosto de gasolina. — Sei que Zeus não percebeu que Cass era seu filho, mas chegou a se importar por um jovem de 25 anos cumprir pena no lugar dele?

— Ah, ele disse uma bobeira uma vez, que nenhum especialista conseguiria dizer com certeza que não havia sido o tapa de Lidia que tinha causado a morte de Dita. Como se isso justificasse mandar Cass para a cadeia. Mas não, como falei, Zeus se parecia muito com o nosso pai. Ele apenas se convenceu de que as coisas ruins que fazia não tinham acontecido. Mas enterrar Dita de novo despertou tudo isso nele, e Zeus falou que havia decidido se entregar assim que voltássemos.

"Levou um minuto para que Hermione ou eu pudéssemos reagir, mas ela perdeu a cabeça. Nunca a vi daquele jeito, atirando coisas e gritando. Cuspiu em Zeus, bateu nele. Ele apenas ficou sentado. Não que Hermione não tivesse direito. O homem havia matado a filha dela. Mas, depois que terminou de chamar o marido de monstro, disse que o que ele queria fazer só tornaria as coisas piores, abandonar a mulher em idade avançada, trazer vergonha para a família e destruir Hal. E por quê? Para poupar Lidia, que, Hermione sabia, Zeus amava mais que a ela.

"Eu a deixei gritando e tentei dormir. Até onde pude dizer, os dois ficaram acordados a noite inteira.

"Na manhã seguinte, Zeus pareceu ter acalmado a mulher o suficiente, de modo que ela concordou em sair para caminhar com ele no cemitério. Então lá foram os dois, e pouco mais de uma hora depois ouço uma gritaria e vejo sirenes montanha acima. Os criados na casa estavam em polvorosa e me levaram para fora com eles. E lá estava Hermione, contando à polícia sobre uns homens estranhos que seguiram ela e Zeus. Disse que estava caminhando sozinha, uns cinquenta passos à frente do marido, quando o ouviu gritar. A seguir, viu esses homens fugindo e Zeus bem abaixo, quebrado sobre as pedras como um brinquedo."

— Você acreditou nisso? Que estranhos tinham atirado Zeus montanha abaixo?

— *Ohee* — respondeu Teri, balançando a cabeça de um lado para o outro. Ela até riu da ideia.

Os inimigos de Zeus não matariam um pai de luto, disse Teri. Mas Hermione era uma Vasilikos, e a polícia grega mal podia esperar para se livrar do caso.

— Hermione jamais falou. Depois que voltamos, eu quase não a vi, exceto em ocasiões familiares. Ela se tornou mais uma dessas viúvas gregas, fazendo companhia a quase ninguém além do filho e dos netos e se vestindo de preto. Roupas feitas por estilistas, é claro. Mas pretas.

Teri deu uma gargalhada.

— E Cass permaneceu na prisão.

— Sim. Isso foi triste. É claro que voltei da Grécia determinada a honrar os desejos do meu irmão e ir até o promotor do Condado de Greenwood. Contratei um advogado, um sujeito chamado Mason. Já ouviu falar dele?

— George? — Era juiz agora, mas ainda um dos amigos mais próximos de Evon. — Não poderia ter escolhido melhor.

— Bem, ele escutou tudo isso e falou: "Sua cunhada vai apoiá-la?" "Porra nenhuma", respondi. Eu sabia disso. Admitir que teve motivo para empurrar o marido da montanha? Sujar o nome dele e destruir o filho dos dois? E recompensar Lidia, que ela odiava? Não sou advogada, mas sabia que não aconteceria. Seu amigo George apenas balançou a cabeça. "Um promotor vai olhar para isso e rir. Você só se apresenta depois que seu irmão morre, quando pode convenientemente culpá-lo pela coisa toda sem que ele sofra as consequências. A mulher dele, que estava na sala, vai negar que ele tenha dito qualquer coisa do tipo. E quem você espera libertar como resultado? Apenas o filho da sua melhor amiga. Podemos tentar, Teri, mas digo desde já que não há uma alma do tribunal que vai acreditar em você. Sinceramente, acho que merecerei um bônus se você não acabar indiciada por perjúrio." Se fosse só por mim, eu poderia ter continuado. Mas deixar Hal arrasado para chegar a lugar nenhum? Cass não sairia. Nosso amigo Mason me convenceu disso.

— E você jamais contou a Lidia.

— Como poderia? Ela teria exigido que eu fosse ao promotor. O que mais uma mãe faria? Muita gente achava que Hermione era sem sal, mas era uma sobrevivente. Ela sabia que eu estava sem saída.

A senhora esvaziou a taça. Tinha acabado.

— Um segredo — disse ela para Evon de novo, como ênfase.

Evon foi deixar a taça no carrinho, mas Teri estendeu a mão para ele quando percebeu para onde Evon estava indo. Fez uma observação sobre desperdiçar um bom uísque e tomou um gole longo.

— Desculpe por não mostrar a você a saída — disse Teri. — Vou acabar dormindo aqui.

Evon se ofereceu para ajudá-la a ir para a cama, mas a senhora estava feliz com seus maus hábitos.

— Como está a vida, querida? — perguntou ela quando Evon pegou a bolsa. — O que aconteceu com a maluquinha?

Ela descreveu os eventos do dia anterior.

— Ela provavelmente saiu da cadeia ontem à noite. Não verifiquei.

— E como você está?

— Me sentindo presa em uma máquina de lavar centrifugando

Teri gostou da descrição e começou a rir.

— Provavelmente vai levar um tempo para você se recuperar, mas não desista.

— É o que Tim me diz. Enfim, não posso escapar minha natureza. É o que quero, bem no fundo.

— É claro que é. Você deve tentar ser feliz para o seu próprio bem, mas se isso não a convencer então tente, porque houve muitas de nós que sequer tiveram uma chance.

Aquele pensamento, que era novo, acertou Evon em cheio no coração.

— Venha dar um abraço na sua velha tia Teri.

Evon deu. A idosa ainda cheirava como se estivesse usando todo um balcão de cosméticos. Teri ergueu o rosto e tocou a bochecha de Evon. Disse a ela novamente que era uma boa menina.

Evon parou na casa de Tim na segunda-feira de manhã a caminho do trabalho. Ele estava acordado e a convidou para entrar, levando-a para o jardim de inverno. Evon estava preocupada quanto ao que contar a Tim, mas àquela altura ele mesmo já havia descoberto tudo.

— Não precisa fazer rodeios. Foi Zeus, não foi? Ele me manteve ao seu lado por todos esses anos, não? Já fui um tolo antes. Mas nunca por dinheiro.

— Tim...

— Tudo bem — disse ele. — Eu deveria ter olhado os dentes do cavalo dado há muito tempo. Conhecia o estilo de Zeus. Mas ele me venceu com aquela cena do pai em luto. Um cara como Zeus sempre conhece seus pontos fracos. Que vá para o inferno.

— Eu sabia que você não aceitaria bem.

— É claro que não. Deixar um homem inocente ir para a cadeia? O que acha disso como uma mancha na minha carreira? Ah, droga — lamentou ele e pareceu triste ao olhar para o chão. — Eu com certeza não trabalho mais para o ZP.

— Você não precisa fazer isso.

— Preciso, sim. Está mesmo na hora. Vou para Seattle ver se gosto de lá. Muitas colinas e jovens. Ainda não tenho certeza se é o lugar certo para um velho manco. Acho que vou procurar um daqueles lugares renomados para morrer, onde você consegue uma ajudinha no início e, por fim, vai embora em um caixão.

— Acho que chamam de asilo.

— Tanto faz.

Evon contou a Tim que precisava ir ao escritório, mas prometeu voltar para o almoço. Depois que a levou à porta, ele se sentou no jardim de inverno, colocou Kai e J.J. e os ouviu tocar. Sempre que soprava o trombone quando criança, Tim acreditava que seria bom como eles, e não havia mais chances de isso acontecer do que havia de ele se tornar um 747. Achou que tinha sido um policial e um homem decente, mas estava disposto a engolir toda a mentira de Zeus porque lhe dava um pouco mais de conforto na vida. Nenhum dos investigadores, até onde Tim se lembrava, havia sequer pensado em olhar na direção de Zeus, por causa do sangue. Mas Tim era o cara com experiência suficiente para ter visto além dessa evidência.

A verdade costumava ser muito dolorosa. As pessoas não suportavam viver com ela. E ele achando que estava no negócio da verdade. Ninguém estava realmente. Você suportava o máximo que podia e dava o jogo como empatado.

Mas havia música e luz do sol. E talvez, quando se pusesse em meio a outras pessoas o dia inteiro, pudesse encontrar alguma senhorinha bonita. Evon dissera o mesmo que tantos outros diriam. Naqueles lugares, um cara que ainda conseguia dirigir era mais popular que um bilionário. Maria o perdoaria. O que Sofia falou tinha ajudado. Sentado ali, no sofá xadrez, Tim sentiu o amor por Maria de novo, que duraria tanto quanto ele.

Tim colocou as mãos sobre o rosto para dar mais um segundo para que a vergonha e a indignação relacionadas a Zeus passassem. Aquilo iria e viria durante dias. Mas ele bateu finalmente com as mãos nas coxas.

A vida, pensou ele, com quase 82 anos, segue.

Quando Evon chegou ao prédio do ZP, Hal estava trancado na enorme sala de reuniões com um batalhão de banqueiros e advogados, alguns dos quais saíam de vez em quando para uma sala ao lado para fazer teleconferências ou ligações para superiores. Esperava-se que aquela reunião durasse duas horas, e agora já passava de quatro. No lado dos negócios do prédio do ZP, havia um silêncio sepulcral. Muita gente parecia prender a respiração.

Por fim, depois do almoço, a assistente de Hal, Sharize, disse a Evon que ele estava livre. Os banqueiros e os advogados saíam em fila, homens e mulheres com ternos azuis que pareciam cortejos fúnebres em treinamento, um rosto mais sombrio que o outro.

Ela entrou na ampla sala de reuniões, normalmente dividida em três, mas Hal estava ao telefone com Mina e estendeu a mão. Evon se sentou no corredor até ele ter terminado, uns bons 15 minutos depois.

Quando Sharize entrou com Evon, o terno de Hal estava no encosto da cadeira. Ele tinha tirado a gravata, e a camisa branca estava escurecida por pontos escuros de suor. Ele se sentou diante da vasta fileira de janelas que dava para o rio reluzente, olhando, humilhado, para a parede. Mais um retrato de Zeus estava ali, no centro do painel de figueira, então talvez fosse ele que Hal estava fitando, mas agora o empresário parecia ter se entregado ao hábito costumeiro de não olhar para nada. Quando, por fim, viu Evon, Hal tirou da boca o dedo médio, cuja unha estava roendo, e deu um breve sorriso para ela, porém aquilo era mais uma retração dos músculos.

— Está acabado — anunciou ele.

— O quê?

— O ZP.

Evon descobriu que havia sentado, ainda a bons 10 metros do chefe.

— Como assim?

— Os preços dos imóveis estão caindo, até mesmo entrando em colapso no nicho de mercado da SuaCasa. Os banqueiros cruzaram os braços e querem mais 150 milhões de dólares como ganho colateral pelo negócio, que precisa sair dos lucros dos projetos comerciais. Mas os outros credores, que costumam ser as mesmas malditas pessoas de sempre, não querem desistir dos cargos seniores. Na verdade, o varejo caiu. E, de acordo com os economistas, está em queda ainda maior. O que significa que os valores dos shoppings também estão caindo, uma vez que os aluguéis precisam baixar. Achei que estivéssemos blindados de forma bastante conservadora, mas, a não ser que ocorra uma mudança enorme, pediremos falência ao final do ano e os acionistas do ZP, a começar por mim, ficarão sem nada. Talvez eu até vote em Obama. — Ele deu um sorriso vazio nesse momento. — Estou brincando — disse Hal.

Evon repetiu. Como assim?

— Bem, me fiz a mesma pergunta. Mas é apenas aritmética. Nunca imaginei que tudo isso aconteceria ao mesmo tempo. Ninguém imaginou. Os banqueiros reavaliarão no fim do ano, mas precisamos fazer um anúncio público agora, que vai fazer as ações desabarem. É o fim.

— Como você se sente, Hal?

Ele gargalhou.

— Terrível. Meu pai começou com uma sacola de dinheiro que pegou emprestada com o meu avô e trabalhou a vida inteira, construindo um império, e perdi a coisa toda. Em poucos meses. Fico feliz por ele não ter vivido para ver isso. De verdade. Nem consigo imaginar o que ele diria.

Evon pensou.

— Se fosse honesto, tenho certeza de que diria que já cometeu erros muito piores.

— Duvido.

As unhas de Hal estavam de volta à boca. Evon considerou contar a ele que era a honestidade de Zeus, não os erros dele, que estava em xeque, mas não conseguia ver que bem isso faria no momento.

— Quer falar sobre os Gianis?

Hal gesticulou com a mão. Quem se importava?

— Resumindo, Cass disse que não matou. Alegou culpa porque as evidências criariam uma confusão, e havia uma boa chance de tanto ele quanto Lidia acabarem na prisão.

— Então Lidia matou a minha irmã?

Ela repassou com ele todos os motivos para duvidar disso. Hal fez que sim como se entendesse, mas Evon percebeu que só tinha uma fração da atenção dele.

— Então quem a espancou daquele jeito? — perguntou Hal.

Evon esperou, então deu a resposta que havia planejado.

— Não sabemos. Simplesmente não sabemos.

— Hum — murmurou Hal.

Se ele se sentasse para fazer os cálculos de quem estava na casa, quem era forte o suficiente, só haveria uma pessoa restando na equação. Mas Hal talvez não descobrisse naquela vida. O pai dele provavelmente precisava ficar em um pedestal para que Hal fosse quem era.

— Sabe o que a minha mulher disse quando contei a ela que tinha acabado de perder 1 bilhão de dólares? — perguntou ele a Evon.

Aquilo seria um clássico.

— O quê? — perguntou Evon.

— "Vai ser melhor para nós." O que você acha disso? Quero dizer, teremos o bastante. Nada de avião. Terei que me livrar do haras. Coisas assim. Mas não precisarei manter a chama do meu pai acesa. Posso fazer o que quiser em vez de tentar manter o legado dele. Era o que ela queria dizer. Pode estar certa. Estou me sentindo muito mal para descobrir agora.

— Bom para Mina — comentou Evon.

— Ela é uma boa pessoa — acrescentou Hal.

Evon se sentia mal por ele, terrível, ainda mais quando pensava em tudo acabado. No fim, Hal, apesar de todas as falhas, tinha sido o cara mais honesto do mundo. Agira, na maior parte do tempo, como um irmão e um filho leal em busca da verdade. E agora, com quase 70 anos, teria que ver se tinha forças para se tornar outra pessoa.

— É melhor dar uma polida no currículo — disse Hal a ela. — Coloque-o no mercado.

Evon não tinha pensado naquilo ainda. Ficaria desempregada, se Hal estivesse certo. Quem quer que comprasse as propriedades do ZP seria uma empresa maior. Entrariam e fariam uma limpeza na casa. Não importava. Desde que começara a ganhar muito dinheiro, Evon sempre guardava dois anos de despesas de moradia, e encontraria outro emprego de qualquer forma. *Headhunters* ligavam o tempo todo. Só precisava de amor. Era esse o trabalho que realmente tinha a fazer.

— Darei a você as melhores referências — falou Hal. — O que merece.

— Eu agradeço.

Evon deu a volta e abraçou Hal pela primeira vez.

— Realmente não acho que seu pai teria feito melhor, Hal. Relaxe um pouco quanto a isso.

— Só não previ nada disso — comentou ele. — Deveria. Está bem diante do meu nariz. Do de todos, na verdade. Os mesmos economistas que me disseram que o mercado imobiliário tinha chegado ao fundo do poço estão agora dizendo que vai haver uma série de execução de hipotecas em breve, já que as pessoas não conseguiram vender as casas para pagar as dívidas. Os bancos, todo mundo que sustenta esses fundos de hipoteca, todos vão entrar nessa dança. Como pudemos, todos, deixar de ver isso?

Evon contraiu os lábios. Poderia dizer de novo, mas havia se tornado uma frase batida. As pessoas veem o que querem.

— Vou tirar duas horas — disse Evon. Tinha o almoço com Tim. Preferia que ele não tivesse que passar longas horas sentado sozinho naquele dia. E queria espairecer. Talvez sair para uma corrida pelo rio

Hal repetiu algo para ela em grego.

— O que isso quer dizer? — perguntou Evon.

— Meu pai costumava dizer o tempo todo. "Que os deuses nos guiem com zelo."

Nota sobre fontes

Minha fascinação com gêmeos começou antes dos 3 anos, quando minha irmã Vicki nasceu. A gêmea que minha mãe carregara com Vicki nasceu morta. Esse evento pairou sobre minha infância e, desde então, o que significava ser e ter — e perder — um irmão gêmeo e o contraste inevitável com outros relacionamentos têm sido uma preocupação minha em algum nível, uma preocupação que eu sabia que, em algum momento, encontraria o caminho para um de meus romances.

Eu estava trabalhando há alguns meses em *Idênticos* quando percebi que tinha retirado alguns detalhes básicos do crime principal de um dos mais famosos assassinatos não resolvidos de Chicago, o de Valerie Percy, que ocorreu em setembro de 1966, a alguns quilômetros da casa de meus pais. Filha do abastado dono de indústrias Charles Percy, então concorrendo — e com sucesso, como o tempo revelaria — ao Senado dos Estados Unidos, a Srta. Percy foi morta na mansão de veraneio do pai, em Kenilworth, Illinois, enquanto familiares, inclusive a irmã gêmea idêntica da jovem, dormiam por perto. Embora eu tenha claramente misturado alguns elementos, devo dizer inequivocamente que não há nenhuma semelhança pretendida entre qualquer membro da família Percy e qualquer um dos personagens completamente fictícios de meu romance, inclusive todos os Kronons e os Gianis.

Uma inspiração muito mais direta para o romance veio daquele que sempre considerei um dos mitos gregos mais comoventes, a história dos gêmeos Castor e Pólux. Dizia-se que os gêmeos idênticos tinham nascido depois de a mãe, Leda, rainha de Esparta, ter sido estuprada por Zeus, que assumira a forma de um cisne para pegá-la desprevenida. O mito tem muitas variações, porém uma das mais comuns é a única diferença entre os gêmeos ser a de que Pólux era imortal como o pai, enquanto Castor, como a mãe, não era. Quando Castor foi fatalmente ferido, Pólux não aguentou a perda e pediu a Zeus que o deixasse compartilhar sua imortalidade com o gêmeo. Os irmãos, portanto, alternavam o tempo entre o Hades e o monte Olimpo. Para aqueles familiarizados com o mito, o paralelo entre ele e minha história deve ficar óbvio, assim como o fato de que não permiti que a história antiga fosse mais que o tecido no qual bordei as próprias palavras.

Tive ajudas maravilhosas ao escrever este livro. Estou em dívida, principalmente, com dois amigos: Dra. Julie Segre, pesquisadora-sênior no National Human Genome Research do National Institutes of Health dos Estados Unidos, e Lori Andrews, professora na Chicago Kent School of Law e renomada acadêmica na área de legislação e genética, assim como romancista. Tanto Julie quanto Lori dedicaram tempo considerável para me ensinar a respeito do que se sabia sobre DNA em 2008. Algumas falas do diálogo do Dr. Yavem têm raízes óbvias em um discurso que Lori fez no encontro anual da American Society of Human Genetics, em São Francisco, em 7 de novembro de 2012. Imagino que, apesar dos ensinamentos pacientes de Julie e de Lori, eu possa ter entendido alguma coisa errado; os erros decorrentes são unicamente minha culpa.

Também quero agradecer a Camille Rea, MAMS, CCA, anaplastologista clínica certificada na Maxillofacial Prosthetics Clinic, de Illinois, no Centro Médico de Chicago. A Sra. Rea me recebeu em seu laboratório e foi esclarecedora a respeito de detalhes que usei no romance. De novo, ela não tem qualquer responsabilidade por eventuais erros factuais que eu possa ter cometido.

Minha gratidão também a Emi Battaglia, na Grand Central, a meu amigo Nick Markopoulos e a seus amigos George Chalkias e Tina Andreatis, que corrigiram alguns dos meus deslizes sobre a língua e os costumes gregos.

Por fim, diversas leituras críticas antecipadas do manuscrito foram feitas por amigos e colegas. Eles são, Steve Drewry; Adriane Glazier, que também ajudou com o título; Jim McManus; Dan Pastern; Julian Solotorovsky; Ben Schiffrin; Eve Turow; e minha mais fiel primeira leitora, Rachel Turow. Minha editora, Deb Futter, foi tudo que uma boa editora pode ser: paciente, incisiva e valiosa. Assim como minha maravilhosa agente, Gail Hochman. Agradecimentos carinhosos a todos eles.

Este livro foi composto na tipologia Adobe
Garamond Pro, em corpo 11,5/15, e impresso em
papel off-white no Sistema Cameron da Divisão
Gráfica da Distribuidora Record.